David Foenkinos
Zum Glück
Pauline

David Foenkinos

Zum Glück Pauline

Roman
Aus dem Französischen
von Christian Kolb

C. H. Beck

Titel der Originalausgabe: «Je vais mieux»
Erschienen bei © Éditions Gallimard, Paris 2013

2. Auflage 2013

Für die deutsche Ausgabe:
© Verlag C.H.Beck oHG, München 2013
Umschlaggestaltung:
© Geviert — Büro für Kommunikationsdesign, München
Gesetzt aus der Schrift Baskerville bei
a.visus, Michael Hempel, München
Druck und Bindung: GGP Media GmbH, Pößneck
Gedruckt auf säurefreiem, alterungsbeständigem Papier
(hergestellt aus chlorfrei gebleichtem Zellstoff)
Printed in Germany
ISBN 978 3 406 65420 6

www.beck.de

ERSTER TEIL

1

Man spürt gleich, wenn so etwas anfängt. Mir war sofort klar, dass da *irgendetwas* nicht stimmte. Was für Umwälzungen dann auf mich zukommen sollten, konnte ich freilich nicht ahnen. Am Anfang fühlte ich nur einen diffusen Schmerz, einen leichten Stich im Kreuz. Das hatte ich noch nie gehabt, es war aber an sich kein Grund zur Beunruhigung. Bestimmt nur eine Verspannung, die mit den in letzter Zeit gestiegenen Sorgen zusammenhing.

Die Situation spielte sich an einem Sonntagnachmittag ab, an einem der ersten schönen Sonntage des Jahres. Man freut sich, dass die Sonne scheint, auch wenn sie noch schwach und nicht allzu vertrauenserweckend ist. Meine Frau und ich hatten ein befreundetes Pärchen zum Mittagessen eingeladen, das heißt, wir luden eigentlich immer dasselbe Pärchen zum Mittagessen ein. So, wie ich mich an die Liebe zu meiner Frau gewöhnt hatte, so hatte ich mich an die Freundschaft zu diesem Pärchen gewöhnt. Wobei, eine Kleinigkeit hatte sich verändert: Wir waren in einen Pariser Vorort gezogen, in ein Häuschen mit Garten. Wir waren mächtig stolz auf unseren Garten. Meine Frau pflanzte Rosenstöcke in geradezu erotischer Andacht, und ich begriff, dass auf diesen paar Quadratmetern Grünfläche all ihre sinnlichen

Hoffnungen ruhten. Manchmal, wenn ich mit ihr zwischen den Blumen umherspazierte, überkam uns unsere Vergangenheit. Dann gingen wir hinauf ins Schlafzimmer und waren für zwanzig Minuten noch mal zwanzig. Diese Momente waren unendlich kostbar. Man konnte mit Élise der Trägheit jederzeit ein paar Augenblicke rauben. Sie war so zart und drollig, dass ich mich jeden Tag aufs Neue dazu beglückwünschte, Kinder mit ihr zu haben.

Als ich den Kaffee und die vier Tassen auf einem Tablett ins Wohnzimmer trug, erkundigte sie sich:

«Alles in Ordnung mit dir? Du siehst ein bisschen kaputt aus.»

«Mir tut der Rücken weh, aber geht schon.»

«Das ist das Alter …», seufzte Édouard in dem ihm eigenen ironischen Ton.

Ich sagte ein paar beschwichtigende Worte. Ich mochte es nicht, wenn sich alle so für mich interessierten. Oder zumindest mochte ich in dem Augenblick nicht der Gegenstand des Gesprächs sein. Aber nichts zu machen, ich spürte diese leichten Stiche im Rücken. Meine Frau und meine Freunde unterhielten sich, und ich war nicht in der Lage, ihrer Unterhaltung zu folgen. Vollkommen fixiert auf meinen Schmerz, versuchte ich mich zu erinnern, ob ich mich in den vergangenen Tagen besonders angestrengt hatte. Nein, ich verstand einfach nicht, woher diese Schmerzen kamen. Ich hatte nichts Schweres gehoben, keine falsche Bewegung gemacht, mein Körper war auf keine wie auch immer gearteten Abwege geraten. Aber ich hatte von Anfang an das Gefühl, das hier müsse etwas ganz Schreckliches sein. Instinktiv nahm ich die Sache nicht auf die leichte Schulter. War ich darauf programmiert, immer das Schlimmste anzunehmen? Ich hatte schon so oft davon gehört, dass Krankheiten ein Leben zerstören können.

«Möchtest du noch was von der Erdbeertorte?», fragte Élise und unterbrach meine düsteren Gedanken. Wie ein Kind hielt ich ihr meinen Teller hin. Ich aß und betastete zugleich meinen Rücken. Irgendetwas kam mir nicht ganz normal vor (da war so eine Art Beule), aber ich hätte nicht sagen können, ob die jetzt real war oder die Ausgeburt meiner ängstlichen Fantasie. Édouard sah von seiner Erdbeertorte auf und schaute mich an:

«Tut's immer noch weh?»

«Ja … ich weiß nicht, was das ist», gestand ich leicht panisch.

«Vielleicht solltest du dich mal ein bisschen hinlegen», meinte Sylvie.

Sylvie ist Édouards Frau. Ich hatte sie in der zwölften Klasse im Gymnasium kennengelernt. Das heißt, das war nun über zwanzig Jahre her. Sie war damals schon zwei Jahre älter als ich. Der Altersunterschied zwischen zwei Menschen stellt den einzigen Abstand dar, den man nicht verringern kann. Während ich anfangs vollkommen fasziniert von ihr war, sah sie in mir immer bloß einen kleinen Jungen. Samstags nahm sie mich manchmal zu obskuren Ausstellungen in genauso obskuren Galerien mit, wo wir die einzigen Besucher waren.

Sie erklärte mir, was ihr gefiel und was ihr nicht gefiel, und ich strengte mich an, einen eigenen Geschmack zu entwickeln (umsonst: ich war immer ganz ihrer Meinung). Sie malte eifrig und verkörperte für mich ein Freiheitsideal, das Boheme-Leben. Alles, was ich sofort aufgegeben hatte, als ich mich für ein BWL-Studium einschrieb. Einen Sommer lang hatte ich hin und her überlegt, denn ich wollte eigentlich schreiben. Das heißt, ich hatte eine vage Idee zu einem Buch über den Zweiten Weltkrieg. Doch schließlich schloss ich mich der vorherrschenden Meinung* an und entschied mich für etwas Handfestes. Seltsamerweise hatte mich auch Sylvie in diesem Entschluss bestärkt, obwohl sie gar nichts von mir gelesen hatte. Ihr Rat hatte also mit keinerlei Geringschätzung meiner Arbeit zu tun. Wahrscheinlich glaubte sie, ich sei für ein unstetes Künstlerdasein mit all seinen Selbstzweifeln und Unsicherheiten nicht gemacht. Ich sah bestimmt aus wie ein junger Mann, der ein geregeltes Leben führte. Der ein geregeltes Leben führte und zwanzig Jahre später mit Rückenschmerzen in seinem Einfamilienhaus in einem Vorort sitzen würde.

Einige Monate nachdem wir uns kennengelernt hatten, stellte mir Sylvie Édouard vor. «Der Mann meines Lebens», verkündete sie trocken. Solche Worte beeindruckten mich immer. Diese triumphale Beredtheit, diese sagenhafte Gewissheit in der ungewissesten Sache der Welt: der Liebe. Wer vermag zu sagen, ob das, was jetzt ist, immer so sein

---

* Das heißt der Meinung meiner Eltern.

wird? Jedenfalls hatte sie wohl recht, denn ihre anfängliche Gewissheit wurde durch die Jahre nicht erschüttert. Sylvie und Édouard bildeten ein unwahrscheinlich anmutendes Paar, bei dem niemand hätte sagen können, ob die beiden auch ein paar Dinge gemeinsam hatten. Sylvie, die mir gegenüber immer die Schönheit des Flatterhaften gerühmt hatte, hatte sich unsterblich in einen Studenten der Zahnmedizin verliebt. Dass auch Édouard künstlerisch veranlagt war, sollte sich mir erst mit der Zeit erschließen. Aber er konnte mit der Begeisterung eines Künstlers von seiner Arbeit reden. Ekstatisch studierte er die zahnärztlichen Instrumentarienkataloge – sein Bohrer musste immer der letzte Schrei sein. Um ein Leben mit den Zähnen fremder Leute zu verbringen, ist sicher eine gehörige Portion Wahnsinn vonnöten. Auch das begriff ich erst nach einer Weile. Nachdem ich ihn zum ersten Mal getroffen hatte, erinnere ich mich, wollte ich von Sylvie wissen:

«Mal ehrlich, was gefällt dir an ihm?»

«Die Art, wie er von meinen Backenzähnen spricht.»

«Jetzt hör aber auf, sag mal im Ernst.»

«Ich weiß es nicht, er gefällt mir eben. Das ist einfach so, fertig.»

«Aber du kannst dich doch nicht in einen Zahnarzt verlieben. Niemand mag Zahnärzte. Und nebenbei bemerkt, wird man gerade deswegen Zahnarzt, weil einen niemand mag …»

Das hatte ich aus Eifersucht gesagt oder vielleicht auch, um ihr ein Lächeln abzuringen. Sie strich mir mit der Hand übers Gesicht und sagte dann:

«Du wirst sehen, du wirst ihn auch mögen.»

« … »

Zu meinem großen Erstaunen sollte sie recht behalten. Édouard wurde mein bester Freund.

Ein paar Monate später begegnete mir selbst die große Liebe. Die Sache war eigentlich ganz leicht. Jahrelang hatte ich mich in Mädchen verliebt, die mich überhaupt nicht beachteten. Mein mangelndes Selbstvertrauen nagte an mir, während ich versuchte, das Unerreichbare zu erreichen. Als Élise auftauchte, hatte ich die Hoffnung auf ein Leben in Zweisamkeit fast schon aufgegeben. Es gibt dazu im Prinzip nichts zu erzählen; ich meine, alles war so selbstverständlich. Es war einfach schön, wenn wir zusammen waren. Wir gingen spazieren, ins Kino und redeten von den Dingen, die uns etwas bedeuteten. Nach all den Jahren bin ich immer noch ergriffen, wenn ich an unsere Anfänge zurückdenke. Es kommt mir so vor, als liege diese Zeit zum Greifen nahe. Ich kann kaum glauben, dass wir gealtert sind. Aber wer kann das schon? Édouard und Sylvie sind immer noch da. Wir sitzen beim Essen und reden noch immer über die gleichen Themen. Die Zeit kann uns nichts anhaben. Alles bleibt, wie es war. Bis auf eines: diese Rückenschmerzen, die ich seit heute habe.

Auf Sylvies Ratschlag hin ging ich nach oben und legte mich hin. Die Schmerzen unbekannter Herkunft ließen nicht nach. Mein Schädel brummte wie nach einer durchzechten Nacht. Dabei hatte ich nur ein Glas Wein getrunken. Nach ein paar Minuten gesellte sich Édouard zu mir:

«Na, wie geht's? Wir machen uns schon Sorgen um dich.»

«Das ist echt nicht lustig gerade.»

«Das glaub ich. Ich kenn dich, du bist ja sonst nicht der Mann, der groß Theater macht.»

«…»

«Kann ich mal sehen, wo es wehtut?»

«Hier», sagte ich und deutete auf die Stelle.

«Wenn es dir nichts ausmacht, schau ich mir das mal an.»

«Aber du bist doch Zahnarzt.»

«Na ja, ein Zahnarzt ist immerhin auch ein Arzt.»

«Ich versteh nicht recht, was die Zähne mit dem Rücken zu tun haben sollen.»

«Also darf ich mir das jetzt mal anschauen oder nicht?»

Ich hob das Hemd hoch, und Édouard tastete meinen Rücken ab. Einige Augenblicke lag eine potenzielle Schreckensnachricht in der Luft, doch dann erklärte er zu meiner Beruhigung, er könne nichts Auffälliges erkennen.

«Spürst du nicht diese kleine Schwellung?»

«Nein, da ist keine Schwellung.»

«Aber ich spüre sie.»

«Das ist ganz normal. Wenn man Schmerzen hat, bildet man sich manchmal solche Sachen ein. Das sind durch die Schmerzen verursachte Sinnestäuschungen. Meine Patienten haben das auch oft. Sie sagen immer, dass ihre Wange geschwollen ist, obwohl das gar nicht stimmt.»

«Aha …»

«Nimm zwei Paracetamol und ruh dich ein wenig aus.»

Meine innere Stimme sagte mir: Er ist Zahnarzt. Das war gerade die Diagnose eines Zahnarztes. Von Rückenschmerzen hat er keine Ahnung. Zahnärzte haben im Allgemeinen keine Ahnung von Rückenschmerzen. Ich bedankte mich etwas mürrisch bei ihm und versuchte dann einzuschlafen. Die zwei Tabletten taten mir merkwürdig gut. Ich schlief tatsächlich ein. Und träumte davon, dass die Schmerzen nur Hirngespinste waren und sich alles schön wieder einrenkte. Als ich aufwachte, warf ich einen Blick aus dem Fenster. Édouard und Sylvie waren anscheinend schon weg, denn Élise kniete im Garten und schnupperte an den Blumen. Ich weiß nicht, wie Frauen es anstellen, aber oft spüren sie, wenn man sie ansieht. Wie durch Zauberei drehte die meine ihren Kopf in meine Richtung. Sie schenkte mir ein Lächeln, worauf ich mit einem Lächeln erwiderte. Ich dachte, jetzt könne der Sonntag endlich beginnen. Gegen Abend kamen die Schmerzen allerdings in heftiger Form wieder.

2

Intensität der Schmerzen: 6*
Gemütslage: unruhig

3

Nachts wachte ich unzählige Male auf und starrte die Leuchtziffern des Radioweckers an. Ich ärgerte mich, weil ich mir in der Apotheke nicht noch ein paar Schmerztabletten besorgt hatte, und dachte mit Schrecken an den mir bevorstehenden Montagmorgen. Es stand ein extrem wichtiges Meeting mit den Japanern an, und ich fragte mich, wie ich das überstehen sollte. Seit Wochen arbeitete ich auf diesen Termin hin. Herr Osikimi persönlich war angereist, um die Vertreter unseres Architekturbüros zu treffen. Für mich war das auch die Chance zu zeigen, dass ich mehr draufhatte als Yann Gaillard. Yann Gaillard war mein großer Rivale, auch im Hinblick auf eine in Aussicht gestellte Gehaltserhöhung. Aber während ich den Kampf mit ehrlichen und

---

* Auf einer Skala von eins bis zehn.

angemessenen Waffen focht, griff er zu allen Mitteln, um mich zur Strecke zu bringen. Er machte mir den Büroalltag zur Hölle. Dennoch hielt ich mich ran (schließlich hatte ich den Kredit für das Haus zurückzuzahlen) und blickte nebenbei neidvoll auf meine Freunde, die sich in ihrem Berufsleben verwirklichten, während das meine immer unmenschlichere Züge annahm.

Als der Wecker summte, war ich schon längst wach. Ich sagte zu meiner Frau, dass ich so gut wie nicht geschlafen hatte.

«Langsam mache ich mir aber richtig Sorgen. Ich fahr dich gleich nach dem Frühstück in die Notaufnahme.»

«Ich kann nicht. Ich hab doch diese Besprechung.»

«Aber schau dich doch an, so kannst du da nicht hingehen. Ruf an und sag, du kommst ein bisschen später. Sie werden bestimmt auf dich warten. Jeder weiß, dass du nicht der Typ bist, der ein großes Theater macht …»

Das hörte ich nun schon zum zweiten Mal. Ich fragte mich, wie ich das verstehen sollte. Meiner näheren Umgebung war sicherlich bekannt, dass ich nicht zu Übertreibungen neigte. Meine Worte entsprachen stets meinen Gedanken, das war wohl gemeint mit «kein großes Theater machen».

Meine Frau überredete mich, ins Krankenhaus zu fahren. Mit einer SMS informierte ich Mathilde, meine Schweizer Sekretärin, über meine Verspätung.

«Ich bin mir sicher, dass das alles zusammenhängt», meinte Élise unterwegs.

«Was?»

«Na, deine Rückenschmerzen und diese Besprechung. Die ganze Zeit redest du davon, wie wichtig diese Besprechung ist. Und vor lauter Aufregung hast du jetzt Rückenschmerzen.»

«Na ja … schon möglich …»

Kurz darauf erhielt ich – immer noch auf dem Weg ins Krankenhaus – eine SMS von Gaillard: «Mathilde hat mir Bescheid gesagt wegen deinem Rücken. Keine Sorge, die Japaner kommen auch ein bisschen später. Wir warten auf dich. Bis dann.» Ich hasse Leute, die «bis dann» schreiben. Oder zumindest hasste ich an diesem Typen einfach alles. Mit jedem anderen Gruß hätte er dieselben Ekelgefühle in mir hervorgerufen. Élises Anwesenheit dämpfte zum Glück die in mir aufsteigende Wut. Sie hatte das Radio angemacht. Die Lieder der Vergangenheit wiegten uns in den Montagmorgen. In Anbetracht der bedrückenden Gegenwart schwelgte ich in Nostalgie.

Im Krankenhaus nahmen wir in einem riesigen, von gelben Neonröhren erleuchteten Wartesaal Platz. Wir waren von allerlei schmerzverzerrten Gesichtern umringt. Die Runde derer, die einen verhängnisvollen Sonntag erlebt hatten. Alle wirkten von Angst erfüllt. Ich schämte mich ein bisschen dafür, aber es beruhigte mich irgendwie, Leute zu sehen, denen es noch schlechter ging. Das ist ja der Sinn von Wartezimmern: die eigene Lage im Vergleich zu der der anderen taxieren. Man beschnüffelt sich gegenseitig, sendet prüfende Blicke aus. Ich kam mir nicht so vor wie der dringendste der

dringenden Notfälle. Neben mir saß ein vor Schmerz ge-
krümmter junger Mann, der beängstigend vor sich hin
stöhnte. Er murmelte unverständliches Zeug, vielleicht be-
tete er. «Wollen Sie nicht lieber ihn zuerst drannehmen?»,
fragte ich, als ich aufgerufen wurde. Die Schwester zeigte
sich ehrlich erstaunt, sicherlich war sie es gewohnt, dass jeder sich selbst der Nächste war.

«Machen Sie sich keine Sorgen. Die Ärzte werden sich
um ihn kümmern.»

«…»

«Raum zwei, bitte.»

«Ah, wunderbar … vielen Dank.»

Ich stand auf und musterte ein letztes Mal den jungen
Mann. Sein Zustand schien auch Élise ganz aus der Fassung
zu bringen. Als ich mich auf den Weg zu meiner Untersuchung machte, sagte sie jedoch:

«Ich geh in der Zwischenzeit zu Décorama, diesem
Inneneinrichtungsgeschäft da um die Ecke. Ich würde mich
gern nach einer neuen Wohnzimmerlampe umschauen.»

«Aha …»

«Ruf mich an, wenn du fertig bist.»

Nachdem sie erst so viel Mitgefühl gezeigt und mich hierher gebracht hatte, ließ sie mich plötzlich allein. Vielleicht
wollte sie nicht dabei sein, wenn das fatale Verdikt gesprochen wurde. Nein, das klang nicht plausibel. Hätte sie das
Schlimmste befürchtet, wäre sie nicht einkaufen gegangen.
Aber ich hatte keine Zeit, darüber nachzudenken, warum
sie die Flucht ergriff. Es war letztlich auch nicht so wichtig,

ob sie ihre Nervosität verbarg oder (wie das in festen Beziehungen manchmal vorkommt) schlicht eine Anwandlung von Gefühllosigkeit hatte. Ich glaube, sie wollte vor allem die Dramatik des Augenblicks herunterspielen, und deswegen ging sie mit der Situation wie mit einem harmlosen Spaziergang um, auf dessen Weg ein paar Geschäfte lagen. Im Grunde war das sicher die richtige Einstellung. Mir dagegen kam es so vor, als lastete die ganze Welt auf meinen Schultern. Ich schaffte es nicht, der Situation mit Würde zu begegnen. Es war absurd, jeder hat Rückenschmerzen, das war doch gar nicht der Rede wert. Ich unterzog mich genau der Art von ärztlicher Untersuchung, bei der meine Frau in der Zwischenzeit problemlos einkaufen gehen konnte.

In Raum zwei musste ich noch ein wenig warten. Das Stadium der Klassifizierung war abgeschlossen, ich war in die richtige Abteilung vorgedrungen. Dass ich so konzentriert war auf die Vorgänge um mich herum, hatte einen merkwürdigen Effekt: Die Schmerzen waren wie weggeblasen. Der Doktor rief mich auf, ich solle ihm folgen. Als ich ihm so gegenübersaß, ging es mir plötzlich wieder gut. Er musste mich für einen eingebildeten Kranken halten, der wegen jeder Kleinigkeit zum Arzt rennt. Einen von der Sorte, die das staatliche Gesundheitswesen mit ihrer Zimperlichkeit belasten. Oder auch: für einen, der ein großes Theater macht. Édouard erklärte mir später, als ich ihm die Geschichte erzählte, dass es sich dabei um ein psychologisches Phänomen handele, das bei Arztbesuchen häufig auftritt. Die Krankheiten verpuffen, aus Angst, ans Tageslicht befördert zu werden.

Der Doktor bereitete mir einen warmherzigen Empfang, als wäre ich an diesem Tag sein einziger Patient. Er liebte seinen Beruf, streifte seinen Kittel jeden Morgen mit ungebrochener Hingabe über, das war zu spüren. Ich stellte mir vor, dass er verheiratet war, und seine Frau freiberuflich in Teilzeit arbeitete. Im Sommer fuhren sie nach Sizilien zum Tiefseetauchen. Sie hatte Angst, aber er würde sie beruhigen. Hübsche Vorstellung, mit ihm in Urlaub zu fahren.

«Sie haben Glück. Heute ist nicht viel los.»

«Ah … so ein Glück.»

«Die Leute warten oft vier oder fünf Stunden. Manchmal sogar acht.»

«Dann hab ich ja wirklich Glück …»

«Also, was kann ich für Sie tun?»

«Ich hab seit gestern starke Rückenbeschwerden.»

«Haben Sie die oft?»

«Nein, das ist das erste Mal.»

«Haben Sie sich besonders angestrengt?»

«Nein, eigentlich nicht. Das ist einfach so passiert. Gestern. Beim Essen.»

«Worüber haben Sie sich unterhalten? Haben Sie sich beim Reden irgendwie verkrampft?»

«Nein … das kann nicht sein. Es waren ganz normale Gespräche.»

«Stehen Sie gerade unter besonderer Anspannung?»

«Schon ein bisschen.»

«Stress ist die häufigste Ursache von Rückenschmerzen. In diesem Teil des Körpers nisten sich die Sorgen ein.»

«Aha …»

Das war wahrscheinlich sein Standardspruch bei Rückenschmerzen, der eine Ausnahmesituation fast normal erscheinen ließ. Ein Angestellter, der unter Druck steht, das ist nichts Ungewöhnliches. Die Menschheit ist eine Armee der Angsterfüllten. Vollkommen logisch.

«Bitte oben freimachen und auf den Bauch legen.» Ich gehorchte. Als ich das letzte Mal diese Stellung eingenommen hatte, war ich mit Élise auf Thailandreise gewesen. Eine junge Frau mit langen schwarzen Haaren rieb mich mit ätherischen Ölen ein und massierte mich. Einen krasseren Gegensatz zur augenblicklichen Lage konnte ich mir kaum vorstellen. Eine Weile tastete der Arzt wortlos meinen Rücken ab. Sein Schweigen erschien mir äußerst beredt. Endlich sagte er etwas:

«Ist das die Stelle, wo es wehtut?»

«Hm … na ja … so ungefähr.»

«Verstehe … verstehe …»

Warum sagte er zweimal «verstehe»? Das ist immer ein schlechtes Zeichen, wenn die Leute Dinge zweimal sagen. Es kam mir so vor, als wolle er Zeit gewinnen, bevor er den Urteilsspruch verkündete.

«Na gut … wir machen mal ein paar Röntgenaufnahmen. Vielleicht hilft uns das weiter …»

«Das hilft … wozu?»

«Um zu einer Diagnose zu kommen.»

« … »

«Sie können gleich in die radiologische Abteilung gehen.»

«Das ist ein bisschen schwierig, ich hab nämlich eine wichtige Besprechung heute Morgen. Kann das nicht bis heute Abend oder morgen Vormittag warten?»

«Na ja, sicher … aber lassen Sie sich nicht zu viel Zeit …», riet er in einem Ton, der mich alarmierte, da er die Dringlichkeit der Angelegenheit ganz offensichtlich zu vertuschen suchte. Ich bemühte mich, ruhig Blut zu bewahren und tapfer die tausend finsteren Gedanken zu verscheuchen, die mir durch den Kopf schossen. Ich bedankte mich sogar bei ihm, bevor ich mechanisch mein Hemd überstreifte. Als ich in der Tür stand, hoffte ich, er würde noch ein beruhigendes Wort sagen. Ich schaute ihn an wie ein Hund, der um einen Knochen bettelt. Aber ich bekam keinen. Der Doktor war in Gedanken schon woanders. Über andere Patienten gebeugt, über andere Rücken. Es war ein fast demütigender Moment.

Am Empfang bekam ich einen Termin für den nächsten Morgen. Die Schwester verstand mich nicht recht, ich musste mein Anliegen mehrmals wiederholen. Mir blieben die Worte im Halse stecken. Ich fühlte mich so schlecht. Immer wieder dachte ich an die Begegnung mit dem Arzt. Er hatte nicht «das ist nichts Schlimmes» oder «Sie sind nur ein bisschen verspannt» gesagt. Er hatte erst lange geschwiegen und dann verkündet, dass Röntgenaufnahmen gemacht werden mussten. Dieser Mann sah den ganzen Tag nichts anderes als Rücken. Er kannte sich mit Rücken besser aus als sonst irgendjemand, und er hatte beschlossen, dass ich noch nicht fertig war. Schlimmer noch, er hatte davon gesprochen, dass man *zu einer Diagnose kommen* musste. Das hieß, er hatte ein Problem festgestellt, denn er musste zu dieser Diagnose erst noch kommen. Das war also erst der Anfang. Überhaupt: Diagnose hörte sich gar nicht gut an. Ich konnte das nicht anders verstehen. Wenn man etwas diagnostiziert, dann immer eine Krankheit. Diagnose klang wie der Anfang vom Ende.

Ich versuchte mich zu fassen. Offensichtlich sah ich alles schwarz. Meine Angst verzerrte die Wirklichkeit, ich fantasierte mir die Befangenheit des Arztes zusammen. Er hatte einfach ganz normal und entspannt mit mir geredet, wie man es mit Patienten, die nichts Schlimmes haben, eben tut. Für ein paar Augenblicke wiegte ich mich in dieser beruhigenden Vorstellung, um dann erneut in die grausame Wirklichkeit zurückzukehren. Irgendetwas war ihm aufgefallen, so viel stand fest. Ich war bei klarem Verstand, und genau deswegen fürchtete ich den weiteren Lauf der Ereignisse. Seitdem ich das Behandlungszimmer verlassen hatte, waren übrigens auch die Schmerzen wieder da. Die Krämpfe wurden immer heftiger. Ich hatte den Eindruck, dass die Schmerzzone sich ausgebreitet hatte, wie ein Tintenfleck auf einem Blatt Papier. Sie erstreckte sich nun über die gesamte Hüftgegend und ging hinunter bis zum Steißbein.

Am Ausgang erwartete mich Élise.
    «Na? Du bist ja ganz bleich.»

«Ich muss morgen noch mal zum Röntgen kommen.»

«Zum Röntgen?»

«Na ja, bloß um sicherzugehen.»

«…»

Ich glaube, sie machte noch zwei oder drei Bemerkungen, aber ich hörte gar nicht zu. Ich versuchte, mich auf die anstehende Besprechung zu konzentrieren. Doch meine Gedanken kehrten immer wieder zu dem Gespräch mit dem Arzt zurück. Ich ließ mir noch einmal durch den Kopf gehen, was er ganz am Anfang gesagt hatte. War während des Essens etwas vorgefallen, das mich aus der Bahn geworfen hatte? War irgendein Wort gefallen, ein Satz, hatte sich jemand zu einer Geste hinreißen lassen? Ich dachte an das Geplauder mit Sylvie und Édouard, aber ich sah keinen Zusammenhang mit meinen Schmerzen. Mit denen war ich gerade etwas zu sehr beschäftigt, um mich an die Worte von gestern zu erinnern. Heute Abend, wenn ich Ruhe hatte, würde ich die ganze Unterhaltung aufschreiben. Ich wollte Ermittlungen aufnehmen, methodisch agieren, keine Spur außer Acht lassen, den Weg zurückverfolgen bis zu dem Moment, wo alles angefangen hatte. Bei Schmerzen musste man wie bei einem Verbrechen vorgehen. In unser Schweigen bei der Autofahrt hinein sagte Élise plötzlich:

«Bist du sauer, weil ich nicht dageblieben bin?»

«Ach was … überhaupt nicht …»

«Ich fand das beängstigend, da mit dir zu warten. Ich bin mir vorgekommen wie meine Mutter, die mit meinem Vater immer zur Chemotherapie gefahren ist.»

«…»

Ich wunderte mich, dass meine Frau zwischen meinem Zustand und dem Krebs ihres Vaters eine Verbindung sah. Das war ja kein besonders beruhigender Vergleich. Aber ich verstand sie und war erleichtert: Dass sie gegangen war, hing nicht damit zusammen, dass sie irgendwie gefühlskalt war. Wie war ich überhaupt auf den Gedanken gekommen? Élise war die perfekte Frau, die geschickt abwechselnd Mitleid zeigte und dann wieder Optimismus versprühte. Die Vorstellung, dass ich nun zur Arbeit wollte, gefiel ihr zwar nicht, aber ihr war klar, wie wichtig diese Besprechung war. Sie fuhr mich hin. Ich hatte erst ein Taxi nehmen wollen, damit sie nicht noch mehr zu spät kam, aber sie meinte nein. Sie gab einfach ihrer Mitarbeiterin Bescheid. Meine Frau war ihr eigener Chef und konnte sich ihre Zeit frei einteilen. Sie leitete einen Kindergarten. Ihre Kundschaft bestand aus Männern und Frauen, die entzückt waren, wenn sie ihre Sprösslinge am Ende des Tages wiedersahen. Es herrschte eine freundliche Atmosphäre, dem Ernst des Lebens ging eine heile Welt voraus. Élise war glücklich in ihrem Beruf, es gab nur ein Problem: Die Kinder erkannten sie nie. Wenn ihr eins auf der Straße über den Weg lief, starrte es sie an, als hätte es sie noch nie gesehen. Sie sagte oft: «Wirklich schade, dass das Gedächtnis sich nicht früher entwickelt.»

Kurz vor zehn waren wir da. Rechtzeitig zu meiner Besprechung. Élise legte mir, bevor ich aus dem Auto stieg, die Hand aufs Gesicht und flüsterte: «Alles wird gut.»

4

Intensität der Schmerzen: 6
Gemütslage: angsterfüllt

5

Seit über zehn Jahren arbeitete ich für Max-Bacon, ein bedeutendes Architekturbüro. Ich kümmerte mich um die Finanzierung der Projekte, was mich nicht davon abhielt, eine feinfühlige, um nicht zu sagen künstlerische Herangehensweise an die Sache zu entwickeln. Auch wenn mein Job nicht wirklich prickelnd war, hatte ich doch eine Schwäche für das Leben der Abrechnungen und Bilanzen. Mich streifte sogar die Ahnung, dass Zahlen eine sinnliche Seite haben. Ich dichtete den Dingen gern Gefühlswelten an, auch nebensächlichen wie meiner Büroeinrichtung. Zum Beispiel empfand ich so etwas wie Zuneigung zu meinem Schrank, der herzzerreißend quietschen konnte. Ich litt an einer Art Stockholm-Syndrom, das ich auf die Möbel übertrug. So wie manche im Laufe einer Gefangenschaft beginnen, ihren Peiniger ins Herz zu schließen, begann ich, die tote Welt unserer Firma zu mögen. Wundervolle Jahre hatte ich in dieser seelenlosen Enge verlebt, und es machte mich traurig zu sehen, wie der Wettbewerb dieses Glück allmählich zerstörte. So war es nun mal, die Welt hatte sich verändert. Effizient sein. Produktiv sein. Rentabilität. Man kämpfte gegen all die neuen Dienstanweisungen. Die nächste Generation, ausgehungert von der Arbeitslosigkeit, robotisiert von den neuen Technologien, befand sich auf dem Vormarsch. All das erzeugte enorm viel Stress. Vorbei die Zeit, in der man am Freitagabend noch einen Drink bei einem Kollegen nahm. Es regierte das Misstrauen. Freundschaftliche Beziehungen galten geradezu als suspekt. Nach Jahren der Unbekümmertheit glich das Berufsleben nun einem Land unter fremder Besatzung, und ich fragte mich, ob ich mich dem Widerstand anschließen oder kollaborieren sollte.

Bei meiner Ankunft an diesem Morgen sprang ich in den Aufzug, der mich in den siebten Stock hinaufbrachte, wo die Besprechung stattfand. Auf dem Weg nach oben musterte ich mich in dem großen Spiegel, der den Leuten dazu diente, sich noch einmal die Krawatte gerade zu rücken, die Haare oder den Rock glatt zu streifen. Ich stellte erneut fest, dass ich ein dramatisches Bild abgab, aber mir fiel noch ein viel wesentlicheres und sonderbareres Detail auf: ein Schweißtropfen. Es war das erste Mal, dass ich – ohne mich körperlich angestrengt zu haben – schwitzte. Einen Augenblick betrachtete ich die Perle an meiner Schläfe und wischte sie dann weg. Als ich aus dem Aufzug stieg, lief ich direkt Gaillard in die Arme.

«Ah, da bist du ja. Zum Glück sind die Japaner auch später gekommen, so hast du nichts verpasst.»

«Ja … prima …»

«Und was machen deine gesundheitlichen Probleme? Ich hab gehört, du warst in der Notaufnahme.»

«Ach ja, danke, geht schon wieder. War falscher Alarm.»

«Super, aber du kannst uns ja auch nicht einfach im Stich lassen. Wir brauchen dich hier, alter Schwede!»

Bei dem letzten Satz hatte er mir auf die Schulter geklopft. Zwei alte Freunde, hätte man meinen können, und seine Sorge um mich wirkte echt. Einen Augenblick lang dachte ich, vielleicht hatte ich unser Verhältnis falsch eingeschätzt. Er schien sich wirklich zu freuen, dass ich wieder da war. In dieser Besprechung ging es um ein riesiges Wiederaufbauprojekt in Fukushima. Osikimi und seine Kollegen waren angereist, um die finanzielle Seite der Angelegenheit zu regeln. Gaillard und ich hatten zusammen ein Angebot ausgearbeitet. Bei so einer entscheidenden Sitzung war Jean-Pierre Audibert, unser Chef, natürlich auch mit von der Partie. Audibert war ein ganz typischer Chef, der manchmal so tat, als nehme er am Leben seiner Angestellten Anteil, obwohl er zu anderen Menschen eigentlich gar keine Beziehung hatte. Er war zum Chef wie geschaffen. Als Kind hatte er den Privatunterricht genossen, der ihn auf die Eliteuniversitäten des Landes vorbereitete. Als er dann die führende Wirtschaftshochschule besuchte, ließ er sich ein wenig gehen. Er hielt den ständigen Druck nicht aus und fing an zu trinken und Marihuana zu rauchen. Doch bald sah er ein, dass er für Abstürze nicht sonderlich begabt war, und besann sich auf seine angeborene Disziplin. Er hatte ein Leben lang gerade gestanden. Nicht einmal sein schmaler grauer Schnurrbart, der irgendwie englisch anmutete, wich von dieser Geradlinigkeit ab.

In wichtigen Momenten konnte Audibert natürlich auch herzlich sein. Den Japanern war die Sache richtig peinlich. Zu-spät-Kommen ist in Japan eine der äußersten Formen der Unhöflichkeit. Als er sie begrüßte, machte Audibert einen kleinen Spaß und meinte, er rechne ihnen die Anstrengung, die sie unternommen hätten, sich an unsere Sitten und Gebräuche anzupassen, hoch an. Er deute die Verspätung als « Hommage an Frankreich ». Alle lächelten ein wenig verkrampft. Mehr verdiente sein furchtbar typischer Verhandlungshumor auch nicht. Immerhin trug er zur Entspannung der Atmosphäre bei, als es losging. Wir gingen methodisch vor und erörterten die Einzelheiten des ehrgeizigen Projekts Punkt für Punkt. Total konzentriert auf meine Akte, vergaß ich meine Rückenschmerzen und fühlte mich rundum wohl, als einer von Osikimis Beratern (der, der französisch sprach) mir plötzlich ins Wort fiel:

« Entschuldigen Sie, dass ich Sie unterbreche, aber ich verstehe nicht, wie Sie zu diesem Resultat kommen. »

« Zu welchem Resultat, bitte? »

« Bei dem Einkaufszentrum. »

« Ach so … »

« Die Kosten, die Sie ermitteln, sind viel zu hoch. Ich kenne Ihre Berechnungsgrundlagen nicht, habe keine

Ahnung, wie Sie zu Ihren Zahlen kommen, aber immerhin weiß ich, dass Ihr Angebot alles andere als akzeptabel ist.»

«Aber …»

«Ich fürchte, mein Vorgesetzter wird aufstehen und gehen, wenn ich das so übersetze.»

«Ich versteh das nicht … ein besseres Angebot kann man doch gar nicht machen», stammelte ich.

Es entstand eine Pause, in der wir uns gegenseitig mit Blicken durchbohrten. Ich spürte, dass Audibert mich vernichtend anstarrte. In dem Moment bildete sich eine zweite Schweißperle auf meiner Stirn (die erste war anscheinend nur eine Art schlimme Vorahnung gewesen). Was hatte ich an dieser Akte gearbeitet. Unsere Margen waren eng, ich hatte kein Verständnis für diese Reaktion. In meinem Kopf liefen noch einmal die Kalkulationen der vergangenen Monate ab, ähnlich wie bei einem Sterbenden, an dem noch einmal die Bilder seines Lebens vorbeiziehen. Aber nein, ich verstand beim besten Willen nicht, wo das Problem lag.

Doch das Problem war nicht zu übersehen, es saß mir gegenüber. Plötzlich meldete Gaillard sich zu Wort:

«Ich glaube, die Angaben unseres Mitarbeiters sind nicht ganz vollständig, er geht von falschen Voraussetzungen aus. Ich weiß, welchen Fehler er gemacht hat, der nun Ihren Unmut erzeugt …»

« … »

«Die Sache ist im Grunde ganz einfach … das hier ist

falsch beziffert, das werden wir gleich ändern … sehen Sie sich dieses Schriftstück an … blabla … blabla …»

Den Rest seiner glorreichen Rede bekam ich nicht mehr mit. Er hatte mich in eine Falle gelockt, indem er mir die ganze Zeit falsche Dokumente zugespielt hatte. Und er hatte gewartet, bis ich mich vor versammelter Mannschaft zum Affen machte, um dann die Situation retten zu können. Der Arme hatte bestimmt ganz schöne Ängste ausstehen müssen, dass ich womöglich heute tatsächlich nicht kommen könnte. Jetzt verstand ich, warum er vorhin so erleichtert gewesen war, dass ich endlich da war. Das war der Gipfel der Böswilligkeit. Was sollte ich jetzt machen? Schreien? Alles kurz und klein schlagen? Nein, ich unternahm am besten nichts. Wenn ich etwas unternahm, setzte ich ja den Auftrag aufs Spiel. Also schwieg ich. Bis die Japaner weg waren. Die Besprechung dauerte noch eine Stunde. Eine lange, demütigende Qual, die japanische Version der chinesischen Folter.

Die Japaner, sonst die Höflichkeit in Person, beachteten mich kaum, als sie aufbrachen. Ich saß reglos im leeren Konferenzraum, betrachtete die Wandtafel, die Fukushima eine glänzende neue urbane Perspektive aufzeigte. Hörte, wie Audibert draußen im Flur herumschrie: «Wo steckt er nur, dieser Trottel!?», bis er mich schließlich aufspürte. Mein Chef kam mir so groß vor, überdimensional, es sah fast so aus, als würde er gleich mit dem Kopf an die Decke stoßen. Im ersten Augenblick sagte er gar nichts, aber ich wusste, dieses Schweigen verkündete Unheil. Man nennt das auch: die Ruhe vor dem Sturm. Ich sah ihn schon in dieser

Ruhe heraufziehen. Er braute sich langsam zusammen, um dann plötzlich loszubrechen. Jetzt:

«Was ist denn in Sie gefahren? Sie sind ja unser Untergang!»

«Aber … »

«Kein Aber! Zum Glück ist Ihr Kollege eingeschritten. Sie werden in diesem Betrieb vorerst keine weiteren Aufgaben mehr übernehmen!»

« … »

«Ich bin enttäuscht. Furchtbar enttäuscht …»

« … »

«Sie machen bis auf Weiteres gar nichts. Sie machen gar nichts, verstanden?»

« … »

«Verstanden??!!»

«Ja … »

Er redete mit mir wie mit einem kleinen Kind. Die totale Erniedrigung. Ich hätte heulen können, aber das hatte ich zum Glück verlernt. Es war wirklich lange her, dass ich das letzte Mal geweint hatte. Mir war schon die Gebrauchsanweisung für meine Tränendrüsen abhandengekommen. Audibert brüllte noch ein bisschen weiter, dann ging er endlich. Ich hatte mich fast in nichts aufgelöst, als mein Rücken sich wieder zu Wort meldete. Auf dem Wettlauf ins Desaster gab mein Körper alles, um den Geist einzuholen. Aber dass die Rückenschmerzen nun mit dem Ausgang der Besprechung zusammenhingen, konnte ich mir trotzdem nicht vorstellen. Die Ärzte würden herausfinden, dass ich eine unheilbare Krankheit hatte. Das kam mir ganz zupass. Dann würde auch mein Chef nicht mehr sauer sein. Eine andere Möglichkeit, mein Image wieder aufzupolieren, fiel mir gar nicht ein. Es würde ihm noch leidtun, dass er mich so angeschrien und von allen Aufgaben entbunden hatte. Denn schließlich war ich dem Tod geweiht.

Da betrat Gaillard den Raum. Mit perversem Gesichtsausdruck und im Stile eines kleinbürgerlichen Abteilungsleiters. Sein Gesicht glänzte vor Verzückung. Ich fragte mich, wie man eine solche Entschlossenheit an den Tag legen konnte, einen Kollegen aus dem Weg zu räumen. Vor allem mich. Ich war doch weder der unliebsamste noch der geltungssüchtigste. Die Willkür seiner Grausamkeit erregte ihn wahrscheinlich noch mehr. Ohne Grund machte es viel mehr Spaß. Er schaute mich scharf an und sagte dann: «Jedem das Seine.» Das war der dämlichste Satz, den ich je gehört hatte. Warum musste er seine Gemeinheit auch noch in Worte fassen? Jedem das Seine, jeder ist sich selbst der Nächste, das hatte ich mir schon gedacht, da brauchte ich ihn nicht dazu. Anscheinend wollte er mir den Rest besorgen. Er sah mir noch einmal fest in die Augen. Bestimmt dachte er sich: «Das gibt's doch gar nicht, dass er überhaupt nicht reagiert, das gibt's doch gar nicht ...» Er schien sich über mein Verhalten zu wundern. Ich saß wie erstarrt da, und dahinter steckte keine Absicht. Ich konnte gar nicht anders. Staunte einfach nur über die Dinge, die geschahen. Aber alles hat ja seine Zeit. Ich wusste noch nicht, wann und wie, aber eins stand fest: Irgendwann würde ich zurückschlagen.

6

Intensität der Schmerzen: 8
Gemütslage: bereit zu töten

7

Als ich am nächsten Morgen die Patienten im Wartezimmer beobachtete, dachte ich: Jedem das Seine. Da saßen wir und fieberten unserer Diagnose entgegen. Bei manchen würde man einen Tumor feststellen, Krebs vielleicht, doch es würde auch Überlebende geben. Hätte es eine festgeschriebene Anzahl von Überlebenden gegeben, hätten wir uns wie die Tiere darum gerissen, einer von ihnen zu sein. Doch die Ungerechtigkeit des Zufalls machte einen Kampf sinnlos. Jedem das Seine, bedeutete in dem Fall: Im Angesicht des Schicksals ist jeder auf sich allein gestellt. Ich hatte solche Angst, mein bisheriges Leben aufgeben zu müssen. Alles, was mir zuvor so normal erschienen war (meine Gesundheit), erstrahlte nun in neuem Glanz. Ich pries die Stunden des unbändigen gesundheitlichen Glücks, das mir gar nicht bewusst gewesen war, und schwor mir, solche Stunden für den Rest meines Lebens zu genießen, falls ich hier je wieder heil herauskommen sollte.

Meine Frau war diesmal nicht mitgekommen, aber das war mir lieber so. Sollte auf den Röntgenbildern tatsächlich ein Tumor zutage treten, war es besser, wenn ich nicht reden musste. Den anderen die Hiobsbotschaft zu unterbreiten und, i-Tüpfelchen der Ironie, sie dann auch noch beruhigen zu müssen, war wohl das Schlimmste an der Sache. Mein Sternzeichen war der Skorpion, meine Natur die Diskretion. Ich zog mich gerne zurück, behielt die Dinge für mich, handelte im Verborgenen und brachte mich vor der Welt in Sicherheit. Von dem, was im Büro vorgefallen war, hatte ich Élise zum Beispiel gar nichts erzählt. Ich hatte nur flüchtig angedeutet, dass alles ganz gut gelaufen war; es war aber auch nicht besonders schwierig, ihr die Wahrheit vorzuenthalten, denn sie begann gleich darauf, von etwas anderem zu reden. Ihr Interesse an meiner alles entscheidenden Besprechung beschränkte sich auf die höfliche Frage, ob ich einen schönen Tag gehabt habe, auf die sie gar nicht unbedingt eine Antwort haben wollte. Unsere Beziehung plätscherte in einer Formvollendung dahin, die es leicht erlaubte, über die Wunden des anderen hinwegzusehen. Ich musste mich nicht übermäßig anstrengen, um mich zu verstecken. Mein Leben rief ja allgemein nicht gerade überschäumende Aufmerksamkeit bei den anderen hervor. Das heißt, im Grunde log ich mir ein bisschen in die eigene Tasche: Um mich der nicht vorhandenen Aufmerksamkeit der anderen entsprechend zu verhalten, hütete ich meine

Geheimnisse. Aber wenn jemand *wirklich Interesse* an mir zeigte beziehungsweise mir nur eine klitzekleine persönliche Frage stellte, erzählte ich ihm mein Leben von vorne bis hinten. Manchmal beneidete ich die Schamlosigkeit jener Leute, die dank einer wohligen Portion Egoismus stundenlang von sich selbst reden konnten.

Kurze Zeit später wurde ich aufgerufen. Im Gegensatz zu seinem Kollegen vom Vortag kam mir der Radiologe eher distanziert vor. Er erläuterte mir knapp, was ich zu tun hatte, ohne mich dabei auch nur anzuschauen. Zu meiner Beruhigung redete ich mir ein, das sei bestimmt ganz normal. Er war einfach für den technischen Teil zuständig. Die Untersuchung war angeordnet worden, nun wurde sie durchgeführt, kein Grund, sich lange mit meinem Zustand aufzuhalten. Eigentlich kam es mir ganz gelegen, dass die Angelegenheit relativ ungerührt vonstattenging. Nachdem wir dies geklärt hätten, sei seine hübsche junge Assistentin erwähnt, in meinen Augen eine Azubi, die mir verhalten zulächelte. Sie bildete den Gegenpol zur Sachlichkeit ihres Chefs. Ich hatte schon nach wenigen Augenblicken die Bewunderung erkannt, die sie für ihn empfand. Er suhlte sich anscheinend in der Rolle der etwas reservierten ärztlichen Autorität. Wenn sie nicht da gewesen wäre, wäre er vielleicht der gütigste Mensch auf Erden gewesen. Der faszinierte Blick der jungen Frau veränderte ihn, und das war nur mehr als verständlich.

Ich fand das Kranksein an sich schon beschwerlich genug, aber nun musste ich meinen Rücken auch noch gegen eine eiskalte Metallplatte drücken und dabei den Atem anhalten. Gelähmt von der Panik, verstand ich nicht einmal mehr die Anweisungen des Arztes, der mich für einen kompletten Schwachkopf halten musste, als ich mehrmals nachfragte, wie noch mal die Instruktionen gelautet hatten. Mir war nicht ganz klar, wann genau ich die Luft anhalten sollte. Ich hinkte immer einen Atemzug hinterher. Zu der Angst vor dem Untersuchungsergebnis gesellte sich die Angst, ein schlechter Patient zu sein. Kranke wollen immer beweisen, dass sie gute Kranke sind. Manchmal macht man sogar Scherze, um seine Ungezwungenheit vorzuspiegeln. Nicht so ich. Ich hatte mich schnell in alle Einzelteile zerlegt und sehnte mich fast nach der Verkündigung einer tödlichen Krankheit, auf dass diese moderne Folter ein Ende nehme. Ja, «Folter» ist genau das richtige Wort. Der Radiologe, den ich nicht sehen konnte (er befand sich hinter einer Scheibe, durch die man nur von seiner Seite aus hindurchsehen konnte), gab mir Befehle wie ein Scharfrichter, der einen blendet, um nicht erkannt zu werden. Er sagte mir, ich solle mich nach links drehen, dann nach rechts, als habe er es mit einem gerade festgenommenen Verbrecher zu tun, der fotografiert wird.

Nach einiger Zeit verstummten die Anweisungen. Ich bildete mir ein, den Radiologen etwas flüstern zu hören. Wahrscheinlich analysierte er zusammen mit seiner Assistentin die Aufnahmen. Aber warum durfte ich das nicht mit anhören? Er ließ mich einfach mit nacktem Oberkörper an der kalten Metallplatte stehen und spielte den Schlaumeier für diese Tussi, die vielleicht so alt war wie seine Tochter. Ich überlegte, ob ich etwas sagen sollte, «alles in Ordnung?» oder irgendetwas anderes, um den beiden ins Gedächtnis zu rufen, dass ich auch noch da war. Aber ich sagte nichts. Dass ich ausgerechnet bei einem Radiologen landen musste, der mit seiner Assistentin flirtete. Dazu war ich psychisch doch viel zu angeschlagen. Er durfte sie ja verführen, ihr ein Wochenende in Venedig oder Hamburg versprechen, wenn er sich nur auch wieder an mich erinnert hätte. Diese Röntgenuntersuchung zog sich endlos hin. Im Wartezimmer vorhin hatte ich mir ausgerechnet, wie lange eine Behandlung durchschnittlich so dauerte, ich hatte die Zeit gestoppt, und nun stellte ich fest, dass ich die Nase vorn hatte.

Endlich trat der Arzt aus seiner Kabine:

«Ich muss noch ein paar Aufnahmen machen.»

«Noch mehr Aufnahmen? Aber wozu?»

«Ich will nur sichergehen …»

«Sichergehen? Was heißt das?»

«Nichts … es ist bloß … diese eine Aufnahme … das würde ich mir gern noch mal genauer ansehen.»

«…»

«Das geht schnell, machen Sie sich keine Sorgen …»

Und schon war er wieder weg, mir blieb gar keine Zeit zu reagieren. Was kann ein Arzt Beunruhigenderes als «Machen Sie sich keine Sorgen» sagen? Ich versuchte, die Ruhe zu bewahren, die Situation gelassen zu nehmen. Panik half auch nicht weiter. Er wollte sichergehen … aber wie meinte er das?

«Atmen Sie tief ein … und Luft anhalten.»

« … »

«Wunderbar … langsam haben Sie den Dreh raus.»

Ich hatte richtig verstanden. Das war Spaß. Aber wenn die Umstände nun mal nicht lustig sind, ist nichts schwerer zu ertragen als jemand, der krampfhaft versucht, lustig zu sein. Mir ging es schlecht, und er machte seine Witzchen. Das Ganze war kaum noch auszuhalten. Die Situation wurde immer beklemmender. Wie viele halb nackte und von Gott und der Welt verlassene Männer und Frauen mochten in diesem Raum schon dem vernichtenden Urteil entgegengesehen haben? Wie viele waren heiter eingetreten und von Angst zerfressen von dannen gezogen? Ich kannte diesen Arzt überhaupt nicht, ich wollte ihn auch gar nicht kennenlernen, er war mir egal, und doch lag mein ganzes Schicksal in seinen Händen. Seine Aufgabe war es, die guten und die schlechten Nachrichten bekannt zu geben. Es gibt kaum einen demiurgischeren Beruf. Ich könnte den mit Sicherheit nicht ausüben. Würde ich einem bedrohlich anmutenden Röntgenbild gegenüberstehen, müsste ich einem Patienten den unmittelbar bevorstehenden Tod verkünden, würde ich auf der Stelle das Weite suchen. Mein Radiologe war aber immer noch da. Er hatte noch nicht die Flucht ergriffen.

Aus der Kabine heraus rief er, ich dürfe mich wieder anziehen. Immerhin. Glücklich schlüpfte ich in meine Sachen, die mir eine Art Schutz boten. Er kam auf mich zu und vermeldete:

«Also, die Röntgenaufnahmen machen im Großen und Ganzen einen ganz guten Eindruck …»

«Im Großen und Ganzen?»

«Sitzen die Schmerzen hier im unteren Rückenbereich?»

«Ja … genau da.»

«Also, ich denke, das ist nicht so schlimm. Aber hier … ein bisschen weiter oben … da ist so ein kleiner Fleck …»

« … »

«Sehen Sie, hier …», sagte er und deutete auf das Röntgenbild.

«Ich sehe keinen Fleck.»

«Na ja, er ist wirklich winzig klein. Und Sie brauchen sich deswegen keine Sorgen zu machen. Aber sehen Sie ihn wirklich nicht, da?»

«Ach doch, tatsächlich.»

«Das ist jetzt kein Grund, unruhig zu werden … aber ich würde Ihnen eine Magnetresonanztomographie empfehlen.»

«Eine was?»

«Eine Kernspintomographie … damit könnte man Ihren Rücken noch mal eingehender untersuchen. Und einen eventuellen Tumor erkennen.»

«Einen Tumor? Meinen Sie, ich habe einen Tumor?»

«Nein, nein … ich sag das nur ganz allgemein. Wahrscheinlich drücken einfach nur zwei Wirbel ein bisschen aufeinander.»

«Das scheinen Sie aber nicht wirklich zu glauben …»

«Doch, doch …»

«…»

Mir wurde ganz schwindlig angesichts der Worte dieses Mannes. Und schlecht. Ich wollte mich an die Wand lehnen, aber sie schien irgendwie nachzugeben. Der Arzt bat die Assistentin, ein Glas Wasser zu holen, und trat dann näher:

«Hören Sie, das ist eine ganz gewöhnliche Untersuchung … Sie brauchen sich deswegen keine Sorgen zu machen. Es ist nur um sicherzugehen, dass Sie wirklich nichts haben …»

«…»

«Es ist höchst unwahrscheinlich, dass Sie etwas haben», meinte er ohne große Überzeugung, anscheinend wollte er zurückrudern, damit ich nicht auf seiner Station umkippte, was den ganzen Tagesablauf durcheinandergebracht und seine Mittagspause verzögert hätte, in der er ja das kleine Flittchen vögeln wollte. Ich war nicht vollkommen durchgedreht. Dieser Mann hatte wirklich etwas Beunruhigendes an sich. Diese Art, die Sätze nicht zu Ende zu reden, drei Pünktchen zu setzen … Das musste doch etwas zu bedeuten haben. Man macht doch keine solchen Pausen, wenn man nichts zu verbergen hat! Wieso hatte er überhaupt kein Einfühlungsvermögen? Man kann nicht einfach so von «Tumor» sprechen und danach so tun, als sei nichts gewesen. Ich fragte ihn, wann ich zu dieser Untersuchung erscheinen sollte.

«Am besten so bald wie möglich. Dann … haben Sie es hinter sich.»

«Sagen Sie das nur so oder weil Sie nicht sagen wollen, dass die Zeit drängt?»

«Nur so. Je schneller Sie die Sache hinter sich bringen, desto schneller sind Sie beruhigt.»

« … »

«Sie werden überhaupt nichts spüren. Das ist wie im Solarium», schloss er und schaute seine Assistentin an, die mit dem Glas Wasser zurückkam.

Ich zog mich fertig an. Dieser Mann tauchte mich in ein Wechselbad der Gefühle. Wenn man ihm so zuhörte, konnte man glauben, dass ich nichts Schlimmes hatte. Aber auch er wollte weitere Nachforschungen anstellen. Auch er wollte *zu einer Diagnose kommen*. Und nebenbei hatte er das Wort «Tumor» fallen lassen. Das war eines der Wörter, mit denen man mir einen gewaltigen Schrecken einjagen konnte.[*] Da bekam ich den totalen Horror. Ich brauchte lange, bis ich mir das Hemd zugeknöpft hatte. Für jeden Knopf eine Ewigkeit. Beim Hinausgehen begegnete mir noch einmal die Assistentin. Sie schenkte mir ein breites Lächeln und sagte:

«Den Vergleich mit dem Solarium macht er immer, das lockert die Atmosphäre.»

« … »

«Bei Rückenschmerzen steht man unter Stress, das ist ganz normal. Das zehrt einfach an den Nerven.»

« … »

---

[*]   So wie mit «managen», «Bruchteil», «Kontoabschluss», «Sommerurlaub», «Berichterstattung», «blutsverwandt», «Gewebeprobe», «abermalig», «harsch».

«Das wird schon alles wieder. Also dann, ich muss rein …», meinte sie lächelnd.

Ich versuchte ebenfalls zu lächeln, aber der Schmerz verzerrte mein Gesicht. Ich schämte mich für das, was ich über sie gedacht hatte. In Wirklichkeit machte sie einen ganz überlegten, fleißigen und menschlichen Eindruck. Ich schaute ihr nach, und plötzlich ging es meinem Rücken wieder richtig spitze.

8

Intensität der Schmerzen: 8
Gemütslage: verzweifelt

9

Ich konnte mich kaum noch vorwärtsbewegen. Es war, als würde irgendein Körperteil in irgendeiner Tür festklemmen. Bevor ich ging, wollte ich noch kurz den Arzt vom Vortag sprechen. Er lief mir zufällig auf einem der Flure über den Weg. Er erkundigte sich gleich nach meinem Befinden, was in meinen Augen faszinierend war, denn er musste nach mir gut ein Dutzend Patienten behandelt haben, und vermittelte mir das Gefühl, dass unser Termin eben erst gewesen war. Ich keuchte, der Radiologe habe mir zu einer Kernspintomographie geraten. Einen kurzen Augenblick wirkte er überrascht, war jedoch Profi genug, um sich schnell wieder zu fassen und den Schein der Normalität zu wahren. Ja, das sei absolut üblich. Es bestehe vor allen Dingen kein Grund zur Sorge. Das sei eine minutiöse Untersuchung, die es erlaube, zu einer eindeutigen Diagnose zu gelangen. Er nahm sich Zeit, mir in etwa den Ablauf einer Kernspintomographie zu beschreiben. Eine Minute später war ich vollkommen beruhigt. Es war mir peinlich, ihn so lange aufzuhalten, was mich allerdings nicht davon abhielt, ihm noch ein bisschen von meinen fürchterlichen Schmerzen zu erzählen.

«Ach ja, genau … ich verschreibe Ihnen Schmerzmittel. Codein-Tabletten. Aber wenn die Schmerzen nicht aufhören, müssen Sie Morphium nehmen. Schreib ich Ihnen auch auf.»

« … »

«Man kann auch Cortison-Spritzen geben, aber ich glaube, das hilft nicht so viel.»

Ich hatte zu dem Thema keine Meinung. Dafür totales Vertrauen in diesen Mann. Er händigte mir das Rezept aus, und ich bedankte mich überschwänglich. Seine Freundlichkeit und Hilfsbereitschaft hatten mir wieder etwas Mut eingeflößt, so konnte ich halbwegs erhobenen Hauptes meiner Wege gehen.

Draußen auf der Straße hielt ich nach einer Apotheke Ausschau. Es kam mir aberwitzig vor, dass mir hier vor dem
Krankenhaus nicht gleich eine ins Auge sprang. Um einen
Friedhof herum wimmelt es doch auch von Blumenläden.
Bestimmt zweihundert Meter weiter entdeckte ich endlich
eine. Eine Frau begrüßte mich freundlich, sie war jedoch
ein bisschen langsam. Um das Rezept zu entziffern und die
Artikelnummer in ihren Computer einzugeben, brauchte
sie mindestens fünf Minuten. Und dann weitere fünf Minuten, um die Schachteln zu holen. Zehn Minuten können
eine Ewigkeit sein für jemanden, der leidet. Nachdem die
Frau ja anfangs einen ganz positiven Eindruck auf mich gemacht hatte, hätte ich sie mittlerweile am liebsten umge-
bracht. Als es daran ging, die Medikamente zu bezahlen,
sagte sie:

«Haben Sie Rückenschmerzen?»

«Ja.»

«Da sind Sie nicht der einzige. Zur Zeit haben alle Rückenschmerzen.»

«Aha ...»

«Scheint gerade in Mode zu sein.»

« ... »

Darauf fiel mir nun beim besten Willen keine Antwort
ein. Ich hatte also ein modisches Leiden. Das befriedigte
mich doch ein wenig. Und es hatte auch Vorteile: Ich litt an
keiner exotischen Krankheit, von der man noch nie etwas
gehört hatte. Die medizinische Forschung war ganz auf
mich ausgerichtet. Ich bat die Apothekerin um ein Glas
Wasser, um gleich zwei Tabletten nehmen zu können. Beim

Hinausgehen nahm ich die lange Schlange zur Kenntnis, die sich hinter mir gebildet hatte.

Als ich dann vor der Apotheke stand, fragte ich mich, was ich jetzt tun sollte. Zur Arbeit gehen kam nicht infrage. Mir fehlte die Energie, dem Unheil die Stirn zu bieten. Wozu auch? Ich war zum Paria degradiert worden, man wollte mich sowieso nicht sehen. Mein Handeln war ohne unmittelbare negative Folgen geblieben, insofern drohte mir kein Rausschmiss. Ich würde lediglich das erfahren, was man gemeinhin mit dem Ausdruck *aufs Abstellgleis geschoben werden* bezeichnet. Dabei hatte ich mich in der Vergangenheit stets als anständiger Kollege erwiesen, meine Karriere war absolut makellos verlaufen, ein weiterer Grund, weshalb man mich wohl nicht entlassen würde. Ich glaube, ich genoss sogar die Wertschätzung der anderen (außer die von Gaillard natürlich), und man kann wohl, ohne sich allzu viel anzumaßen, behaupten: Ich war ein guter, teamfähiger Mitarbeiter, der für jeden immer ein offenes Ohr hatte. Ich verstand es, bürokratischen Vorgängen eine Prise Menschlichkeit abzugewinnen. Gestern Nachmittag hatte Audibert noch einmal bei mir vorbeigeschaut. Nachdem erst der wütende Orkan getobt hatte, erschien er nun ganz aufgeräumt in meinem Büro. Ich dachte: typisch Protestant, aufrecht und loyal. Seit zartestem Kindesalter stand er im Dienste der Redlichkeit und der Rechtschaffenheit, und dadurch ging so etwas wie eine *heimliche Macht* von ihm aus. Auch wenn sein Verhalten mir gegenüber gerechtfertigt war, erriet ich, als er hereinkam, dass er es bereute. Er wich nicht gern vom Pfad der Freundlichkeit ab. Er war ein nüchterner Diplomat, ein stolzer Betriebswirt. Es stand ihm nicht gut zu Gesicht, wenn er herumschrie wie ein Teppichhändler. Mit gesetzter und ziemlich leiser Stimme sagte er:

«Das passiert jedem mal, dass er einen Fehler macht.»

«…»

«Und ich weiß um Ihre Qualitäten. Wahrscheinlich waren Sie einfach überlastet.»

«So wird's wohl gewesen sein …»

«Sie werden verstehen, dass ich Sie in nächster Zeit nicht mit verantwortungsvollen Aufgaben betrauen kann …»

«…»

«Aber ich bin mir sicher, dass sich das Vertrauen wiederherstellen lässt, und dann können wir gelassen in die Zukunft blicken …»

Seine plötzliche Güte hatte mich so überrascht, dass ich überhaupt nicht reagierte. Das wäre der richtige Moment gewesen, ihm alles zu sagen, ihm von der Intrige zu erzählen, der ich zum Opfer gefallen war. Aber irgendetwas hielt mich zurück. Ich fühlte mich irgendwie schuldig. Es gab keine Entschuldigung dafür, dass ich Gaillard vertraut hatte, dafür trug ich die Verantwortung. Ich hätte die Dokumente, die er mir weiterleitete, prüfen müssen. Man konnte nicht gerade behaupten, dass er heimtückisch gehandelt hatte. Er hatte aus seiner Feindseligkeit mir gegenüber nie einen Hehl gemacht. Er verdiente meinen Hass, aber es war schon furchtbar naiv von mir gewesen, ihn nicht zu kontrollieren. Ich musste zugeben, ich war an dem Debakel mit schuld.

Als ich mich so die Straße entlangschleppte und an die Worte meines Chefs dachte, fiel mir noch etwas Anderes ein, etwas Schreckliches: Eigentlich brauchte ich mich gar nicht zu wundern über das, was gerade passierte. Es war, als hätte ich schon immer gewusst, dass es einmal so mit mir enden würde. Manche Leute werden von der Gewissheit getragen, dass sie früher oder später erfolgreich sein werden, sie schäumen über vor Ehrgeiz und wissen: Der Aufwand wird sich schon noch auszahlen. Politiker sind zum Beispiel so. Ich dagegen lebte in dem Gefühl, dass mein Körper langsam verfaulte und zudem der Countdown der großen Niederlage lief. Mein Unterbewusstsein blickte schon lange in den Abgrund. In den letzten Jahren hatte sich dieses Gefühl noch verstärkt. Irgendetwas in mir war zerbrochen, die Rasse der Sieger war mir ganz fremd geworden. Der gestrige Tag markierte die Vollendung einer Haltung, die ich jetzt auch in Worte fassen konnte: Ich ließ mein Dasein willenlos über mich ergehen.

Seltsamerweise war ich angesichts der misslichen beruflichen Lage gar nicht so verzweifelt. Natürlich ging es mir schlecht, doch mein Hang zum Pessimismus rettete mich vor dem totalen Zusammenbruch. Meine Überlegungen waren an diesem Punkt angelangt, als eine SMS von Élise eintraf.[*] Sie machte sich Sorgen wegen der Ergebnisse der Röntgenuntersuchung. Alles in Ordnung, schrieb ich zurück. Ich

---

[*] Wir sind durch diese Maschinen so eng aneinandergebunden. Das ist an manchen Tagen ein wahres Glück; an anderen Tagen droht man, daran zu ersticken …

liebte die moderne Welt: Man konnte den anderen verständigen, ohne mit ihm sprechen zu müssen. Meine Begabung zum Telefonieren war nie sonderlich ausgeprägt gewesen: Zu oft geriet das Gespräch ins Stocken. Und das Auflegen hatte immer so etwas Brutales. So konnte meine Frau wenigstens nicht das Entsetzen in meiner Stimme hören. Die Tabletten taten ihre Wirkung, änderten aber nichts an meiner Bestimmung: morgen Kernspintomographie. Alle versuchten, beruhigend auf mich einzuwirken, wahrscheinlich fühlten sie sich dazu verpflichtet, ich aber hörte nicht auf, meine Gedanken hin und her zu wälzen. Eine Kernspintomographie verordnete man nicht einfach so. Wie knapp die Hospitäler bei Kasse waren, war ja allgemein bekannt. Die Zeiten, in denen man leichtfertig irgendwelche Behandlungen verschrieb, waren vorbei. Es fehlten die finanziellen Mittel, deswegen kam man gleich zur Sache, wenn ein schlimmer Fall vorlag. Ich atmete einmal tief durch, um den Ausfluss meiner finsteren Gedanken zu stoppen. Gehen, einfach gehen, das war das beste, um mich zu beruhigen. Es war lange her, dass ich Paris zum letzten Mal an einem Dienstagvormittag gesehen hatte. Die Existenz von Dienstagen hatte ich überhaupt fast völlig aus meinem Gedächtnis gestrichen. Der Büroalltag hatte mich auch von so vielen anderen Tagen entfremdet. Das hier war ein Wechselbad der Gefühle. In meinen Adern brodelte die manische Depression. Aber langsam begann ich, Geschmack an meiner Irrfahrt zu finden. Es hatte etwas Magisches, mitten unter der Woche einfach so spazieren zu gehen, ohne konkretes Ziel. Ich beobachtete jede Einzelheit mit neugewonnenem

Entzücken. Es dauerte eine Weile, bis ich merkte, wie banal das Ganze eigentlich war. Wie lächerlich meine plötzliche Schwäche für Dienstage war. Man liebt nur leidenschaftlich, wenn man Angst hat, die Dinge zu verlieren. Alles um mich herum erstrahlte in unwiderstehlicher Schönheit. Ich kam mir vor wie der Held aus *Tod in Venedig*, fehlte eigentlich nur noch die Cholera.

Ich weiß nicht, wie mir Édouard in den Sinn kam. Unsere Freundschaft war in letzter Zeit nicht übermäßig eng gewesen, dachte ich, ich wollte ihn sehen. Édouard gehörte zu der Art von Freunden, bei denen man auch in gedrückter Stimmung auftauchen konnte, ohne sich groß dafür rechtfertigen oder seine Laune genauer begründen zu müssen. Nach gut einer Stunde Fußmarsch erreichte ich seine Praxis. Das Wartezimmer war leer. Ich nahm dezent Platz. Wenige Minuten später steckte er den Kopf zur Tür rein. Er zeigte nicht das geringste Erstaunen, sondern fragte mich: «Hast du Zahnschmerzen?»

10

Intensität der Schmerzen: 7
Gemütslage: magisch

11

Nein, ich hatte keine Zahnschmerzen. Man durfte einen
Freund doch auch mal besuchen, wenn man keine dicke Backe hatte. Auch wenn der Freund Zahnarzt war. Er wirkte
sehr überrascht. Er hielt mich also für jemanden, der nicht
dazu neigte, mit spontanen Aktionen für Verwunderung zu
sorgen. Und er lag richtig. Ich war nicht der Mann fürs
große Theater, und es war auch nicht meine Art, *unerwartet
hereinzuschneien.* Ich zog es vor zu planen, vorher Bescheid
zu geben, Vorbereitungen zu treffen.

«Schön, dass du mich besuchst. Und das passt prima,
Madame Garriche hat nämlich gerade ihren Termin abge-
sagt, das heißt, wir haben Zeit. Mein nächster Termin ist
erst um Viertel vor drei.»

«Ah, perfekt.»

«Wir können zum Italiener um die Ecke gehen. Du wirst sehen, er macht ein hervorragendes Tiramisu.»

«...»

«Oder möchtest du lieber eine Île flottante?»

Bevor wir ins Restaurant gingen, wollte er mir noch unbedingt seine neueste Errungenschaft vorstellen: einen ultrakomfortablen Behandlungsstuhl.

«Schau, hier legt man die Hände drauf, gepolsterte Lehne ...»

«Aha ...»

«Das hilft, die Schmerzen erträglicher zu machen. Sieht vielleicht nicht spektakulär aus, aber das verringert die Angst des Patienten um zehn Prozent ...»

«Soso ...»

«Und das hier ist für die Beine ... die Höhe lässt sich verstellen. Ein Komfort wie bei der Air France in der ersten Klasse ...»

«...»

«Ich sage dir, in Zukunft werden die Leute sich auf ihre Zahnarzttermine freuen ...»

Auf diesen letzten Satz antwortete ich nicht. Er schien selbst zu merken, dass er ein wenig übertrieb. Ich fand es bewundernswert, wenn jemand (selbst ein Zahnarzt) so in seinem Beruf aufging und sich so fürsorglich um seine Patienten kümmerte. Mich interessierte zwar sein Stuhl nicht, doch sein berufliches Engagement rührte mich. So sehr, dass ich noch ein paar Fragen stellte, um weitere Einzelheiten über den Stuhl in Erfahrung zu bringen. Er freute sich wahnsinnig über meine Fragen, und so standen wir eine

ganze Weile da und betrachteten in gleichsam zum Möbel-
stück erstarrter Ekstase das Objekt.

Auf dem Weg zum Restaurant hielt Édouard plötzlich inne:
«Musst du denn … heute gar nicht arbeiten?»
«Ich hab mir einen Tag frei genommen.»
«Aha … aha …», machte er besorgt. «Aber es ist
nichts Schlimmes passiert?»
«…»
«Gibt es irgendwas, das du mir sagen willst?»
«Nein …»
«Du kommst unangemeldet zu mir in die Praxis, gehst
mit mir essen und willst mir erzählen, dass du mir gar nichts
zu sagen hast?»
«Genau, ich bin gekommen, weil ich dir gar nichts zu
sagen habe. Nein, ich wollte nur einfach so mal vorbei-
schauen. So wie früher.»
«Früher hast du so was aber auch nicht gemacht.»
«Na gut, dann fang ich eben jetzt damit an …»
Er hatte recht, ich war nie einfach so mal vorbeigekom-
men. Unsere Freundschaft verlief in geordneten Bahnen,
und die unvermittelte Entgleisung warf folgende Frage auf:
Konnten wir überhaupt abseits der üblichen Orte und jenseits der verabredeten Zeitpunkte Freunde sein? Édouards
Leben stand, ganz wie meines, im Zeichen der Vorherseh-
barkeit. Im Restaurant setzte er sich immer an denselben
Tisch, der schon für ihn reserviert war. Mich faszinieren
Leute, die solch feste Größen haben. Mir wäre es ein Gräuel,
immer gleich erkannt zu werden, dann müsste ich ja reden.

Und mir liegt nicht ständig das richtige Wort auf der Zunge. Niemand erkannte in dieser Ablehnung von Gewohnheiten die Auswüchse meiner Schüchternheit. Édouard war da ganz das Gegenteil von mir. Er mochte es, wenn er sofort begrüßt wurde, wenn man sich seiner annahm, wenn er Beachtung fand. Den Wirt des Restaurants duzte er, er fragte ihn «Wie geht's dir?», worauf der Wirt «Ja, und wie geht's dir?» erwiderte. Nach diesem höflichen Vorspiel gingen sie dazu über, sich über die Politik, das Wetter und ihre Geschäfte auszutauschen, all diese Themen waren binnen einer Minute erledigt, eine Art Rede-Quickie, der dann unausweichlich in die Bestellung mündete. Wenn der Ablauf bis hierher immer gleich blieb, so gab es doch auch einen Punkt, der Veränderungen unterworfen war: *das Tagesgericht*. Diese Komponente rief auf Seiten des Stammgasts jeden Tag einen kleinen Adrenalinschub hervor. Das Funkeln in seinem Blick war mir nicht entgangen, als er sich erkundigte: «Und was ist das Tagesgericht heute?»

Ich konnte mir gut vorstellen, wie Édouard sonst allein hierherkam. Wie er seine Fleischbällchen verzehrte und dabei den lachsfarbenen Wirtschaftsteil des *Figaro* las. Mit dieser Zeitung war er ein Teil der Bourgeoisie, trug seine Sorge um die Finanzmärkte zur Schau, auch wenn ihn eigentlich nichts weniger interessierte als das. Bestimmt schielte er heimlich in Richtung der drei Frauen am Nebentisch, die ebenfalls öfter hier einzukehren schienen. Sie führten die immer gleiche Unterhaltung über dieselben Arbeitskollegen. Die Welt der Essensgutscheine blieb immer die alte. Die erste überlegte laut: «Öh … nehme ich jetzt Pizza oder Pasta?» Ich hätte wetten können, dass sie das jeden Tag sagte. Kurz darauf verkündete sie: «Nein, ich nehme lieber einen Salat, das ist gesünder.» Von derlei Schuldgefühlen angesteckt, würden ihre Freundinnen dann auch einen Salat nehmen, Pizza oder Pasta aßen sie eigentlich nie. Aber bei der Frage Pizza oder Pasta hatte ich mich auch schon oft verzettelt. Man weiß nie, was man essen soll. Indem man sich für das eine entscheidet, löscht man die Möglichkeit des anderen aus. Eine Speisekarte ist eine starke Metapher für innere Zerrissenheit. Während die drei Frauen ihre Salate aßen, träumten sie von Mailänder Schnitzeln. Eines Tages würden sie den Salaten den Rücken kehren, um es mal mit Lasagne zu probieren. Aber damit wäre nichts gewonnen. Irgendwann hat man auch von Lasagne die Nase voll.

Édouard schaute die drei Frauen an. Ich auch. Irgendwann würde er es vielleicht wagen, sie anzusprechen. Aber es ist schwierig, eine Frau einfach so anzusprechen. Wer macht so etwas schon? Wie findet man die richtigen Worte, ohne als schnöder Aufreißer dazustehen? Hätten sie doch nur Zahnprobleme, wünschte Édouard sich wohl, das würde die Sache leichter machen. Just in diesem Augenblick eröffnete er mir, dass er gegen ein außereheliches Abenteuer im Prinzip nichts einzuwenden hätte, das würde seinem Leben etwas mehr Würze verleihen.

«Möchten Sie ein bisschen Chili-Öl auf die Pizza?», fragte der Ober.

«Nein, nein danke …», entgegnete Édouard.

Wir hatten je eine Pizza Quattro Formaggi bestellt. Ich hätte nicht gedacht, dass ich auch nur einen Bissen hinunterbekommen würde, doch mein Magen führte ein unabhängiges Dasein, was mit meinem Rücken war, juckte ihn kaum. Édouard erstaunte mich. Er durfte natürlich Passantinnen begehren, aber er redete ja von einem richtigen Abenteuer. Obwohl total verliebt in seine Frau, drängte es ihn also doch, sich *anderweitig umzuschauen*. Ich glaube, er hatte vor allen Dingen das Bedürfnis, seine Sehnsüchte auszusprechen, damit sie nicht eines Tages in Bitterkeit umschlugen. Das Reden ist manchmal eine Vorbeugemaßnahme gegen das Handeln. Ich wusste, er würde sich nie auf ein Abenteuer einlassen und kokettierte nur deswegen mit der Vorstellung, weil er wusste, dass er dazu nie imstande sein würde.

«Mit Sylvie läuft's gut?», fragte ich.

«Sehr gut. Sie arbeitet fleißig für ihre große Ausstellung. Du solltest sie mal besuchen in ihrem Atelier. Sie würde sich bestimmt freuen.»

«Ja, ich hab ihr versprochen, dass ich mal vorbeikomme.»

«…»

«Aber zwischen euch ist alles in Ordnung?»

«Zwischen uns?»

«Ja, zwischen euch.»

«Wieso fragst du das?»

«Keine Ahnung. Beziehungen sind ja manchmal auch schwierig … aber bei euch scheint immer alles …»

«Mit dir und Élise läuft's nicht so gut?»

«Ach doch. Das heißt, mit der Zeit ... es ist ja nicht immer so einfach.»

«Also, das ist uns erspart geblieben. Das ist wie ein Wunder ...»

Er beugte sich ganz nah zu meinem Ohr vor und sagte leise:

«Das ist Wahnsinn ... letzte Nacht haben wir es dreimal getrieben. Kannst du dir das vorstellen? Wir sind seit zwanzig Jahren zusammen und machen es immer noch.»

«Ja, hört sich schön an ...»

«Aber bei euch muss es doch auch wieder besser laufen, seitdem die Kinder weg sind, oder?»

Das war eine komische Bemerkung. Als ob der Auszug der Kinder einem zweiten erotischen Frühling den Boden bereiten würde. Nein, die Tatsache, dass die Kinder von zu Hause ausgezogen waren, hatte nichts verändert. Es war seitdem sogar eher schlechter geworden. Die Gründe lagen wohl in dem Zusammentreffen zweier Umstände, die Élise und mich gleichermaßen verunsicherten: Beide Kinder waren nämlich gleichzeitig ausgezogen. Anfang Herbst hatte Alice verkündet, dass sie mit Michel, ihrem Verlobten, zusammenziehen würde. Michel war zwölf Jahre älter als sie, und ich kannte ihn kaum. Sie hatten sich zwei oder drei Monate zuvor kennengelernt, und was anfangs nach einer flüchtigen Leidenschaft ausgesehen hatte, nahm rasch die Form einer festen Beziehung an. Alice war sauer auf mich, glaube ich, weil ich auf die Nachricht von ihrem Glück so kühl reagiert hatte. Außerdem hatte ich sie trotz meiner müden Versprechungen noch immer nicht in ihrer neuen Wohnung besucht. Aber es ging über meine Kräfte, sie zu besuchen. Alles war so plötzlich geschehen, so überstürzt. Eine Tochter konnte ihren Vater doch nicht einfach so verlassen. Da musste man schrittweise vorgehen, mit Überlegung.

Ein Unglück kommt selten allein, und so teilte mein Sohn uns mit, dass er in die Vereinigten Staaten aufbrechen würde, um dort weiterzustudieren. Ein ganzes Jahr New York. Dank seiner brillanten Leistungen hatte er ein Stipendium erhalten, wobei er uns gegenüber überhaupt gar nicht erwähnt hatte, dass er sich darum beworben hatte. Jeder Vater wäre angesichts einer solch sensationellen Karriere aus dem Häuschen gewesen, doch in diesem Fall war das schlichtweg zu viel auf einmal. Und nicht nur für mich. Meine Frau stand genauso unter Schock. Quasi von einem Tag auf den anderen saßen wir zwei allein da. Mein Sohn war noch nicht einmal achtzehn. Zwei Jahre zuvor war er erst fünfzehn gewesen; und weitere drei Jahre davor gerade einmal zwölf. Ich konnte die Zahlen drehen und wenden, wie ich wollte, nichts hielt diese rasante Entwicklung auf. Nein, der Abschied der Kinder war für unsere Liebe kein Neubeginn. Es war ein Neubeginn unseres Lebens, ein radikaler Umbruch, auf den wir schlecht vorbereitet waren und der uns weniger freudig erregte als erschreckte.

Édouard spürte, dass er ein heikles Thema angeschnitten hatte, und ging daher lieber zu etwas anderem über: zu meinem Rücken. Ich überlegte einen Moment, ob ich die Geschichte besser für mich behalten sollte. Aber ich musste mich wenigstens einer Person anvertrauen. War das nicht auch der eigentliche Grund meines Kommens gewesen? Ich erzählte ihm alles: von der merkwürdigen und seltsam langen Röntgenuntersuchung bis zur Anordnung der Kernspintomographie.

«Kernspintomographie? Echt?»

«Das ist komisch, oder?»

«Nein … sie wollen es bloß genau wissen … sonst nichts …»

«Glaubst du, ich hab was Schlimmes?»

«Keine Ahnung, ich hab deine Röntgenbilder nicht gesehen. Aber keine Panik, das ist eine Untersuchung, die ziemlich häufig gemacht wird.»

«Er muss irgendwas gesehen haben, was nicht in Ordnung ist, sonst hätte er mir diese Kernspintomographie doch nicht verschrieben.»

«Aber das hilft jetzt nichts, sich groß Sorgen zu machen. Tut dir der Rücken immer noch weh?»

«Ja, es sticht immer so.»

«Du könntest dich akupunktieren lassen. Ich glaube, das wirkt.»

«Oh nein … lieber sterben, bevor ich mich mit diesen Nadeln malträtieren lasse.»

«Dann geh zum Osteopathen. Ich kenne da einen, einen guten.»

«...»

«Na, jetzt mach nicht so ein Gesicht. Morgen ist dieser Termin, und dann hast du's hinter dir. Weißt du, manchmal wollen die Leute auch einfach bloß Geld verdienen ... dann verschreiben sie irgendwelche Behandlungen ... das steigert den Umsatz ...»

«...»

«Ich sollte dir das eigentlich nicht erzählen, aber ich mach das auch manchmal ... wie soll ich sagen ... dass ich Patienten zum Röntgen schicke ... obwohl ich weiß, dass sie überhaupt nichts haben ... die Medizin ist eben ein Geschäft wie jedes andere auch ...»

«Glaubst du, er hat die Kernspintomographie deswegen angeordnet? Das ist ja widerlich, so mit der Angst der Leute zu spielen.»

«Ich weiß es nicht, aber kann sein.»

«Na ja, zum Glück hab ich einen breiten Rücken», sagte ich so dahin, dass mir das eigene Wortspiel gar nicht auffiel. Édouard brach in ein etwas übertriebenes Gelächter aus, wie jemand, der seine Besorgnis nicht zeigen will.

Beim Essen bemühte ich mich, auf andere Themen zu sprechen zu kommen, aber meine Gedanken blieben bei der Kernspintomographie. Teilnahmslos redete ich von Gott und der Welt. Édouard wollte unbedingt, dass ich ein Dessert bestelle, und so fand ich mich mit einer Île flottante wieder, einer schwimmenden Insel, die der süße Spiegel meiner Seele war. Auf einmal rief Édouard aus:

«Weißt du, was eine gute Idee wäre?»

«Nein.»

«Wir sollten mal wieder übers Wochenende wegfahren. Ich meine, nur wir zwei. Ich müsste auch mal wieder so richtig ausspannen.»

«Ja, gute Idee.»

«Dann fahren wir nach Genf. Du magst doch die Schweiz, oder?»

«Ja, aber ich war jetzt schon so oft dort. Lieber woanders hin.»

«Dann nach Barcelona? Barcelona ist toll!»

«Aber wir waren erst letzten Sommer mit den Kindern in Spanien ...»

«Ach ja, stimmt. Und wie wär's mit Russland? Ein Wochenende in Sankt Petersburg? In Russland gibt's die schönsten Mädchen auf der ganzen Welt ...»

« ... »

«Und wir könnten das Haus von Dostojewskij besuchen!»

Dieser Vorschlag überraschte mich. Es war Jahre her, dass Édouard und ich uns das letzte Mal über Literatur unterhalten hatten. Vielleicht ist das typisch für eine langjährige Freundschaft: Sie gründet sich auf den Mythos der Anfangsjahre. Dostojewskij erinnerte mich an die Zeit, als ich zwanzig war, an meine Vorliebe für dem Wahnsinn verfallene Russen und psychische Qualen. Wenn Édouard davon sprach, das Wohnhaus des großen russischen Schriftstellers zu besuchen, hinkte er der Zeit fast zwei Jahrzehnte hinterher. Eigentlich war das ganz rührend. Er hatte ein Bild von mir, das mir sympathisch war. Von der Welt der Bücher hatte ich mich ja so weit entfernt. Seit Monaten hatte ich nicht mehr gelesen. Das letzte Buch, das ich mir gekauft hatte, war wahrscheinlich der jüngste Goncourt-Preisträger gewesen, aber ich war mir nicht mal sicher. Ich glaube, ich hatte es gekauft und dann keine Zeile gelesen. Alles erschien mir so verschwommen, die Bücher meiner Jugend dagegen sah ich vollkommen klar vor mir. Ich spürte den Atem von Raskolnikoff noch ganz an meinem Ohr. Unsere frühen Leidenschaften bleiben von der Zeit unberührt, auch wenn sie eigentlich längst verblasst sind.

Nach einem Moment des Zögerns fand ich die Idee klasse. Édouard hatte recht. Ich hatte mir in den vergangenen Jahren nicht ausreichend Vergnügungen gegönnt. Mit einem Freund irgendwo hinfahren, raus aus dem Trott, das war genau das Richtige. Ich sah wieder einen Lichtblick am Horizont, der mir Kraft gab, gegen meine Schmerzen anzukämpfen. Wir würden es uns gut gehen lassen, Wodka trinken, und bestimmt gab es dort auch italienische Restaurants.

12

Intensität der Schmerzen: 7
Gemütslage: russisch

13

Dieses Essen war mir richtig gut bekommen. Ich hatte nicht einmal von meinen beruflichen Problemen geredet. Ich brauchte ein bisschen Abstand. Alle dachten wahrscheinlich, dass ich zu niedergeschlagen war, um mich im Büro blicken zu lassen, dabei ging ich seelenruhig spazieren. Die Schmerzen schienen mir erträglich. Immerhin hinderten sie mich nicht am Spazierengehen (ein Hexenschuss oder Bandscheibenvorfall war noch mal was anderes). Entlang der Seine blätterte ich in den Büchern der Bouquinisten. Die Namen der Autoren stiegen aus einer längst vergangenen Zeit auf. Lautréamont, Henri Michaux, Daniel Guérin. Ich kaufte mir ein paar Bücher, dazu einen Reiseführer über Sankt Petersburg. Der Gedanke an diese Reise begeisterte mich mehr und mehr. Abgesehen von den Ferien mit der Familie in Spanien und einigen Dienstreisen war ich in den letzten Jahren selten aus Frankreich herausgekommen. Im Sommer fuhren wir meist zu Élises Eltern in die Bretagne. Das war vor allem schön für die Kinder, die dort Freunde trafen, aber ich musste einsehen, dass es für solche Reisen mittlerweile keinen Anlass mehr gab. Unsere Kinder würden nie mehr mit uns wegfahren. Das war vorbei.

Man konnte es nicht wirklich als emotionale Bindung bezeichnen, aber ich mochte die Eltern meiner Frau. Ich hatte immer von netten Schwiegereltern geträumt, bei denen ich endlich meine Gefühlswelt entfalten konnte. Da die Kommunikation mit meinen eigenen Eltern schwierig war, war ich froh, zu meinen Schwiegereltern eine Beziehung aufbauen zu dürfen. Doch diese Beziehung hatte sich im Laufe der Jahre nicht weiterentwickelt. Wir verharrten in einer eleganten, jedoch nicht exzessiven Herzlichkeit, einer Art Schweizer Wohlgefallen. Mir wurde eine gewisse Wertschätzung zuteil, nicht mehr und nicht weniger. Ich sehnte mich nach ein bisschen mehr Wärme, doch alle Worte und Taten blieben reserviert. Das heißt, das war meine Sicht der Dinge. Élise sagte immer wieder: «Meine Eltern lieben dich so, wie sie mich lieben.» Ich hatte mich wahnsinnig verausgabt, um einen perfekten Schwiegersohn abzugeben. So sehr, dass es wohl ein wenig lächerlich wirkte, denn einmal hat meine Schwiegermutter zu meiner Frau gesagt: «Ich glaube, dein Mann hat als Kind nicht genügend Zuwendung bekommen.» Ich suchte etwas, das überhaupt nicht da war. Man stillt nie seinen Nachholbedarf an Liebe.

Wie alle Frauen, die ich in meinem Leben geliebt habe, hing Élise sehr an ihrem Vater. Also, ich rede da von allen Frauen, aber im Grunde hatte es vor Élise nur eine einzige gegeben, die vielleicht erwähnenswert ist.* Im Vater sah ich keinen Rivalen, sondern die wichtigste männliche Bezugsperson, was mir oft half, die Frauen zu verstehen. Élises Vater war eine beeindruckende Persönlichkeit. Ein kräftiger Mann mit großer Ausstrahlung und viel Sinn für Humor. Er war Professor für Geschichte an der Universität Rennes und hatte zahlreiche wissenschaftliche Studien veröffentlicht und herausgegeben (er hatte auch mit Milan Kundera zu tun gehabt). Wenn ich jetzt daran zurückdenke, würde ich fast sagen, als ich Élises Vater kennenlernte, habe ich aufgehört, davon zu träumen, diesen historischen Roman zu schreiben, der jahrelang in meinem Kopf herumspukte. Ich hätte das Urteil dieses Mannes, der mir so viel Respekt einflößte, nicht ertragen. Er schien mich zu mögen. Und ich war bestrebt, mein Sympathiekapital nicht aufs Spiel zu setzen. Also lehnte ich mich nicht zu weit aus dem Fenster und verbot mir bei den sonntäglichen Mahlzeiten im Kreise der Familie jedwede polemische Bemerkung. Wenn er sich nach meiner Meinung zu diesem oder jenem Thema erkundigte («Und Sie? Was halten Sie davon?»), vertrat ich immer eine Ansicht, die leicht von der seinen abwich, um so die Autonomie und Regsamkeit meines Geistes unter Beweis zu stellen, wobei ich ihm aber stets im Kern zustimmte, um

---

*   Sie hieß Nina. Was wohl aus ihr geworden ist? Juristin, Floristin, Galeristin?

seine dominante Stellung nicht zu erschüttern. Auf dieser ausgeklügelten Mischung aus Arschkriecherei und persönlicher Meinungsäußerung beruhte der Familienfrieden. Eine Mischung, die auch das Verhältnis zu meiner Frau erleichterte, die mit ihrem Vater prinzipiell einer Meinung war.

Ungeduldig hatte er der Rente entgegengefiebert, um sich endlich seinem Hauptwerk, einer Abhandlung über den Prager Frühling, widmen zu können. Über Jahre hinweg hatte er unzählige Dokumente gesammelt, die die Vorbereitungen des russischen Einmarschs betrafen. Ich erinnere mich, mit seinem kleinen Köfferchen und einem hämischen Grinsen im Gesicht, in dem sich bereits die Freude über den unvermeidlichen Siegeszug seines Buches widerspiegelte, fuhr er oft in die damalige CSSR. Zu seiner Emeritierung feierten wir in dem Haus in der Bretagne ein rauschendes Fest (es war zugleich die Feier zu seinem 60. Geburtstag). Angesichts einer solchen Beliebtheit hatte ich den angstvollen Gedanken: Hoffentlich kommen auch so viele Leute, wenn ich mal sechzig bin. Die Zukunft schien vor ihm zu liegen wie ein fast nicht einzulösendes Versprechen. Und dann wurde er krank. Einfach so, wenige Monate nach seiner Pensionierung. Er hatte kaum Zeit gehabt, mal so richtig durchzuatmen, schon rauschte der grausame Befund wie ein Fallbeil nieder: Krebs. Die ganze Familie war am Boden zerstört. Meine Frau wachte nachts auf: «Das darf einfach nicht sein, das ist so ungerecht», schluchzte sie immer wieder. Ich versuchte, sie zu beruhigen, aber es war nicht leicht. Die Ärzte hatten wenig Hoffnung. Die Geschichte erinnerte mich an François Mitterand, der ein Leben lang erbittert gekämpft hatte, um Staatspräsident zu werden, und als er dann endlich gewählt wurde, erfuhr er, dass er Krebs hatte. Man gab ihm höchstens noch sechs Monate, mehr nicht. Er würde in die Geschichte eingehen als der Präsident mit der kürzesten Amtszeit. So ging das nun aber nicht, nicht mit Mitterand. Er ließ sich nicht unterkriegen, kämpfte verbissen und wendete das Schicksal ab. Er stieß die Krankheit von sich. 1988 wurde er sogar für eine zweite Amtszeit gewählt. Als diese 1995 endete, starb er wenige Monate darauf. Während seiner Präsidentschaft abzutreten, wäre für ihn nie infrage gekommen. Das erzählte ich meiner Frau, weil ich sie aufmuntern wollte. Ihr Vater musste sein Buch schreiben, das war seine Mission, er konnte sich jetzt nicht aus dem Staub machen. Er war so stark, dass er die Krankheit besiegen würde. Davon war ich überzeugt.

Und ich sollte recht behalten. Nach monatelanger Chemotherapie, einer Zeit der Angst und des Schreckens, war er dem Tod von der Schippe gesprungen. Diese Erfahrung veränderte ihn, er wirkte wie verklärt, was ihn noch beeindruckender erscheinen ließ. Nur seine Lebensfreude war nicht zurückgekehrt aus diesem Krieg. Er, der früher die Aufmerksamkeit aller für sich beansprucht hatte, saß nun in geistesabwesender Selbstvergessenheit bei den Mahlzeiten und sagte minutenlang kein Wort. Doch allmählich kam er wieder zu Kräften. Und die Freude darüber war riesig. Meine Frau drückte ihren Vater in die Arme, sie wollte es ausnutzen, solange es ihn noch gab. Als wir ein paar Monate später verblüfft sahen, wie sehr er das Leben genoss, hätte man fast vergessen können, was er durchgemacht hatte.

Das war wohl der Grund, weshalb ich meiner Frau nichts von der Kernspintomographie erzählen wollte. Bis jetzt hatte ich keine offiziell anerkannte Krankheit. Und wenn ich eine gehabt hätte, hätte ich sie nicht damit belastet. Auf gar keinen Fall wollte ich ihr irgendwelche Sorgen bereiten. Als sie also nach Hause kam und mich fragte, wie es meinem Rücken ging, sagte ich: «Ganz gut.» Ich weiß noch, ich setzte sogar hinzu: «Ist besser geworden.»

14

Intensität der Schmerzen: 5
Gemütslage: kämpferisch

15

In Wirklichkeit ging es mir überhaupt nicht besser. Die ganze Nacht ging die Angst in mir um. Ihre Schatten machten mir Gänsehaut. Dass ich sterben könnte, daran hatte ich noch gar nicht richtig gedacht. Ich war mir bisher immer sicher gewesen, dass ich alt werden würde. Ich hatte mich sogar schon so oft alt gefühlt, dass ich das Alter, in dem sich mein körperlicher Zustand endlich mit meinem geistigen im Einklang befinden würde, herbeisehnte. Ich war wie dazu geboren, alt zu sein, und nichts konnte mich daran hindern, mein Schicksal zu erfüllen. Doch nun war die Lage eine andere. Zum ersten Mal erkannte ich, dass alles plötzlich zu Ende sein könnte.

«Schläfst du gar nicht?», seufzte meine Frau.

«Doch, doch ... ich schlafe», flüsterte ich ihr zu, auch wenn es vielleicht nicht allzu logisch klang.

Ja, ich hatte Angst zu sterben. Mein Leben kam mir so unbedeutend vor. Was hatte ich wirklich geleistet? Meine Gedanken drehten sich im Kreis, ohne auf irgendetwas zu stoßen, das von Belang gewesen wäre. Meine Kinder freilich. Aber was hatten wir für ein Verhältnis zueinander? Mein Sohn war in New York und wir redeten alle drei Tage über Skype miteinander. Wir unterhielten eine virtuelle Beziehung. Ich sah ihn nur noch auf dem Bildschirm, ihn, den ich so lange in meinen Armen gehalten hatte. Ich erinnerte mich, wie wir zusammen Fußball gespielt hatten, wie ich ihm Geschichten vorlas, wie ich ihm bei den Hausaufgaben geholfen hatte, und mir war zum Heulen zumute, wenn ich daran dachte, dass das nun alles vorbei war. Das mag der Lauf des Lebens sein. Aber man musste es mir nachsehen, wenn ich ein bisschen nostalgisch wurde, schließlich lauerte schon der Tod auf mich. Ich wusste nicht mal, was mein Sohn heute gemacht hatte, auch nicht, was er gestern oder vorgestern gemacht hatte. Die Kinder waren wie der Roman, den ich aufgehört hatte zu schreiben.

Meine Tochter war meine Prinzessin, der Spleen meines kleinen Königreichs. Daran hatte sich auch nichts geändert. Wir telefonierten oft miteinander, schickten uns SMS, manchmal sagte sie sogar noch «mein lieber Papa» zu mir. Aber es war nicht mehr wie früher, seitdem sie mit diesem Michel zusammengezogen war. Jetzt ging auch noch dieser Name in meinem Kopf um. Ich lag hier im Sterben und musste mir die Fratze dieses Namens mit ansehen. Unfassbar, dass er ausgerechnet Michel hieß. So hießen meine Arbeitskollegen. Meine Tochter konnte doch nicht mit einem Mann zusammenleben, der so hieß wie all meine Arbeitskollegen.

«Ist doch schnuppe, wie er heißt!», meinte meine Frau.

«Nein, das ist mir ganz und gar nicht schnuppe!»

«Du bist ein Kleingeist. So hab ich dich ja noch nie erlebt. Deine Tochter ist erwachsen geworden, das musst du akzeptieren.»

«Ich akzeptiere es ja.»

«Nein, du regst dich über diesen Namen auf, aber das ist nur eine Finte. Der Name ist nämlich der Schlüssel zu einem Menschen!»

«Der Schlüssel zu einem Menschen ...»

«Genau! Und du weigerst dich, mit dem Schlüssel die Tür aufzumachen!»

Sie hatte nicht ganz unrecht. Aber ich hatte meine Gründe, das musste man auch verstehen. Man hatte mir keine Zeit gelassen, mich an die Sache zu gewöhnen. Das war alles viel zu schnell gegangen. Man braucht mindestens ein paar Monate, wenn es schon keine Jahrhunderte sein dürfen, um sich mit dem Gedanken abzufinden, dass die eigene Tochter von zu Hause ausziehen will. Das heißt, wenn es sich um eine Tochter wie die meine handelt. Ich war mit dieser Verbindung nicht einverstanden, und ich wusste, dass das Problem bei mir lag. Aber ich konnte nichts dagegen tun, auch wenn ich unter dem Konflikt litt. Unsere Beziehung, die mir immer so eng, um nicht zu sagen unverwüstlich erschienen war, kam mir mit einem Mal so zerbrechlich vor. Es blieb am Ende nicht viel übrig. Da steckte man so viel Energie in die Erziehung, und ich fragte mich, warum eigentlich? Alles, was mich am Leben hielt, löste sich nach und nach in nichts auf.

Der Abschied der Kinder von zu Hause hatte mir die Nichtigkeit meines Daseins vor Augen geführt. Sie hatten nun ihr eigenes Leben, und ich war mir nicht sicher, ob ich in ihnen weiterlebte. Was hatte ich ihnen mit auf den Weg gegeben?

Nichts. Keine einzige Sache, die ich hätte nennen können. Ich überlegte ein paar Minuten, bis mir doch etwas einfiel: Ich habe ihnen beigebracht, sich für andere Menschen zu interessieren. Ich sagte immer wieder: «Ihr müsst euch für eure Mitmenschen interessieren.» Na bitte, das war doch schon mal was. Aber ich, interessierte ich mich für meine Mitmenschen? Immer weniger. Wie sinnlos, Regeln und Gebote zu vermitteln, die für einen selbst gar nicht galten. Was sonst noch? Die Lust am Lesen? Ich las überhaupt nicht mehr. Respekt vor älteren Menschen? Meine Eltern waren unerträglich. Also was dann? Was hielten sie eigentlich von mir, von den Dingen, auf die ich Wert legte, wie fanden sie mich als Vater? Meine Gedanken versanken im Nichts. Im Grunde würde mein Tod nicht groß in ihr Geschick eingreifen. Der Schlafmangel verdüsterte sicherlich meine Sicht, aber das Eigentliche trat dennoch deutlich zutage. Ich ließ nichts zurück. Die Filzpantoffeln, in denen ich durchs Leben geschlurft war, hinterließen keinerlei Spuren.

Ich dachte an all die Künstler, die, obwohl sie jung gestorben sind, mit ihrem Werk die Welt verändert haben. Franz Schubert mit 31. Wolfgang Amadeus Mozart mit 35. Und fangen wir erst gar nicht mit John Lennon an. Ich hätte die ganze Nacht damit verbringen können, weitere Künstler aufzuzählen; für die erwähnenswerten Bauten, an denen ich beteiligt war, reichten dagegen fünf Minuten locker aus. Das Lamartine-Hochhaus in Créteil. Das Jacques-Prévert-Museum in Tours. Die Romain-Gary-Schule in Nizza … Aber es war wohl besser, nicht an die Arbeit zu denken. Was blieb dann noch? Die schönen Augenblicke mit Élise? Ja, ich hätte eine Liste unserer bezauberndsten Abende und gemütlichsten Spaziergänge machen können, im Geiste die Anthologie unseres Glücks schreiben. Manchmal war ich ihr hinterhergerannt, weil ich sie fangen wollte, manchmal hatte ich stundenlang im Bett auf sie gewartet und dann wieder neben ihr im Kino gesessen. Unsere Liebe hatte viele Stellungen gekannt. Seltsamerweise gelang es mir nicht, einzelne Momente festzuhalten. Ich ließ unsere Vergangenheit an mir vorüberziehen, so wie man seinen Blick über einen Horizont schweifen lässt, und war nicht in der Lage, irgendeinen Punkt zu fixieren. Ich verlor mich in einer Fülle von Worten und Taten, nicht einmal die eigenen Liebeserklärungen wollten mir wieder einfallen. Sie lag neben mir, und ich hatte Lust, sie aufzuwecken. Ich hatte Lust, ihr zu sagen, dass sie die Frau meines Lebens war und dass ich sie brauchen würde bis zu meinem letzten Atemzug. Aber ich weckte sie nicht. Ich tat nichts. Sie schlief so friedlich im Schatten meiner Alpträume.

Die Künstler waren abgehakt. Ich dachte nun an Leute, denen ihre Krankheit einen Strich durch die Rechnung gemacht hatte. Keine Ahnung, wie mir ausgerechnet der Fernsehmoderator Patrick Roy[*] in den Sinn kam. Manche Ereignisse, die vom Rest der Welt schnell wieder vergessen sind, prägen sich einem für immer ein. Der Tod von Patrick

[*] Geboren 1952 in Niort, am 18. Februar 1993 in Villejuif an Knochenmarkkrebs gestorben.

Roy war etwas ganz Unerwartetes, er kam so plötzlich. Ich erinnerte mich an ein Interview mit seinen Eltern, die meinten, die Krankheit habe sich als Erstes in Form von Rückenschmerzen bemerkbar gemacht. Rate- und Quizshows hatte ich immer gern gesehen. Mit meinen Kindern schaute ich meistens *Wer wird Millionär?* Patrick Roy war Anfang der 1990er Jahre der aufsteigende Stern am Himmel des Fernsehsenders TF1 gewesen. Er war flott, witzig und charmant, die Art von Moderator, mit der man gern auch mal essen gegangen wäre. Ein netter Kerl eben, der aber auch ständig einen Funken Ironie im Blick hatte. Menschen, die überall so gut ankommen, sind etwas ganz Seltenes. Es gab damals noch nicht so viele Fernsehsender, und TF1 erreichte regelmäßig Zuschauerzahlen von über 15 Millionen. So stieg Patrick Roy schnell zu einem riesigen Star auf. Ich weiß nicht, wie er überhaupt zum Fernsehen gekommen war, ich glaube, er war zuvor bei Radio Monte Carlo gewesen. Seine Popularität verdankte er vor allem der Gameshow *Familienduell*, wo zwei Familien gegeneinander antraten, die die häufigsten Antworten finden mussten auf Fragen, die man zuvor hundert anderen Personen gestellt hatte. Es ging darum zu erraten, was die Leute dachten. Es gab lustige Antworten und Verwechslungen, manche Familien schrien sich gegenseitig an und andere wurden hysterisch, wenn sie gewonnen hatten. *Familienduell* war nicht meine Lieblingsshow, ich mochte es lieber, wenn in den Sendungen einfach nur Fragen gestellt wurden, aber ich schaltete immer ein, vor allem wegen Patrick Roy. Ich fand ihn angenehm. Doch auf einmal wurde er abgelöst von Philippe Risoli. Philippe Risoli hatte damals eigentlich eine andere Spielshow, *Le Millionnaire*, wo die Kandidaten an einem Rad drehten und dabei eine Million gewinnen konnten. Ein Publikum feuerte sie an und brüllte immerzu: «Le million! Le million!» Wenn man dann nur 100 000 Francs gewann, war man natürlich enttäuscht, musste aber sagen: «Das ist trotzdem ein hübsches Sümmchen …» Risoli war klasse. Er wirkte irgendwie volksnah, aber auch ein bisschen rockig (er kam von Canal+, wo er eine andere Sendung moderiert hatte, die es leider nicht mehr gibt: *Starquiz*). Lange Rede, kurzer Sinn: Er war nun bei *Familienduell* am Ruder. Bestimmt hatte es intern Probleme gegeben. Die irrwitzigsten Gerüchte machten die Runde. Und dann kam eines Tages die Wahrheit ans Licht. Patrick Roy war schwer krank, hieß es. Einige Monate später war er tot.

Ich erinnerte mich an seine Beerdigung. Andere bekannte Gesichter von TF1 (Jean-Pierre Foucault und Christian Morin) trugen den Sarg. Patrick Roys Tod löste eine tiefe Trauer aus. Ein paar Tage redete man von nichts anderem. Man wollte alles in Erfahrung bringen über das grausame Schicksal. Seine letzte Freundin wurde interviewt, das heißt, ich glaube zumindest, dass sie interviewt wurde, das ist doch alles ganz schön lange her. Sicher bin ich mir allerdings, dass ich seine Eltern im Fernsehen gesehen habe, die kurze Zeit später sogar ein Buch über ihren Sohn herausbrachten. Ich sah in dieser Nacht, während meine Frau neben mir lag und schlief, die Gesichter von Patrick Roys Eltern genau vor mir.

16

Intensität der Schmerzen: 8

Gemütslage: in Gedanken schon mein Testament schreibend

17

Auch am darauffolgenden Morgen sagte ich Élise nicht, wie schlecht es mir ging. Sie schien auch gar nicht zu bemerken, dass ich furchtbar aussah. Dafür war sie umso überraschter, als ich verkündete:

«Ich ruf mal meine Eltern an.»

«Echt?»

«Ja, wenn es dir nichts ausmacht, lad ich sie für heute Abend zum Essen ein.»

« ... »

«Passt dir das?»

«Bist du dir sicher, dass da bei dir nicht `ne Schraube locker ist?»

«Keine Sorge ... ich dachte mir bloß, vielleicht würden sie sich freuen, mal das Haus zu sehen ... und den Garten ...»

Anhand von Élises Reaktion konnte ich ermessen, wie tief die Kluft zwischen mir und meinen Eltern war. Der Vorschlag, sie einzuladen, erschien ihr vollkommen abwegig. Ich kam sonst lieber zu ihnen. Dann konnte ich nämlich auch wieder gehen, wenn ich wollte. Das war die goldene Regel, die galt. Meine Eltern einzuladen, hieß, ein gewisses Risiko in Kauf zu nehmen: Meine Mutter fing nämlich leicht an, überall herumzuschnüffeln und ihre Nase hineinzustecken. Aber wir trafen uns ja nicht so oft. Nur zu den Geburts- und hohen Feiertagen im Allgemeinen. Und wir strebten auch gar nicht an, von unseren Gewohnheiten abzurücken. Das heißt, es war durchaus verwunderlich, wenn ich meine Eltern einfach so, ohne die Aussicht auf irgendeinen Geburtstag, zum Essen einlud. Meine Frau fügte hinzu:

«Das wird sicher kein gutes Ende nehmen.»

«Wieso? Du solltest mir den Rücken stärken, wenn ich schon mal einen Schritt auf sie zu mache.»

«Ach, ich will zu der Sache mit deinen Eltern gar nichts mehr sagen … jedes Mal, wenn wir da hinfahren, regst du dich hinterher auf, so viel steht fest … und wenn sie jetzt auch noch hierherkommen … man wagt es sich ja gar nicht vorzustellen …»

«Aber ich hab Lust, sie zu sehen. So ist das nun mal.»

«Na gut, wunderbar. Sind ja schließlich deine Eltern …»

« … »

Sie hatte recht. Die Chancen, dass das Essen ein Erfolg werden würde, standen äußerst schlecht. Würde ich meinem Vater von meinem unmittelbar bevorstehenden Tod berichten, wäre er imstande, mir zu antworten: «Ach, jetzt hör mal auf, dich so wichtig zu machen.»

Ich ging kurz unter die Dusche, wo ich, vor den Blicken meiner Frau geschützt, meinem Elend endlich freien Lauf lassen und ein schmerzverzerrtes Gesicht machen konnte. Ich hielt den Strahl auf die betroffene Stelle und hoffte auf Linderung durch die Hydromassage. Fehlanzeige, die Schmerzen ließen nicht nach. Nachdem ich mich abgetrocknet hatte, betrachtete ich meinen Rücken im Spiegel. Aber da war nichts Auffälliges zu sehen. Das Drama spielte sich im Verborgenen ab, mein Körper schmiedete heimlich ein Komplott gegen mich. Langsam zog ich mein Hemd über und passte auf, dass der Stoff dabei nicht über die schmerzenden Partien strich. Das brannte nämlich. Als ich Anstalten machte, das Haus zu verlassen, fragte Élise:

«Willst du gar keinen Kaffee?»

«Nein, ich komm sonst zu spät. Ich hab eine wichtige Besprechung mit den Chinesen ...»

«Ich dachte, es wären Japaner ...»

«Genau, stimmt. Also, es gibt beide ... es sind halb Chinesen, halb Japaner ...»

« ... »

«Ich glaube, es sind sogar zwei oder drei Koreaner dabei ...»

Ich wartete ihre Antwort gar nicht mehr ab und machte mich auf den Weg. Sonst verstrickte ich mich noch tiefer in dieses asiatische Gewühl. Meine Frau trat ans Fenster, um mir zu winken. Ich sah sie von draußen. Das tat sie zum ersten Mal. Sie bewegte leicht die Hand hin und her. Wahrscheinlich dachte sie sich: «Irgendwie tickt er heute nicht ganz richtig.» Und sie hatte recht. Ich tickte nicht ganz richtig. Ich gab mir Mühe, eine gute Figur zu machen, doch das Schiff drohte zu sinken. Ich hatte immer allen beweisen wollen, dass ich jeder Lage gewachsen war, aber allmählich brach ich einsam und allein, krank und gedemütigt zusammen. Ich versuchte, Élise anzulächeln, aber ich glaube, es gelang mir nicht so recht. Schließlich stieg ich ins Auto und war wieder einmal froh, dass mich keiner sehen konnte.

Komischerweise interpretierte ich die Geste meiner Frau eher als einen Akt der Zuwendung, aber nicht unbedingt der Liebe. Das Bild ihrer Hand ließ mich auf dem Weg ins Krankenhaus nicht mehr los. Ich sah in ihrer Geste so etwas wie den Abschiedsgruß an einen Fremden, der das Haus verlässt. Eine nette Geste, aber auch irgendwie mechanisch, nicht sehr überschwänglich. Je länger ich darüber nachdachte, desto fremder wurde mir ihre Geste. Ich ließ die Szene immer wieder Revue passieren, wie meine Frau den Vorhang zur Seite schob, die Hand auf die Scheibe legte und sie dann ein paar Mal langsam hin und her schwenkte. Ich erkannte meine Frau darin überhaupt nicht wieder. Es ist vielleicht schwer zu erklären, aber das war einfach nicht sie. Manchmal stürzt man mir nichts, dir nichts in die Abgründe unterschiedlicher Gefühlswelten. Die alte Wahrheit tritt ab und weicht einer neuen.

18

Intensität der Schmerzen: 8
Gemütslage: schizophren

19

Den dritten Morgen in Folge fand ich mich im Wartesaal des Krankenhauses wieder. Wie ein Schüler, der die Klasse wiederholen muss, verspürte ich den Drang, beruhigend auf die Neuen einzuwirken: «Keine Bange, wir werden hier gut behandelt.» Wie ein richtiger Leidensveteran kam ich mir vor. Ich hatte davon abgesehen, im Internet irgendwelche Informationen über Kernspintomographien zu suchen. Ich wollte mich von den Berichten über Krebsdiagnosen nicht traumatisieren lassen. In diesen Medizin-Foren konnte man in wenigen Minuten sämtliche Szenarien einer möglichen Katastrophe durchspielen. Niemand hinterließ einen Kommentar, um zu vermelden, dass alles prima gelaufen war und er sich bester Gesundheit erfreute. Alle breiteten ihre Klagen aus, als hätte das Internet keinen anderen Sinn, als sein Leid auszuschütten. Man machte ein Foto vom eigenen Geschwür und schilderte in allen Einzelheiten seine Qualen. Dabei sollte man die Sache doch lieber dazu nutzen, sich im Unglück zu vereinen und sich gegenseitig Mut zuzusprechen. Die Idee des Internets war so ziemlich das Gegenteil von dem, was es hervorgebracht hat. Ich war mit meinen Gedanken an diesem Punkt angelangt, als draußen im Flur jemand einige laute Schreie ausstieß. Es folgte ein länger andauerndes Röcheln. Ich versuchte zu bestimmen, ob es sich um die Geräusche eines Mannes oder einer Frau handelte, bis weitere Schreie folgten, die immer unmenschlicher klangen. Alle drehten die Köpfe in die Richtung, aus der die Laute kamen. Ich stand auf, um nachzusehen. In der Ferne führten zwei Krankenpfleger eine Frau weg und verschwanden mit ihr hinter einer Tür. Ich werde über diese Frau nie mehr erfahren, als dass ich für einen kurzen Moment Zeuge ihres Leids gewesen war. Das Elend eines jeden Einzelnen bewegte mich schon tief genug, an solche Aufschreie musste ich mich erst noch gewöhnen. Ich wollte mich wieder hinsetzen, als ich hörte, wie jemand meinen Namen rief. Ich wurde aufgerufen. Ich ging in das Behandlungszimmer, und das Martyrium der Unbekannten machte dem meinem Platz.

Es war derselbe Radiologe wie tags zuvor. Er führte wieder die gleichen Handgriffe aus, kopierte haargenau die mir schon bekannte Szene, die wie in eine Form gegossen schien. Ich hatte diese Routine in den Bewegungen schon früher bei Ärzten beobachtet. Die heimliche Macht des Immergleichen. Vielleicht war das ihre Art, beruhigend auf die Patienten einzuwirken. In den Händen eines Mannes, dessen Bewegungen keinerlei täglichen Schwankungen unterworfen sind, kann einem eigentlich nichts passieren, meint man. Allerdings war ich leicht enttäuscht, als ich feststellte, dass die Assistentin fehlte. Wahrscheinlich musste sie ab und an in die Berufsschule und war nun meinem Leiden abtrünnig geworden.

«Haben Sie immer noch Beschwerden?», fragte er mich.

«Ja. Ich hab die ganze Nacht nicht geschlafen.»

«In welcher Position fühlen Sie sich am wohlsten?»

«Im Stehen.»

«Können Sie ganz normal laufen?»

«Ja. Gehen ist noch das Angenehmste.»

«Gut, dann schauen wir uns das mal an.»

Es gab keine anderen Themen mehr als: meinen Rücken. Vielleicht hatte er die Nase voll gehabt, weil man ihn nie beachtete und wollte sich daher mal energisch zu Wort melden. Ich bin auch noch da, wollte er mir zurufen, das war eben seine Art, auf die Barrikaden zu steigen. Bei manchen Fragen war ich mir nicht sicher. Hatte ich immer noch Beschwerden? Bei bestimmten Bewegungen? War es beim Gehen besser? Hoffentlich waren meine Antworten auch alle richtig. Ich meine: Hoffentlich lockte ich mit meinen Auskünften den Arzt auf keine falsche Fährte. Fest stand: Ich hatte fast die ganze Zeit Schmerzen, aber ich konnte schwer einschätzen, wie stark sie gerade waren, wie hoch der Anteil meiner Einbildung und was der Standpunkt meiner Wirbel war. Ich zog mich aus und kam mir so verloren vor.

Als ich in Unterhosen vor ihm stand, erkundigte sich der Arzt:

«Haben Sie gar keinen Schlafanzug dabei?»

«Öh, nein.»

«Hat Ihnen meine Assistentin nichts gesagt?»

«Nein, glaube nicht.»

«Äh … also, die Untersuchung dauert eine gute halbe Stunde … und Sie liegen da auf einer kalten Unterlage. Damit die Patienten es bequem haben, sage ich immer, sie sollen einen Schlafanzug mitbringen.»

«…»

«Aber ich kann Ihnen auch einen zur Verfügung stellen, wir haben welche da. Vielleicht suchen Sie sich einen aus.»

Er zeigte auf einen Weidenkorb, in dem ich nach meinem Glück Ausschau halten durfte. Da lagen sie, die Überlebenden einer Textilkatastrophe. Das Ganze kam mir immer absurder vor. Kernspintomographie im gestreiften Pyjama kam natürlich nicht in die Tüte! Aber stammten diese Schlafanzüge von Menschen, die hier im Krankenhaus gestorben waren? Angesichts der Ungeduld des Spezialisten bemühte ich mich, schnell eine Wahl zu treffen. Ich entschied mich für das geringste Übel: einen blassblauen Pyjama, also das Blau war wirklich sehr blass. Es ging ein bisschen ins Weiße über. Ich legte mich auf den Tisch. Die Unterlage war tatsächlich sehr kalt, ich erkannte die Nützlichkeit des Pyjamas. Die Medizin machte unaufhaltsame Fortschritte, jedoch nicht in Sachen Komfort. Auf dem Rücken liegend, glitt ich nun langsam in eine offene Röhre hinein. Ich hatte lange kein so unheimliches Gefühl gehabt. Das war wie in einem Fahrstuhl oder in einem Flugzeug und zugleich wie im Mutterleib.

«Es geht los. Denken Sie daran, ich kann Sie hören, Sie können mit mir sprechen ... wenn es irgendwelche Probleme gibt.»

«Wenn es Probleme gibt?»

«Ja ... also, ich will bloß sagen ... ich bin ja da.»

Bei jedem Wort dieses Mannes hatte ich das Gefühl, er verheimlichte mir etwas. Er schien über Informationen zu verfügen, die er nicht preisgeben wollte. Das hatte ich schon gestern gemerkt, als er von diesem Fleck gesprochen hatte. Ich fragte mich, wie ich mir einen ganzen Tag und eine ganze Nacht noch Hoffnungen hatte machen können, wo doch alle Zeichen auf Rot standen.

«Können Sie mich hören?»

«Ja ... ich glaub schon ...»

In Wirklichkeit hörte ich nicht viel. Die Maschine machte einen ohrenbetäubenden Lärm. Andere mochten sich von diesem Geräusch in den Schlaf wiegen lassen, ich nicht. Ich hatte schreckliche Angstzustände. Zwar gelang es mir wie durch ein Wunder, mich ein bisschen zu beruhigen und normal zu atmen, doch nur vorübergehend. Dann kam die nächste Panikattacke. Welch eine Achterbahnfahrt, diese manische Depression machte mich fertig. Hat man solche Stimmungsumschwünge, wenn man krank ist? Ich glaube, die meisten Kranken fühlen sich vor allem alleingelassen. Ob sie nun jemand begleitet oder nicht, sie sind dem eigenen Elend ausgesetzt, und ihre Wahrnehmung beschränkt sich auf den eigenen Körper. Ich dachte an die Worte von Albert Cohen: «Alle Menschen sind einsam, keiner schert sich einen Dreck um die anderen, und unser Leid ist eine einsame Insel.» Ich kannte nicht viele Zitate, aber dieses hatte sich mir so tief eingeprägt, dass es mir jetzt, da es so treffend meine Situation widerspiegelte, in all seiner schockierenden Wahrheit wieder einfiel. Die Kernspinuntersuchung schritt voran, und um mich herum war nichts mehr zu erkennen. Das Gefühl der eigenen Jämmerlichkeit, das der Schlafanzug mir eingab, war kaum zu überbieten. Ich trug das Kleid der Sträflinge, Sklaven und anderweitig Entmenschlichten. Das ganze Leben, das ich mir aufgebaut hatte, kippte ins Lächerliche. Was hatte ich mir angemaßt? Aus der Erde sind wir genommen, zur Erde kehren wir zurück, das hatte ich wohl vergessen. Endlich wurde mir klar, dass ich ein Nichts war; und in dieser Gewissheit allein war.

«Oh nein, das darf doch nicht wahr sein», seufzte der Arzt.

«Wie bitte?»

«…»

«Können Sie mir bitte sagen, was los ist?»

«Ich hab ein kleines Problem.»

«Ein Problem?»

«Ja, genau … ach, dass das ausgerechnet mir passieren muss.»

Ich konnte mich nicht aufrichten, wusste nicht, was ich jetzt machen sollte. Der Doktor erschien, sichtlich genervt. Seine unveränderliche Miene hatte sich verändert.

«Das tut mir leid. So etwas kommt sonst eigentlich nie vor.»

«…»

«Ein Fehler im System. Ich fürchte, das wird jetzt Stunden dauern, bis wir das Gerät wieder zum Laufen bringen.»

«Aha …»

«Der Tisch steckt leider auch fest. Können Sie versuchen, zu mir her zu robben?»

«Robben?»

«Ja, Sie müssen aus der Röhre raus. Mir tut das echt leid. Versuchen Sie, auf dem Rücken zu robben. Ich hoffe, das bereitet Ihnen keine allzu großen Schmerzen.»

Es war nicht so schwierig. Mein Rücken setzte mir in der Position gar nicht so übermäßig zu. Mir wurde vielmehr schwindlig. Durch die Rotation der Röhre hatte ich mein Raum- und Zeitgefühl verloren. Erfolgreich aus der Röhre gekrochen, wollte ich aufstehen, doch meine Beine versagten. Ich klammerte mich am Arzt fest, um nicht umzufallen.

«Soll ich Ihnen ein Glas Wasser holen?»

«Nein, geht schon. Danke. Haben Sie etwas sehen können?»

«Bitte?»

«Haben Sie sehen können, ob mit meinem Rücken irgendetwas nicht in Ordnung ist?»

«Nein, leider nicht. Die ersten Minuten liefern keine genaueren Aufschlüsse. Die Magnetresonanztomographie ist eine umfassende Untersuchung, anhand eines winzigen Bruchteils der Beobachtungen kann ich mir kein Urteil bilden.»

«Ah … nicht die geringste Vermutung?»

« … Äh … nein», antwortete er nach kurzem Zögern.

« … »

«Tut mir leid. Wir müssen den Termin verschieben.»

« … »

«Außer Sie gehen heute noch in ein anderes Kranken-haus.»

«Heute? … Ich weiß nicht. Das müssen Sie mir sagen. Das kommt darauf an … wie dringend es ist.»

«Ich sag das nur, weil Sie sich ja solche Sorgen machen. Das wäre eine Möglichkeit, wenn Sie nicht warten wollen. Dann wissen Sie es gleich.»

«Ja … aber ich hätte gern Ihren Rat.»

«Aus rein medizinischer Sicht kann das bis morgen warten.»

«Was würden Sie an meiner Stelle machen?»

«Ich bin nicht an Ihrer Stelle.»

«Ich weiß. Aber was würden Sie machen?»

«Ich würde bis morgen warten …»

Im ersten Moment beruhigte mich diese Antwort. Aber dann kam ich ins Grübeln: Hätte er mir empfohlen, schnell zu handeln, hätte er mich ganz klar in Panikstimmung versetzt, was nicht sehr konstruktiv gewesen wäre. Der Rat, die Untersuchung auf morgen zu verschieben, war keineswegs in die Kategorie gute Nachrichten einzuordnen. Ich musste eben warten. Ein Systemfehler, das konnte auch nur mir passieren. Anscheinend machte ich eine schwierige Phase durch, überall lauerten Tücken, als wollte mich das Schicksal auf die Probe stellen. Ich ließ mir einen Termin für den nächsten Morgen geben und schlich unverrichteter Dinge davon.

Beim Gehen merkte ich, dass ich dem Arzt eine falsche Auskunft gegeben hatte – nun bereitete das Gehen mir nämlich doch Probleme. Ich verstand, warum mein Kopf so durcheinander war. Wenn so heftige Schmerzen mehrere Tage andauern, verfällt man in einen dem Wahnsinn ähnlichen Zustand. Ich sah mich einem Zerrbild von Paris gegenüber, alles war irgendwie asymmetrisch gebaut. Der Verkehr rauschte vorüber, und ich hätte mich am liebsten vor eines dieser Autos geworfen, um mein Leiden ein wenig abzukürzen. Manchmal erscheint einem der Tod wie der einzig gebührende Ausweg. Minutenlang stand ich reglos da, doch dann kaufte ich mir eine Flasche Wasser und schluckte zwei Schmerztabletten. Ich machte ein paar schwerfällige Schritte. Mein Zustand verschlechterte sich zusehends. Ich hätte zu dem von Édouard empfohlenen Osteopathen gehen können, aber was hätte das gebracht? Ich hatte nicht den Eindruck, dass meine Schmerzen mit irgendeiner Verrenkung, Muskelverhärtung oder einem eingeklemmten Nerv zusammenhingen. Diese Einschätzung beruhte auf der Tatsache, dass alles schlagartig, ankündigungslos und rational unerklärbar begonnen hatte.

Die Tabletten schlugen zum Glück gut an. Vielleicht war das ja der Placebo-Effekt. So fasste ich jedenfalls einen seltsamen Entschluss: Ich ging zur Arbeit.

20

Intensität der Schmerzen: 7
Gemütslage: in Wartestellung

21

Auf den Gängen beäugte man mich wie ein exotisches Tier. Alle waren wohl darüber im Bilde, was während der Besprechung mit den Japanern gelaufen war. Da ich über Jahre hinweg redliche Beziehungen zu meinen Kollegen unterhalten hatte, durfte ich in manchen Blicken nun einen Anflug von Mitgefühl lesen. Vielleicht hatte sie der Vorfall auch von einem Druck befreit? Das kann ja jedem mal passieren, dass er einen Fehler begeht. Und einige freuten sich bestimmt, dass dieses Missgeschick nun mir unterlaufen war. Glücksstreben kann so kleinkariert sein, dass es auch Glück bedeuten kann, andere straucheln zu sehen. Dass ich einer Intrige zum Opfer gefallen war, wusste niemand. Die Arschlöcher in einem Betrieb erkennt man übrigens paradoxerweise daran: Man erkennt sie nicht. Denn ich sah Kollegen, die eigentlich ganz nett waren und mit Gaillard am Kaffeeautomaten standen und mit ihm herumalberten. Sie kannten seine wahre Natur nicht. Nur ich wusste, wozu er imstande war, was meine Stimmung weiter verdüsterte. Ich hätte die ganze Geschichte auffliegen lassen können, doch das hätte wenig Sinn gehabt. Ich konnte überhaupt nichts beweisen. Wie hätte ich belegen sollen, dass er mir die ganze Zeit falsche Informationen gegeben hatte? Im Augenblick blieb mir nichts anderes übrig, als den Mund zu halten.

Manche Folterknechte können von ihrem Opfer einfach nicht ablassen. Kaum hatte ich mich an meinen Schreibtisch gesetzt, kam er herein:

«Na, wie geht's?»

«…»

«Weißt du, wir haben uns schon Sorgen um dich gemacht.»

«Was willst du?»

«Ich will, dass du jetzt nicht monatelang eingeschnappt bist. Wir müssen das abhaken, was geschehen ist.»

«…»

«Ich weiß, das ist nicht leicht für dich. Du hast hart gearbeitet, und jetzt bist du überhaupt nicht mehr beteiligt an dem Projekt …»

«Kannst du bitte mein Büro verlassen?»

«Ja, könnte ich, aber dann müsste ich ja gleich wieder reinkommen. Also, ich hab mit Audibert gesprochen … und du bekommst jetzt ein neues Projekt.»

«Du hast mit Audibert gesprochen?»

«Ja, wir haben die Kompetenzen ein bisschen anders

verteilt, du hast ab jetzt meinen Weisungen zu gehorchen. So ist das Ganze wohl am einfachsten.»

«...»

«Na gut, ich hoffe, das neue Projekt wird dir gefallen. Du musst hier ja auch nicht Däumchen drehen...»

«...»

«Und was macht die Gesundheit?», fragte er im Hinausgehen, allerdings ohne meine Antwort abzuwarten.

Ich hatte also seinen Weisungen zu gehorchen. Wie hatte ich mich abgerackert für diesen Laden! Wie viele Stunden und wie viel Schweiß hatte ich in diese Akten fließen lassen, um jetzt unter dem Pantoffel dieses gemeinen Gauners zu enden. Er genoss anscheinend seinen Triumph. Er hatte in ernstem Ton mit mir geredet und das dazugehörige Gesicht aufgesetzt, aber ich konnte mir lebhaft vorstellen, wie er hinter seiner Maske hämisch grinste. Ich spürte die heimliche Masturbation seiner Lachmuskeln. Es gab so viele Typen wie ihn, die sich an ihrer kleinen Macht aufgeilten. Ich schloss die Augen und konnte bis auf den Grund seiner Seele blicken.

Er entsprach ganz dem Klischee jener Leute, die eine schwere Kindheit gehabt hatten und sich später dafür rächen wollten. Er war immer derjenige, auf den mit dem Finger gezeigt worden war. Um auch eine Freude am Leben zu haben, begann er, andere zu quälen. Indem er grausam zu anderen war, verbarg er mehr oder weniger diskret das

Grauen vor sich selbst. Er machte eine steile Karriere, doch auch die stillte seinen Rachedurst nicht. Der Erfolg befriedigte ihn nicht. Er kam sich wie ein Schwindler vor und fühlte sich chronisch minderwertig. Wenn er im Café saß, hatte er immer Angst, es könnte jemand kommen und ihn zum Gehen auffordern. Er spürte, das könnte jederzeit passieren. Dass die anderen ihn aus ihrer Gemeinschaft ausstießen. Also beschloss er, ihnen weiter das Leben zur Hölle zu machen. Auch Frauen blieben nicht verschont. Er schrie nachts unter den Fenstern unerreichbarer Schönheiten herum. Gab vor, ein Schwärmer, ein Wahnsinniger, ein Dichter zu sein. Aber im Grunde, das spürte ich, verachtete er Frauen. Nach einigen Jahren hatte er trotzdem eine gefunden, die ihn heiratete. Sie war ein paar Mal im Büro gewesen und hatte einen unendlich traurigen Eindruck auf mich gemacht. Wirklich unendlich traurig. Anfangs hatte sie diesen Kerl, der wild mit den Armen herumruderte, morgens voller Tatendrang aufstand und abends erschöpft ins Bett fiel, wohl noch irgendwie reizend gefunden. Ja, die geballte Ladung Hoffnung, die sich in dem kleinen Körper verdichtete, hatte sicher ihren Charme. Und er bemühte sich, ihr zu imponieren, sich von seiner besten Seite zu zeigen, sich durch permanente Verrenkungen einem Idealbild anzunähern. Aber man brauchte ihn nur jeden Tag aus nächster Nähe zu erleben, um ihm die Maske vom Gesicht zu reißen. Seine Frau erkannte schnell, wie er wirklich war. In ihren Augen konnte er Tag für Tag das Protokoll seiner Jämmerlichkeit lesen. Der Prinz hatte sich in eine Kröte verwandelt. So steigerte sich in ihm der Drang, auf anderen Gebieten zu glänzen. Jedes Mittel war ihm recht. Hass auf andere ist ein Trick, der Neurosen lindert. Im Krieg hätte er sicher einen guten Soldaten abgegeben, den perfekten Kollaborateur. Allerdings hätte er recht besondere Beweggründe gehabt: Denn er hätte aufgrund der starken Faszination, die die Juden auf ihn ausübten, kollaboriert. Doch das ist ein anderer Roman. Obwohl ich bis auf den Grund seiner Seele blickte, blieben mir die Schweißtropfen, die auf seiner Stirn perlten, nicht verborgen. Manchmal hatte ich Lust, ihn ein bisschen abzutupfen. Manchmal hatte ich diesen irren Gedanken, ich müsse mich ihm bedingungslos fügen, damit er seinen Hass ausleben konnte. Womöglich war ich genauso meschugge wie er. Gab es noch eine andere Erklärung dafür, dass ich so naiv gewesen war? Er führte mir meine eigene Trägheit vor Augen.

Ich wartete darauf, dass er mir die neue Akte vorbeibringen würde. Auf meinem Schreibtisch lagen noch die ganzen, die japanische Affäre betreffenden Unterlagen. Ich knüllte jede Seite einzeln zusammen und warf sie langsam in den Papierkorb. Alles umsonst. Nach einigen Minuten kam meine Sekretärin herein. Aber war das überhaupt noch meine Sekretärin? Sie erkundigte sich nach meiner Gesundheit. Alles bestens, stammelte ich. Dann meinte sie:

«Mir tut das sehr leid, was vorgefallen ist. Das haben Sie nicht verdient.»

«Danke ...»

«Sie sind nämlich ein guter Mensch», setzte sie im Hinausgehen hinzu.

Womöglich hatte sie das aus Mitgefühl gesagt. Jedenfalls war ich tief gerührt. Ich musste sogar mit den Tränen kämpfen. Seit Tagen rang ich mit Schmerzen und höheren Gewalten, und da schlugen Mathildes einfache Worte eine Bresche der Zärtlichkeit. Sie hatte recht, ich war ein guter Mensch, und ich hatte das nicht verdient. Dennoch würde ich mich mit der neuen Situation abfinden, denn zum Kampf fehlte mir die Kraft. Das zeigte, dass es zu meinen Wesensmerkmalen gehörte, mich vom Lauf der Ereignisse treiben zu lassen und jeglicher Gegenströmung auszuweichen. Ich fühlte mich mehr denn je als Fisch.[*]

Mein Schreibtisch war mittlerweile so gut wie leer. Ich hob das Telefon ab, um meine Eltern anzurufen. Meine Mutter kochte wahrscheinlich gerade das Mittagessen, während mein Vater fernsah. Bestimmt regte er sich über die dämlichen Produkte auf, die im Teleshopping präsentiert wurden: «Das ist doch alles Quatsch!» Ich sah das Bild meiner Eltern deutlich vor mir, was ich mir dagegen nicht vorstellen konnte, war, wie die zwei als junges Paar Hand in Hand gingen und ein Kind (mich) haben wollten. Die Liebe der eigenen Eltern zueinander, ihre Jugend und Sorglosigkeit gehören ins Reich der Science-Fiction. Mir kam es vor, als hätten die beiden ihr ganzes Leben in dem momentanen Dekor

---

[*] Ich meine das Sternzeichen. Und mein Aszendent Skorpion schlägt sich vor allem in einer übertriebenen Neigung, ein Schattendasein zu führen, nieder.

zugebracht, wie Schauspieler, die dazu verdammt sind, die immergleiche Szene zu spielen und denen jedwede Improvisation untersagt ist. Unter dem Eindruck solcher Überlegungen musste mein Anruf ja in die Hose gehen:

«Hallo Mama, ich wollte euch für heute Abend zum Essen einladen.»

«…»

«Mama?»

«Heute Abend? Ist das dein Ernst?»

«Ja, genau. Heute Abend.»

«… Hast du uns irgendwas Außergewöhnliches mitzuteilen?»

«Nein, nichts Außergewöhnliches. Ich würde mich nur freuen, wenn ihr mal kommen würdet.»

«Also, wenn irgendwas los ist, dann sag es lieber gleich.»

«Aber ich sag doch, es ist nichts.»

«Willst du dich scheiden lassen?»

«Also Mama, ich wollte euch nur mal einladen … wenn ihr nicht kommen wollt, auch egal.»

«Aber nein … wir kommen doch gern. Ich frag nur mal eben deinen Vater, ob er heute Abend nicht schon was vorhat …»

«Okay …», seufzte ich und tat so, als würde ich ihr abkaufen, dass sie nichts davon wüsste, wenn mein Vater heute Abend etwas vorhätte. Als könnte ich ihr glauben, dass mein Vater etwas vorhaben könnte, ohne meiner Mutter vorher etwas davon gesagt zu haben. Es war nicht die Art der beiden, etwas unabhängig voneinander zu machen.

Sie gehörten einer Generation an, für die der Bund fürs Leben wirklich einen *Bund in allen Lebenslagen* bedeutete. Machten Werbung für den Slogan «in guten wie in schlechten Zeiten». Tanzten auf dem Maskenball der Gefühle. Nun tuschelten sie und wogen schnell das Für und Wider meiner Einladung ab. Bei meinem Vater kam immer alles ganz aufs Fernsehprogramm an. Ich glaube, ich hatte Glück: keine Champions League am Mittwochabend. Das dauerte aber lange am anderen Ende der Leitung. Meine Einladung brachte sie anscheinend vollkommen aus dem Konzept.

Meine Mutter hatte mir früher immer Vorwürfe gemacht, ich sei gefühlskalt und würde nichts von mir erzählen. Was ihr gar nicht auffiel: Jedes Mal, wenn ich versuchte, auf sie zuzugehen, wirkte sie alles andere als erfreut, wallte nicht gerade Zärtlichkeit in ihr auf. Sie kritisierte mechanisch an mir herum, als ginge es darum, sich von der Last der eigenen Schuld zu befreien. Und jetzt, da ich die beiden zum Essen einlud, was an sich ein freudiges Ereignis hätte sein können, oder nennen wir es eine nette Überraschung, spürte ich, was in den Jahren des gegenseitigen Unverständnisses zu Bruch gegangen war. Ich bereute schon fast wieder, dass ich angerufen hatte, und vergaß meine Todesangst, die den Anruf ausgelöst hatte. Irgendetwas hatte ich mir von diesem Essen wohl versprochen, ohne dass ich hätte sagen können, was. Ungeliebte Kinder hören nie auf, der Zuneigung hinterherzurennen, die sie nicht bekommen – das ist eben so. Ich konnte noch so oft an der Gefühllosigkeit meiner Eltern abprallen, ich kam immer wieder angewackelt mit neuen

Hoffnungen, wie sie an sich nur Leute haben können, die an Alzheimer leiden.

«Mit Vergnügen», verkündete meine Mutter nach zwei- oder dreiminütigen Beratungen mit meinem Vater, die das Vergnügen nicht besonders glaubwürdig erscheinen ließen.

«Ah, wunderbar. Wir erwarten euch dann also um 20 Uhr.»

«Sollen wir was mitbringen?»

«Nein, nicht nötig. Ich komme heute früher von der Arbeit und hab genug Zeit, alles vorzubereiten.»

«Ach so, du gehst früher? Hast du Probleme in der Arbeit?»

«Mama …»

«Ich frag ja bloß. Weil das komisch ist. Das hab ich ja noch nie gehört, dass du früher gehst …»

«Nein, ich war nur sehr fleißig in letzter Zeit und habe mir einen kleinen Vorsprung herausgearbeitet …»

«Ah ja … das kann ich mir vorstellen», meinte sie mit einem Hauch von Zweifel in der Stimme. Sie hatte schon recht: Es konnte nicht unmittelbar einleuchten, wenn ich sagte, ich würde früher gehen. Jahrelang hatte ich viel Aufhebens um die Bedeutung meiner Arbeit gemacht, um ja nicht meine Eltern treffen zu müssen. Ich hatte sogar nächtliche Besprechungen erfunden, um Geburtstagsessen ab-sagen zu können. Nun fiel eben alles irgendwie aus dem Rahmen. Mein Leben nahm eine entscheidende und reichlich unerwartete Wendung, und ich zeigte meiner Familie, wo es langging.

Wie angekündigt, kam Gaillard wieder, um mir das neue Projekt vorzustellen.* Es ging um einen Parkplatz, der auf einem Gelände gebaut werden sollte, auf dem bis vor Kurzem noch ein asbestverseuchtes Gebäude gestanden hatte, das man mittlerweile abgerissen hatte. Da unklar war, was mit dem Areal geschehen würde, hatte die Gemeinde vorerst beschlossen, dort vorsichtshalber nur einen Parkplatz zu errichten. Man müsse sich demnächst mal mit den beteiligten Parteien zusammensetzen. Gaillard riet mir hinzufahren und vor Ort ein bisschen die *Atmosphäre zu schnuppern.* Ja, das waren genau seine Worte, und er fügte noch hinzu:

«Es gibt ganz gute Verkehrsanbindungen. Von der Gare du Nord fährt der Regionalexpress direkt, und danach gibt's einen Bus.»

« … »

«Du musst dich bloß erkundigen, wann die Busse fahren. Ich glaube, es fährt alle Stunde einer. Okay, halt mich auf dem Laufenden.»

Als er wieder draußen war, blätterte ich die Unterlagen durch. Zwanzig Jahre Berufserfahrung, um nun auf einer solchen Praktikantenmission zu landen. Das war in der Welt der Akten die unwichtigste Akte, die man sich vorstellen konnte. Ich hatte Lust, alles hinzuwerfen und zu gehen. Man wollte mich endgültig zur Strecke bringen – das lag auf der Hand. Das war Mobbing, aber ich durfte jetzt nicht die Nerven verlieren. Ich hatte gar keine Wahl. Ich musste den

---

* Natürlich betrat er ohne anzuklopfen mein Büro, aber wenn ich anfangen würde, all seine Taktlosigkeiten aufzuzählen, könnte ich wahrscheinlich nicht mehr aufhören.

Kredit für das Haus zurückzahlen, das Studium meiner Kinder finanzieren, für die Rente vorsorgen. Und wenn ich tatsächlich sterben sollte, starb ich lieber als Angestellter denn als Arbeitsloser.

22

Intensität der Schmerzen: 7
Gemütslage: familienfreundlich

23

Im Laufe des Nachmittags schickte ich meiner Tochter eine SMS, um sie ebenfalls zum Essen einzuladen. Sie sagte zu, erkundigte sich bei der Gelegenheit aber wie meine Mutter, ob es einen besonderen Anlass gebe. Ich machte im Büro früh Schluss, kurz nachdem ich die achte Schmerztablette des Tages geschluckt hatte. Allmählich wirkten diese Tabletten nicht mehr wie noch am Anfang. Ich war eine Stunde lang auf der Suche nach einer schmerzmindernden Sitzhaltung auf meinem Stuhl hin und her gerutscht, bis ich mit der einen Arschbacke auf dem Stuhl saß und die andere in der Luft hing. Auf dem Höhepunkt meiner Qualen hatte ich mehrmals mit dem Gedanken gespielt, das Essen wieder abzublasen: Dieser verrückte Einfall war mir in einem Augenblick gekommen, in dem die Schmerzen nachgelassen hatten. Andererseits würde mich das Essen auf andere Gedanken bringen, würde mir Gelegenheit geben, mich über andere Sachen aufzuregen. Vielleicht war das die richtige Methode: Wer leidet, muss Umstände herbeiführen, die das Leiden noch vergrößern, denn einzig das Leid vermag sich durch Leid zu zerstreuen. So wird man endlich abgelenkt.

Ich hatte eigentlich auf dem Markt Gemüse besorgen wollen, um eine Ratatouille zu machen. Aber das hätte mich zu viel Anstrengung gekostet. Élise würde nicht vor 19 Uhr nach Hause kommen, aber das Essen war ja meine Idee gewesen, also musste ich es auch organisieren. Am einfachsten wäre es, etwas zu bestellen, dachte ich. Es gab da einen libanesischen Lieferservice, der mit seinen Prospekten und Gutscheinen seit Monaten meinen Briefkasten überschwemmte. Bis jetzt hatte ich die Werbung ignoriert und mich hie und da sogar über deren Flut ereifert. Doch Hartnäckigkeit zahlt sich anscheinend aus, denn nun entsann ich mich der libanesischen Option. Ich hatte schon Jahre nicht mehr libanesisch gegessen und fürchtete, ich könnte mich im Labyrinth der kulinarischen Möglichkeiten verirren. Ich wollte etwas ganz Einfaches, ein zusammengestelltes Gericht, ich wollte das Komplettmenü:

«Hallo?»

«Bonjour, ich würde gern für heute Abend was bestellen.»

«Für heute Abend? Das ist leider nicht möglich.»

«Ach ... echt? Wieso?»

«Wir haben hier gerade ein kleines Problem.»

«Ach so ... ein Problem ...»

«Aber gleich um die Ecke ist ein marokkanischer Lieferservice ...»

«Na ja ... warum nicht?»

«Haben Sie was zum Schreiben?»

Der Frau am Telefon war es gelungen, einigermaßen freundlich zu bleiben, obwohl sie sich, so schien es, in einer absoluten Ausnahmesituation befand. Merkwürdig, dass sie mir einfach so die Nummer des marokkanischen Lieferservice gab, der ja ein Konkurrent des libanesischen sein musste. Aber ich wusste diese Solidarität unter Kaufleuten zu schätzen. Dafür leuchtete mir umso weniger ein, wie man sich für eine Werbekampagne so verausgaben konnte, wenn man dann am Tag X, an dem der Fisch (ich) endlich anbiss, nicht bereit war. Einige Tage darauf hörte ich zufällig, dass sie eine Kontrolle des Gesundheitsamts gehabt hatten, mit verheerenden Folgen. Wir waren gerade noch der Lebensmittelvergiftung entronnen, die garantiert ein Familiendrama ausgelöst hätte. Meine Eltern hätten sicherlich einen Vergiftungsversuch vermutet. So waren wir an der großen Katastrophe wirklich nur haarscharf vorbeigeschrammt.

Mit Freude schwenkte ich auf den Marokkaner um, dessen Prospekt mir ebenfalls nicht verborgen geblieben war. Ich glaube, ich hatte sogar lächeln müssen, als ich den Namen las: «Allô Couscous». Die Sache war nicht kompliziert, ich bestellte einfach einen Couscous Royal für fünf Personen. «Sehr gern», antwortete die junge Frau am Telefon und fügte dann hinzu:

«Dürfen wir Ihrer Bestellung ein paar kostenlose marokkanische Dessert-Spezialitäten beigeben?»

«Dürfen Sie … dürfen Sie …»

Welch Liebenswürdigkeit, welch Unkompliziertheit, welch ein Sonnenschein! Wahrscheinlich lieferten sie doppelte Portionen aus, um die Schwierigkeiten auszunutzen, in denen der Hauptkonkurrent steckte. Der richtige Zeitpunkt, die Kundschaft zu binden. Nun ja, die Sache war erledigt, in meiner Euphorie darüber dachte ich, dass wir bestimmt einen netten Abend verbringen würden. Aber vorher musste ich mich noch ein wenig ausruhen. Ich war den ganzen Tag überhaupt nicht zur Ruhe gekommen. Außerdem hatte ich die letzten drei Nächte nicht geschlafen, das machte mich natürlich auch zur Schnecke. Ich legte mich ins Bett und brauchte keine zwei Minuten, um in tiefen Schlaf zu sinken.

Wie schön, endlich zu schlafen, traum- und besinnungslos, nichts kümmerte mich mehr. Auch meine Schmerzen nicht, ich hätte ewig schlafen können. Den Wecker hatte ich erst gar nicht gestellt, ursprünglich hatte ich mich ja nur ein halbes Stündchen entspannen wollen. Von einem Läuten wurde ich wieder geweckt. Anfangs dachte ich noch, es gehört bestimmt in meinen Traum, doch allmählich schwante mir, es entsprang der Wirklichkeit. Das heißt, es dauerte einen Augenblick, bis ich begriff: Es läutete tatsächlich an meiner

Tür. Wahrscheinlich der Couscous. Ich beeilte mich, nach unten zu kommen und aufzumachen, und stand unverhofft meinen Eltern gegenüber. Stocksteif und Seite an Seite standen sie da.

«Was ist denn los mit dir?», fragte mein Vater. «Wir klingeln schon seit fünf Minuten.»

«…»

«Hast du etwa … geschlafen?», stammelte meine Mutter.

Es war schon acht. Ich hatte fast drei Stunden geschlafen. Ein kurzer Blick in den Spiegel in der Diele bestätigte: Mit meinen zerzausten Haaren sah ich aus wie ein Mann, der soeben aufgewacht war, was ja auch zutraf. Meine Eltern starrten mich wie hypnotisiert an. Ich brauchte noch einen Moment, um zu reagieren, doch schließlich bat ich sie herein. Wortlos setzten sie sich auf das Sofa im Wohnzimmer. Ich erkundigte mich, was sie zum Aperitif wünschten.

«Hast du …», begann mein Vater.

«Bring uns einfach, was du da hast … das wird schon passen …», fiel meine Mutter ihm ins Wort.

Sie hatte bei diesem Satz jede Silbe einzeln betont, als würde sie sich an einen geistig Zurückgebliebenen wenden. «Ich mach eine Flasche Rotwein auf», sagte ich ohne große Überzeugung, ich war mir nämlich nicht sicher, ob überhaupt eine da war. Für das Essen war gesorgt, das Trinken hatte ich ganz vergessen. Zum Glück fand ich in der Küche eine Flasche Bordeaux, die ich erleichtert köpfte. Langsam kam ich wieder in der Gegenwart an, wobei mir zwei Sachen auffielen: Mein Rücken schmerzte nach wie vor, und Élise war noch gar nicht zu Hause.

Meine Mutter kam in die Küche, schaute mich kurz an und fragte dann:

«Sollen wir dir irgendwie helfen?»

«Nein … nein, geht schon. Geh wieder ins Wohnzimmer, ich komme gleich.»

« … »

« … »

«Na gut … also, wenn du deine Arbeit verloren hast, das kannst du uns schon sagen. Das ist nicht so schlimm. So was kann schon mal passieren. Dein Vater und ich … wir können dir auch ein bisschen unter die Arme greifen, wenn nötig. Ich hab schon mit ihm darüber gesprochen, er hat nichts dagegen.»

«Du hast mit ihm darüber gesprochen? Aber wann denn?»

«Na vorhin. Auf dem Weg hierher.»

«Ich hab meine Arbeit aber überhaupt nicht verloren! Hört endlich auf damit.»

Es klingelte wieder, was mir Gelegenheit gab, das Gespräch abzubrechen. Es war der Fahrer von Allô Couscous, ein junger Mann, dessen aufdringliches Lächeln vehement das Herausrücken eines Trinkgelds forderte. Doch langsam waren die Zutaten für einen schönen Abend beisammen, es war zwar alles ein bisschen chaotisch, aber würde schon werden. Mit dem Essen auf dem Arm begab ich mich wieder in die Küche, gefolgt von meiner Mutter, die die ganze Zeit hinter mir herlief. Sie schien irgendwie durcheinander.

«Na? Ist irgendwas?», erkundigte ich mich.

«Hast du … Couscous bestellt?»

«Ja.»

« … »

«Gibt's irgendein Problem damit?»

«Nein … nein», japste sie und rang nach Luft.

Meiner Mutter standen ihre Gemütslagen immer ins Gesicht geschrieben. Der Couscous war ein zusätzlicher Faktor, der verstörend wirkte. Aber natürlich konnte sie mir das nicht so sagen. Mir war zwar nicht entgangen, dass meine Eltern immer ausländerfeindlicher wurden, doch ich dachte, dies betreffe nur Personen und keine Lebensmittel. Gibt es Rassismus-Gene, die im Alter automatisch zum Tragen kommen? Offensichtlich kam es für meine Mutter nicht infrage, ihre Veranlagung zuzugeben. Denn sie fasste sich:

«Da wird dein Vater sich aber freuen. Er liebt Grieß.»

«Na prima. Ich will ja auch, dass ihr hier einen angenehmen Abend verbringt.»

«Oh ja … das wird bestimmt ein angenehmer Abend», flötete sie in einem Ton, der auch ihre schlimmsten Befürchtungen nicht verschleierte.

24

Intensität der Schmerzen: 7
Gemütslage: marokkanisch

25

Es war schon fast halb neun, und Élise war immer noch nicht da. Als ich sie anrufen wollte, stellte ich fest, dass sie mir eine Nachricht hinterlassen hatte. Sie würde etwas später kommen, irgendwelche Eltern wollten sie unbedingt sprechen. Sie entschuldigte sich auch, weil sie mir nicht beim Vorbereiten helfen konnte. Kaum hatte ich die Nachricht abgehört, spazierte sie zusammen mit unserer Tochter zur Tür herein. Alice hatte sie vom Kindergarten abgeholt, und dann waren sie gemeinsam hergefahren. Ich hatte Alice seit fast zwei Wochen nicht mehr gesehen, und es war so viel geschehen in dieser Zeit. Es kam mir vor, als wären Jahrhunderte vergangen. Sie wurde von Mal zu Mal schöner, die Schönheit eines Mädchens, das seinem Vater entglitt. Wenn ich sie so ansah, regte sich immer ein sanftes Entzücken in mir. Ich erkannte ihr Genie in ihren unbedeutendsten

Gesten. Ich sah sie an, und hielt mir die düsteren Gedanken
vor Augen, die ich in den vergangenen Tagen gehabt hatte.
Sterben kam überhaupt nicht infrage. Meine Kinder waren
das Gegenmittel. Ich musste doch wissen, wie es mit ihnen
weiterging. Welche Art von Leben sie führen würden, was
das Schicksal für sie bereithielt. Und ich musste doch da sein
für sie und sie beschützen, auch jenseits der Volljährigkeit.
Ich nahm meine Tochter in den Arm und drückte sie so
lange und heftig an mich wie selten zuvor. Sie guckte verdutzt und sagte dann:

«Was ist denn mit dir los?»

«Ich liebe dich so, das ist los, sonst nichts.»

Alle standen sprachlos da und schauten mich an.

Also verkündete ich: «Heute Abend gibt's Couscous.»

Wenige Minuten später saßen wir zu Tisch, vertieft in einen
Monolog meines Vaters (wie hätte es anders sein können?).
Er stand immer im Mittelpunkt und würzte seine Reden
gern mit der ein oder anderen Unflätigkeit, was ihm selbst
(zu Unrecht) als witzig erschien. Unser Verhältnis war mehr
als kompliziert, wohl ein Pleonasmus, wenn man von seinem
Vater oder seinen Eltern im Allgemeinen spricht. Es gab
Momente, in denen ich ihn charmant oder gar charisma-
tisch fand, und solche, in denen er mir unerträglich und ab-
stoßend vorkam. Meine Meinung über ihn konnte so schnell
umschwenken, dass mir selbst manchmal ganz schwindlig
davon wurde. Das passierte gern, wenn eine dritte Person ins
Spiel kam: Sobald jemand gut von ihm sprach, hörte ich auf,
gut von ihm zu sprechen und zählte seine charakterlichen

Mängel auf. An erster Stelle seine Art, ständig an mir herumzukritisieren. Lange hatte ich das als Unbeholfenheit in Gefühlsäußerungen angesehen. Doch mittlerweile kannte ich seine wahren Absichten. Er war unfähig, mich in ein positives Licht zu rücken, irgendein gutes Haar an mir zu lassen. Zum Beispiel: meine Kinder. Er hatte sie natürlich ins Herz geschlossen, keine Frage, aber wenn er mit mir über sie sprach, stellte er nur immerzu heraus, dass ihm irgendetwas nicht passte. «Ich verstehe nicht, wie du es durchgehen lassen kannst, dass Alice so herumläuft …» Oder: «Paul macht nichts anderes, als die ganze Zeit SMS zu schicken, das ist ja furchtbar.» Nie sagte er: «Du hast zwei wunderbare Kinder», denn damit hätte er ja zugegeben, dass ich im Leben etwas zustande gebracht hätte.

Aber sein Hauptaugenmerk galt meinem Beruf. Als ich anfing, in einem Architekturbüro zu arbeiten, begann er, sich für diese Branche zu interessieren. Also, ich rede von Branche, gemeint ist vor allen Dingen unsere Konkurrenz. Niemand verfolgte die Erfolge unseres primären Kontrahenten so eifrig wie mein Vater. Hätte ich bei den Beatles gesungen, hätte er mir von den Rolling Stones vorgeschwärmt. Er hielt mich ständig auf dem Laufenden:

«Schade, dass ihr nicht den Zuschlag für die Universität Paris VII gekriegt habt. Das wäre ein fetter Auftrag gewesen.»

«Ach ja.»

«Also die von Xenox und Co. machen echt einen guten Job. Ich war neulich im Palais de Chaillot und hab mir angeschaut, wie es mit dem Ausbau des neuen Museumsflügels vorangeht, also das sieht klasse aus. Schade, dass du nicht bei denen arbeitest ...»

Das war das Problem an meinem Vater. Man hätte meinen können, er nehme Anteil an meinem Leben und verfolge liebevoll das Treiben seines Sohnes, doch in Wirklichkeit verbrachte er seine Zeit nur damit zu recherchieren, was bei mir und in meinem Betrieb alles schiefging. In größter Vollendung praktizierte er seine hinterhältige Methode, wenn er auf eine Geschichte zu sprechen kam, die mittlerweile acht Jahre zurücklag. Ein Projekt, das ich (auch heute noch) als das spannendste und schwierigste meiner gesamten Berufslaufbahn bezeichnen möchte. Unser Büro hatte nach beherztem Kampf den Zuschlag erhalten, und ich hatte monatelang hart gearbeitet. Alles lief wie am Schnürchen, bis zu dem Tag, an dem sich herausstellte, dass ein Teil des Gebäudes auf einem Grundstück stand, auf das ein steinreicher Amerikaner Anspruch erhob. Dieser Mann ging auf keinen unserer Vorschläge ein und blockierte den Fall. Unsere juristische Abteilung hatte einen fatalen Fehler begangen. Die ganze Arbeit, alles für die Katz. Es war total frustrierend, aber auch irgendwie lächerlich. Aber so war es eben, nichts zu machen, es ging nicht mehr weiter. Im Büro war dieser Reinfall schon bald kein Thema mehr. Nur ich musste die Akte immer wieder durchkauen, dank meines Vaters, der mich immer wieder daran erinnerte:

«Hast du was Neues gehört von diesem Amerikaner?»
«Nein.»

«Ach, das ist schon scheiße. Das hätten sie mal vorher klären sollen, bevor sie sich in so ein Projekt stürzen ...»

«Ich weiß. Hast du schon gesagt.»

«Ganz schön unprofessionell ...»

Mein Vater war der Archivar meiner Pleiten. Es war immer dieselbe Leier. Meine Frau und meine Tochter sahen sich an, und ihre Blicke sagten mehr, als Worte hätten sagen können. Es wiederholte sich die immer gleiche Szene, die Blicke bedurften keiner Deutung. Natürlich bezogen Élise und Alice mich in das Spiel mit ein, und wir konnten über das Ganze auch lachen. Aber konnten wir das noch? Élise schien es satt zu haben, dass mein Vater routinemäßig alles schlechtreden musste. Ja, das Maß ihres Überdrusses wirkte an diesem Abend voller als sonst. Man spricht ja oft von dem Tropfen, der das Fass zum Überlaufen bringt. Und dieser Tropfen kann auch die Form eines leicht veränderten Gesichtsausdrucks annehmen. Es war bestimmt eine Kleinigkeit, die an diesem Abend das Fass zum Überlaufen gebracht hatte. Das Gutmütige und Komplizenhafte in Élises Blick war einer beißenden Verachtung gewichen. Konnte das sein? Als seien die gegensätzlichsten Gefühlswelten nur durch einen Wimpernschlag voneinander getrennt. Man glitt so leicht von einer Welt in die andere hinüber. Es war das zweite Mal, dass ich dieses Gefühl hatte, nachdem sie mir *zum Abschied gewunken* hatte.

Über die Geschmacklosigkeiten und Gehässigkeiten meines Vaters wunderte ich mich schon lange nicht mehr. Ich wartete darauf, so wie ein Reisender auf seinen Zug wartet. Ich stand an unserem Beziehungsgleis und wusste, gleich würde die Bahn seiner mit negativen Energien gefüllten Fertig-Phrasen einfahren. In Wirklichkeit stimmt das so nicht ganz. Auch wenn ich immer vorbereitet war, war ich doch immer auch ein wenig überrascht. Unbewusst hoffte ich wohl, ganz das lächerliche kleine Kind, dass es diesmal anders sein würde. Man glaubt, die Dinge könnten sich ändern, doch die Gefühle der Eltern stehen fest wie Statuen. Auch meine Mutter blieb ihrer Rolle treu. Wie gewöhnlich bemühte sie sich, die Wogen zu glätten:

«Der Couscous schmeckt fabelhaft ...»

«Danke. Ich fand die Idee recht praktisch.»

«Stimmt, schmeckt gut», schloss sich Alice an, und machte dann diesen Vorschlag, auf den niemand etwas zu erwidern wagte: «Das sollten wir öfters machen.»

Wie viele Familien, die nicht so oft zusammen an einem Tisch sitzen, kamen wir auf die Welt im Allgemeinen und Politik im Besonderen zu sprechen. Politik war der Stoff, den es eigentlich zu vermeiden galt, doch mein Vater bestand darauf, uns das finstere Angstszenario einer Welt ohne Zukunft auszumalen. Meine Tochter fiel ihm lustig ins Wort, was ihn zu erheitern schien. Er verzieh seiner Enkeltochter alles, selbst die Frechheiten. Auch meine Mutter fiel ihm ins Wort, aber um vom Thema abzulenken. Sie berichtete von den Reiseplänen, die sie gemeinsam schmiedeten: eine Mittelmeerkreuzfahrt.

«Na ja, wir sind ein bisschen ins Grübeln gekommen ... nach all den Unfällen ...», sagte mein Vater.

«So viele Unfälle gibt's nun auch wieder nicht», warf meine Frau ein, immer bemüht, meinen Vater zu besänftigen.

«Habt ihr von diesem Arschloch gehört, das einfach von Bord gegangen ist und die Leute verrecken lassen hat? So was ist widerlich, also echt!»

Tja. Wir hätten uns darüber unterhalten können, wie wunderschön es auf Capri, an den kroatischen Stränden oder auf Stromboli ist, doch wir lauschten einem Monolog über einen schäbigen Kapitän eines Kreuzfahrtschiffes, das vor der italienischen Küste auf einen Felsen aufgelaufen war. Ich fragte mich, warum ich dieses Essen arrangiert hatte. Weil ich mich nach der Kernspinuntersuchung so elend gefühlt und das Verlangen gehabt hatte, meine Eltern und meine Kinder zu sehen (auch mein Sohn fehlte mir sehr). Aber ich hatte schon oft das Gegenteil von dem gemacht, was ich hätte tun sollen. Es war selten, dass ich kühlen Kopf bewahrte und die richtige Entscheidung traf. Ich musste immer erst einen Fehler machen, um zu merken, dass ich das falsche Gespür gehabt hatte. Aber diesmal hatte ich wenigstens eine Entschuldigung. Ich hatte Angst zu sterben. Sollte ich das sagen? Die Angst mit meiner Familie teilen? Die Hartherzigkeit meines Vaters hielt mich zurück. Aber es war bestimmt besser so. Es war auch nicht meine Art, mich mit meinen Schmerzen zu einem *Coming-out* hinreißen zu lassen. Ich hatte noch nie einen Drang zur Selbstinszenierung besessen. Ich war eben einem spontanen Impuls gefolgt, und es war nicht schlimm, wenn das Ergebnis nun desolat war. Wir saßen beisammen, und hier und da fand ich unseren Familienirrsinn, den ich gewohnt war wie eine sanfte Droge, auch wieder ganz sympathisch. Ich hatte mich in diesem Dekor eingerichtet, es war das unveränderliche Dekor meines Lebens. Also redete ich nicht von meinen Schmerzen, als ginge es darum, das reibungslose Sinken eines Schiffes zu gewährleisten.

Trotz meines Bestrebens, eine gute Figur abzugeben, kam der Punkt, an dem die Schmerzen nicht mehr zu unterdrücken waren. Unter nervösen Krämpfen und anarchischen Zuckungen entgleisten meine Gesichtszüge und verzogen sich unversehens zu Grimassen. Offensichtlich waren durch das Gespräch mit meinem Vater und die unablässige Befragung zu dem gescheiterten Projekt die alten Wunden wieder aufgerissen. Sodass mir nichts anderes übrig blieb, als zu gestehen.

«Was ist denn?», fragte meine Mutter. «Du bist ja ganz weiß im Gesicht.»

«Oh ja … was ist denn los mit dir?», sorgte sich Alice.

«Tut dir wieder der Rücken weh?», erkundigte sich Élise.

Ich nickte. Meine Mutter fragte, was denn mit meinem Rücken sei, doch mir blieb keine Zeit zu antworten, denn mein Vater verkündete:

«Das hatte ich auch mal. Als ich so alt war wie du … das waren wirklich schreckliche Schmerzen … es gibt da ein paar empfindliche Stellen am Rücken … da macht man was durch … na ja, aber ich bin viel Schwimmen gegangen, das hat die Muskulatur wieder gestärkt …»

Er erzählte tatsächlich von sich selbst, während ich mich hier vor Schmerzen krümmte. Es war befremdend zu hören, dass auch er in meinem Alter mit Rückenproblemen zu kämpfen gehabt hatte. Wir entdeckten nicht allzu oft Gemeinsamkeiten. Aber es war recht unwahrscheinlich, dass er das Gleiche gehabt hatte wie ich. Er hatte bestimmt einen Hexenschuss gehabt, den Krebs hatte er für mich aufgehoben.

Gestützt auf meine Frau, schleppte ich mich zum Sofa und legte mich hin.

«Ich dachte, dir geht's wieder besser …», meinte sie.

«Ja, mir ging's auch wieder besser … es hat nur gerade wieder angefangen …»

«Du solltest vielleicht mal zum Osteopathen gehen.»

«Ich werde zum Osteopathen gehen. Édouard hat mir schon einen empfohlen.»

«Na ja, aber dann geh doch auch hin. Du redest immer nur und tust dann doch nichts.»

«Ich geh ja hin …»

Meine Mutter gesellte sich zu uns:

«Geht's besser? Du machst mir ja richtig Sorgen.»

«Ja, schon wieder besser», sagte Élise. «Er war vorgestern beim Röntgen, da hat man nichts festgestellt. Und morgen geht er zum Osteopathen.»

«Ja, genau … geh da hin … du schaust echt nicht gut aus …»

«Das wird schon wieder, ich hab ja Tabletten. Mach dir keine Sorgen, Mama.»

«Na gut … aber ich glaube, wir gehen dann besser. Du musst dich erholen …»

Ich versuchte nicht, sie aufzuhalten. Das Reden strengte mich zu sehr an. Ich erwähnte nur noch die marokkanischen Spezialitäten, die es zum Dessert hätte geben sollen. Sie sollten sie essen. Ich umarmte meinen Vater, bevor ich hinauf ins Schlafzimmer ging. In seinem Blick glaubte ich so etwas wie Geringschätzung zu lesen, bestimmt verübelte er mir das eher ungeordnete Ende des Abends. Außerdem hatte ich ihn um ein paar Tiraden und den anzunehmenden finalen Schwall zum Nachtisch gebracht. Aber er stand auf und sagte:

«Ja, du musst dich ein bisschen erholen, mein Großer. Morgen sieht die Welt schon wieder anders aus.»

Seine zärtlichen Worte ließen mich perplex zurück.

26

Intensität der Schmerzen: 8,5
Gemütslage: am Rande des Zusammenbruchs

27

Vor Élise hatte ich meine Schmerzen zwei Tage lang verbergen können, doch als meine Eltern auftauchten, war die Vorstellung zu Ende. Kurz nachdem sie gegangen waren, kam Alice herein. Sie schaute mich besorgt an.

«Geht's dir wieder besser?»

«Ja.»

«Mama hat gesagt, dass du die Schmerzen schon seit ein paar Tagen hast.»

«Du kennst ja deine Mutter, sie übertreibt immer ein bisschen. Nein, mir geht's gut, wenn ich hier so liege.»

«…»

«Tut mir leid wegen des Essens.»

«Macht nichts. Ich bin sowieso total müde. Ich hab zu Michel gesagt, dass ich heute bei euch übernachte…»

«… Michel … geht's ihm gut?»

«Ja, danke. Sehr gut.»

«Wieso ist er nicht mitgekommen?»

«Weil du ihn nicht eingeladen hast.»

Sie hatte recht. Mir war nicht einmal der Gedanke gekommen, ihn einzuladen. Auf dem Bild, das ich von meiner Tochter hatte, war nur eine Person drauf. Aber sie wohnte jetzt mit ihm zusammen, teilte mit ihm das Bett. Das

Bild, das ich hatte, hing irgendwie in der Vergangenheit fest. Es wollte einfach nicht in der Gegenwart ankommen.

«Stimmt. Ich hätte sagen müssen, dass er gern mitkommen darf ...»

«Ach, das sagst du immer so ... du sagst auch immer, dass du uns besuchen kommst ... und kommst nie.»

«Was?»

«Ja, du sagst immer, dass du dir mal unsere Wohnung anschauen willst, aber nichts passiert.»

«Ja, ich weiß ... ich hatte viel zu tun in letzter Zeit.»

«...»

«Ich komm bald, versprochen ...»

Tatsächlich hatte ich schon öfter angekündigt, dass ich mal vorbeischauen werde. Und ich war auch schon öfter nahe daran gewesen, diese Ankündigung wahr zu machen. Aber es ging über meine Kräfte, die Wohnung zu betreten, in der meine Tochter nun mit einem älteren Mann zusammenlebte. Alice ging nie in die Luft, da war sie ein bisschen wie ihre Mutter. Sie machte einem keine Vorwürfe, aber ihr Groll war dennoch zu spüren. Mein Verhalten tat ihr weh. Ich musste diesen Kerl kennenlernen, mich für ihn interessieren, und vielleicht würde ich dann auch anfangen, ihn zu mögen (war ja durchaus möglich). Ich hatte ihn ein einziges Mal kurz gesehen, und er hatte sich bemüht, höflich zu sein. Es war komisch, plötzlich in der Haut des Schwiegervaters zu stecken, wo ich mich doch seit geraumer Zeit mit der des Schwiegersohns angefreundet hatte. In solchen Momenten wird einem bewusst, wie die Zeit rast, wenn man dem gegenübersteht, der man einmal gewesen war. Auch wenn ich nicht mehr die Rolle des Enkelkinds spielen durfte, da meine Großeltern schon tot waren, würde ich doch sicher selbst bald in die des Großpapas schlüpfen, die mir bisher nur aus der umgekehrten Perspektive bekannt war. Die Rollen wurden getauscht.

Alice küsste mich auf die Stirn, so wie man einen Sterbenden zum Abschied küsst, und ging schlafen. In der Tür drehte sie sich noch einmal kurz um, um mir einen letzten Blick zuzuwerfen. Einen Blick, der mich erschreckte. Das ist nicht zu viel gesagt. In diesem Blick erkannte ich, dass unsere Beziehung einen ersten Riss bekommen hatte. Ihr Ton war sanft gewesen, aber ihr Blick sprach aus, was wirklich in ihr vorging, ließ ahnen, wie breit der Graben zwischen uns geworden war. Bei Freunden lassen sich die Sachen mit Worten korrigieren. Bei den eigenen Kindern nicht. Da ist die Beziehung tiefer, das Band stärker, und damit ist man auch verletzlicher. Ich fürchtete, den Schaden nicht wieder reparieren zu können. Fürchtete, dass das, was ich mit meinem Schweigen und meinem Ungeschick angerichtet hatte, nicht wieder gutzumachen war. Ihr Blick sagte mir, dass es um uns viel schlimmer bestellt war, als ich gedacht hatte.

Einige Augenblicke später erschien Élise.

«Ich hab aufgeräumt ... was für ein Abend ...»

« ... »

«Du siehst besser aus.»

«Ja ... mir geht's auch besser ... keine Ahnung, woher das so plötzlich kam ...»

«Na, von deinem Vater! Da kann man schon mal an die Decke gehen.»

«Na ja, aber ich bin das eigentlich gewohnt, sonst kriege ich ja auch nicht solche Schmerzen davon ...»

«Aber langsam dürfte dir schon mal der Kragen platzen ... sein Verhalten ist einfach inakzeptabel ... ich hab übrigens auch langsam die Schnauze voll.»

«Du? Aber dich vergöttert er doch.»

«Ich rede von seinem Verhalten dir gegenüber. Ich kann es nicht mehr hören, das ist doch jedes Mal dasselbe. Aber du müsstest ihm auch mal die Meinung geigen. Doch du machst es nicht. Nie. Ich denke mir jedes Mal, das ist die Gelegenheit ... aber du lässt dich immer von ihm zur Minna machen ...»

«Das stimmt nicht. Es ist mir einfach total egal, was er redet.»

«Wie kannst du so was sagen? Schau dich doch mal an.»

«Genau ... schau mich doch mal an. Können wir das nicht später besprechen?»

«Nein, ich will jetzt darüber reden. Wir verschieben unsere Gespräche immer auf später. Aber es gibt überhaupt kein Später.»

«Okay ... okay ...»

Ich hatte Élise selten so erlebt. Was für ein Tag: Die abgebrochene Computertomographie, die entwürdigende Parkplatz-Akte, meine Eltern, die Vorwürfe meiner Tochter, und nun wollte auch noch meine Frau mit mir reden, aber worüber? Sie wusste, wie schwierig mein Verhältnis zu meinem Vater war. Jahrelang hatte sie ihre Scherze darüber gemacht, wie er mich regelmäßig runterputzte. Sie fand seine lächerliche Masche leicht durchschaubar. Ich nahm also zur Kenntnis, dass das, was ein Paar zu erheitern vermag, es nach einer gewissen Zeit nicht mehr tut. Was mich betraf, so bildete ich mir ein, den wechselnden Stimmungslagen und kleinen Fehlern meiner Frau weiterhin gewogen zu sein.

«So hab ich dich noch nie erlebt», fuhr sie fort.

«Was?»

«Keine Ahnung. Ich hab den Eindruck, du tust alles, um die Seiten zur Geltung zu bringen, die ich am wenigsten an dir mag.»

«…»

«Du warst echt das Opfer des Abends. Du hast den Besuch deiner Eltern über dich ergehen lassen und die Beleidigungen deines Vaters hingenommen. Und zum Schluss wärst du fast gestorben …»

«Aber da kann ich doch nichts dafür, wenn ich solche Schmerzen habe.»

«Na ja, da wäre ich mir nicht so sicher.»

Ich wusste nicht, was ich darauf sagen sollte. Man kennt ja diese Geschichten von Krebskranken, die ihren Krebs selbst heraufbeschwören. Ich fand diese Theorie grauenhaft. Wieso musste man auch noch schuld sein, wenn man schon krank war? Ich wusste nicht, ob ich Krebs hatte, aber wenn ja, welch schreckliche Vorstellung, ihn auch noch eigenhändig verursacht zu haben. Ich wollte mir nicht selbst den Tod bringen. Alles, was geschieht, frisst einen potenziell auf, jagt einem Angst ein, bildet Krankheiten aus. Womöglich hatte meine Frau recht? Konnte schon sein, dass ich mein Leiden selbst herbeigeführt hatte. Hing es mit der Beziehung zu meinen Eltern zusammen? Mit unserer Beziehung? Mit der Arbeit? Meinen Kindern ... wo war die Ursache des Problems? Vielleicht lag es ja auch am Leben, das ich generell führte.

Während meine Frau so redete, durchzuckte mich plötzlich ein stechender Schmerz, und ich stieß einen gellenden Schrei aus. Élise fing an zu lachen.

«Wieso lachst du? Findest du das lustig?»

«Nein, natürlich nicht. Pardon, das sind die Nerven. Hast du solche Schmerzen?»

«Geht schon wieder ... war nur ein kleiner Krampf.»

«Entschuldige.»

«So hab ich dich schon lang nicht mehr lachen hören», bemerkte ich.

«Tatsächlich?»

«Das letzte Mal war vor über einem Jahr. Ich kann mich noch genau erinnern.»

«Aha?»

«Wir waren etwas angesäuselt, und du hast eine Anekdote aus dem Kindergarten erzählt. Ihr hattet da so eine stotternde Aushilfssekretärin ...»

«Ach ... stimmt, das ist jetzt schon einige Zeit her ...»

«Ja, das ist einige Zeit her. Das war das letzte Mal, dass du so gelacht hast. Wahrscheinlich liegt es an mir, dass du nicht mehr lachst. Mir ist mein Humor abhandengekommen.»

«Besonders lustig warst du eigentlich noch nie.»

«Findest du? Ich dachte, ich würde dich zum Lachen bringen.»

«Na ja, du warst oft unfreiwillig komisch.»

«Ach so …»

«Seitdem die Kinder aus dem Haus sind, ist alles irgendwie so freudlos», sagte sie ernst.

« … »

« … »

«Wir sollten im Sommer alle zusammen in Urlaub fahren …»

«Na ja, warum nicht …», seufzte sie ohne große Überzeugung.

Alle vier zusammen in Urlaub fahren, wie früher. Sich in die Vergangenheit zu stürzen, erschien als das logische Gegenmittel gegen das, was uns aufzehrte. Die Urlaube, die wir zusammen verbracht hatten, kamen mir auf einmal wahnsinnig toll vor. Ich tauchte die zurückliegenden Sommer in ein hübsches Licht. Der Gedanke, es könnte sie einmal nicht mehr geben, war mir früher nie gekommen. Dass meine Kinder eines Tages *richtig* groß sein würden, hatte ich mir nie vorstellen können. Bei jedem Geburtstag stand ich verwundert da. Sie würden also tatsächlich irgendwann erwachsen sein. Und dann würde ich sie nicht mehr bei mir haben. Das war's jetzt. Verblüffend, wie schnell der Wandel vonstattengegangen war. Meine Frau empfand das Ganze als freudlos, und ich auch. Ich fragte mich, was ich überhaupt wollte, und wie ich zu meiner einstigen Leichtigkeit zurückfinden könnte. Mir fiel die Reise nach Sankt Petersburg ein, die mir so etwas wie einen Quell der Freude bedeutete. Vielleicht war es das, was ich brauchte, mit Édouard ein bisschen aus dem Alltag ausbrechen, *eine kleine Luftveränderung*, wie man so schön sagt. Sich Klöster und die schönsten Frauen der Welt ansehen, Blinis essen und Wodka trinken …

«Soll ich dir einen Tee machen?», fragte Élise, wie um mich in die nüchterne Realität zurückzuholen.

«Ja, gern … danke.»

Sie ging nach unten. Ich verstand nicht, warum sie sich ausgerechnet einen Moment, in dem es mir so schlecht ging, ausgesucht hatte, um über unsere Beziehung zu diskutieren. Sie hatte mit mir reden müssen, auf der Stelle. Was bei diesem Abend am Ende herausgekommen war, war genau das Gegenteil von dem, was ich eigentlich beabsichtigt hatte, das ging mir oft so. Ich hatte meine Familie um mich scharen, sie zusammenschweißen wollen, und das Ergebnis war eine Spaltung. Élise kam zurück, mit einem Kräutertee. Schweigend stellte sie die Tasse ab. Bevor ich einen Schluck nahm, schaute ich sie an. Was würde aus uns werden? Zum ersten Mal stellte ich mir besorgt diese Frage.

28

Intensität der Schmerzen: 8
Gemütslage: unbestimmt

29

Mein Dasein erinnerte an den Film *Und täglich grüßt das Murmeltier* von Harold Ramis. Ich spielte Bill Murray mit Rückenschmerzen. Jeden Morgen dieselbe Szene: der Weg ins Krankenhaus. Warten auf den Befund, das war meine Bestimmung. Die Schmerzen ließen nicht nach, und ich hatte zunehmend Schwierigkeiten, mir Linderung zu verschaffen. Die Tabletten wirkten nicht mehr, und ich hatte schon alle sitzenden, liegenden und stehenden Positionen dieser Welt durchprobiert, um zu dem Schluss zu gelangen, dass keine von ihnen bequem war. Am besten war es noch im Stehen, bei angelehntem Rücken. Die anderen Patienten beäugten mich misstrauisch: Ich handelte sämtlichen Wartezimmerkonventionen zuwider, indem ich mich nicht setzte. Mir fiel ein, dass ich meinen Pyjama zu Hause vergessen hatte. Das ärgerte mich. Ich wollte ein mitdenkender Patient sein. Dann würde ich eben wieder den blassblauen überziehen. Ich bekam es gar nicht mit, als ich aufgerufen wurde. Der Arzt musste drei- oder viermal meinen Namen wiederholen.

«Pardon, ich war ganz in Gedanken versunken», entschuldigte ich mich.

«Das ist ein gutes Zeichen. Das heißt, dass Sie entspannt sind.»

«…»

«Das mit gestern tut mir wirklich leid. So was passiert sonst nie. Es hat zwei Stunden gedauert, bis das System wieder funktioniert hat.»

«Ah, doch so lange», warf ich ein, um mich interessiert zu geben.

«Na gut, Sie kennen die Prozedur ja jetzt schon. Ich brauche Ihnen nicht alles noch mal zu erklären, oder?»

«Nein danke, ich weiß Bescheid.»

«Haben Sie einen Schlafanzug dabei?»

«Hab ich vergessen.»

«Kein Problem, dann dürfen Sie sich wieder einen aussuchen …»

Als ich vor dem Weidenkorb stand, stellte ich überrascht fest, dass der gestreifte Pyjama gar nicht mehr da war. Anscheinend wurden die Schlafanzüge gewaschen. Die Auswahl heute war sehr begrenzt. Es gab nur zwei Möglichkeiten: ein ausgewaschener, um nicht zu sagen depressiver gelber und ein karierter. Ich nahm den karierten, mit dem ich aussah wie ein wohlhabender Bourgeois, der zu Beginn des 20. Jahrhunderts in ein Sanatorium eingewiesen wurde.

Ich zog ihn rasch an und legte mich auf den Tisch. Ich wollte, dass diese Qual nun so schnell wie möglich an mir vorüberging.

Der Tisch glitt wieder in die Röhre hinein. Das Dröhnen der Maschine kam mir lauter vor als am Tag zuvor, die Reparatur hatte die Kiste offensichtlich wieder so richtig in Schwung gebracht. Sie ratterte und krachte, gewillt, den winzigsten Mikrotumor aufzuspüren. Ich spürte, ich stand im Fadenkreuz. Ich war ein Partisanenkämpfer, der von feindlichen Truppen ausgekundschaftet worden war. Sie richteten ihre Scheinwerfer direkt auf mein Gesicht, um mich zu blenden, sie wollten, dass ich gesenkten Hauptes und mit erhobenen Händen aus meinem Versteck herauskam. Dieser Krieg verlangte mir das Äußerste ab, ich kämpfte ums nackte Überleben und gegen die unbesiegbare Angst. Die Zeit verging, von fern drangen kaum vernehmliche Worte des Arztes an mein Ohr. Ich befand mich nun in einer angenehm gepolsterten Blase, meine Frau und meine Kinder zogen engelsgleich an mir vorüber, auch andere merkwürdige Gestalten wie mein ehemaliger Französischlehrer, der Obst- und Gemüsehändler um die Ecke oder irgendwelche Bekanntschaften von früher. Eine unbändige Lawine schien mich mit sich an irgendein Ufer reißen zu wollen. Ich ergab mich im verheerend himmlischen Strudel meines Bewusstseins widerstandslos dem Tod, tauchte hinab bis auf den Grund eines Ozeans und tauschte das Blassblau gegen das Dunkel des Nichts.

«Das sieht alles ganz normal aus», vernahm ich die Laute, die aus der Wirklichkeit zu kommen schienen.

«…»

«Die Schmerzen, die Sie haben, lassen sich auf keinerlei Krankheit zurückführen …»

«Und der Fleck?», fragte ich, nachdem mir klar geworden war, dass die Haube, unter der ich gelegen hatte, verschwunden war. Die Untersuchung war zu Ende, und der Tisch war wieder an seinen Ausgangspunkt zurückgekehrt.

«Welcher Fleck?»

«Na, der Fleck, der Ihnen beim Röntgen aufgefallen war …»

«Ach ja, genau, das war nur ein Schatten, den ich mir noch mal anschauen wollte, aber da ist nichts …»

«Sie meinen also, ich werde nicht sterben …»

«Es kann immer noch passieren, dass Sie jetzt das Krankenhaus verlassen und von einem Auto überfahren werden, aber aus meiner Sicht deutet an sich nichts darauf hin …»

Er hatte für diesen Satz ein breites Lächeln aufgesetzt, und ich dachte mir, dass ärztlicher Humor doch unerträglich war. Ich stand auf und keuchte «danke …», als hätte er dieses Wunder bewirkt. Auf dem Weg in die Umkleide kam mir in den Sinn, dass das alles gar nicht stimmen konnte. Der Doktor musste sich geirrt haben. Er hatte das Unheil übersehen. Ich war einer von der Sorte, bei der ein bösartiger Tumor sich tückisch hinter mitwissenden Organen versteckt hielt. Ich kehrte noch einmal um:

«Sind Sie sicher?»

«Ja. Die Testergebnisse sind einwandfrei.»

«Kann es vorkommen, dass man bei einer Kernspinuntersuchung nichts feststellt, obwohl da ein Tumor vorhanden ist?»

«Nein. Man könnte jetzt zwar noch weitere Untersuchungen durchführen, aber das Wichtigste haben wir schon gesehen.»

«Aber wie erklären Sie sich dann meine Schmerzen?»

«Die können viele Ursachen haben. Stress hauptsächlich. Entspannen Sie sich. Wenn ich Sie mir so anschaue, denke ich, es ist bestimmt der Stress ...»

«...»

«...»

«Und was soll ich jetzt machen? Mich ausruhen, zu Hause bleiben?»

«Nein, das ist nicht ratsam. Das ist ein Fehler, den viele begehen. Allzu viel Ruhe ist nicht zu empfehlen. Das lindert die Schmerzen nicht und führt nur zu Muskelabbau ...»

«...»

«Na gut, ich wünsche Ihnen alles Gute. Ich glaube, Sie müssen noch zur Anmeldung wegen ein paar Formalitäten.»

Und damit brach er auf zu neuen Abenteuern, neuen Rückenuntersuchungen, neuen Computertomographien. Er hatte recht, ich war total im Stress, vor allem in den vergangenen Tagen. Mir saß die Angst im Nacken, und ich fragte mich, warum mir angesichts der freudigen Mitteilung, die er mir unterbreitet hatte, kein Stein vom Herzen fiel. Hätte ich gern eine schlimme Krankheit gehabt? Komisch, aber in dem Moment, in dem ich mir gedacht hatte, ich würde sterben, hatte ich zugleich gedacht, das würde vieles einfacher machen. Meine Kinder würden sich um mich versammeln, in der Arbeit würde man mich schonend behandeln, meine Eltern würden endlich nett zu mir sein und was weiß ich noch alles, ich hatte mir unbewusst die Flut der Anteilnahme ausgemalt, die die Ankündigung meines bevorstehenden Todes auslösen würde. Und nun stand ich da, ein wenig hinkend und zerstört, aber ich würde nicht sterben. Vielleicht war ich deswegen so deprimiert, als ich das Krankenhaus verließ. In Wirklichkeit wusste ich nach der jüngsten Achterbahnfahrt der Gefühle gar nicht mehr, wo mir der Kopf stand. Ich hatte keine tödliche Krankheit, das war die Hauptsache. Ich war eigentlich ganz gesund, basta. Ich hätte einen Luftsprung machen können, wenn nur diese schrecklichen Schmerzen nicht gewesen wären.

30

Intensität der Schmerzen: 6
Gemütslage: ekstatisch

31

Allmählich kamen doch Glücksgefühle auf. In vollen Zügen sog ich die frische Luft ein, wie nach einer Wiedergeburt. Ich schwebte auf einer vorübergehenden Wolke der guten Nachrichten und ahnte nicht, was auf mich zukam.

Bei meiner Ankunft im Büro küsste ich meine Sekretärin etwas forsch auf die Wange. In den USA hätte das bestimmt gleich einen Prozess wegen sexueller Belästigung zur Folge gehabt. Bei uns konnte man sich zum Glück noch zu einer spontanen Gefühlsäußerung hinreißen lassen, ohne dafür vors Oberste Gericht zitiert zu werden.

«Das ist ja schön, dass Sie so gut bei Laune sind», kommentierte sie.

«Danke, Mathilde. Geht's Ihnen gut?»

«Mir?»

«Na klar, Ihnen. Oder ist etwa sonst noch jemand hier im Raum?»

«Nein … nein …»

«Also: Geht's Ihnen gut?»

«Na ja … geht schon … danke …»

«Wenn Ihnen irgendwo der Schuh drückt, können Sie jederzeit zu mir kommen. Ich bin für Sie da.»

«Das ist sehr nett von Ihnen.»

«Das ist nicht nett, das ist nur normal.»

«Ich frage mich, ob es Ihnen auch gut geht … »

«Natürlich, sehr gut sogar, danke …»

Meine plötzliche Liebenswürdigkeit schien Mathilde in arge Verlegenheit zu bringen. Ich war wie der Überlebende einer Schiffskatastrophe, der nach seiner Rettung die ganze Welt umarmen wollte. Mathilde und ich hatten immer einen höflichen und respektvollen Umgang miteinander gepflegt, aber was wusste ich eigentlich schon von ihr? Nichts. Oder so gut wie nichts. Ihre Verblüffung war verständlich. Wir sahen uns in der Arbeit, gaben uns die Akten in die Hand und lächelten uns im Rahmen eines exakt durchkalkulierten Büroalltags, in dem einem normalerweise nicht die leiseste Gefühlsregung entschlüpft, zu. Zu neuen Kollegen war ich im Laufe der Jahre immer weniger in Kontakt getreten. Mein Leben glich einer Maschinerie, die mich langsam abstumpfen ließ. Musste ich erst dem Tod ins Auge blicken, um zu verstehen, dass sich ein *lebendiges Wesen* nicht nur durch das *am Leben sein* auszeichnet? Leider wurden meine Gedanken von den wiedereinsetzenden Schmerzen gestört. Ich schob augenblicklich meine Betrachtungen über das Leben und das, was es noch bringen würde, beiseite und fand mich wieder in meiner misslichen Lage ein. Vor mir lag die neue Akte. Die belangloseste Akte seit der Erfindung der Akte. Ich würde meinen erbärmlichen Kurs fortsetzen. Mir das Gelände einmal anschauen. Immer noch besser, als hier herumzusitzen und über meiner beruflichen Situation zu brüten.

Von zu Hause das Auto zu holen, dauerte mir zu lange, und so saß ich eine Stunde später im Regionalexpress. Ich wunderte mich, dass es unweit von Paris solche Landschaften gab. In dem Vorort, in dem wir glücklich mit unserem Garten lebten, war mir der Gedanke, dass wir nur wenige Kilometer von landwirtschaftlicher Nutzfläche entfernt wohnten, nie gekommen. Ich sah unterwegs sogar ein paar Kühe.* Meine Konzentration auf die Haltestellen beeinträchtigte dies jedoch nicht, ich wollte diese Odyssee auch nicht unnötig in die Länge ziehen, indem ich meine Station verpasste. In meinem Wagon war ich der einzige Fahrgast. Meine Anwesenheit trug zur Aufrechterhaltung der Linie zu dieser Tageszeit bei. Aber es war merkwürdig, so allein da zu sitzen. Ich bekam Lust, ein bisschen auszuflippen, auf die Sitze zu steigen, mich mal kurz wie ein Rockstar aufzuführen. Doch ich blieb brav auf meiner Bank sitzen. Allmählich verschwammen die Konturen um mich herum. Es gibt auf Zugfahrten immer einen Moment, in dem ich mich frage, wo ich überhaupt hinfahre.

Schließlich stieg ich aus und atmete tief die Landluft ein. Ziemlich schnell entdeckte ich die Bushaltestelle, von der der Bus abfuhr, der mich zu meinem Ziel führen würde. Ich hatte ihn knapp versäumt. Es war mir ein Rätsel, wieso die Busabfahrtszeiten nicht auf den Regionalexpress-Fahrplan abgestimmt waren. Als wollte man den Leuten den Bus ver-

---

* Vielleicht war es auch umgekehrt: Kühe schauen einen gern an.

132

leiden und sie dahin bringen, sich anders zu organisieren. Aber was mich anging, hatte ich keine andere Wahl. Ich würde hier am Ende der Welt sitzen und warten. Plötzlich fiel mir ein, dass die örtlichen Behörden über mein Kommen gar nicht unterrichtet waren. Mein Besuch würde recht überraschend ausfallen. Ich stand an einem Scheideweg, ein bisschen so wie Cary Grant in *Der unsichtbare Dritte*, allerdings konnte ich mir nicht vorstellen, dass mich jemand mit dem Flugzeug verfolgen würde. Ich kam mir vor wie in einem Actionfilm, aber es fehlte irgendwie die Spannung.

Ich nahm auf einer Bank Platz. Erst musste ich lächeln, dann überkam mich ein gereiztes Lachen. Das war doch grotesk. Warum nahm ich diese Situation hin? Ich wollte meinen Arbeitsplatz nicht verlieren, fertig. Mir blieb gar nichts anderes übrig. Nein, so konnte man das nicht sagen. Hinter dem Schreckgespenst der Arbeitslosigkeit verbarg sich mein fügsamer Charakter. Ich nahm die Demütigung hin, weil ich lethargisch und mutlos war. Was hatte ich denn groß zu verlieren? Arbeit würde ich schon wieder finden, da war ich mir fast sicher. Senior-Kompetenzen standen in meiner Branche hoch im Kurs. Warum also scheute ich die Auseinandersetzung? Und wenn ich nicht gleich eine Stelle fand, könnte ich mich auch als selbstständiger Berater versuchen, oder irgendetwas anderes machen, um den Kredit zurückzuzahlen. Eigentlich hatte ich auch gar nicht so viele Ausgaben. Élise verdiente gut, und die Kinder fingen langsam an, auf eigenen Beinen zu stehen. Die finanziellen Verpflichtungen, die in meinem Kopf existierten, gab es in

Wirklichkeit gar nicht so. Ich benutzte die Angst, mir könnte das Geld ausgehen, als Alibi. Mein ganzes Leben gründete sich auf ein paar Lügen, die mich dazu verleiteten, ja nichts zu verändern. Man konnte auf mir herumtrampeln, mich lächerlich machen, ich fand immer Gründe, mich nicht von meinem schmalen Pfad abbringen zu lassen.

Während ich also auf den Bus wartete, versuchte ich mir das neue Leben vorzustellen, das ich beginnen könnte. Als Erstes kam mir das Romanprojekt in den Sinn, das ich vor zwanzig Jahren fallengelassen hatte. Kann man Ideen so lange vor sich herschieben? Wahrscheinlich nicht. Sie lassen sich vielleicht ein bisschen vor sich herschieben, aber irgendwann haben sie genug und suchen sich einen gastlicheren Wirt. Meine Fragmente moderten wohl noch in einer staubigen Schublade vor sich hin. Nie zuvor hatte ich diese Möglichkeit ins Auge gefasst. Alles hinwerfen und wieder mit dem Schreiben anfangen. Ich wusste, ich wäre außerstande, eine solche Entscheidung zu treffen. Trotzdem spielte ich mit dem Gedanken, während ich in die Landschaft guckte. Die Gegend war so abgelegen, fernab von der Welt. Hier würde garantiert niemand kommen und etwas von mir wollen. Und dieses Nichts passte irgendwie zu mir. Im Grunde arbeitete ich ganz gern an einem Projekt, bei dem es um nichts ging. Das stand vielleicht besser mit meiner Persönlichkeit im Einklang. Ich hatte jahrelang genug Stress gehabt, um jetzt ein Projekt genießen zu können, wo es keinen Druck gab.

＊

Die Zeit verstrich, und auch das geschah langsamer als in einer Großstadt. Nach einer halben Stunde erspähte ich einen Punkt am Horizont. Anfangs war dieser Punkt winzig klein. Allmählich erkannte ich einen Mann auf einem Fahrrad. Einen Glatzkopf. Als er sich meinem Bushäuschen annäherte, bremste er etwas ab und schaute mich fasziniert an. Und als er meine Höhe erreicht hatte, stoppte er tatsächlich kurz ab:

«...»

«...»

Dann setzte er seinen Weg in leichten Schlangenlinien fort. Mein Blick folgte ihm, bis er in einem nahegelegenen Wald verschwand.

＊

Mein Handy zeigte eine SMS von Édouard an. Ich war entzückt, dass ich hier Empfang hatte (die einfachen Freuden, denen ich frönte, schienen nicht abreißen zu wollen). Die moderne Technologie vermochte mich noch in Begeisterung zu versetzen. «Ich hab Billigflüge nach Sankt Petersburg. Pack deine Sachen, wir fliegen in 4 Tagen. Ich ruf dich heute Abend an wegen der Visa. Das wird super!» Ich war vollkommen perplex. Ich kannte Édouard schon lange, er war nicht der Typ, der überstürzt irgendwelche Entscheidungen fällte, er wog vielmehr hundertmal das Für und Wider ab, bevor er etwas unternahm. Er war, wie ich, alles andere als impulsiv. Dafür hatte er diesen Trip aber rasend schnell organisiert. Er musste in jeder kurzen Pause, die sich zwischen zwei Patienten ergeben hatte, im Internet recherchiert haben, umtriebig wie selten zuvor. Das merkte man auch daran, dass er das Wort «super» verwendet hatte – und sogar mit Ausrufezeichen. Das Ganze roch nach Regression, zurück zu den Wurzeln der Jugend. Mir graute natürlich vor dem Flug, den Besichtigungen, den endlosen Fußmärschen, aber ich sagte mir auch, dass mir die kleine Luftveränderung guttun würde. Ja, es würde gut werden. Ich wollte gleich los. Ich sah das Licht am Ende des Tunnels. Doch während ich dem ewigen Russland entgegenfieberte, hockte ich noch immer irgendwo im Nirgendwo. Ich war sogar bis in das Innerste von Nirgendwo vorgedrungen. Nirgendwo, das musste hier sein, das konnte nirgendwo anders sein. Ich kannte das Nichts in- und auswendig, ich konnte das alles genau zuordnen.

Der Bus kam. Ich sah ihn schon von Weitem, doch bis er schließlich da war, vergingen noch ein paar Minuten. An dieser Haltestelle eine Menschenseele vorzufinden, schien den Busfahrer, ähnlich wie zuvor den Fahrradfahrer, reichlich zu überraschen. Der Bus war leer, außer mir gab es keinen weiteren Fahrgast. Eine Fahrt wie in einem überdimensionalen Taxi.

«Haben Sie sich verlaufen?»

«Nein, ich bin im Auftrag meiner Firma unterwegs. Ich muss mir ein Gelände anschauen, wo ein Parkplatz gebaut werden soll.»

«Ein Parkplatz? Hier? … Aber wozu das denn? Die Leute stellen ihre Autos einfach irgendwo ab. Ist ja genug Platz.»

«Ja, ich seh schon.»

«Alles wegen dieser scheiß Micky Maus.»

«Scheiß Micky Maus?»

«Ja, wegen diesem Vergnügungspark … Disneyland Paris. Das ist total unfair. Alle fahren ins Nachbardepartement Seine-et-Marne … und hier ist nichts mehr los … das ist doch zum Kotzen, oder?»

«Ja, schon …»

«Und ausgerechnet Seine-et-Marne … es gibt doch kein blöderes Departement … finden Sie nicht?»

«Öh, ich glaub, ich kann dazu nicht so viel sagen …»

Ich war wirklich gern bereit zu versuchen, irgendwie am Weltgeschehen teilzunehmen, aber mir eine Meinung über das Departement Seine-et-Marne zu bilden, das ging nun doch zu weit. Während der gesamten Fahrt ergoss sich sein Redeschwall über mich. Er lästerte über alles und jeden und kam dabei vom Hundertsten ins Tausendste.* Ich war ihm hilflos ausgeliefert. Aber ich konnte auch nicht zu ihm sagen, dass er damit aufhören sollte. Er war so in Rage, dass er mich bestimmt sofort zum Aussteigen aufgefordert hätte. Um mein Ziel zu erreichen, bemühte ich mich, ihm mithilfe meines Gesichtsausdrucks und gelegentlicher zustimmender Hm-hm-Lauten zu verstehen zu geben, dass

---

* Er erinnerte mich an diese Leute, die beim Radio anrufen und sich dort zu allen möglichen Themen äußern. Manche Leute rufen auch an, um sich zur Meinung des Hörers, der vor ihnen angerufen hat, zu äußern. Ein endloser Reigen.

ich ganz seiner Meinung war. Meine Taktik zahlte sich aus. Bei unserer Ankunft schenkte er mir ein breites Lächeln: Er hatte die grauenvollsten Zähne, die man sich nur vorstellen konnte (er hätte sich mal über seinen Zahnarzt aufregen sollen).

«Ah, das war schön, jemanden zum Reden zu haben.»

«Aha ...»

«Schönen Tag noch», rief er und machte die Tür zu.

Ich hatte ihn vielleicht falsch eingeschätzt. Er war gar nicht so böse. Hatte sich bloß gefreut, einen Gesprächspartner zu haben, über den er all das ausschütten konnte, was ihm die ganze Zeit schon auf der Zunge gelegen hatte.

32

Intensität der Schmerzen: 6
Gemütslage: irgendwo im Nirgendwo

33

Der Platz vor dem Gemeindeamt war menschenleer. Ein Filmset nach Abschluss der Dreharbeiten, hätte man denken können. Gegenüber dem Gemeindeamt befand sich ein kleines Anwesen, wo noch die Grundmauern des abgerissenen

Gebäudes zu erkennen waren. Mir leuchtete nicht ein, warum man ein Architekturbüro beauftragte, um diesen Parkplatz zu bauen. Einfach nur das Grundstück betonieren und die Stellplätze markieren, fertig. Am besten hielt ich mal nach den zuständigen Personen Ausschau. Ich begab mich in den Eingangsbereich der Behörde und fragte mich, an wen ich mich nun wohl wenden musste. Es gab keinen Informationsschalter, der Ort schien ganz verlassen zu sein. Ich stieg die Treppen hinauf und stand vor einer halbgeöffneten Tür. Dahinter bemerkte ich einen Mann.

«Ist da jemand?»

«Ich wollte den Bürgermeister sprechen», antwortete ich und trat ein.

«Das bin ich.»

«Ich komme wegen dem Parkplatz. Ich bin der Architekt. Also ich arbeite für das Büro, das diesen Parkplatz bauen soll.»

«Sie? … Sie … arbeiten … für Max-Bacon?»

«Ja genau.»

«Oh … oh … danke, danke, vielen Dank, dass Sie sich hierherbemüht haben …»

«Keine Ursache …»

«War es recht schwer zu finden? Haben Sie ein Navi?»

«Nein, ich bin mit dem Regionalexpress gefahren, und dann mit dem Bus …»

«Bitte? Sie sind mit dem … nein, das ist nicht ihr Ernst. Sie machen wohl Witze? Ach, Sie arbeiten gar nicht für …»

«Für Max-Bacon, doch.»

Der Mann, den ich auf um die vierzig schätzte, wirkte

ganz konfus. Er erklärte mir, er sei ein großer Bewunderer von Max-Bacon.* Besonders beeindrucke ihn das Parkhaus, das wir an der Place de Bastille gebaut hätten.

«Speziell das Niveau -2», stotterte er vor überschäumenden Gefühlen. «Aber das war ursprünglich nur so ein Scherz. Wir haben gesagt, wir schreiben einfach mal Max-Bacon an. Aber unser Bauprojekt ist ja eigentlich gar nicht der Rede wert ...»

«Es gibt keine Bauprojekte, die nicht der Rede wert sind ...»

«Und jetzt stehen Sie leibhaftig vor mir ... ich kann es immer noch nicht fassen ... das ist großartig ...»

«Aber ich bitte Sie ...»

«Und Sie kommen gerade richtig ... die Gemeinderäte sind gleich da ... heute ist nämlich unsere wöchentliche Sitzung ...»

Zehn Minuten später betraten zwei Männer den Raum.

So saß ich drei Gemeindevertretern gegenüber, die vollkommen aus dem Häuschen waren, weil ich einen so weiten Weg auf mich genommen hatte. Ich konnte mich gar nicht mehr erinnern, wann man mich das letzte Mal mit solchen Augen angesehen hatte, wann ich das letzte Mal so zuvorkommend behandelt worden war. Ich erläuterte meine Sicht der Dinge, und sie klebten an meinen Lippen. Ich war der König. Nach der Sitzung und dem kleinen Umtrunk zur Feier

---

*   Später sollte ich erfahren, dass der Vater dieses Mannes bis zu seinem frühen Tod ein renommierter Architekt gewesen war.

unserer Zusammenarbeit (der Enthusiasmus, mit dem die Herren die Gelegenheit ergriffen, eine Flasche aufzumachen, war mir nicht entgangen), war es Zeit zu gehen. Der Bürgermeister bot mir an, mich mit dem Auto nach Paris mitzunehmen, ein Vorschlag, den ich gerne annahm. Ausgeschlossen, jetzt wieder mit öffentlichen Verkehrsmitteln zurückzufahren. Patrick (er hatte zu mir gesagt: «Sie können Patrick zu mir sagen.») war es eine Freude, mich mitnehmen zu dürfen. Er nutzte den Anlass, um mir viele Fragen über meine Arbeit zu stellen. Die Tatsache, dass ich extra gekommen war, um mir das Grundstück anzusehen, bewertete er als äußerst professionell. Daran sehe man, dass man bei Max-Bacon nichts dem Zufall überlasse. Keine Sekunde zog er die Möglichkeit in Betracht, mein Kommen könne mit einem gewaltigen Karriereluftloch in Zusammenhang stehen. Für mich war es eine Wohltat, mit jemandem zu sprechen, der mir Achtung entgegenbrachte. Balsam für meine Seele, nicht für meinen Körper. Im Gegenteil, die Erschütterungen des Wagens bereiteten mir arge Schmerzen. Patrick bemerkte dies und machte sich gleich Sorgen. Er wusste nicht, wie er sich verhalten sollte, und schlug vor, langsamer zu fahren, auf kleinere Straßen auszuweichen, Pause zu machen oder das Fenster zu öffnen oder zu schließen. Von alldem wurde mir ganz schwummerig. Dass man mir so unbedingt helfen wollte, war mir fast unheimlich. Seine Empathie erwies sich als kontraproduktiv. Ich wollte einfach nur schweigend dahinrollen, als wäre Schweigen das einzige Mittel, das mir zu helfen imstande war.

Vielleicht hat der Arzt etwas übersehen, dachte ich wieder. Die Wissenschaft ist nicht unfehlbar. Fest stand: Ich war noch lange nicht aus dem Schneider. Deswegen hatte ich mir auch bei dem von Édouard empfohlenen Osteopathen einen Termin geben lassen. Patrick ließ mich vor der Praxis aussteigen. Die Ereignisse hatten eine etwas irritierende Wendung genommen. Erst der feierliche Augenblick, dann die lange, strapaziöse Fahrt. Ich bedankte mich herzlich bei ihm:

«Gute Besserung», rief er mir voller Hoffnung zu.

«Ach, das ist ja nicht so schlimm ... bloß Rückenschmerzen ... das geht vorbei ...»

«Sie brauchen etwas Ruhe. Ich glaube, Sie hätten heute mal lieber im Bett bleiben sollen. Das hätte Ihrem Rücken besser getan ... andererseits hätten Sie uns dann ja gar nicht Ihre Aufwartung gemacht», versuchte er es mit ein bisschen Humor.

«Ach ...»

«Für uns war das ein Glücksfall.»

Ich nickte ihm freundlich zu, bevor ich mich leicht hinkend davonmachte. Ich an seiner Stelle hätte jemandem wie mir, der mitten unter der Woche mit dem Bus ins hinterste Kaff fuhr und am Ende kläglich an der Schwelle zum Osteopathen stand, ganz gewiss kein Projekt anvertraut.

34

Intensität der Schmerzen: 8,5
Gemütslage: auf Achterbahnfahrt

35

Wieder einmal fand ich mich in einem Wartezimmer wieder.
Krank sein heißt in erster Linie: warten. Warten bis der Arzt
kommt. Es war das immer gleiche Spiel. Man tanzte den
Walzer der prüfenden Blicke, die sich schließlich über die
alten Zeitschriften senkten.* Um Haltung anzunehmen, tat
ich immer so, als würde ich in einer dieser Illustrierten lesen,
ohne dass mir dabei der Gedanke kam, dass ich mit meiner
Glamour eventuell lächerlich wirken könnte. Während ich
so herumblätterte, war ich in Gedanken ich weiß nicht wo.
Mir kam dieser Tag so lang vor, ich war erschöpft von
meinen unterschiedlichen Gefühlslagen. Es waren so viele
gewesen, dass ich gar nicht mehr wusste, was ich hier über-

---

*   Als wäre das Kranksein nicht schon schlimm genug, bestraft
     man Kranke doppelt, indem man sie auch noch vom aktuellen
     Geschehen abschneidet. Ist das nicht ungerecht?

haupt machte. In meinem Zustand war mir gar nicht aufgefallen, dass in der Zwischenzeit drei weitere Patienten im Wartezimmer Platz genommen hatten. Wo kamen die nun plötzlich her? Hoffentlich war der Arzt nicht wie so manche Fluggesellschaft ein Freund der Überbuchung. Ich wusste, eine Sitzung dauerte dreißig Minuten, Minimum. Dann würde ich hier ja noch zwei Stunden herumsitzen. Wenn das so war, wollte ich lieber nach Hause, baden und versuchen, ein bisschen zu schlafen.

Nach ein paar Minuten begriff ich, dass es sich um eine Gemeinschaftspraxis handelte. Letztlich wurde ich ziemlich schnell aufgerufen. Mit seinem extrem breiten Lächeln erinnerte der Osteopath eher an einen Rechtsanwalt oder einen ungestümen Börsenspekulanten. Er sah wirklich nicht aus wie jemand, der mit seinen Händen arbeitete.

«Sie sind der Bekannte von Édouard, stimmt's?»

«Ja.»

«Édouard ist mein Zahnarzt. Ein ausgezeichneter Zahnarzt.»

Ein Arzt, der zu einem anderen Arzt geht, ist immer eine komische Vorstellung. Wie ungeheuerlich: Ein Osteopath beim Zahnarzt. Doch auch ein Osteopath ist eben vor Zahnschmerzen nicht gefeit. Ein beherzter gedanklicher Exkurs, den ich mir gönnte, um vom eigentlichen Thema abzulenken. Aber jetzt war es endgültig so weit: Ich durfte mal wieder von meinem Rücken erzählen. Der Arzt hatte mich zum Glück überaus freundlich begrüßt. Ich war wahrscheinlich schon sein zwanzigster Patient heute, doch sein

Lächeln war immer noch von morgendlicher Frische. Jedes Detail der Praxiseinrichtung ließ darauf schließen, dass er seinen Beruf sehr liebte. Zum Beispiel der Rahmen, in dem er sein Diplom aufbewahrte. Nach dem hatte er lange gesucht, das konnte man förmlich riechen, das war kein Ikea-Rahmen. Er verkörperte den Typ Mann, bei dem man sich vorstellte, wie er zu seiner Frau sagte: «Mach dir keine Sorgen, Schatz, ich nehme die Sache in die Hand.» Er sagte gern solche Sachen, und man konnte sich *hundertprozentig* auf ihn verlassen. Am Abend bereitete sie ihm Kalbsfleisch bis zum Umfallen zu, in der Küche war ständig was am Köcheln. Nach dem Essen legte er sich aufs Kanapee und stöhnte: «Was für ein anstrengender Tag das heute wieder war ...» Und dann massierte sie seine Schenkel und lud ihn zum Sex ein. Es machte mich rasend, dass er so ein tolles Leben hatte. Ich empfand es als Demütigung, so gebeugt vor diesem glücklichen Menschen stehen zu müssen, der sich vor mir auftürmte wie ein Jahrhundert.

«Erzählen Sie mir alles.»

«Ich hab seit ein paar Tagen starke Rückenschmerzen.»

«Kommt das häufig vor bei Ihnen?»

«Eigentlich nicht. Also, es ist das erste Mal, dass ich so starke Schmerzen habe.»

«Haben Sie einen Schock erlitten, oder ist sonst irgendetwas Außergewöhnliches passiert?»

«Nein, nichts. Am Sonntag hat es angefangen. Ich war schon beim Röntgen ... und hab eine Kernspintomographie gemacht ... aber da ist nichts dabei herausgekommen.»

«Eine Kernspintomographie?»

«Ja.»

«Und?»

«Scheint alles in Ordnung zu sein.»

«Sind Sie von besonders ängstlicher Natur?»

«Nein, nicht übermäßig.»

«…»

«…»

«Kommt Ihnen das komisch vor, dass man mich zur Kernspintomographie geschickt hat?»

«Nein, gar nicht», meinte er und schaute mich dabei etwas komisch an.

Er bat mich, mich bis auf die Unterhose auszuziehen. Das war nun schon das zweite Mal heute, dass ich mich ausziehen musste. Und das zweite Mal vor einem Mann: Es wurde langsam unheimlich. Als ich mich anschickte, mich auf die Massagebank zu legen, war ich absolut schmerzfrei. Im Kontext der ärztlichen Sprechstunde hatten sich sämtliche Symptome wieder einmal in Luft aufgelöst. Als er allerdings anfing, mich abzutasten, stöhnte ich auf.

«Sitzt der Schmerz hier?»

«Ja.»

«Verstehe. Das tut also richtig weh.»

«Spüren Sie was?»

«Ja. Und da? Tut's da nicht weh?»

«Nein, das geht … es ist wirklich die Stelle, wo Sie eben gedrückt haben.»

«Erstaunlich.»

«Wie bitte?»

«Ach, nichts.»

«Na doch ... Sie haben gerade ‹erstaunlich› gesagt.»

«Weil das eine Stelle ist, die an sich ganz gut geschützt ist. Weil so starke Verspannungen in diesem Bereich des Rückens eigentlich eher selten vorkommen. Sind Sie sich sicher, dass Sie keine falsche Bewegung gemacht haben?»

«Das ist im Sitzen passiert.»

«Und an den Tagen zuvor? Manchmal treten die Schmerzen erst im Nachhinein auf. Die Reaktion erfolgt einige Tage später.»

«Ich bin mir sicher. Ich hab nichts Schweres gehoben ... keinen Sport getrieben ... nichts Besonderes gemacht.»

«Denken Sie noch mal genau nach.»

« ... »

« ... »

«Nein, wirklich. Ich hab nichts gemacht.»

«Okay ... okay ... dann schauen wir mal weiter ...»

Entgegen meinem ersten Eindruck wirkte dieser Mann alles andere als beruhigend auf mich. Ähnlich wie beim Radiologen hatte ich das Gefühl, dass er mir etwas verheimlichen wollte. War ich paranoid? Nein, ich spürte, er hatte irgendetwas Eigenartiges entdeckt. Das Ergebnis der Kernspinuntersuchung bedeutete ja nicht, dass ich gerettet war. Mein Leiden folgte irgendwie keiner gutartigen Logik. Der Osteopath, der es anfangs verstanden hatte, eine auf dem Dialog mit dem Patienten basierende angenehme Atmosphäre herzustellen, hatte aufgehört zu reden. Er tastete mich planlos ab und versetzte mir hie und da einen leichten

Schlag, ein bisschen so wie jemand, der sich im Wald verirrt hat und mal in die eine, mal in die andere Richtung rennt, bevor er sich schließlich die eigene Hilflosigkeit eingestehen muss.

«Versuchen Sie, sich zu entspannen», keuchte er.

«Aber ich bin entspannt!»

«Nein, Sie sind verkrampft. Total verkrampft.»

«Das ist wahrscheinlich mein natürlicher Zustand …», sagte ich, um ihm ein Lächeln abzuringen, aber da er ja hinter mir stand, konnte ich sein Gesicht nicht sehen.

Er forderte mich auf, mich auf die Seite zu legen, dann auf den Rücken, schließlich wieder auf den Bauch. Ich gehorchte brav. Es dauerte eine Weile, bis mir klar wurde, dass alle noch so verheißungsvollen Kniffe des Osteopathen zu keinem Nachlassen der Schmerzen führten. Im Gegenteil, sie verstärkten meine Schmerzen sogar. Ich versuchte, mich zu beherrschen, mir nichts anmerken zu lassen. Ich wollte ein vorbildlicher Patient sein. Als gälte es, irgendwelchen rivalisierenden Kranken zu zeigen, wie tapfer ich den Widrigkeiten trotzte. Man verhält sich so oft wie ein Schuljunge, der bestrebt ist, die volle Punktzahl zu erreichen. Aber jetzt hatte ich genug. Ich konnte nicht mehr. Die Sitzung war eine einzige Tortur. Ich musste laut schreien.

«Alles in Ordnung?»

«Nein, nichts ist in Ordnung. Das tut total weh.»

«Das ist normal. Die empfindliche Stelle wird durch die Berührung stimuliert …», stammelte er.

Das mochte durchaus sein. Es war mir schon einmal

passiert, dass ich nach einer osteopathischen Behandlung die gleichen Schmerzen hatte wie zuvor. Aber bei ihm hatte ich ja den Eindruck, dass er mein Leid noch vergrößerte, meinen Zustand verschlimmerte.

«Ich will die Sitzung lieber abbrechen», erklärte ich und kletterte kurzerhand von der Massagebank herunter.

«Sicher?»

«Ja … das hat total wehgetan …»

«Das ist vollkommen normal … Sie haben da eine sehr massive Verhärtung …»

«…»

«Die Behandlung wird Ihren Zustand verbessern.»

«Fragt sich bloß, wann», gab ich trocken zurück und fing an mich anzuziehen.

Er schwieg. Die Schmerzen hatten mich aggressiv gemacht. Und wahrscheinlich war ich auch einfach enttäuscht. Als ich hier hereingekommen war, hatte ich großes Vertrauen in diesen Mann gesetzt. Nun war ich ernüchtert. Ich hatte das Gefühl, er hatte ein wenig meinen Rücken betatscht, ohne wirklich zu wissen, was er überhaupt wollte, und auf ein Wunder gehofft.

«In einer Stunde werden Sie sich besser fühlen. Sie sollten sich wirklich ausruhen und Verstimmungen vermeiden», vermeldete er.

«Das wird nicht leicht.»

«Sie haben da eine Verspannung, die doch recht schwer zu lösen ist.»

«Ja, das merke ich … also, was meinen Sie, was soll ich machen?»

«Entspannen Sie sich ... und kommen Sie in ein paar Tagen wieder, dann machen wir noch eine Sitzung ...»

Das kam natürlich nicht infrage. Meine Schmerzen waren einfach zu heftig. Ich verließ fluchtartig die Praxis, wie ein Dieb. Ich fragte mich, wer oder was mir jetzt noch helfen konnte. Alle Möglichkeiten schieden nach und nach aus. Dieser Zustand konnte doch nicht den Rest meines Lebens andauern. Draußen war es schon dunkel. Ich fuhr mit dem Taxi nach Hause. Bei heruntergekurbeltem Fenster atmete ich die Stadtluft ein. Die Schmerzen legten sich indessen nicht. Bei jeder roten Ampel dachte ich: «Durchhalten.» Durchhalten, bis ich zu Hause war, wo ich meine Medizin nehmen durfte und mich nicht mehr bewegen musste. Wie sich jedoch herausstellen sollte, war mir diese Ruhe nicht vergönnt.

36

Intensität der Schmerzen: 9
Gemütslage: hasserfüllt

37

Ich merkte nicht gleich, dass irgendetwas passiert sein musste. Zwar registrierte ich, dass das Auto meiner Frau vor der Tür stand, aber ich fand es gar nicht außergewöhnlich, dass nirgendwo im Haus Licht brannte. Wahrscheinlich war sie noch schnell etwas besorgen gegangen oder schaute auf einen Sprung bei einer Nachbarin vorbei. Ich legte meine Schlüssel auf die Ablage in der Diele und wandte mich der Treppe zu. Nur noch wenige Meter trennten mich von meinem Bett und den Tabletten. Ein nicht enden wollender Tag neigte sich dem Ende zu. Jeder Schritt kostete übermenschliche Anstrengungen. Nach drei Stufen brauchte ich eine Pause. In dem Augenblick bildete ich mir ein, ein Geräusch wahrzunehmen, das aus dem Wohnzimmer zu kommen schien. Eine Art unterdrücktes Schluchzen.

« Ist da jemand? »

« … »

Keine Antwort. Besorgniserregend. Das Geräusch war nicht verstummt: Offenbar war da jemand. Einbrecher, dachte ich sofort, aber das war angesichts der Tatsache, dass das Geräusch von jemandem auszugehen schien, der sich überhaupt nicht bewegte, eine seltsame Mutmaßung. Ich fragte erneut, ob da jemand sei. Immer noch keine Antwort. Ich war meinem Bett und der wohlverdienten Ruhe schon so nahe gewesen, und jetzt musste ich noch einmal umkehren und schauen, was da los war. Langsam schlich ich wieder nach unten (schnell hätte ich zwar gar nicht gekonnt, dennoch war ich vor allem aus Vorsicht langsam). Als ich die Diele erreichte, beugte ich den Oberkörper leicht nach vorn, um einen Blick ins Wohnzimmer riskieren zu können, ohne selbst gesehen zu werden. Ich erspähte eine Art Schatten.

«Élise … bist du das?»

«…»

«Élise?»

«Ja …» wisperte sie leise.

Ich wollte schon Licht machen, besann mich jedoch. Wenn sie im Dunkeln saß, musste es Gründe dafür geben. Ich ging auf sie zu, und jetzt erkannte ich auch, was das für ein Geräusch gewesen war, das ich von der Treppe her gehört hatte: Sie weinte.

«Was hast du denn?»

«…»

«Sag doch, was los ist …»

«… Mein Vater …»

«…»

«Mein Vater ist tot.»

Vor diesem Augenblick hatte ich immer Angst gehabt, vor allen Dingen damals, als er so schwer krank gewesen war. Ich hatte immer gewusst, der Tod ihres Vaters würde einen Zusammenbruch bedeuten für sie. Ich wusste, wie sehr sie ihren Vater liebte. Wusste, dass sie im Grunde immer seine Kleine geblieben war. Ich war vollkommen durcheinander. Versuchte, sie irgendwie zu trösten, aber sie wirkte wie erstarrt. Ihre Arme waren total steif, ihr gesamter Körper fühlte sich an wie Stein. Ich streichelte ihre Haare und wusste nicht, was ich sagen sollte. Was sagt man in solchen Augenblicken? Vielleicht reicht es, einfach nur da zu sein. Dieser Schlag traf uns in einem Moment, in dem wir überhaupt nicht damit gerechnet hatten. Damals, als er so mutig gegen seinen Krebs angekämpft hatte, hatte sich Élise auf das Schlimmste vorbereitet. Hatte sich konkret mit dem Gedanken auseinandergesetzt, dass ihr Vater sterben könnte. Doch diese Zeit war vorübergegangen, und eine neue Leichtigkeit war eingekehrt. Und nun, da der Heilungsprozess, den alle als sagenhaft empfunden hatten, abgeschlossen war und er den Krebs besiegt hatte, starb er auf einmal.

«Er ist hingefallen …»

«Was?»

«Er ist auf der Treppe ausgerutscht … und hat sich das Genick gebrochen …»

Das durfte doch nicht wahr sein. Nicht ihr Vater. Dieses Ende kam mir vollkommen absurd vor. Er war nicht der Typ, der hinfiel. Er hatte immer aufrecht gestanden. Und war aufrecht gegangen. Selbst als er so krank gewesen war, selbst als der Tod an seine Tür geklopft hatte, hatte er ihn aufrecht empfangen. Und nun endete der erste Sturz tödlich. Das war einfach lächerlich. Ich hatte immer einen Mann erlebt, in dem das pralle Leben steckte, der vor Charisma sprudelte, und nun ging alles mit einem Ausrutscher zu Ende.

«Wir müssen fahren …» sagte Élise leise.

« ... »

«Meine Mutter erwartet uns ...»

Sie sagte das so, schien aber zu keiner Bewegung fähig. Wir blieben noch eine ganze Weile im Dunkeln sitzen. Meine Rückenschmerzen waren weg. Der dramatische Lauf der Ereignisse hatte sie verscheucht. Mein Leid löste sich in einem anderen Leid auf. Ich opferte mich ganz für meine Frau auf. Wobei, das stimmt so nicht ganz. Ich schäme mich, es zuzugeben. Aber es ging noch etwas anderes in meinem Kopf um. Ich traue mich kaum, es zu sagen, aber während meine Frau in Trauer versank, dachte ich an die Reise nach Sankt Petersburg. Hat man so etwas schon mal gehört? Ich war ein Monster. In ein paar Tagen würde ihr Vater beerdigt werden, und meine Gedanken waren bei meinem kleinen Ausflug, den ich jetzt abblasen musste. Wo ich mich so darauf gefreut hatte. Aber das war doch nicht wirklich wichtig. Warum wurde ich diesen Gedanken nicht wieder los? Wir konnten die Reise genauso gut verschieben. Das alles stand in überhaupt keinem Verhältnis zu der Tragödie, die sich gerade abspielte. Das war mir zwar irgendwie klar, aber ich konnte nicht aufhören, an Sankt Petersburg zu denken, während ich Élise streichelte und ihr Beistand leistete. In meinem Kopf geisterten die abscheulichsten Ideen umher. Ich sagte mir, wenn man ihn schnell beerdigte, könnten wir vielleicht noch los. Eine hässliche Kalkulation. Welcher Mann lässt sein Frau, die gerade ihren Vater beerdigt hat, einfach so im Stich? Alles Mitgefühl dieser Welt konnte mich nicht davon abhalten, nur an mich und meine niederen Pläne zu denken.

Endlich stand sie auf und schaltete das Licht an. Sie schaute mir *tief in die Augen*. Und daran besteht für mich kein Zweifel: Sie konnte meine Gedanken lesen. Sie las in meiner schrecklichen Enttäuschung, dieser scheußlichen Enttäuschung, die sich in meinem Hirn festgesetzt hatte. Ich verstand selbst nicht, wie ich so gefühllos sein konnte, aber es war nichts zu machen. Man ist nicht Herr seiner Gedanken. Dabei liebte ich ihren Vater. Ich war von seinem Tod tief getroffen. Wirklich tief getroffen. Doch der Umstand, dass meine Reisepläne platzen sollten, traf mich eben offensichtlich ungleich mehr.

38

Intensität der Schmerzen: 5
Gemütslage: von Schuldgefühlen geplagt

39

Nachdem ich einige Minuten durchs Haus geirrt war und ein paar Sachen zusammengepackt hatte, fuhren wir los.

«Bist du dir sicher, dass du überhaupt fahren kannst?»

«Ja.»

«Bist du nicht müde?»

«Nein, geht schon. Mach dir deswegen keine Sorgen.»

Das Drama versetzte uns in einen Zustand weit jenseits der Müdigkeit. Wenn wir uns beeilen würden, wären wir in vier Stunden da. Wir sprachen ziemlich wenig auf der Fahrt, warfen uns nur ab und zu ein paar Brocken zu, an ganze Sätze kann ich mich gar nicht erinnern. Aber nach etwa einer Stunde erkundigte sich Élise plötzlich:

«Und was macht dein Rücken?»

«Ja, geht ganz gut … ich war beim Osteopathen vorhin …»

«Ah … bei dem Bekannten von Édouard?»

«Genau …»

«Und hat's was gebracht?»

«Ja … denk schon … mir geht's besser …»

Élise schien einen Moment zu überlegen und sagte dann:

«Vielleicht hängt das auch alles irgendwie zusammen …»

«Was hängt zusammen?»

«Na deine Rückenschmerzen und Papas Tod.»

«Wie meinst du das?»

«Der Körper weiß manchmal mehr als der Geist. Vielleicht hattest du so eine Art Vorahnung … dass uns ein schlimmes Ereignis bevorsteht … und das hat sich in Form von Rückenschmerzen ausgedrückt …»

« … »

Ich wusste nicht recht, was ich von dieser Hypothese halten sollte. Meine Rückenschmerzen als eine Art Vorbote. Demzufolge konnte mein Rücken also in die Zukunft sehen.

Ein bisschen so wie jene Leute, denen das Knie wehtut, bevor es zu regnen beginnt. Aber warum hatte ich es dann gespürt, und nicht sie? Schließlich hatte meine Reaktion auf die Nachricht vom Tod meines Schwiegervaters gezeigt, dass ich in Bezug auf ihn nicht gerade sehr feinfühlig war. Élise klammerte sich an seltsame Theorien und wandte sie praktisch an. Sie sträubte sich mit allen Mitteln gegen die grausame Wirklichkeit. Ich hätte gern mit ihr an die seherischen Kräfte meines Körpers geglaubt.

Die Autobahn war wie ausgestorben. Niemand fuhr zu dieser Uhrzeit mehr in die Bretagne. Von den Tankstellen und Rastplätzen ganz zu schweigen. Der Tod führte uns in eine entvölkerte Welt, in die kein glücklicher Mensch sich je vorgewagt hätte.

«Vielleicht sollten wir mal Pause machen?», schlug Élise vor.

«Wie du willst. Ich kann schon noch fahren.»

«Machen wir eine Pause ...»

Mir war schon seit einer Weile danach, mal anzuhalten, aber ich hatte gespürt, dass meine Frau, nachdem sie zu Hause noch vollkommen niedergeschmettert gewesen war, es mittlerweile eilig hatte. Sie wollte so schnell wie möglich zu ihrer Mutter.

An der nächsten Tankstelle fragte ich den Mann an der Kasse, ob er mir wechseln könne für den Getränkeautomaten. Wortlos händigte er mir das Kleingeld aus. Meine Frau lehnte an einem der am Boden festgeschraubten Stehtische (es gab hier keine Sitzgelegenheiten). Ich erkundigte mich, was für einen Kaffee sie wolle. «Einfach bloß irgendeinen Kaffee», gab sie zur Antwort. Es war nicht der Moment, ihr weitere Fragen zu stellen. Groß, klein, Espresso, mit oder ohne Zucker, mit Milch, ich kam mir angesichts der Vielzahl der Möglichkeiten etwas verloren vor. Schließlich nahm ich zwei Espresso ohne Zucker, ich fand, die kargste Option entsprach am besten der Situation. Élise griff nach dem Becher und sagte danke. Sie wirkte dabei vollkommen unbeteiligt, sagte danke, wie man zu einem Freund oder Bekannten danke sagt.

Es war ein trauriger Augenblick. Freilich waren auch die Umstände traurig. Aber da war noch etwas anderes, das schwer in Worte zu fassen war. Es gibt Katastrophen, die die Leute zusammenschweißen: Man hält sich in den Armen und schwört sich insgeheim, sich in Zukunft noch fester zu lieben. Bei anderen Tragödien wiederum fühlt man sich nur innerlich leer. Élise und ich schauten uns an, und es gab so wenig, was uns verband. Es war, als wohnten wir in einer verlassenen WG. Wir tranken unseren Espresso, der genauso schmeckte wie Suppe und der geradezu als Symbol für unsere Beziehung gelten konnte: Denn auch die war zu etwas Undefinierbarem verkommen. Meine Frau schien in mir nicht den Mann zu sehen, der in der Lage war, sie zu beschützen. Sie versuchte, allein mit dem Schock fertig zu werden. Und ich erkannte in meiner Unfähigkeit, sie zu trösten, die Grenzen dessen, was ich immer optimistisch als unsere Liebe bezeichnet hatte.

158

40

Intensität der Schmerzen: 3
Gemütslage: jenseits der Müdigkeit

41

Mitten in der Nacht kamen wir an. Élises Mutter erwartete
uns, sie war von zahlreichen Angehörigen umringt. Sie befand sich in einem Zustand, der dem ihrer Tochter frappie-
rend ähnelte. Das heißt, sie befand sich eigentlich in *genau*
dem gleichen Zustand wie ihre Tochter. In beiden Gesichtern der gleiche Ausdruck von Trauer, dieselbe Art, Leiden
zu empfinden. Sie setzten sich nebeneinander aufs Sofa. Alle
Anwesenden bekundeten ihr Beileid. Man kam auch zu mir,
um mir Beileid auszusprechen. Merkwürdigerweise half mir
das, mir allmählich bewusst zu werden, wie sehr dieser Tod
auch mich betraf. Ich stand in vorderster Front. Die Anteilnahme der anderen erzeugte endlich ein Gefühl der Trauer
in mir. Bis jetzt hatte ich mich nur bemüht, angemessen zu
reagieren, für meine Frau da zu sein. Doch allmählich ließ
die Anspannung nach, und ich dachte an meinen Schwiegervater.

Ich hatte ihn seit dem frühen Erwachsenenalter gekannt. Einige reichlich ungeordnete Bilder kamen mir in den Sinn, Erinnerungsfetzen, die zum wunderlichen Wesen unserer Beziehung passten. Es ist immer seltsam, was von so einer Verbindung im Gedächtnis haften bleibt. Nicht unbedingt die wichtigen Gespräche. Der Kopf entscheidet ganz willkürlich, was er behalten mag. Der meine wählte als Erstes einen verborgenen Winkel im Garten aus, wo er immer heimlich geraucht hatte. Es gefiel mir so, dass dieser imposante Professor sich versteckte wie ein Kind, das ein schlechtes Gewissen hat, um vor seiner Frau sein Laster zu verbergen. Ich erinnerte mich auch an seine Begeisterung für die Tour de France. Vor allem die Bergspezialisten versetzten ihn derart in Verzückung, dass er ganze Nachmittage stehend vor dem Fernseher verbringen konnte, wenn es die Etappen nach L'Alpe d'Huez oder zum Col du Tourmalet hinaufging. Schließlich sah ich ihn zu Tränen gerührt vor mir, als Alice ihre ersten Schritte machte. Meine Gedanken nahmen die unterschiedlichsten Abzweigungen, und ich begegnete ergreifenden Bildern von ihm. Die erste Zeit, in der er alles unternommen hatte, um mich in Verlegenheit zu bringen, verdrängte ich unbewusst. Alle in diesem Raum schufen sich ihr eigenes Bild von ihm. Er wohnte in uns allen.

Es waren auch viele Freunde der Familie da. Man spürte, wie sehr dieser Mann geliebt worden war. Studenten und Kollegen, alle hatten sich spontan versammelt, wie um gegen das Schicksal zu demonstrieren. Ich hörte, wie sie über ihn sprachen, und war mit dem meisten, was ich hörte, einverstanden. Élise weinte, und ich saß neben ihr, ihre Hand in der meinen.

«Du musst furchtbar müde sein … leg dich doch hin», sagte sie.

Es kam mir so vor, als würde ich stören. Sie wollte mich ins Bett schicken, aber nicht aus Rücksicht, sondern weil sie diesen Augenblick lieber mit ihrer Mutter teilte. Dabei waren die beiden nicht allein. Wahrscheinlich blieben sogar nicht wenige Gäste über Nacht, um eine improvisierte Totenwache zu halten. Ich hatte ihren Ton vielleicht falsch interpretiert, aber ich hatte das Gefühl, dass sie versuchte, mich von dieser Gesellschaft auszuschließen. War sie der Ansicht, dass ich ihren Vater nicht genug geliebt hatte? Oder wollte sie mich loswerden, nach dem, was sie in meinem Blick gelesen hatte? Ich konnte den Gedanken, dass sie das Leuchten von Sankt Petersburg in meinen Augen gesehen hatte, nicht beiseiteschieben.

«Ja … na gut …» antwortete ich nach einer Weile.

«Ihr könnt im Büro schlafen, da steht ein Sofa, das ihr aufklappen könnt …», sagte Élises Mutter.

«Danke vielmals …»

Mein «danke vielmals» war sicherlich etwas übertrieben ausgefallen, aber mir tat diese Frau so leid. Sie musste unvorstellbaren Kummer empfinden. Vierzig Jahre lang war sie quasi keinen Tag ohne ihren Mann gewesen. Wie meine Eltern gehörten auch die von Élise jener Generation an, für die ein Zusammenleben *immer zusammen sein* bedeutete. Das Leben des einen deckte sich mit dem des anderen. Selbst wenn er auf Forschungsreise ging, kam sie mit nach Prag, obwohl sie das alles überhaupt nicht zu interessieren schien. Wie kommt man über einen Tod hinweg, den man als Amputation seiner selbst erlebt? Von nun an würde sie allein durch das gemeinsame Reich irren, in Stiefeln, in die sie zweimal hineinpasste.

Als ich das Wohnzimmer verließ, flüsterte ich meiner Frau ins Ohr, dass ich sie liebte. Ich setzte hinzu: «Weck mich jederzeit auf, wenn du mich brauchst ...» Sie strich mir stumm über die Hand, sagte nicht etwa, dass sie mich auch liebte. Ich ging verunsichert nach oben. Um es deutlich zu sagen: Der einzig nützliche Part, den ich bislang in diesem Drama gespielt hatte, war der, dass ich Inhaber eines Führerscheins war. Es war schmerzlich, sich so ausgestoßen zu fühlen, wo ich doch mein Leid mit den anderen teilen wollte. Aber ich durfte nicht so denken. Konnte an diesem Abend doch keine Gefühlsansprüche stellen. Nach der Erschütterung, die der Tod ihres Vaters ausgelöst hatte, hatte Élise das Recht, alle Empfindungen dieser Welt zu haben, die ich weder gutzuheißen noch zu verurteilen brauchte. Ich durfte sie lediglich im Stillen kommentieren, was ich mit lautem inneren Getöse ja auch tat.

42

Intensität der Schmerzen: 3
Gemütslage: durcheinander

43

Ich dachte eigentlich, ich würde sofort in mich zusammensacken und nicht einmal das Sofa aufklappen, doch dann fiel mein Blick auf ein paar Blätter, die auf dem Schreibtisch herumlagen. Es war wie einen leblosen Körper zu berühren, der noch warm war. Die Worte auf diesem Papier waren noch genauso warm, es war, als würde der Stift, der die Worte auf diesem Papier geschrieben hatte, noch von einer Hand gehalten werden. Das waren also die letzten Worte, die dieser Mann geschrieben hatte. Wie oft hatte er leidenschaftlich von seinem Buch gesprochen, hatte sich vorgestellt, wie man ihn interviewte und wie sein Buch vielleicht sogar als Material im Geschichtsunterricht verwendet werden würde. Er hatte sich so auf die Rente gefreut, darauf, sich endlich auf dieses Projekt konzentrieren zu können. Ich zog die Schubladen auf und stieß auf Hunderte von beschriebenen Seiten, die mit allerlei an den Rand gekritzelten Anmerkungen versehen waren und sich mit anderen Dokumenten und Zeitungsausschnitten vermischten. Ich setzte mich auf seinen Stuhl, der Anblick dieser Unmenge von Arbeit, die nie das Licht der Öffentlichkeit erblicken würde, machte mich sprachlos. Das war also das *Unvollendete*, das mir fast noch grausamer erschien als der Tod selbst.

Ich wollte mich gewiss nicht mit ihm vergleichen, aber ich musste wieder an den Roman denken, den ich einmal vorgehabt hatte zu schreiben und der ebenfalls nicht über das Stadium des Unvollendeten hinausgekommen war. Ich hatte ebenfalls schon unzählige Seiten geschrieben. Es war das zweite Mal heute, dass ich an meine einstigen literarischen Ambitionen dachte. Diese verwaisten Seiten erinnerten mich an das, was ich nicht zu Ende gebracht hatte. Es ging nicht darum, ob ich Talent hatte oder nicht, vielmehr um eine Aufgabe, die ich nicht erfüllt hatte. Vielleicht hatte ich in meinem Leben einfach nicht die richtigen Entscheidungen getroffen. Ich las eine ganze Weile in den Aufzeichnungen meines Schwiegervaters, und auch wenn ich nicht alles verstand, war ich in dem Moment doch wie gefesselt.

Irgendwann fielen mir die Augen zu. Ich schlief im Sitzen ein, den Kopf über das Manuskript gebeugt. Die Träume, die ich hatte, trugen das Gewand der Wirklichkeit. Als ich nach ein paar Stunden wieder aufwachte, ging ich ins Bad, wusch mir das Gesicht und registrierte, dass ich ganz gerötete Augen hatte. Ich ging nach unten und bemühte mich, dabei so wenig Lärm wie möglich zu machen. Im Wohnzimmer war niemand mehr. Eine erstaunliche Stille herrschte in dem Raum, der noch vor ein paar Stunden von so vielen Menschen bevölkert gewesen war. Ich wunderte mich, wie aufgeräumt alles war. Keine Gläser mehr auf den Tischen, und selbst die Kissen auf dem Sofa waren aufgereiht wie in einem Möbelgeschäft. Wer mochte unter den gegebenen Umständen eine solche Ordnung geschaffen haben? Meine Frau wahrscheinlich. Gut möglich, dass sie sich mit Haushaltsführung ablenkte, um den Moment, in dem sie versuchen musste, im Dunkeln einzuschlafen, so lange es ging hinauszuzögern. Ich wankte weiter in die Küche und stellte fest, dass Élise die ganze Nacht kein Auge zugetan hatte. Da saß sie nämlich auf einem Hocker, die Ellbogen auf den Tisch gestützt. Sie drehte sich gar nicht um, als ich hereinkam. Sie saß reglos da, so versteinert, wie sie am Abend bei uns im Wohnzimmer gesessen hatte. Zum zweiten Mal fiel mir auf, wie sehr sie ihrer Mutter ähnelte. Die war auch in der Küche und stand wie angewurzelt vor der Kaffeemaschine. Sie schien darauf zu warten, dass der Kaffee durchlief, und bemerkte gar nicht, dass er offensichtlich schon seit einer Weile fertig war. Ich beobachtete die beiden einen Augenblick, bis sie Notiz von mir nahmen. Seltsam, wie sie mir dann gleichzeitig den Kopf zuwandten und dasselbe sagten: «Magst du einen Kaffee?»

Ich trank eine Tasse und bestand dann darauf, dass Mutter und Tochter ins Bett gingen. Ich könne mich derweil schon ein wenig um die behördlichen Angelegenheiten kümmern.

Sie waren einverstanden und legten sich schlafen. Als Erstes musste ich im Büro anrufen und sagen, dass ich heute nicht kommen würde. Mathilde zeigte eine gewisse Anteilnahme. Doch ein paar Minuten später erhielt ich eine lakonische SMS von Gaillard: «Bitte, uns so bald wie möglich eine Kopie der Sterbeurkunde zukommen zu lassen.» Er gönnte sich also keine Pause. Mich wunderte dieser neuerliche Beweis seiner Niedertracht gar nicht mehr, ich kannte sein wahres Gesicht ja schon. Eigentlich war es mir sogar lieber, wenn er seinen Hass so offen zur Schau stellte. Ich hielt mich damit nicht lange auf. Bevor meine Schwiegermutter nach oben gegangen war, hatte sie mir einen Umschlag überreicht, auf dem schlicht «Beisetzung» stand. Bestimmt hatten sie die unheimlichen Schritte schon in die Wege geleitet, als er den Krebs gehabt hatte. Und nun wurde der Umschlag mit sämtlichen die Beerdigung betreffenden Verfügungen wieder hervorgezogen. Alles war schon bezahlt, alles war genau geregelt. Eines Tages würde ich an der Reihe sein, dachte ich: nicht mit dem Sterben, sondern mit der Auswahl meines Sargs.

Drei Tage später waren wir alle um das Grab versammelt. Meine Tochter war schon am Tag zuvor gekommen. Auch in diesem traurigen Zusammenhang darf ich ruhig sagen, dass ich mich freute, zwei aufeinanderfolgende Tage mit ihr zusammen zu sein. Mein Sohn war zu seinem großen Bedauern nicht angereist, aber er steckte mitten im Examen. Er war so weit weg und hatte niemanden, mit dem er seinen Kummer teilen konnte. Wir waren in Gedanken auch bei ihm. Die bewegende Abschiedszeremonie wäre ihm gewiss zu Herzen gegangen. Meine Frau und meine Tochter hielten sich aneinander fest, wie um sich gegenseitig zu stützen, um nicht umzufallen. Wir trugen einen Mann zu Grabe, der noch so viele Pläne gehabt hatte und viel zu jung gestorben war. Einer seiner Freunde hielt eine kleine Rede, in der er ein oder zwei Anekdoten über ihn zum Besten gab, die uns ein Lächeln abrangen. Jemand meinte: «Es hätte ihm sicherlich gefallen, dass man so von ihm spricht.» Schwer zu sagen, was Toten gefallen würde und was nicht. Jedenfalls war er ein Mann gewesen, dem es gefiel, wenn es heiter zuging, das kann ich bestätigen. Anfangs hatte er mich etwas farblos gefunden. Aber ich war einfach nur eingeschüchtert von ihm. Er war auch nicht sonderlich begabt darin, anderen einen Platz einzuräumen, in dem Punkt glich er meinem Vater. Er musste immer der Mittelpunkt der Welt sein. Insofern ja, die Beerdigung hätte ihm bestimmt gefallen.

Seitdem mich diese Rückenschmerzen plagten, hatte ich an nichts anderes mehr gedacht. Nur noch das war wichtig gewesen. Ich hatte Grund gehabt, mir Sorgen zu machen, aber hatte ich mir nicht ein bisschen viele gemacht? Meine Schmerzen, immer nur meine Schmerzen. Aber so ist es immer: Sobald man sich mit wirklichen Tragödien konfrontiert sieht, kommt man sich nur noch lächerlich vor und denkt, dass man aus einer Mücke einen Elefanten gemacht hat. Aus einer läppischen Mücke. Angesichts der Katastrophen, die andere erleben, nimmt man sich gern allerhand vor. Man sagt sich, man müsse das *alles relativ* sehen. Doch die guten

Vorsätze halten meist nicht lange vor. Und schon regt man sich wieder über Lappalien und über nichts und wieder nichts auf. Bis auf Weiteres musste ich mir einbläuen, dass alles in Ordnung war mit mir. Ich war immer noch da. Die Computertomographie hatte nichts Schlimmes zutage gefördert, es gab keine größeren Probleme, und ich hatte zwei gesunde Kinder. Das war doch schon mal was. Ich erwies einem Mann die letzte Ehre, dessen Asche sich bald mit der Erde vereinen würde, wie es unser aller Schicksal war, und zum ersten Mal seit Langem machte sich ein Lächeln auf meinem Gesicht breit.

ZWEITER TEIL

1

Immer wieder zog ich meinen Stadtplan hervor. Ich kannte mich weder in dem Viertel aus, noch war mir dieser Straßenname je zuvor untergekommen. Aber ich wollte unter keinen Umständen zu spät kommen. Der eindeutige Beweis dafür, dass das Verhältnis zu einem Arzt immer auf folgendem Ungleichgewicht beruht: Der Arzt hat ein Wartezimmer und verfügt über das Recht, einen warten zu lassen. Aber wehe, der Patient erlaubt sich, zwei Minuten zu spät zu kommen. Zumal auf der Sache ja auch noch ein anderer seltsamer Fluch liegt: Immer wenn man pünktlich kommt, muss man warten. Und wenn man mal ein bisschen aufgehalten worden ist, ist der Arzt plötzlich auf wundersame Weise pünktlich.

Élises Schwester Alexia hatte mir die Adresse einer Magnetfeldtherapeutin gegeben. Bei dem kleinen Umtrunk, der im Anschluss an die Beerdigung stattgefunden hatte, war sie auf mich zugekommen.

«Sieht so aus, als hättest du Rückenprobleme.»

«Äh ... ja ...», sagte ich. Es war mir peinlich, hier von meinen Rückenschmerzen zu reden.

«Ich weiß eine sehr gute Magnetfeldtherapeutin. Da solltest du mal hingehen. Sie wird dir deine Chakren öffnen, dann geht's dir gleich viel besser …»

«Ah … okay …»

«Nein, echt, vertrau mir … geh da hin …»

Ich war gern bereit, ihrem Ratschlag zu folgen. Dazu schob ich Élises andauerndes Geläster über ihre Schwester am besten irgendwie beiseite: «Die hat total einen an der Waffel! … Hast du schon das Neueste gehört?» Nein, ich hatte das Neueste noch nicht gehört. Es gab immer das Neueste, das das vorherige weit in den Schatten stellte. Das Neueste also war, dass sie nach Ägypten auswandern wollte, weil sie glaubte, eine Cousine von Ramses zu sein. Ich hatte mit Alexia immer etwas zu lachen. Ihre exzentrischen Anwandlungen, die meine Frau als Zeichen des Wahnsinns deutete, fand ich eigentlich eher lustig. Im Laufe der Jahre hatte ich in Bezug auf das Verhältnis der beiden Schwestern zueinander eine Theorie entwickelt. Élise war vom Vater stets bevorzugt worden, und die kleine Schwester strengte sich an, um auf sich aufmerksam zu machen. Ich lag wohl nicht ganz falsch, denn der Tod des Vaters sollte der Rivalität der Schwestern plötzlich den Boden entziehen. Es wurde ruhiger um Alexia. Ihr Gefühl, überhaupt nicht existent zu sein, nahm deutlich ab, nachdem sie der bevorzugten Spielwiese, auf der sie sich zuvor ausgetobt hatte, beraubt worden war. Die traurige Konsequenz davon war, dass die Schwestern sich allmählich auseinanderleben sollten. Ihre chaotische Beziehung konnte sich an die neuen Gegebenheiten nicht anpassen: an ein Leben ohne den Vater. Wenn eine derart dominante Persönlichkeit abtritt, reißen manchmal die Verbindungen zwischen den Untergebenen ab. Mir war nie ganz klar gewesen, wie Élise wirklich zu ihrer Schwester stand. Meine Frau war den meisten Menschen gegenüber offen und tolerant, doch sobald es um Alexia ging, wirkte sie eher verschlossen. Ich fand sie oft ungerecht, wenn sie sich über Alexias Exzesse empörte, aber es ist immer schwierig zu begreifen, was sich im Inneren einer Familie tatsächlich abspielt. Als Schwager oder Schwiegersohn ist man ein Element, das *mit in die Familie gebracht* wird, wie man so sagt. Schon bei diesem Ausdruck, der einem den Status eines *Mitbringsels* verleiht, spürt man, was dieses unnatürliche Bündnis letztlich wert ist.

Ich dankte Alexia, zu der ich viel Zuneigung empfand, für ihren heißen Tipp. Dass sie mir solche Empfehlungen gab, fand ich rührend, vielleicht auch etwas befremdlich. Die Schwestern redeten also doch miteinander, sogar über mich. Nur hatte mein Rücken, seitdem ich erfahren hatte, dass mein Schwiegervater tot war, keinen Piep mehr gemacht. Selbst der Schmerz trug respektvoll Trauer und hatte sich auf einen Waffenstillstand eingelassen. Erst als wir im Auto nach Paris zurückfuhren, fiel ich ihm langsam wieder ein. Besonders mühselig wurde es auf den letzten Kilometern, vor allem da ich bemüht war, mir nichts anmerken zu lassen. Meine Frau hatte schon genug unliebsame Dinge am Hals, ich wollte sie mit meinem Leid nicht zusätzlich belasten.

2

Intensität der Schmerzen: 7
Gemütslage: in Versuchung des Übernatürlichen

3

Zwei Tage darauf kam ich also zu spät zu dieser «Magnetfeldtherapeutin», ohne so recht zu wissen, was eine Magnetfeldtherapeutin überhaupt machte. In meinen Augen war
sie so etwas wie eine Geistheilerin. Ich stellte mir vor, wie sie
mir die Hand auflegen und meine Schmerzen mithilfe mys-
tischer Gebete und übersinnlicher Schwingungen bekämp-
fen würde. Nichtsdestotrotz waren all meine vagen Hoffnungen an diese Sitzung geknüpft, ein Verzweifelter schließt
sich eben der erstbesten Sekte an. Die Schmerzen hatten ein
Ausmaß erreicht, angesichts dessen ich bereit war, jedem zu
glauben, der mir ein wenig Linderung versprach. Beim
Röntgen war nichts herausgekommen, bei der Kernspinuntersuchung auch nicht, der Osteopath hatte meinen Zustand
nur verschlimmert, warum also sollte ich es nicht auch einmal mit den absonderlichen Heilmethoden dieser Frau pro-

bieren? Auf dem Weg zu ihr fragte ich mich: Wie wird man eigentlich Magnetfeldtherapeut? Hat man eines Tages eine Eingebung? Kann man das lernen? Gibt es vielleicht irgendwo eine Zauberer- und Hexenschule wie in *Harry Potter*? Das musste ein unglaubliches Gefühl sein, Magnetfeldtherapeut zu sein. Man brauchte schon richtige Zauberkräfte. Die bestimmt auch sehr hilfreich waren, wenn man in Paris auf der Suche nach einem Parkplatz war. Mit solchen Betrachtungen versuchte ich mich zu zerstreuen. Denn ich muss zugeben: Das bevorstehende Rendezvous flößte mir reichlich Respekt ein.

Im Wartezimmer saß niemand. War das ein gutes oder ein schlechtes Zeichen? Nach ein paar Minuten kam eine Frau aus dem Sprechzimmer. Ohne mich eines Blickes zu würdigen, durchschritt sie gemächlich den Raum. Im Film wäre das eine Szene in Zeitlupe. Aber das hier war kein Film. Der Gang dieser Fremden gefiel mir irgendwie, aber ich hätte nicht sagen können, warum. Waren es vielleicht ihre Knie? Ja genau, ihre Knie. Ihre Kugelgelenke tanzten eine Art Rhapsodie. Eine sonderbare Gnade ging von dieser unvermuteten Erscheinung aus. Wie alt mochte sie sein? Schwer zu sagen. Irgendwas zwischen 32 und 47. Im Hinausgehen sagte sie, während ich doch gedacht hatte, sie hätte mich gar nicht bemerkt:

«Sie werden sehen, sie ist ganz wunderbar.»

«Sie sind aber auch ganz wunderbar.»

«Pardon?»

«Ach, äh ... nichts ...»

Sie deutete ein Lächeln an und verließ den Raum. Wahrscheinlich hielt sie mich für einen typischen Wartezimmer-Casanova. Aber ich war genau das Gegenteil davon. Wie oft hatte ich mich als unfähig erwiesen, einer schönen Frau auch nur irgendetwas zu erwidern? Wie oft waren drei kleine Pünktchen aus meinem Mund ausgetreten? Und jetzt sprudelten die Worte ohne vorherige Absegnung durch das Bewusstsein seltsam aus mir hervor. Anscheinend ein Putschversuch des Körpers, der den Geist stürzen wollte. Das kam bestimmt nicht von ungefähr. Im Wartezimmer wirkte sicherlich ein Magnetfeld. Hier war ich ein anderer. Die von mir selbst erlöste Ausgabe meiner selbst. Es gab keine andere Erklärung für diese Bemerkung: «Sie sind aber auch ganz wunderbar.» In dem Augenblick erschien die Magnetfeldtherapeutin.

Wie ein Sänger, der nur ein einziges Lied zu singen weiß, klagte ich ihr mein Leid. Wieder einmal betonte ich, es sei hierfür keine genaue Ursache zu erkennen. Seit über einer Woche war ich wie ein Handlungsreisender in Sachen Rückenschmerzen unterwegs. Ich zog von Arzttermin zu Arzttermin und ersuchte einen jeden, meinem Übel Abhilfe zu schaffen. Die Magnetfeldtherapeutin hörte mir aufmerksam zu und machte sich Notizen. Sie kam mir total normal vor. Ich hatte mir vorgestellt, dass sie da bei Schummerlicht in irgendwelchen ausgefallenen Kleider sitzen würde, mit Tierfellen behängt und mit Schalentieren um den Hals oder so. Ein Alt-Hippie in einem von Kamilleräucherstäbchen geschwängerten Raum. Nichts dergleichen. Alles wirkte ganz sachlich. Und die Magnetfeldtherapeutin erinnerte mich eher an eine Berufsberaterin für schwer erziehbare Jugendliche.

Das heißt, das war der erste Eindruck. Schon recht bald fing ich an, sie komisch zu finden. Auf meine einleitenden Worte hin ging sie dazu über, mich wortlos anzustarren. So verging eine ganze Weile. Warum glotzte sie mich so an? War das ihre Art, sich zu konzentrieren? Es brachte mich ganz aus dem Konzept, jemandem gegenüberzusitzen, der mich wortlos anstarrte. Ich hatte das Gefühl, irgendwie schuldig zu sein. Nach einiger Zeit versuchte ich es damit:

«Soll ich mich vielleicht hinlegen?»

«Nein ... nicht bewegen.»

So funktionierte das also mit der Magnetfeldtherapie. Die Regenbogenhaut des Patienten wurde mit Blicken durchbohrt. Damit brachte man ihn zur Strecke. Seltsame Methode, ich entspannte mich nicht die Bohne, dafür fühlte ich mich zunehmend unwohl. Aber das war vielleicht Absicht. Sie wollte, dass mir unbehaglich zumute wurde, um so eine körperliche Reaktion bei mir hervorzurufen. Na ja, das war nur eine Theorie von vielen. Ehrlich gesagt hatte ich keine Ahnung, was sie da machte. Dann kam sie gemessenen Schrittes auf mich zu, sehr gemessenen Schrittes:

«Machen Sie den Oberkörper frei und legen Sie sich hin ...»

«Gut ...», sagte ich artig.

Trotzdem wurde mir langsam mulmig. Dieses ganze Tohuwabohu war nicht das Richtige für mich. Die Faszination, die das Übersinnliche auf mich ausübte, ging eigentlich nicht über das regelmäßige Lesen meines Horoskops in der Zeitung hinaus. Mit geschlossenen Augen ließ sie ihre Hände über meinen Körper gleiten. Sie schien innerlich den Gott der guten Besserung anzuflehen. Meine Schmerzen hatten aufgehört. Ich war ganz auf den Wahnsinn des Augenblicks fokussiert. Was würde sie mit mir machen? Ich spürte etwas, aber ich wusste nicht, was. Aber machen wir's kurz, die Behandlung zog sich doch hin wie ein russischer Roman.

Schließlich trat die Magnetfeldtherapeutin zwei Schritte zurück. Wieder starrte sie mich wortlos an, um dann plötzlich das Verdikt zu sprechen:

«Ihr Leiden hat psychosomatische Ursachen.»

« … »

«Da hilft keine Medizin», lautete ihr Schluss. Damit wandte sie sich im Stile einer Tragödienschauspielerin von mir ab und ließ mich links liegen.

«Das heißt?», presste ich hervor, während ich mich mühsam wieder aufrichtete.

«Viel mehr kann ich Ihnen nicht sagen. Es gibt keine medizinische Lösung für Ihr Problem.»

« … »

«Sie haben ganz andere Probleme. Sie müssen einige Dinge in Ordnung bringen in Ihrem Leben.»

« … »

«Gehen Sie lieber zum Psychologen oder zum Psychoanalytiker.»

«…»

«Das macht 150 Euro», kürzte sie die Unterhaltung ab.

Ich war sprachlos. Ich spürte, dass sie sich nicht länger mit mir aufhalten wollte. Dass sie ihre Aura nicht mit jemandem wie mir vergeuden wollte. Ich hatte hier nichts mehr zu suchen. Ihre Art gefiel mir ganz und gar nicht. Da konnte doch ich nichts dafür, wenn sie sich für meine Probleme nicht zuständig fühlte. Sie schaute mich an, als wäre ich daran schuld, dass sie ihre Zeit verschwendet hatte. Das war mehr als ungerecht bei dem Preis. Als ich mein Scheckheft herauszog, verzog sie das Gesicht, was so viel bedeutete wie: «Und jetzt wollen Sie auch noch per Scheck bezahlen?» Zum Glück hatte ich auch Bargeld dabei. Endlich eine Materie, die eine Aura besaß, die sich leicht übertragen ließ.

4

Intensität der Schmerzen: 7
Gemütslage: ein bisschen sprachlos, ein bisschen konfus

5

Zwei Minuten später stand ich wie benommen auf der Straße. Ich machte ziellos einige Schritte. Schönes Wetter heute Morgen. Zum ersten Mal seit Langem zeigte sich die Sonne wieder, schon erstaunlich. Sie war noch ganz die Alte, war ihrem Gelb treu geblieben. Ich kam an einem Café vorüber, wo ein paar Leute draußen saßen und die Sonne genossen.

«Schon fertig?» sagte eine Frau zu mir.

« … »

Ich brauchte einen Augenblick, um die Frau aus dem Wartezimmer wiederzuerkennen.

«Äh ja … ja …»

« … »

« … »

«Wollen Sie sich nicht setzen und eine Tasse Kaffee trinken?», schlug sie vor, um uns aus einer gewissen Verlegenheit zu retten.

«Doch …»

Ich setzte mich ihr gegenüber, wo ich die Sonne im Rücken hatte. Hoffentlich kannte sie sich in Gesprächsführung aus, denn ich fürchtete, ich würde keine gute Figur abgeben. Um meinen Kaffee zu bestellen, hob ich gut sichtbar den Arm, es ging nur darum, irgendeine Gebärde zu machen,

180

Haltung anzunehmen. Ich war es nicht gewohnt, mit einer Unbekannten einen Kaffee trinken zu gehen, einfach so, weil es sich gerade so ergab. Meine Bemerkung war mir immer noch peinlich, insofern wagte ich es kaum, sie anzuschauen. Dämlich eigentlich. Denn wenn sie mich aufgefordert hatte, Platz zu nehmen, dann doch sicherlich aufgrund meiner Äußerungen im Wartezimmer. Frauen hören es wohl gern, dass sie ganz wunderbar sind. Nachdem mir Frauen über vierzig Jahre lang ein Rätsel geblieben waren, ging mir plötzlich dieses Licht auf.[*]

Sie fragte mich erneut, warum meine Sitzung so schnell wieder vorbei war. Meine Erläuterungen brachten sie zum Lachen. Dass die Szene komisches Potenzial bergen könnte, auf die Idee wäre ich gar nicht gekommen. Wie oft kapierte ich erst im Nachhinein, was mit mir geschehen war. Sie fuhr fort:

«Und? Werden Sie ihren Ratschlag befolgen?»

«Das muss ich mir noch überlegen …»

«Überlegen Sie. Aber sie liegt mit ihren Einschätzungen schon meist richtig …»

Von den Umgangsformen der Magnetfeldtherapeutin restlos bedient, hatte ich über das, was sie im Grunde gesagt hatte, noch gar nicht nachgedacht. Was war davon zu halten? Ich war gern bereit zu glauben, dass mein Leiden psychosomatische Wurzeln hatte. Letztendlich war das ja auch eine beruhigende Sicht der Dinge: Daran würde ich nicht

---

[*]   Dass ich meine Frau als Sonderfall ansehe, versteht sich von selbst.

sterben. Ein Ödipuskomplex oder eine Trägheit der Libido bildete keinen Tumor aus. Laut der Magnetfeldtherapeutin würden meine Schmerzen so lange andauern, bis ich zum Kern des Problems vorgedrungen war. Mein Körper war ein Mysterium, zu dem sich nur mein Geist Zugang verschaffen konnte. Ich musste in den Untiefen meines Bewusstseins forschen. Auf diesen Weg war ich in den vergangenen Tagen schon öfter gestoßen. Zunächst hatte mich der Gedanke erschreckt, dass ich vielleicht selbst der Auslöser meiner Krankheit war. Dann hatte meine Frau die Theorie aufgestellt, es könne ein Zusammenhang bestehen zwischen meinen Schmerzen und meinen beruflichen Nöten. Das war gut möglich, aber die Arbeit war nicht das Einzige, was mir Kopfzerbrechen bereitete. Wo lag das eigentliche Problem? Es musste doch eine Lösung geben. Es gab mit Sicherheit eine. Der Weg würde also über den Freud'schen Diwan und nicht über irgendwelche medizinischen Tests führen. Alles schien einer seltsamen Logik zu gehorchen, nach der der Körper nicht den Launen der Natur, sondern den Entscheidungen des Bewusstseins unterlag.

Die Unbekannte war so freundlich, meinen inneren Monolog nicht zu stören. Ich war so in Gedanken versunken, dass ich unser Gespräch ganz vergessen hatte. Man merkte, dass ich im Umgang mit Menschen nicht mehr sonderlich geübt war. Es war an mir, etwas zu sagen, aber was? Warum war ich so schüchtern? Das war ja absurd. Diese Begegnung hatte auch etwas sehr Einfaches. Wir stellten uns nicht gegenseitig auf die Probe, das war deutlich zu spüren. Wir waren zwei Fremde, die das Glück genossen, einander fremd zu sein, und die sich in der totalen Willkür eines Augenblicks furchtlos gegenübertreten konnten.

«Und Sie, warum gehen Sie zur Magnetfeldtherapie?»

«Ich bin als Kind von einem Hund gebissen worden … und …»

« … »

«Also, es gibt keinen objektiven Grund dafür, dass mir das immer noch wehtut … aber es kommt mir ein bisschen so vor, als ob die Wunde mit den Jahren nicht verheilt wäre …»

«Verstehe …»

«Die Behandlung hilft mir. Ich glaube, ich bin dabei, ein Leiden zu überwinden, das nicht mehr rational ist …»

Sie beschrieb daraufhin, wie sie im Alter von acht Jahren von einem Hund angegriffen worden war. Wenn nicht ein Passant eingegriffen hätte, wäre sie wohl noch schwerer verletzt worden. Ich stellte ihr die nicht sehr originelle Frage:

«Sie müssen vor Hunden große Angst haben?»

«Nein, ich liebe Hunde. Ich habe sogar einen. Der Hund, der mich gebissen hat, steht in meinem Kopf nicht für alle Hunde.»

«Aha, verstehe …», gab ich ihr etwas ausweichend zur Antwort, weil ich nicht ganz sicher war, ob ich richtig verstanden hatte. Egal, sie hätte von mir aus noch stundenlang über Hunde reden können (es gab wohl kein Thema, das mich noch weniger interessierte[*]).

---

[*]   Außer der Formel 1 und archäologischen Museen.

Ich fühlte mich wohl in Gesellschaft dieser Frau. Sie hatte mir gleich gefallen, als ich sie (mit ihren Knien) durchs Wartezimmer schreiten sah. Und jetzt im Sitzen (Knie unter dem Tisch) gefiel sie mir noch genauso gut. Meine Zuneigung war also unabhängig davon, welche Pose sie einnahm. Und mir gefiel auch ihr Gesicht. Es verfügte über eine enorme Bandbreite von Ausdrucksformen. Manchmal wirkte sie ganz brav, extrem brav, wie ein Mädchen, das von einem Schweizer Internat kam, aber dann blitzte plötzlich der Wahnsinn in ihrem Blick auf, oder der Witz, und dann kam sie mir wie eine Russin vor. Wir redeten über Gott und die Welt, und die Zeit rauschte in Windeseile an uns vorüber. Trotzdem hatte ich irgendwie das Gefühl, dass wir nichts Wichtiges redeten. Vielleicht ist das so, wenn man mit Menschen zusammen ist, die man mag. Es musste bei diesem unvermuteten Zusammentreffen ja gar nichts herausspringen, wir mussten nichts Tiefgründiges reden. Wir ließen uns einfach von den Worten und den zufälligen Einfällen treiben, und dieses Treibgut formte sich zu einer der schönsten schmerzfreien Stunden.

Nach einer Weile verließen wir das Café, wir tauschten keine Telefonnummern aus, wir hatten nicht einmal unsere Namen gesagt. Diese Begegnung würde sich nicht fortsetzen. Wir würden uns nie mehr wiedersehen.

6

Intensität der Schmerzen: 2
Gemütslage: halb schweizerisch, halb russisch

7

Seit ein paar Tagen lebte ich nur noch von einer Stunde auf die nächste. Nachdem ich in meinem bisherigen Leben immer alles genau geplant hatte, hingen die Verabredungen, die ich jetzt traf, allein von meinem Zustand und meiner Laune ab. Als sich die sanfte Euphorie über die schönen Augenblicke mit der Unbekannten gelegt hatte, kamen die Schmerzen wieder. Ich musste mich nach einem Psychoanalytiker umsehen. Gemäß dem Standpunkt, der in dem halbbourgeoisen Milieu, in dem ich verkehrte, zirkulierte, dass sich ein jeder früher oder später analysieren lassen müsse, hatte ich – ohne so recht zu wissen, warum – wie viele andere Leute schon länger mit einer Psychoanalyse geliebäugelt. Am Ende hatte ich es immer sein lassen. Vielleicht, weil ich Angst hatte. Psychoanalytiker machen mir Angst. Im Übrigen nennt diese Leute ja niemand beim Namen. Man sagt immer, man habe eine Verabredung, man sagt nie: «Ich gehe jetzt zur Psychoanalyse.» Eine Verabredung zu haben heißt zum Analytiker zu gehen. Nun ja, und ich hatte noch nie eine Verabredung mit jemandem, der mir gesagt hätte, wer ich wirklich war.

Wie es der Achterbahnfahrt meiner Gefühlslagen gebührte, machte sich wieder Panik in mir breit. Nach und nach war ich von allen Wegen der Genesung abgeschnitten worden. Um mich an etwas Konkretem festzuhalten, dachte ich an mein aktuelles Projekt. Ich klammerte mich an diesen Parkplatz wie die Medusa an ihr Floß. Doch es bestand überhaupt keine Eile, dieses Unternehmen voranzutreiben. Es interessierte auch niemanden im Büro, wie es darum stand. Man hatte mich aufs Abstellgleis geschoben. Ein sehr anschaulicher und treffender Ausdruck. Auf diesem Abstellgleis würde ich warten, bis ich wieder abgeholt wurde und mein Berufsleben in einem möglichst würdigen Rahmen fortsetzen durfte.

Im Büro wurde ich mit konsterniertem Schweigen begrüßt. Die Kollegen redeten nicht mehr mit mir, als hätte ich eine Seuche oder als wäre der soziale Abstieg eine ansteckende Krankheit. Gaillard hatte hinter meinem Rücken sicherlich Stimmung gegen mich gemacht. Es musste ihm Spaß machen, das Ausmaß meiner Schmach immer weiter auszudehnen. Seit der berühmt-berüchtigten Besprechung hatte er Oberwasser bekommen. Verbreitete Angst und Schrecken. Die Einzige, die mir mit unveränderter Herzlichkeit

begegnete, war Mathilde. Bar jeglicher falscher Ambitionen
wich sie nie von ihrem Prinzip ab, kühlen Kopf zu bewahren. Wie beim letzten Mal kam sie auf mich zu, um mir
Hallo zu sagen:

«Wie geht es Ihnen?»

«Danke, Mathilde. Ganz gut.»

«Und Ihre Frau ... wie verkraftet sie es?»

«Meine Frau?»

«Äh ... ja ... Ihre Frau ...»

« ... »

« ... »

«Ich hab ihr gar nichts gesagt ...»

«Was? Aber ... wie geht denn das? Also ...»

«Ich wollte sie nicht zusätzlich belasten ...»

«Sind Sie ... sicher, dass das ... eine gute Idee ist?»

Mathilde wirkte ganz erschrocken. Aber ich fand es
wirklich nicht so schlimm, Élise nichts davon zu erzählen.
Die Geschichte gereichte mir ja nicht unbedingt zum
Vorteil. Ein Kollege hatte sich einen bösen Scherz mit mir
erlaubt. Schließlich flog das Missverständnis mit meiner
Sekretärin doch noch auf:

«Aber ... wenn ihr Vater ... gestorben ist ...»

« ... »

« ... »

«Ach so, Sie meinen die Beerdigung. Pardon, ich bin
ganz durcheinander. Das hab ich ihr natürlich schon gesagt
... ich dachte ... Sie fragen, wie meine Frau ... na ja ... ach,
so was aber auch ... entschuldigen Sie, Mathilde ...»

« ... »

«Ja … es geht ihr gut. Sie verkraftet das gut. Das heißt, es ist natürlich hart für sie. Sie hat ihren Vater sehr geliebt … aber sie ist eine starke Frau …»

«Na gut … dann lasse ich Sie mal in Ruhe arbeiten … wenn Sie was brauchen … wissen Sie ja, wo Sie mich finden …»

«Ja, danke noch mal, Mathilde. Sehr aufmerksam von Ihnen.»

« … »

Sie machte ein komisches Gesicht, als sie hinausging. Sie, die mich immer vor allen in Schutz genommen hatte, musste langsam denken: «Irgendwie tickt er doch nicht ganz richtig …» Aber ich konnte doch nichts dafür. So viel brach über mich herein, dass ich den Tod meines Schwiegervaters einen Moment lang ganz vergessen hatte. Ich musste lächeln, als ich mir unseren Dialog noch einmal auf der Zunge zergehen ließ. Eigentlich ziemlich lustig. Vor allen Dingen meine Äußerung: «Ich hab ihr gar nichts gesagt.» Ich sah wieder Mathildes Gesicht vor mir, die wohl geglaubt hatte, ich sei imstande, meiner Frau den Tod ihres Vaters zu verheimlichen.

Kurze Zeit später fand ich mich wieder in meiner verdrießlichen Lage ein. Ich schaltete den Computer ein und checkte meine Mails. Um ordentlich Salz auf meine Wunden zu streuen, schickte man mir immer noch Kopien der das Japan-Projekt betreffenden Nachrichten. Ich las von einer anstehenden Reise nach Tokyo. Ich hatte einen schönen Ausblick auf das Leben, das ich nicht führte. Aber es machte mir gar nicht so viel aus, dass ich dieses Leben nicht führte. Es gab mir nur zu denken, was für ein leutseliges Wesen ich doch war. Ich hatte zwar einen gewissen Hass auf Gaillard, aber ich hielt mich gedanklich auch nicht lange bei meiner Niederlage auf. War das eine besonders ausgeprägte Sanftmut, die mich auszeichnete? Ich dachte mir bloß: Schade um die Karaoke-Abende mit den Kollegen und einigen hübsch geschminkten Japanerinnen, bei denen ich nicht dabei sein konnte. Vage schwebte mir eine Geisha im Satin-Kimono vor, mit der ich mich am Sake berauschen würde. Derlei Träume zeugten von meiner unmäßigen Neigung zu Klischees, in denen ich noch ein Weilchen schwelgte, bis die grausame Realität mich einholte.

Gaillard kam ohne anzuklopfen in mein Büro und fragte barsch:

«Und? Hast du die Sterbeurkunde dabei?»

«Kriegst du schon noch. Keine Sorge.»

«Ich hab nämlich die Schnauze voll von so Typen wie dir, die einen Trauerfall in der Familie vortäuschen, um sich auf die faule Haut legen zu können ...»

Ich schwieg. Sein Angriff prallte an mir ab. Er ging allerdings schon ganz schön weit. Ich dachte an die Tränen und die Trauer meiner Frau. Und langsam stieg eine Wut in mir auf, eine Wut, wie ich sie selten oder sogar noch nie zuvor gespürt hatte. Womöglich war ich ja gar nicht so feige, womöglich hatte ich nur einfach meine Wut im Zaum gehalten. Und meine Wut wurde immer größer, wie eine Welle, die immer höher schlug. Ich saß still auf meinem Stuhl, und ein leises Lächeln, das die aufkeimende Gewalt übertünchte, umspielte meine Lippen.

Er stapfte ohne weitere Worte davon, offensichtlich enttäuscht, weil ich ihm nicht richtig die Stirn bot. Es musste schon recht langweilig sein, auf mich einzudreschen, er brauchte dringend ein neues Opfer, das er in die Pfanne hauen konnte. Jedoch war unsere Unterhaltung noch nicht zu Ende. Ich hatte mit ihm über die Parkplatz-Akte zu reden, er sollte ja ein Auge auf meine Arbeit werfen. Ich brüllte ihm hinterher. Ich hätte auch aufstehen und ihm nachlaufen können, aber so war nun mal der Lauf der Dinge: Ich schrie seinen Namen, und er kam zurück in mein Büro, verdutzt über meine Dreistigkeit. Doch im Grunde war er sicherlich entzückt, da doch noch eine zweite Runde eingeläutet wurde.

«Redest du mit mir? In diesem Ton?»

«Ja.»

«Wenn du das nächste Mal was von mir willst, rufst du meine Sekretärin an. Und wenn du noch mal so herumschreist, leite ich ein Disziplinarverfahren gegen dich ein.»

«Okay, Chef.»

«Also, was willst du von mir?»

«Ich muss mit dir reden, wegen des Parkplatzes.»

«Welcher Parkplatz?»

«Na ja … der Parkplatz … im Val-d'Oise. Also ich war jetzt mal dort …»

«Du warst? … Nein, du machst Witze, oder? Du bist doch nicht wirklich dahingefahren?»

«Na ja … doch …»

«Oje, das ist echt der beste, den ich seit Langem gehört hab. Was bist du nur für ein armer Irrer. Was für ein armer Irrer!»

Er brach in schallendes Gelächter aus, sein Kopf wurde so rot, dass man fürchten musste, er könnte gleich platzen.

«Aber ich hab das doch bloß so aus Scheiß gesagt!»

«…»

«Die haben uns angeschrieben … von wegen, es sei ihr Traum, mit uns zusammenzuarbeiten … und ich hab dir das gezeigt, weil ich mich drüber lustig machen wollte … ich hätte echt nicht gedacht, dass du hinfahren würdest … also, du erstaunst mich wirklich immer mehr …»

«…»

«Du glaubst doch nicht ernsthaft, dass so ein Scheiß-Kaff unsere Honorare zahlen kann? Ha! Denen sind wahrscheinlich die Augen aus dem Kopf gefallen, wie sie dich da haben aufkreuzen sehen.»

«…»

«Ich hab mir schon gedacht, dass du ein Irrer bist, aber so irr nun auch wieder nicht. Da kann ich mich ja nur dazu beglückwünschen, dass ich dich bei den Japanern so auflaufen lassen hab …»

Immer weiter lachend spazierte er davon. Seine Schritte entfernten sich, doch sein Lachen dröhnte weiter in meinen Ohren. Ich fürchtete, wenn ich jetzt nichts unternahm, würde ich dieses Lachen für den Rest meines Lebens hören, wie einen unentwegten Tinnitus, der mich an meine Ohnmacht gemahnte. Auf einmal hörte mein Denken auf, sich gegen den Instinkt meines Körpers zu wehren. Die Wut, die in mir brodelte und bisher von meiner sozialen Ader zurückgehalten worden war, stand kurz vor dem Ausbruch. Er war zu weit gegangen. Ich stand in aller Ruhe auf und setzte mich langsam in Bewegung, um dann plötzlich zu beschleunigen. Mit wenigen Schritten hatte ich ihn eingeholt. Ich packte ihn am Kragen, und er verlor sofort das Gleichgewicht. Er fiel tatsächlich hin, und als er am Boden lag, schrie er mich aus vollem Hals an: «Du hast sie wohl nicht mehr alle!» Weiter kam er gar nicht, ich trat ihm nämlich mit aller Macht mit dem Fuß gegen den Kiefer. Ich glaube, ich schlug ihm einen Zahn aus, aber ich bin mir nicht sicher. Der erste Schlag hatte gesessen, und ich hätte es dabei bewenden lassen können. Aber ich hatte noch nicht genug. Meine Wut war noch nicht gestillt. Ich ging in die Knie und packte ihn erneut am Kragen, weil ich ihn wieder aufrichten wollte. Doch er stieß mich heftig zurück, offensichtlich war er noch nicht ganz k. o. Also holte ich noch mal aus und gab ihm mit der Faust eins auf die Nase. Im Gegensatz zu dem Zahn, bei dem ich, wie gesagt, nicht beschwören kann, dass da einer fehlte, darf ich hinsichtlich der Nase versichern: Sie war gebrochen. Er jaulte vor Schmerz, Blut lief ihm über das Gesicht und über den Hals. Gern hätte ich ihn noch weiter massakriert, doch zwei Kollegen stürmten herbei, um mich zurückzuhalten. Sie ergriffen mich an den Armen und an der Hüfte und zerrten mich weg. Gaillard lag blutüberströmt am Boden und winselte. Die übrige Belegschaft eilte herbei. Jemand hätte ihm helfen können, doch alle standen nur herum und staunten.

8

Intensität der Schmerzen: 1
Gemütslage: erleichtert

9

Während ich gemütlich zurück in mein Büro schlenderte,
kam ich langsam wieder zur Besinnung. In meinem Wutan-
fall hatte ein anderer für mich gesprochen, derjenige, welcher aus Gaillards Unverschämtheiten die Summe gebildet
und sie alle zusammengezählt hatte. Ich zog die Tür hinter
mir zu und setzte mich auf meinen Stuhl. Mir fiel sofort auf:
Die Rückenschmerzen waren fort. Das war das erste Mal seit
zehn Tagen, dass sie wirklich vollständig weg waren. Ein
Wunder. Als wir in der Bretagne gewesen waren, waren sie
merklich zurückgegangen, hatten sich einen kurzen Urlaub
gegönnt, aber jetzt war wirklich überhaupt nichts mehr zu
spüren. Welch ein Gefühl der Glückseligkeit. Keine Schmerzen zu haben, ist das größtmögliche Glück auf Erden. Ich
hatte auf einmal Lust, das Leben und die Liebe zu genießen.
Ein Lächeln zeigte sich auf meinem Gesicht, und dieses Lächeln wurde immer breiter. Für einige Augenblicke vergaß

ich, was gerade passiert war. Aber das hing wahrscheinlich alles zusammen. Gaillard war der Auslöser meiner Beschwerden gewesen, und ich hatte mich davon befreit, indem ich über ihn hergefallen war. Schon im Vorfeld dieser fatalen Besprechung hatte eine extrem angespannte Atmosphäre um sich gegriffen, aber ich hatte irgendwie nicht wahrhaben wollen, wie suspekt Gaillards Benehmen war. Mein Körper hatte die Zeichen des Verrats eher gedeutet als mein Verstand. Die Ursache meines Leids hatte mir täglich auf der Nase herumgetanzt, und ich war zum Röntgen und zur Kernspintomographie gegangen. Manchmal muss man einfach nur die Augen aufmachen und sich ein wenig umsehen.

Ich weiß nicht, wie lange ich so dasaß, bis endlich jemand hereinkam. Zehn Minuten, zwanzig Minuten, eine volle Stunde? Das Verschwinden der Schmerzen versetzte mich in eine Zeit, in der die Minuten schemenhaft und ungeordnet an mir vorüberzogen. Vom Gang her vernahm ich ein Stimmengewirr, vor meiner Tür ging anscheinend ständig jemand auf und ab, es herrschte wohl eine gewisse Unschlüssigkeit da draußen. Mir wurde allmählich bewusst, was ich getan hatte. Schließlich hörte ich ein Klopfen. Ich rief «herein», und vor mir erschien Audibert. Er wirkte geradezu schockiert, als er mich sah:

«Aber … Sie lächeln ja …»

«Ja … aber das hat nichts damit zu tun. Das ist bloß, weil meine Rückenschmerzen weg sind …»

«Sind Sie sich dessen bewusst, dass Sie da gerade was Schlimmes angerichtet haben?»

«Ja.»

«Und bedauern Sie es? Haben Sie irgendwelche Schuldgefühle?»

« … »

«Aber egal, was für Gründe Sie jetzt nennen, das hat nichts damit zu tun, wie die Geschichte ausgehen wird, das kann ich Ihnen gleich sagen. Sie sind entlassen.»

«Verstehe.»

«Und das macht Ihnen nichts aus?»

«Doch … natürlich macht mir das was aus …»

« … »

« … »

«Ich bin sehr betrübt wegen dieses Vorfalls eben. Und es tut mir auch sehr leid, Sie entlassen zu müssen. Sie arbeiten hier seit über zehn Jahren, und ich weiß Ihre Gewissenhaftigkeit und Genauigkeit zu schätzen. Ich hätte nie gedacht, dass Sie zu so etwas imstande sind.»

«Ich auch nicht.»

«Aber warum haben Sie es dann getan?»

«Ich … ich weiß es nicht …»

«Na gut, ich kann verstehen, dass Sie sich dazu jetzt nicht äußern wollen. Also, Sie sind dann wegen schweren persönlichen Fehlverhaltens fristlos gekündigt. Das heißt, es gibt in dem Fall auch keine Abfindung.»

« … »

«Ich muss mich dabei allerdings an das vorgeschriebene Verfahren halten. Das wird an den Konditionen zwar nichts ändern, aber es ist eben Vorschrift.»

«Welches Verfahren?»

«Sie müssen zur psychologischen Beratung. Es gibt so
genannte Betriebspsychologen, das sind meist ausgebildete
Psychoanalytiker.»

«Psychoanalytiker?»

«Ja ... Psychoanalytiker.»

10

Intensität der Schmerzen: 0
Gemütslage: mit leichten Zukunftsängsten,
aber immer noch wie befreit

11

Nach dem Gespräch mit Audibert packte ich meine Sachen
(alles passte locker in eine Schuhschachtel). An mein Leben
hier würden nur sehr wenige Erinnerungen bleiben. In
knapp einer Stunde waren die Spuren von über zehn Jahren
beseitigt. Meine Tätigkeit hatte keine hohen Wellen geschlagen, ich hielt mich auch lieber im Hintergrund, und nun
ging alles gnadenlos zu Ende. Mein Ausbruch hatte nicht
nur meinem Hass gegen einen Kerl, der mir übel mitgespielt
hatte, sondern auch meinen beruflichen Selbstmordabsich-
ten Ausdruck verliehen. Ich wollte alles niederreißen. So

konnte man das auch interpretieren. Aber jetzt war alles vorbei. Ich würde einen neuen Weg einschlagen und fühlte mich frohen Mutes. Diese positiven Gedanken wurden von einer schlechten Neuigkeit leider sofort wieder erschüttert. Kaum hatte ich mich in der Hoffnung auf ein abschließendes Wohlgefühl eingerichtet, waren die Schmerzen wieder da. Es war ein Trugschluss, dass die Gewalt mich erlöst hatte. Immer wenn ich dachte, ich hätte mich der Plage entledigt, kam sie zurück, wie ein Egel, der einem unermüdlich das Blut aus den Adern saugt. Mir ging es keinen Deut besser. Im Gegenteil, es kam mir so vor, als hätten die Schmerzen die Pause genutzt, um neue Kraft zu tanken. Dazu gesellte sich das schreckliche Gefühl: Vielleicht musste ich dieses Kreuz ja nun für immer tragen.

Unter den entgeisterten Blicken der Kollegen trat ich aus dem Büro (immerhin schauten sie mich noch an). Wenn man mich so gebückt und gebeugt dahinschleichen sah, musste man denken, dass ich unter der Last der Schuld fast zusammenbrach. Doch der Grund, warum ich sterben wollte, war vielmehr, dass ich nicht wusste, wie ich meine Schmerzen wieder loswerden könnte. Ich humpelte durch eine Sackgasse, und dass die Psychoanalyse die Rettung sein würde, darauf hatte ich auch wenig Hoffnung. Außerdem konnte ich ja kaum liegen. Der Freud'sche Diwan war wohl nicht das richtige für mich. Ich gab meinen Firmenausweis beim Pförtner in der Eingangshalle ab. Aus und für immer vorbei. Draußen war unverändert schönes Wetter, und die Sonne unternahm den Versuch, mich zu blenden. Bald würden die bösen Wolken kommen, sie verdecken und bestrafen wie ein kleines Kind.

Normalerweise hätte ich jetzt meine Frau angerufen und ihr alles berichtet. Aber unter den besonderen Umständen wartete ich lieber, bis sie nach Hause kam. Wobei, eigentlich war ich mir gar nicht sicher, ob ich ihr das überhaupt erzählen sollte. Ich musste Rücksicht darauf nehmen, dass sie in Trauer war. Hauptsache, ihr ging es einigermaßen gut. Hoffentlich war ihr die Arbeit heute keine allzu große Qual. Ich hatte ihr im Laufe des Tages zwei oder drei SMS geschickt, aber sie hatte nicht darauf geantwortet. Ich verstand. Und auf aufmunternde Worte muss man ja auch nicht unbedingt antworten. Ich hatte ihr geschrieben, dass ich an sie dachte und mich darauf freute, sie heute Abend wiederzusehen. Dabei hatte ich nicht unbedingt jedes Wort, das ich schrieb, auch empfunden, ich glaube, ich schrieb diese Nachrichten ein bisschen mechanisch. Mit der Zeit verkommt auch die Zärtlichkeit manchmal zur Routine. Dachte ich wirklich an sie? Freute ich mich wirklich darauf, sie wiederzusehen, zu lieben und zu trösten? Immerhin war ich imstande gewesen, den Tod ihres Vaters zu vergessen, als meine Sekretärin mich darauf angesprochen hatte. Vor allem sehnte ich mich wohl nach meinen Schmerzmitteln und danach, meine Ruhe zu haben.

Erschöpft von den Ereignissen der vergangenen Tage, schlief ich zu Hause auf dem Wohnzimmersofa ein. Ich wachte, noch bevor Élise zu Hause war, wieder auf. Eine ganze Weile stand ich vor dem Bücherregal und blätterte in verschiedenen Werken. Endlich würde ich Zeit zum Lesen haben, dachte ich, und vielleicht würde ich ja sogar mein Romanprojekt wieder in Angriff nehmen. Am Horizont zeichnete sich eine Reise in die Vergangenheit ab. Ich erinnerte mich an die Leidenschaften meiner Jugend, an all das, was ich einmal gemocht und im Laufe der Jahre nach und nach aufgegeben hatte, um ein verantwortungsbewusster Erwachsener zu werden. Ich hatte Lust, meine alten Schallplatten zu hören und selbstgedrehte Zigaretten zu rauchen. Ich glorifizierte meine Jugend und erklärte sie zum Land der großen Freiheit. Die Wirklichkeit hatte natürlich anders ausgesehen. Bis auf die paar Galerienbesuche mit Sylvie war ich nie von den vorgezeichneten Wegen abgewichen. Keiner würde darauf hereinfallen, wenn ich versuchen würde, meine Geschichte umzuschreiben. Das Einzige war mein Hang zu schönen Worten. Ein Hang, den ich beiseitegeschoben hatte und der mir in der Leere dieses freien Nachmittags plötzlich wieder in den Sinn kam. Eine Weile ließ ich mich durch die einzelnen Entwicklungsphasen meines Lebens treiben, wie in einer Tonne, die mich vor Sorgen schützte. Die ganzen konkreten Probleme, die mir bevorstanden, belasteten mich nicht: der Kredit, die Zinsen, die Rechnungen. All das war weit weg, die Realität interessierte mich nicht mehr.

12

Intensität der Schmerzen: 8
Gemütslage: nostalgisch

13

Endlich kam meine Frau nach Hause. Sie legte ihre Tasche ab und entdeckte mich im Wohnzimmer. Ich ging auf sie zu.

«Na, wie geht's dir?»

« ... »

«Hast du einen schweren Tag hinter dir?»

Sie drehte sich zu mir herum und sagte immer noch nichts, als wäre sie gar nicht imstande, irgendetwas zu sagen. An ihren Augen konnte ich erkennen, dass sie viel geweint hatte. Nach einem Augenblick brachte sie doch noch etwas hervor:

«Ich will mich scheiden lassen.»

«Was? Was hast du gesagt?»

«Ich will mich scheiden lassen.»

Ich war kurzzeitig etwas unschlüssig, ich stand unter Schock. Dann versuchte ich es damit:

«Hör zu ... wollen wir nicht lieber morgen darüber reden?»

«Nein ... es gibt auch nichts groß zu reden ...»

«...»

«Und ich fänd's gut, wenn du heute irgendwo anders übernachten könntest. Ich will allein sein, bitte.»

«...»

«Bitte.»

«Das ist ganz normal, dass du ein bisschen allein sein willst ... äh ... aber glaubst du nicht, dass ...»

«...»

Sie hörte mir überhaupt nicht zu und ging hinauf ins Schlafzimmer. Aber was gab es eigentlich noch zu reden? Ich kannte Élise lange genug, um zu wissen, dass sie so etwas nicht einfach dahinsagte. Es kam natürlich recht impulsiv daher, aber ich hatte gleich gespürt, dass sie es ernst meinte. Ich spürte auch, dass es besser war, ihrer Bitte nachzukommen und zu gehen. Zum Reden war später noch Zeit. Erst einmal wollte sie allein sein. Das Bedürfnis, allein zu sein, gehört zu den Bedürfnissen, vor denen ich gehörigen Respekt habe. Also ging ich. Einfach so. Ich nahm nichts mit. Stahl mich wie ein Dieb aus meinem eigenen Leben fort.

Ich setzte mich ins Auto. Überlegte kurz, ob ich das Radio anmachen sollte. Schlechte Idee. Bestimmte Momente vertragen keinen anderen Soundtrack als die Stille. Wo sollte ich jetzt hin? Ich betrachtete einen Augenblick die Rückbank: Ich könnte ja hier schlafen. Wie in der Reportage, die ich vor nicht allzu langer Zeit im Fernsehen gesehen hatte.

Da war es um Leute gegangen, die alles verloren hatten und am Ende in ihrem Auto schliefen. Manche hatten sogar noch Arbeit, aber die Mieten waren zu teuer geworden. Die soziale Verelendung lag zum Greifen nahe. In wenigen Tagen konnte ein Leben aus den Fugen geraten. Sah man auf der Straße einen Obdachlosen, fragte man sich gar nicht mehr, was er angerichtet hatte, um dahin zu gelangen. Der gesellschaftliche Abstieg war ein Teil von uns geworden. Wir wandelten stetig am Rande des Abgrunds, zum Hinunterfallen gehörte nicht viel dazu.

Ins Hotel gehen, war noch eine Möglichkeit. Ich konnte mir einen anonymen Ort in den Außenbezirken suchen. Wo ich dann mit hemdsärmeligen Handlungsreisenden zu Abend essen würde. Wo alle still und leise ihr Komplettmenü verzehrten. Wo mir niemand irgendwelche Fragen stellen würde. Aber darauf hatte ich keine Lust. Ich wollte unter Freunden sein. Die Ereignisse des Tages waren zu verwickelt gewesen, um ihn in Einsamkeit zu beenden. Ich fuhr los und kutschierte im Schneckentempo durch die Nacht. Ich hatte Angst, einen Unfall zu bauen. Es gibt Tage, an denen das Bett der einzige Ort ist, an dem man sicher ist. Und ich hatte das Gefühl, solange ich nicht da drin lag, konnten jederzeit jede Menge Katastrophen über mich hereinbrechen. An jeder Kreuzung gab ich gut acht. Mein Fahrstil war der eines Anfängers, und er kam mir ziemlich symbolisch vor. Zu meiner Verwunderung fand ich schnell einen Parkplatz. Ich hatte schon befürchtet, wenn die Dinge weiter der Logik dieses Tages folgten, würde ich bestimmt stundenlang im

Kreis fahren. Als ich vor der Wohnungstür stand, hielt ich einen Moment inne. Ich hatte nicht einmal Bescheid gegeben, dass ich kommen würde. Was sollte ich überhaupt sagen? Vielleicht kam mein Besuch ungelegen?

Ich klopfte. Wenige Sekunden später öffnete Édouard die Tür. Er wirkte gar nicht überrascht. Man hätte meinen können, er habe da schon die ganze Zeit auf mich gewartet.

«Nanu, was machst du denn da?»

«Mir geht's heut nicht so gut.»

«Oje! Aber es ist doch hoffentlich nichts Schlimmes passiert?»

«Nein ... nichts Schlimmes ... außer dass ich meinen Job verloren hab ... Élise sich scheiden lassen will ... und mein Rücken immer noch höllisch wehtut ...»

« ... »

«Kann ich heute bei euch übernachten?»

14

Intensität der Schmerzen: 8
Gemütslage: unfähig, ein Adjektiv zu finden,
das meine Gemütslage treffend beschreiben könnte

15

Man konnte die Dinge nun nicht auf sich beruhen lassen, ich hatte zu viele Sensationen auf einmal verkündet. Sie wollten, dass ich erzählte. Wir setzten uns alle drei ins Wohnzimmer, und ich fragte mich, womit ich am besten beginnen sollte. Was war das Wichtigste? Die Liebe, die Arbeit oder die Gesundheit? Die drei großen Kategorien im Horoskop. Édouard, der meine Rückenprobleme von Anfang an mitbekommen hatte, machte sich Sorgen, weil mein Zustand sich nicht verbesserte. Ich war voll des Lobes für seinen Osteopathen (man kann Freunde genauso selten mit der Wahrheit konfrontieren wie irgendwelche andere Leute), vertrat jedoch die Ansicht, dass keine manuelle Anwendung der Welt, und sei sie auch noch so geschickt, mein Leiden beheben konnte. Nach dem neuesten Stand der Magnetfeldtherapie, stammelte ich, sei der nächste Gang der zum Psychoanalytiker. Sylvie hingegen interessierte sich überhaupt nicht für meinen Rücken. Sie wollte lieber wissen:

«Und was ist mit Élise? Was ist passiert?»

«Sie macht eine schwierige Phase durch … Der Tod ihres Vaters hat sie vollkommen aus dem Gleichgewicht gebracht …»

«Das kann ich schon verstehen … aber was hat das mit euch zu tun?»

«Sie stellt eben alles infrage. Ich glaube, das ist ganz normal. In ein paar Tagen hat sich das alles bestimmt wieder eingerenkt», sagte ich ohne die geringste Überzeugung. Aber mir war gar nicht so danach, allzu viel herum zu deuten. Morgen sieht die Welt schon wieder anders aus, heißt es immer. Nach dem Tag, den ich hinter mir hatte, ruhten darauf nun all meine Hoffnungen. Ich wollte nur noch die Augen vor diesem Tag verschließen. Es kam mir so vor, als hätte das Schicksal beschlossen, dass ich all die Prüfungen, die ich in meinen trägen Jahren versäumt hatte, nachholen müsste. Auf einmal musste all das geschehen, was ein nicht besonders aufregendes Leben lang nicht geschehen war. Der Wirbel der Ereignisse, dem ich schutzlos ausgeliefert war, schüttelte mich so heftig durch, dass ich zu keiner normalen Regung mehr imstande war. Was auch immer man mir jetzt noch verkünden mochte, ich würde ungerührt bleiben, die Erschütterungen, die ich nacheinander durchgemacht hatte, hatten meine Haut rau und fühllos gemacht. Ich wollte nur noch schlafen. Édouard und Sylvie begleiteten mich in mein Zimmer. Ich löste zwei Schmerztabletten auf und rührte auf Sylvies Initiative hin ein Schlafmittel mit ein. So schlief ich tief und fest, und das war gut so.

Mitten in der Nacht wachte ich auf. Es dauerte ein paar Sekunden, bis mir wieder einfiel, wo ich mich befand. Ich machte Licht und schaute mich im Zimmer um. Ein typisches Gästezimmer, diese seltsame Mischung aus Unpersönlichem und Gemütlichem. Der einzige Hinweis darauf, in wessen Haus man sich aufhielt, war: ein kleines Bücherregal, auf dem allerlei medizinische Fachbücher insbesondere zum Thema Zahnheilkunde standen. Ich wunderte mich, dass es dazu so viel Literatur gab. Das heißt, ich wunderte mich eigentlich weniger darüber, dass es sie gab, als darüber, dass jemand offensichtlich imstande war, sie auch noch zu lesen. Ich überlegte, ob ich aufstehen und eines dieser Bücher zur Hand nehmen sollte. Ich hatte Lust, mich mit irgendetwas zu beschäftigen, am besten mit etwas, das nichts mit meiner aktuellen Situation zu tun hatte. Letztlich entschied ich mich dafür, liegen zu bleiben, und gestand mir ein, dass ich Élise gegenüber zu nachgiebig gewesen war. Ich hatte ihrem Wunsch entsprechen und ihr ihren Seelenschmerz, von dem ich hoffte, dass er bald vorbeiging, zugestehen wollen, aber warum hatte ich mich gleich verdrückt, ohne ein Wort zu sagen? Vielleicht hätte ich mich lieber gegen ihren Willen auflehnen sollen? Ich hätte sagen können, dass eine Trennung oder Scheidung für mich nicht infrage kam, dass ich sie bedingungslos und unwiderruflich liebte. Wie viele Worte in mir schlummerten, die ich gar nicht benutzte, lauter Worte, mit denen man Zuneigung ausdrückte. Ich hatte mich auf den Respekt vor der Entscheidung des anderen berufen und ihren Beschluss akzeptiert. Aber allmählich merkte ich: Was ich respektvoll nannte, war eine wohlwollende Bezeichnung für feige. Ich hatte mich aus dem Staub gemacht, weil ich keinerlei Konfrontation ertrug. Ich wollte mit stummen zärtlichen Gesten umhegt werden. Élise sollte mich lieben und immer für mich da sein. In der Einsamkeit stellte ich mich der Wahrheit. Meine Kinder waren weit weg. Wie oft hatte ich sie in meine Arme schließen wollen, denn nur in den Armen der Kinder lassen sich alle Widrigkeiten vergessen. Wenn Schwierigkeiten auftreten, werden diese Umarmungen zur einzigen Bastion gegen die Wirklichkeit. Das waren meine leicht pathetischen Gedanken, in denen ich bei meinen Liebsten weilte, eine Flut der Gefühle, und die Nacht war noch lang.

Am frühen Morgen kam eine strahlende Sylvie herein und bestürmte mich mit Fragen: «Hast du gut geschlafen? Und was macht der Rücken, geht's besser? Magst du zum Frühstück lieber Kaffee oder Tee? Was machst du denn heute? Du musst mit Élise sprechen, nicht wahr? Hast du mich heute Nacht gehört, wie ich aufgestanden bin? Ich hab nämlich gemalt. Soll ich dir meine neuesten Bilder zeigen?» Und so weiter. Sie dachte wohl, im Gespräch mit Leuten, denen es schlecht geht, darf unter keinen Umständen ein Schweigen aufkommen. Sie dürfen ja keinen eigenständigen Gedanken fassen, sonst blasen sie Trübsal. Es gelang mir mehr oder minder, auf ihre Fragen einzugehen. Die schnelle Abfolge ihrer Fragen führte zu einigen Verschiebungen, so dass ich, glaube ich, auf die Frage, ob ich heute meine Frau treffen würde, antwortete: «Kaffee … mit ein bisschen Milch drin.»

Was mich fürs Erste doch angenehm überraschte, war: Mein Rücken tat gar nicht so weh. Die Schmerzen waren zwar immer noch da, aber in einem Maß, das mich zuversichtlich stimmte. Vielleicht war das diesem Bett zu verdanken. In dem Moment kam Édouard ins Zimmer:

«Das ist ein gutes Bett», lobte ich.

«Ah, das wundert mich nicht, das ist schwedische Spitzenqualität.»

«So was bräuchte ich vielleicht auch bei mir zu Hause.»

«Ja sowieso. Die Matratze ist aus gepressten Bambusfasern und beidseitig mit Molton beschichtet ...»

Er schwärmte noch ein wenig von seiner Matratze, sichtlich stolz. Édouard und Sylvie hatten keine Kinder, daher entfachten sie mitunter bei den belanglosesten Themen eine Leidenschaft, dass man meinen konnte, es handle sich um die Heldentaten ihres Jüngsten. Tags darauf sollte ich übrigens wieder mit starken Schmerzen aufwachen und begreifen, dass es die Wundermatratze auch nicht gab. Aber ich sagte nichts zu Édouard, um sein materielles Glück nicht zu schmälern. Es rührte mich, wie meine Freunde sich bemühten, mir zu helfen, eine schwierige Phase durchzustehen. Sie freuten sich, dass ich zu ihnen gekommen war, und ich hatte an diesem Morgen den Eindruck, es tat ihnen gut, sich für eine gemeinsame Sache zusammenzufinden. Mein Leid schweißte sie so eng zusammen wie selten zuvor. Fast war ich versucht zu denken, ein depressiver Freund ist das beste Mittel, um die ehelichen Bande zu stärken.

Ihr Verhalten verschleierte auch nicht ihre Besorgnis. Und dazu gab es ja allen Anlass. Ich hatte meine Lage geschildert, die sämtliche Züge eines kompletten Desasters trug. Aber ich empfand es gar nicht so. Ich hatte keine Panik und fühlte mich für die kommenden Tage gewappnet. Meine neue Selbstsicherheit hing bestimmt damit zusammen, dass

ich Gaillard in meinem kleinen Anfall ordentlich einge-
schenkt hatte. Das hatte mich von einer immensen Last befreit. Wie oft hatte ich mich – ohne es mir selbst einzugestehen – danach gesehnt, alles hinzuschmeißen. Endlich hatte
ich es getan. Wenn ich zu einem solchen Akt imstande war,
würde mich nichts mehr aufhalten können. Das war natürlich eine Illusion, der ich mich hingab.

16

Intensität der Schmerzen: 5
Gemütslage: annehmbar

17

Wenige Stunden später saß ich in den Räumlichkeiten von
Max-Bacon dem Psychoanalytiker gegenüber. Unser Gespräch war also der kündigungstechnische Prolog. Auf
einmal war ich eine befragungswürdige Person. Ich konnte
mir gut vorstellen, welch diebisches Vergnügen Psychopathen empfinden mussten, wenn sie so analysiert wurden.
Auf die Frage «Bereuen Sie Ihre gestrige Tat?» antwortete
ich wie aus der Pistole geschossen: «Nein.» Der vielleicht

40-jährige Mann blickte mich forschend an und konnte seine Verwunderung kaum verhehlen. Wahrscheinlich spielte man ihm ständig irgendwelche Reueszenen vor, in der Hoffnung, eine möglichst hohe Abfindung zu kassieren. In recht freundlichem Ton versuchte er zu verhindern, dass ich mich hier um Kopf und Kragen redete, und formulierte seine Frage anders:

«Würden Sie sagen, dass Sie gestern im Vollbesitz Ihrer geistigen Kräfte waren?»

«Ja.»

«Waren Sie zum Zeitpunkt der Tat voll zurechnungsfähig?»

«Mehr denn je.»

«Hören Sie, Monsieur, ich will Ihnen nichts vormachen. Sie scheinen bei Ihrem Arbeitgeber eine gewisse Wertschätzung zu genießen, und ich glaube, er möchte Ihnen gern mildernde Umstände zubilligen, damit Ihnen wenigstens noch ein paar Zahlungen zufließen, wenn Sie schon wegen schweren persönlichen Fehlverhaltens entlassen werden.»

«Nett von ihm.»

«Sind Sie vermögend?»

«Wie bitte?»

«Haben Sie keine Geldsorgen?»

«Doch, natürlich hab ich die.»

«Warum strengen Sie sich dann nicht ein bisschen an?»

«Ich strenge mich doch an! Ich versuche, auf Ihre Fragen wahrheitsgemäß zu antworten. Etwa auf die, wie es mir ging, nachdem ich den Kollegen so vermöbelt hatte.»

210

«Wie ging es Ihnen denn?»

«Ich fühlte mich erleichtert. Wie befreit. Und meine Rückenschmerzen waren weg, für ein paar Minuten zumindest.»

«Sie haben Rückenschmerzen?»

«Ja ... und da wir schon dabei sind, darüber wollte ich nämlich sprechen mit Ihnen. Glauben Sie, es wäre möglich, sich in einem anderen Rahmen zu treffen?»

Der Analytiker, durch den überraschenden Gesprächsverlauf leicht verwirrt, gab mir seine Visitenkarte. Wir vereinbarten einen Termin für den nächsten Tag. Meine Art schien ihn zu irritieren, wo ich doch nur aufrichtig und offen war. Da ich schon einmal im Büro war, beschloss ich, bei meinem Chef vorbeizuschauen (Gaillard war mehrere Wochen krankgeschrieben, die Gefahr, ihm über den Weg zu laufen, bestand also nicht). Seine Sekretärin ließ mich anstandslos durch, sie sagte keinen Ton und wirkte etwas erschrocken, als hätte sie es mit einer blutrünstigen Bestie zu tun. Bei meinem Eintreten hob Audibert den Kopf. Ich sagte:

«Entschuldigen Sie, dass ich störe.»

« ... Aber ich ... bitte Sie.»

«Wenn Sie erlauben, wollte ich noch zwei Dinge sagen.»

«Ich höre ...»

«Als Erstes wollte ich mich bei Ihnen entschuldigen. Es tut mir leid, dass ich mich in Ihrem Betrieb so aufgeführt habe. Sie wissen gar nicht, wie groß mein Respekt vor Ihnen ist, und ich bereue mein schlechtes Benehmen ... aber ich konnte einfach nicht anders.»

«Und das Zweite?»

«Vielen Dank dafür, dass Sie die Sache so einfädeln wollen, dass ich doch eine Abfindung bekomme. Ihr Entgegenkommen kann mich unmöglich völlig kalt lassen.»

«Ich bitte Sie. Wissen Sie, mir geht es prinzipiell schon in erster Linie ums Geld scheffeln, aber mir bleibt auch nicht verborgen, was hier im Betrieb abgeht. Dazu hätten Sie sich niemals hinreißen lassen dürfen. Wir hätten über die Sache reden müssen. Aber nun gut, was geschehen ist, ist geschehen, ich muss Sie entlassen.»

«Ja, natürlich …»

«Gestern Abend hat man mir einen anonymen Brief unter der Tür durchgeschoben, in dem es darum ging, was für ein falscher Fuffziger dieser Gaillard ist. Also sozusagen eine Aussage zu Ihren Gunsten. Ich frage Sie mal ganz direkt: Hat er Sie gemobbt?»

«…»

«Wollen Sie gar nichts dazu sagen? Wissen Sie, ich kenne Sie schon lange. Ich weiß, Sie sind hundertprozentig gewaltfrei, sogar ein bisschen … na ja … also Sie können schon mit mir reden …»

«Das ist jetzt schon vorbei. Schicken Sie mir ruhig das Kündigungsschreiben.»

«Okay …»

Ich wandte mich der Tür zu, aber dann fiel mir noch etwas ein, und ich ergriff noch einmal das Wort:

«Dürfte ich Sie noch um eine Kleinigkeit bitten?»

«Zwei Sachen wollten Sie sagen.»

«Dann eben noch eine dritte.»

«Gut, ich höre.»

«Ich hab zuletzt an so einer Parkplatz-Akte gearbeitet
… also im Val-d'Oise soll ein kleiner Parkplatz gebaut werden.»

«Das sagt mir gar nichts …»

«Das ist normal, es ist auch noch nichts unterschrie-
ben. Es handelt sich da um ein für uns vollkommen bedeu-
tungsloses Projekt. Aber ich fänd's schön, wenn Sie sich der
Sache annehmen würden. Sie können einfach irgendwen
hinschicken, das sind zwei Tage Arbeit. Das wäre meine
letzte Bitte.»

«Na gut … mal sehen … ich glaube, bei Ihnen sind
doch ein paar Sicherungen durchgebrannt», entgegnete er
lächelnd. Welch seltsames Karriereende. In den zehn Jahren
davor hatte ich nie so viel mit ihm geredet. Hätte ein solches
Gespräch früher stattgefunden, wäre die Geschichte bestimmt anders ausgegangen, dachte ich mir. Man müsste
sein Leben auf den Kopf stellen, um das Gleichgewicht
nicht zu verlieren.

Ein paar Tage nach diesem Gespräch überredete Audibert
Gaillard, mich nicht anzuzeigen. Er tat so, als würde er ihn
um einen Gefallen bitten, als ginge es darum, die Affäre
nicht weiter aufzubauschen und einen Image-Schaden vom
Betrieb abzuwenden. Gaillard merkte gar nicht, dass das
eine versteckte Art war, ihn zu diskreditieren und ihm verstehen zu geben, dass er sich die Tracht Prügel wohl verdient hatte. Dass er es im Prinzip verdient hatte, fanden übrigens auch die meisten Kollegen. Er versuchte, sich selbst

als Opfer eines gewalttätigen Übergriffs zu inszenieren, aber es wussten ja alle, wie friedfertig ich zehn Jahre lang gewesen war. «Wo es raucht, da ist auch Feuer», sagt ein französisches Sprichwort. Und so bezichtigte man ihn, meinen Zornesausbruch heraufbeschworen zu haben. Seine Geschäftspraktiken wurden mehr und mehr infrage gestellt, und seine Karriere geriet ins Stocken. Diese nachträgliche Gerechtigkeit, die ihm widerfuhr, hätte mir Genugtuung sein können, aber das war es nicht. Mich interessierte der Typ nicht mehr.

18

Intensität der Schmerzen: 3
Gemütslage: befreit

19

Ich wusste nicht, ob ich die Abfindung bekommen würde, wie ich den Kredit zurückzahlen und wie ich überhaupt die nächsten Monate überstehen sollte, aber ich hatte auch keine Lust, mich beim Arbeitsamt in die Schlange zu stellen, nein, ich wollte gerade eigentlich gar nichts tun, außer das Leben zu genießen. Der Nachmittag hatte eben erst begonnen, aber es kam mir vor, als läge ein ganzes Jahrhundert vor mir. Die Zeit streckte sich wie eine Katze beim Aufwachen. Da ich meine Arbeit los war, konnte ich ja jetzt meine Probleme in Angriff nehmen. Ich hoffte auch, dass mein Rücken von dieser Entlastung profitieren würde. Ich schrieb eine SMS an meine Frau, und sie schrieb umgehend zurück. Komisches Gefühl, ihr eine SMS zu schreiben und dabei auf einmal seine Worte so vorsichtig abzuwägen. Wir verabredeten uns für den Abend in einem Restaurant. Was würden wir einander sagen? Würden wir uns über die Vergangenheit oder über die Zukunft unterhalten? Ich hatte keine Ahnung. Wir standen an dem berühmt-berüchtigten Scheideweg, von dem viele Wege abzweigten. Nach diesem Abend würde sich zeigen, ob wir uns nie mehr wiedersehen oder nie mehr auseinandergehen wollten. Alles war möglich. Im Grunde waren wir uns wohl nicht so sicher, was wir wollten. Wir befanden uns in einem Lebensabschnitt zwischen den Lebensabschnitten, wo es schwierig zu sagen war, ob wir jung oder alt, glücklich oder unglücklich waren, das würde sich alles bei diesem Essen herausstellen. Oder wenigstens was mich betraf, so würde sich das herausstellen.

Ich fuhr wieder zu Édouard und Sylvie. Sylvie arbeitete in einem großen Zimmer, das ihr Atelier war. Édouard liebte und bewunderte seine Frau, also setzte er alles daran, ihr die bestmöglichen Arbeitsbedingungen zu verschaffen. Man konnte ihn auch ihren Mäzen nennen. Ich fragte Sylvie, ob es sie nicht störte, wenn ich ihr zuschaute. Ich wollte ihr auf gar keinen Fall lästig sein.

«Oh nein, ganz im Gegenteil. Ich find's schön, wenn du mir zuschaust …»

«Ah …», gab ich zurück, ich glaube, ich roch den Braten schon.

Wie alle Künstler, die selten ausstellen, fand Sylvie es ganz toll, wenn ihr jemand über die Schulter blickte. Sie freute sich, dass ich da war, das gab ihr nämlich Gelegenheit, alles, was sie in den vergangenen Monaten gemalt hatte und ich ja noch nicht kannte, noch einmal durchzugehen. Am Anfang, als ich sie kennenlernte, war ich ganz fasziniert von ihr gewesen. Ich war sogar in sie verliebt gewesen, ich sagte es schon. Sie stellte für mich das Aufregendste dar, das man nur darstellen kann: eine künstlerische Autorität. Die Zeit, in der wir von Galerie zu Galerie gezogen waren, lag weit zurück, aber wir konnten immer noch mit jung gebliebener Begeisterung von ihr reden. Es gibt Erinnerungen, bei denen eben keine Verschleißerscheinungen auftreten. Wir standen uns immer noch sehr nah, doch was uns voneinander entfremdete, das waren die Kinder. So war unsere Freundschaft mit der Zeit ein bisschen auseinandergefallen. Ich sah das gar nicht unbedingt negativ. Wenn wir auch nicht die Gleichen geblieben waren, verband uns doch immer noch die Vergangenheit.

Ich erzählte ihr von meinem Gespräch mit Audibert und dem vorläufigen Ende meiner beruflichen Laufbahn. Sie wirkte alarmiert:

«Was wirst du denn jetzt machen?»

«Keine Ahnung.»

«Du solltest wieder anfangen zu schreiben.»

«Was?»

«Schreiben. Erinnerst du dich, du hast mal geschrieben?»

«Ja … ja … aber mich wundert, dass du dich daran erinnerst. Du hast mir nämlich damals geraten, es bleiben zu lassen …»

«Nein, ich wollte dich bloß vor den Problemen bewahren, die das Schriftstellerdasein mit sich bringt. Das hast du falsch verstanden.»

« … »

«Es war auch gar nicht nötig, groß auf dich einzuwirken, damit du mit dem Schreiben aufhörst. Der Gedanke ans Schriftstellerleben hat dir totale Angst eingeflößt.»

«Warum sagst du mir das alles, jetzt?»

«Um dich daran zu erinnern, wer du einmal warst. Ein geistreicher junger Mann, den ich vergöttert habe.»

«Oh … ja, ich habe dich auch vergöttert …»

«Ich weiß! Jetzt haben wir aber genug von dir geredet … kommen wir zu den wichtigen Dingen des Lebens! Ich präsentiere dir meine Bilder!»

Sylvie beherrschte perfekt diesen Unterton, der etwas Wesentliches verschleierte: Sie liebte es, im Mittelpunkt zu stehen. Ich fand immer, es gehörte eine gewaltige Portion Egoismus dazu, im unerschütterlichen Glauben an das eigene Talent jahrelang so vor sich hin zu malen. Sie zeigte mir ihre neuesten Arbeiten und gab sich so von sich selbst überzeugt, dass die Grenze zum Realitätsverlust verschwamm. Wenn man ihr zuhörte, hätte man meinen können, da spricht eine Künstlerin, die überlegt, welche Bilder sie demnächst im Centre Pompidou ausstellen soll. Dass wir uns hier in ihrer Wohnung befanden und sie sich von ihrem Mann aushalten ließ, konnte sie komplett ausblenden. Sie lebte in einer Märchenwelt und stand mit dem Unaussprechlichen im Bunde. Nie war sie dem Urteil einer Öffentlichkeit ausgesetzt gewesen. Sie kannte diese Gefahr gar nicht. Sie spazierte wie in einem von der Außenwelt abgeschotteten Zoo zwischen ihren Bildern umher. Seit zwanzig Jahren sagten ihr alle, dass sie außergewöhnliches Talent habe. Aber wer sagte das? Ihr Mann, ihre Freunde, die Familie, die Nachbarn. Alle fünf Jahre veranstaltete sie eine Ausstellung in einer ehrenwerten Pariser Galerie. Wenn man dann die Einladung und ihre Kurzbiografie las, hätte man meinen können, Sylvie habe die Aquarellmalerei revolutioniert. Jeff Koons sei stark von ihr beeinflusst. Bei diesen Ausstellungen kauften wir, manipuliert von der fanatischen Lobbyarbeit ihres Mannes, ihre Bilder (bei mir zu Hause musste ein gutes Dutzend davon herumstehen). Man könnte auch sagen, Édouard zwang uns dazu. Er schreckte vor keiner Foltermethode zurück. Wer mit offenem Mund auf einem Zahnarztstuhl liegt, ist mitunter leicht dahin zu bringen, ein Bild zu kaufen: Man braucht nur ein wenig mit dem Bohrer zu drohen. Folglich wurde Sylvie bei den Vernissagen mit Komplimenten überschüttet, nie hätte es jemand gewagt, auch nur den leisesten Misston anzustimmen, ein Fünkchen Wahrheit auszusprechen, und Sylvie durfte sich in der mollig weichen Gewissheit ihres Genies bestärkt fühlen.

Warum ging ich so hart mit ihr ins Gericht? Ich mochte ihre Zeichnungen nicht, sie waren wirklich erstaunlich hässlich, aber es stand mir nicht zu, ihren Lebensstil zu kritisieren. Sie stolzierte zwischen ihren Bildern umher, und auch wenn sie mich mit ihren Kommentaren auslaugte, blieb sie doch goldig in ihrer Zuversicht. Ich sollte lieber von ihrem hoffnungsfrohen Wesen schwärmen, anstatt sie so anzugreifen. Wer war ich denn, dass ich so abfällig über sie urteilte, ausgerechnet ich, der das Leben eines Bücklings führte? Ich hatte meine Schriftstellerträume ja kläglich begraben. Aus Charakterschwäche eigentlich, oder weil ich mir der eigenen Erbärmlichkeit bewusst war? Das Einzige, was uns unterschied, war vorhandenes beziehungsweise nicht vorhandenes Schamgefühl. Ich hätte niemals jemandem meine Arbeiten zeigen können, und noch weniger hätte ich es gewagt, die Leute damit zu belästigen, sie in eine Galerie einzuladen, mich vor sie hinzustellen und darauf zu warten, dass sie ihre Meinung bekundeten. Nie hatte ich jemandem auch nur eine Zeile zu lesen gegeben. Ich war einfach unfähig, dem Urteil der anderen standzuhalten. Ich hatte Angst, sie könnten sagen, dass das, was ich schrieb, schlecht ist. Aber was hatte ich schon geschrieben? Schwülstige Bruchstücke eines Romans und ein paar Notizen dazu. Wenn ich wieder damit anfangen würde, bestand die Gefahr, dass ich ihn wieder nicht zu Ende bringen würde. Ich musste einkalkulieren, dass ich möglicherweise in eine Sackgasse lief. Aber die Welt der Bücher war mir abgegangen. Das sah ich klar wie nie zuvor. Ich fragte mich, wie ich so ganz ohne meine große Leidenschaft hatte leben können. Ich hatte dem Wichtigsten abgeschworen, mich total von meiner Quelle entfernt. Das war der Grund meiner inneren Ausgedörrtheit, da war ich mir sicher. Meiner inneren Ausgedörrtheit und meiner Schmerzen. Ich musste ein paar Dinge zurechtrücken, dann würde es mir auch wieder besser gehen. Das wahre Leben wartete auf mich, schon seit zwanzig Jahren.

Nach einer Stunde, in der meine Gedanken oft abgeschweift waren, kamen wir zu Sylvies neuestem Werk. Ich konnte nicht erkennen, worin es sich von den anderen abhob, aber sie meinte, dieses Bild markiere einen *echten Wendepunkt* in ihrer Arbeit. Ich war gern bereit, ihr alles abzunehmen, vor allem, um die Führung ein bisschen abzukürzen. Sie schien so glücklich, ihre Tatkraft brachte mich zum Schmunzeln. Schließlich baute sie sich vor mir auf und fragte mich, nachdem sie noch einmal tief Luft geholt hatte:

«Und? Was hältst du davon?»

«Wovon?»

«Na, von all den Bildern … die ich dir gezeigt habe.»

«Was ich davon halte?»

«Ja, was du davon hältst.»

«Soll ich es dir wirklich sagen? Ganz im Ernst?»

«Ja … ganz im Ernst …»

«Also gut, ganz im Ernst … sie sind klasse …»

«Echt?»

«Ja, echt. Sie sind wirklich überwältigend.»

20

Intensität der Schmerzen: 2
Gemütslage: verwirrt

21

Mir kam dieses Essen mit Élise fast wie ein erstes Rendezvous vor. Ihre Gesten, die ich in- und auswendig zu kennen
geglaubt hatte, hatten mich mit einem Mal befremdet. Irgendwo hatte ich einmal die Geschichte eines Liebespaars
gelesen, das nach Jahren des Zusammenlebens eines Tages
aufwacht und sich gar nicht mehr wiedererkennt. Die Sinn-
bildlichkeit der Szene liegt auf der Hand: Die Mühlen des
Alltags brauchen nur ein Weilchen zu mahlen, schon nimmt
man den anderen nicht mehr wahr. Meine Frau und ich waren zu Liebesautomaten verkommen. Ich fürchtete, unser
Gespräch könnte fatale Folgen haben. Und ich musste zugeben: Mir war auch gar nicht so klar, was ich überhaupt
wollte. Ich bildete mir ein, dass ich sie liebte, dennoch war
ich imstande gewesen, an meine Russlandreise zu denken,
als sie mir die schlimme Nachricht vom Tod ihres Vaters
verkündet hatte. Und ich hatte auch nicht augenblicklich

um sie kämpfen wollen, als sie das Wort «Scheidung» aussprach. Als ich an jenem Abend wieder zu Édouard und Sylvie fuhr, konnte ich mir sogar ein Leben ohne sie vorstellen. Der Gedanke daran erschreckte mich nicht. Zwei Minuten später änderte ich natürlich meine Meinung, wie das in Herzensangelegenheiten so gang und gäbe ist. Élise und ich waren wie füreinander geschaffen, dessen war ich mir sicher. Eine Trennung kam nicht infrage. Und schon gar nicht in so einer abscheulichen Pizzeria, wo sie schon seit zehn Minuten auf mich wartete, als ich eintraf.

Sie sah umwerfend schön aus. Ich weiß nicht warum, aber ich dachte: «Vielleicht hat sie ja einen Liebhaber.» In dem Stadium, in dem wir uns befanden, war alles denkbar. Ich setzte mich, schaute sie immer noch an, und ja, ihre Schönheit verwirrte mich ein wenig. Sie packte mich am Schlafittchen. Mein Verstand sagte mir: Es liegt daran, dass du sie mit anderen Augen ansiehst. Man muss geliebte Menschen erst verlieren, um sie mit solchen Augen ansehen zu können. Sie schenkte mir ein Lächeln, dem ich mit einem Lächeln begegnete, und irgendwie schien alles beim Alten geblieben zu sein zwischen uns. Von einer wesentlichen Kleinigkeit abgesehen: Ich hatte sie zur Begrüßung gar nicht geküsst, denn ich wusste nicht recht, wohin mit meinem Kuss. Der Gedanke, sie könnte den Kopf abwenden, wenn ich versuchen würde, sie auf den Mund zu küssen, war mir unerträglich. Die Wange kam nicht infrage. Ich würde mich doch nicht zur Wange meiner eigenen Frau herablassen. Die Wange war für mich ein etwas unbeschriebenes Blatt, die war eigentlich den anderen vorbehalten, aber womöglich auch bald mir. Ich würde mit all den anderen in einen Topf geworfen werden, und dann gehörte ich zum Kreis jener, die meine Frau auf die Wange küssten.

Anfangs rangen wir um Worte, redeten belangloses Zeug und wichen den Hürden der Unterhaltung aus. Doch die Vorräte an Oberflächlichkeit waren bald aufgezehrt. Ich hätte meine Kündigung ins Spiel bringen können, das wäre ein gutes Ablenkungsmanöver gewesen. Aber ich wollte zuerst über uns reden, wollte hören, was sie nun vorhatte. Sie sagte es mir:

«Ich werde mir einen Anwalt* nehmen.»

« … »

Ich weiß, es klingt absurd, aber es ist wahr: Ich dachte erst, sie redet von der Speisekarte. Ich glaubte, sie habe sich entschieden, sich eine Avocado zum Hors d'oeuvre zu genehmigen. Ich überflog die aufgelisteten Vorspeisen, und plötzlich ging mir der Sinn ihrer Worte auf:

«Einen Anwalt?»

«Ja. Ich will das alles sauber geregelt haben. Du musst dir auch einen nehmen. Oder wenn wir uns in allen Punkten einig sind, können wir auch denselben nehmen.»

« … »

War das noch meine Frau, die so redete? Wie hatte dieses praxisorientierte Ungeheuer in ihren Körper schlüpfen

---

*   Anmerkung des Übersetzers: Das französische Wort für Anwalt (avocat) hat noch eine weitere Bedeutung: Avocado.

können? Als sie das Wort «Scheidung» in den Mund genommen hatte, hatte ich geglaubt, sie meinte eine Trennung. Und zwar: eine vorübergehende Trennung. Ich fand, wenn man sich trennte, musste man schrittweise vorgehen, sich allmählich an den Gedanken, dass man nun doch nicht das ganze Leben zusammen verbringen würde, gewöhnen. Die stufenweise Lösung erschien mir die schmerzloseste. Doch sie wollte einen klaren Schnitt machen, unser Leben mit einem Schlag entzweiteilen. Sie dachte wohl, das tat weniger weh. Unsere Trennungsstrategien waren nicht miteinander vereinbar. Es gibt ja auch zwei Methoden, ein Pflaster abzureißen: mit einem Ruck oder langsam abziehen. Frauen bevorzugen meist die erste Vorgehensweise. In den praktischen Dingen sind sie den Männern immer um eine Nasenlänge voraus.

«Findest du nicht, dass das alles ein bisschen schnell geht?»

«Doch, aber ich will ja, dass es schnell geht.»

«Aber du bist in einer besonderen Situation ...»

«Nein ... das heißt ja ... natürlich ... der Tod meines Vaters mag dabei irgendwie eine Rolle spielen ... aber es ist einfach so ein Gefühl, das ich schon seit Längerem habe ... und du hast es auch ... tu nicht so ...»

«Aber wir sind doch kein unglückliches Paar ...»

«Wir sind aber auch kein glückliches. Wir mögen uns, wir haben viel gemeinsam ... aber zwischen uns läuft alles so mechanisch ab ...»

«Na und? Das kann sich ja ändern ...»

«Ja, vielleicht könnte sich das ändern. Aber ich hab gar

keine Lust, was zu ändern. Und du auch nicht. Ich glaube, die Phase, in der sich beide noch mal Mühe geben, haben wir schon hinter uns …»

«Vor Kurzem … warst du noch so liebevoll …»

«Ja, ich glaube, vor ein paar Tagen hab ich dich noch geliebt … in dem Moment, wo ich es für mich ausgesprochen habe, war die Liebe vorbei … aber eigentlich ist unsere Geschichte schon vor längerer Zeit zu Ende gegangen …»

« … »

«Du bist doch auch nicht glücklich. Das sind vielleicht harte Worte, aber ich kenn dich doch in- und auswendig … du bist einfach nicht ausgefüllt, das merkt man dir an. Und seitdem die Kinder nicht mehr da sind, ist alles noch viel schlimmer geworden.»

« … »

Élise redete immer weiter. Wenn man sie so anhörte, konnte man den Eindruck gewinnen, sie habe ihren Monolog monatelang vorbereitet. Sie redete über uns, und an manchen Stellen klang es wie in einem Roman. «Die Ehe funktioniert nur innerhalb einer Familie», genau das hat sie gesagt, oder etwas in der Art. Wir fanden keine gemeinsame Grundlage mehr. Ich vertrat die Ansicht, dass wir bloß ein wenig abzuwarten brauchten. Das Glück lag noch vor uns, dachte ich, aber ich war mir meiner Sache alles andere als sicher. Vielleicht hatte Élise ja recht? Ich liebte sie, aber auf eine etwas schlaffe Weise. Diese Liebe war irgendwie leblos, genauso wie meine Reaktion auf das, was sie sagte. Ich hätte in Tränen ausbrechen, meine Verzweiflung ausdrücken können, aber nichts dergleichen. Es ging mir zwar schlecht, aber es war auch nicht tragisch. Und was mich traurig stimmte, war paradoxerweise genau das: Dass ich in dem Augenblick keinen heftigeren Schmerz spürte.

Wir brachten keinen Bissen hinunter. Das Essen blieb unberührt. Die Bedienung hatte offensichtlich romantische Vorstellungen, denn sie meinte: «Sie müssen wirklich sehr verliebt sein.» Auf diese Bemerkung hin brachen wir in lautes Gelächter aus. Mit etwas Abstand denke ich, dass sie gar nicht so falsch lag. Die ersten Momente einer Liebe und die Trennung bringen einen in ähnliche Lagen: Man sitzt da, schaut sich an und kann nichts essen. Nachdem wir einige Minuten geschwiegen hatten, kam ich noch einmal auf das Glück zu sprechen. «Aber wir sind doch kein unglückliches Paar», hatte ich gesagt, und sie hatte geantwortet: «Wir sind aber auch kein glückliches.» Ich weiß nicht, warum ich mich so auf diesen Punkt fixierte. Er schien mir der springende zu sein. Ich wäre wahrscheinlich nicht auf den Gedanken gekommen, fehlendes Glück zu bemängeln, wenn ich überhaupt nicht unglücklich war. Vielleicht riss mein Körper nun das Gespräch an sich, da mein Geist so träge war. Als mein Rücken sich zu Wort gemeldet hatte, hatte er ja die Meinung vertreten, dass mein Glück einen etwas traurigen Anstrich hätte. Was Élise betraf, so brodelte anscheinend ein gewisser Lebenshunger in ihr, den der Tod ihres Vaters entfacht hatte.

«Wie traurig», sagte ich.

«Ja, es ist traurig.»

«Ich muss dir was sagen …»

«Was?»

«Ich meine, es ist wichtig, dass wir da jetzt darüber reden.»

«Sag schon.»

«Ich hab meinen Job verloren. Das heißt, wir müssen drüber reden … Das wird jetzt vielleicht ein bisschen kritisch mit dem Haus …»

«Ach ja, ich muss dir auch was sagen. Als mein Vater letztes Jahr so krank war, hat er mir einen Scheck gegeben …»

«…»

«Den ich nie eingelöst hab. Aber mit dem Geld können wir den Kredit zurückzahlen. Und ich kann dir auch ein bisschen unter die Arme greifen, wenn du was brauchst. Mach dir keine Sorgen …»

«…»

Ich wunderte mich, dass Élise mir gar keine weiteren Fragen stellte, wie es kam, dass ich keinen Job mehr hatte. Vielleicht war es auch einfach nicht der richtige Moment. Noch ein Problem. Aber seltsam, wie sich ein anderes in Luft auflöste. Ihr Vater würde für unsere Schulden aufkommen. In gewissem Sinne kaufte er mit seinem Geld seine Tochter von mir frei. Aber ich wollte die Dinge nicht unnötig verkomplizieren. Ich musste die Situation so akzeptieren, wie sie war. Ich hätte darauf bestehen können, weiterhin meine halben Monatsraten abzubezahlen, aber andererseits war ja sie diejenige, die in dem Haus wohnen würde. Und außerdem mussten wir jetzt noch ein anderes, ungleich wichtigeres Thema anschneiden:

«Und die Kinder?»

«Alice und Paul sind schon groß. Sie werden das schon verstehen. Das Wichtigste für sie ist, dass es ihren Eltern gut geht.»

«Und geht's uns gut?»

«Ich weiß nicht, aber wir werden uns anstrengen, dass es uns besser geht», sagte sie leise.

« … »

« … »

«Ja …»

«Und dein Rücken, wie geht's ihm?»

«Besser, danke.»

«Das hab ich mir schon gedacht. Dein Kreuz war ich. Die Trennung wird den Knoten in dir zum Platzen bringen.»

«Sag so was nicht.»

«War nur Spaß. Können wir noch zusammen lachen?»

Ja, wir konnten. Und wir konnten auch noch zärtlich miteinander umgehen. Nachdem wir das Lokal verlassen hatten, hielten wir uns lange in den Armen. Das tat gut, und das tat auch weh. Schließlich ging Élise davon. Ich blieb stehen und schaute ihr nach, bis sie nur noch ein kleiner Punkt in der Nacht war. Ich hatte ein etwas flaues Gefühl im Magen. Innerhalb eines Tages hatte sich der Wind komplett gedreht. Ich hatte keine Frau mehr, ich war meinen Job los, aber ich hatte immer noch Rückenschmerzen.

DRITTER TEIL

1

Als ich wieder aufwachte, blickte ich mit Entsetzen auf mein neues Leben. Ich fragte mich, warum das Gespräch mit Élise so ruhig und leidenschaftslos verlaufen war. Jemand musste diskret unsere Gefühle eingeschläfert haben. Die Zukunft spielte in von Ungewissheiten und Unwägbarkeiten durchdrungenen Sphären. Meine Rückenschmerzen, so schien es mir im Nachhinein, hatten bestimmt ihren Teil zu meinem phlegmatischen Gebaren beigetragen. Wenn der Körper ununterbrochen Schmerzsignale sendet, kann man kein normales Verhalten an den Tag legen. Dem Rat der Magnetfeldtherapeutin folgend, hatte ich heute einen Termin bei einem Psychoanalytiker, bei dem Psychoanalytiker, der mich bereits in meiner Eigenschaft als prügelnder Angestellter kennengelernt hatte. Ich wusste nicht, ob es übermäßig sinnvoll war, sich der Analyse ausgerechnet bei jemandem zu unterziehen, der sich schon ein solches Bild von mir geformt hatte. Aber gut, ich wollte das Beste hoffen. Vielleicht lag das Rezept, das ich so dringend benötigte, ja auf dem Grund meiner Seele. Und wenn es dort lag, war es hoffentlich auf Französisch.

Er begrüßte mich mit einem breiten Lächeln, als ich das Sprechzimmer betrat. Dass ich Gaillard so übel mitgespielt hatte, schien ihn nicht weiter zu beeinträchtigen. Er sah darin wohl weniger den Ausbruch von blindem Hass als eine durchaus menschliche Reaktion auf eine Situation, die zunehmend unerträglich geworden war.*

«Es hat mich ein bisschen überrascht, dass Sie einen Termin bei mir haben wollten», begann er.

«Tatsächlich?»

«Ja. Normalerweise schreien Leute, die zu mir geschickt werden, weil sie entlassen werden, nicht unbedingt Zugabe.»

«So hab ich das nicht gesehen. Man hat mir geraten, zur Psychoanalyse zu gehen, und in dem Augenblick sind Sie in mein Leben getreten.»

«Wer hat Ihnen das geraten?»

«Eine Magnetfeldtherapeutin.»

«Aha … und wieso?»

«Weil ich Rückenprobleme habe.»

«…»

«…»

«Vielleicht legen Sie sich am besten mal hin», verkündete er feierlich und bemühte sich, seine Verwunderung im Zaum zu halten. Ich kam seiner Aufforderung nach. Entgegen meinen Erwartungen erfüllte mich die Situation nicht mit Angst und Schrecken. Ich war sogar ein wenig aufgeregt. Das Ganze amüsierte mich. Nein, das ist nicht das richtige Wort. Sagen wir lieber, es gefiel mir. Sich das erste Mal

---

* Man denke nur an Zinedine Zidane im Finale der Fußballweltmeisterschaft 2006.

vor einem Psychoanalytiker auszubreiten, ist immer ein
schönes Gefühl. Man genießt es fast, Probleme zu haben.
Kompliziert wird es erst später, wenn man in den eigenen
Neurosen versinkt. Er zog eine Schublade auf, und als ich
mich umdrehte, sah ich, wie er einen Notizblock heraus-
nahm. Eine bedeutsame Geste, wie ich fand. Er hätte seinen
Notizblock genauso gut immer auf dem Schreibtisch liegen
lassen können, aber nein, es gab dieses Ritual, die Schublade zu öffnen, das wohl die Tür zum Unterbewusstsein auf-
stoßen sollte. Wahrscheinlich dachte ich zu viel nach, aber
ich konnte nicht aufhören, das Arrangement in Augenschein
zu nehmen, das dazu vorgesehen war, mir neue Erkenntnisse über mich selbst zu liefern. Jedes Detail hatte sein Ge-
wicht. Ich hatte zum Beispiel irgendwo gelesen, dass Freud
die Barzahlung befürwortete, weil er wollte, dass sich der
Akt der Geldübergabe im Bewusstsein des Patienten veran-
kerte. Deshalb hatte ich lauter kleine Scheine dabei, ich
dachte, je mehr Scheine, desto größer der Behandlungser-
folg. Es konnte losgehen, ich hatte eine bequeme Position
gefunden. Ausnahmsweise tat mein Rücken gar nicht weh.
Vielleicht hatte sich die Magnetfeldtherapeutin meine The-
rapie ja auch so vorgestellt: Nicht die Psychoanalyse sollte
mich heilen, sondern das Liegen auf dem ultra-komfortab-
len Diwan.

Ich würde mit ihm sprechen, aber ich könnte ihn dabei nicht
sehen. Ich fragte mich, warum das bei der Psychoanalyse so
wichtig war, dass keine Blicke gewechselt wurden. Blicke
standen beim Ablegen der Beichte sicherlich im Wege. Das

sahen auch die Katholiken so. Man lässt sich nicht so gehen, wenn einen jemand anschaut. Der Vorteil für ihn war, dass er nebenbei noch andere Sachen machen konnte: Schlafen, ein paar SMS schreiben, was weiß ich? Ich hatte keine Ahnung, ob er ein guter und qualifizierter Fachmann war. Diese Unternehmenspsychologen hatten ja nicht unbedingt den besten Ruf. Jacques Lacan analysierte bestimmt nicht das Schuldmaß von Angestellten, die entlassen wurden.

«Worüber wollen Sie reden?», fragte er.

«Keine Ahnung. Das müssen Sie mir schon sagen.»

«Nein. Sie müssen es sagen. Warum sind Sie hier?»

«Wegen meinem Rücken. Er tut weh. Ich halt es kaum noch aus.»

«Ich verstehe. Er tut also weh … Ihr Rücken.»

Darauf fiel mir nun keine Antwort ein, seine Schlagfertigkeit hatte mich niedergestreckt. Glücklicherweise fuhr er fort:

«Seit wann haben Sie diese Schmerzen?»

«Seit ungefähr zehn Tagen.»

«Und kommt das bei Ihnen häufig vor?»

«Nein, das ist das erste Mal.»

«Was war der auslösende Faktor?»

«Es gibt keinen. Das hat man mich schon öfter gefragt. Und ich hab lange überlegt. Aber es gibt keinen. Das ist eben einfach so passiert, ohne ersichtlichen Grund.»

«Das wird sich zeigen. Es muss einen Grund geben. Ich hatte schon öfter mit körperlichen Symptomen zu tun. Die meisten haben eine psychische Ursache …»

«…»

«Wir können ja schon mal eine Liste der Dinge erstellen, die Sie belasten.»

«Dinge, die mich belasten? ... Ich weiß nicht genau, was Sie meinen ...»

«Hören Sie ... Sie haben einen Ihrer Arbeitskollegen krankenhausreif geschlagen, dabei sagen alle, dass Sie an sich die Ruhe in Person sind ... nun erzählen Sie mir nicht, dass es nichts gibt, was Sie belastet ...»

«...»

«Denken Sie ganz ruhig über alles nach. Das ist der einzige Weg, den Knoten zu lösen ...»

«...»

«Das ist nämlich Ihr Problem: Sie müssen den Knoten lösen.»

«Nein, ich hab wirklich keine Ahnung ... obwohl ... ja, stimmt ... in der Arbeit hat es ein paar Probleme gegeben ... das hing mit diesem Kerl zusammen ... aber was heißt da Kerl ... er ist ein Tyrann ... ein Perverser ... eine Bestie ... ich hab mir schon vorgestellt, wie seine Kindheit ausgesehen haben muss ... ich meine ... man wird ja nicht einfach so zum Schweinehund ... also zu einem richtigen Schweinehund ... ich hab monatelang an einem Projekt gesessen ... und er hat ein total falsches Spiel mit mir getrieben ... das Letzte, so was hab ich noch nie erlebt ... ich hatte eigentlich immer ein recht herzliches Verhältnis zu meinen Kollegen ... mit manchen bin ich sogar ein bisschen befreundet ... nicht besonders eng ... aber es war immer eine ganz nette Stimmung ... bis dieser Schweinehund kam ... also, seitdem er da arbeitet ... aber er ist eigentlich nicht mal eine Erwähnung wert ... und da gibt es auch keinen Knoten, den man lösen müsste ... ich hab den Knoten nämlich gelöst, indem ich ihm in die Fresse geschlagen habe ... ich hab alles rausgelassen ... seitdem geht's mir viel besser ... und ich bin froh, dass ich da nicht mehr arbeiten muss ... ich hab mir erst Sorgen gemacht wegen des Geldes ... das schon, das hat mich schon belastet ... aber jetzt hat meine Frau gemeint, dass sie eine Art Erbschaft gemacht hat ... insofern sind wir dieser Sorge eigentlich ledig ... also ich rede hier von ‹meiner Frau› ... aber in Wirklichkeit ist das wohl bald meine Ex-Frau ... das hab ich ja noch gar nicht gesagt ... wir werden uns scheiden lassen ... also mit höchster Wahrscheinlichkeit werden wir uns scheiden lassen ... wobei ich nicht weiß, ob ich das überhaupt will ... aber sie, sie scheint wild entschlossen zu sein ... ich glaube, mein Problem ist ... dass ich gar nicht weiß, was ich davon halten soll ... dass ich nicht weiß, ob mich diese Trennung schmerzt, oder ob sie mich von einer Last befreit ... kommt so etwas häufig vor? Dass man gar nicht genau sagen kann, was in einem vorgeht ... ich schwanke ständig hin und her ... ich bin gespalten ... eine Stimme in mir sagt, die Trennung ist das Beste, was mir passieren konnte ... das Eheleben hat mich erdrückt, das muss man schon sagen ... aber eigentlich waren wir doch glücklich ... das heißt, da bin ich mir nicht sicher ... Sie sagen, ich muss den Knoten lösen ... aber ich weiß nicht, ob die Trennung jetzt ein neuer Knoten ist oder ob sie mir helfen wird, dass es mir wieder besser geht ... ich weiß es nicht ... ich weiß bloß, dass die Ehe Verpflichtungen mit sich bringt ... vor allem, wenn man Kinder hat ... da steht man ständig unter Druck … muss sich den Herausforderungen stellen, der Sache gewachsen sein … Geld verdienen, sich ranhalten … all das ist in gewisser Weise sehr bedrückend … das fällt mir immer mehr auf … ich hab auch schon den Gedanken gehabt, dass wir gar nicht so viele glückliche Augenblicke erlebt haben, ein schrecklicher Gedanke eigentlich … ich meine, wir waren eine wunderbare Familie, aber der Alltag zermürbt einen … was man alles organisieren muss … um dann ein total geregeltes Leben zu haben … und wie schnell das alles gegangen ist … viel zu schnell … ich hab gar keine Zeit gehabt, mich daran zu gewöhnen, dass ich jetzt erwachsen bin … ich war noch sehr jung, als meine Kinder geboren wurden … ich hatte gerade erst angefangen zu arbeiten … und ich hatte mir gerade erst ein paar andere Sachen aus dem Kopf geschlagen … also mein großer Traum war es eigentlich zu schreiben … ich glaube zwar nicht, dass ich vom Schreiben hätte leben können, das war mehr so aus Spaß an der Freud … aber dann bin ich ja gleich in der harten Wirklichkeit gelandet … insofern macht mir das, was gerade passiert, natürlich Angst … aber ich merke auch, dass ich so ein Leben immer gern gehabt hätte … mit so einem Hauch von Ungewissheit … sich einfach ein bisschen treiben lassen … in den Tag hineinleben, wie man so schön sagt … schade, dass ich diese Zeit jetzt nicht genießen kann … die Schmerzen verderben mir alles … und laugen mich aus … ich glaube, ich habe ihm auch deswegen eine reingehauen, weil ich solche Schmerzen hatte, ich glaube an sich, dass hauptsächlich mein Rücken schuld daran ist … diese Schmerzen haben mich wahnsinnig gemacht

… das kann einen so weit treiben … ich hätte nie gedacht, dass es so weit kommen würde … und ich weiß immer noch nicht, was ich überhaupt habe … irgendeinen Auslöser muss es ja geben … anders ist so etwas ja gar nicht möglich … aber die Diagnose wird schon noch kommen … ich hab ja auch so starke Stimmungsschwankungen, und das hängt mit diesen Schmerzen zusammen … aber heute geht's eigentlich … jetzt gerade tut mir mein Rücken gar nicht so weh … ich bin fast versucht zu sagen, dass er mir überhaupt nicht weh tut … aber das sollte ich nicht sagen … denn jedes Mal, wenn ich anfange zu frohlocken, geht's nämlich wieder los … und dann ist es noch schlimmer als vorher … also sagen wir lieber, es geht gerade so … es ist gerade Pause … vielleicht liegt's auch daran, dass ich jetzt mit Ihnen rede, und das Reden tut mir gut … ich kann gar nicht mehr aufhören … ich glaube, ich muss alles rauslassen … dann geht's mir bestimmt wieder besser … alles rauslassen … ah, das tut gut … das Reden … das befreit … Sie machen hier wirklich einen guten Job … Sie sitzen da mit ihrem Notizblock … und helfen den Leuten, ohne dass Sie groß was machen würden … das ist toll … man braucht im Prinzip nur zwei Ohren … das heißt … in Wirklichkeit ist es wahrscheinlich schon etwas komplexer … Zuhören ist eine Fähigkeit, die man erst mal erwerben muss … dazu braucht es ein langes Studium … aber dann hat man einen ehrbaren Beruf … einen faszinierenden Beruf sogar … und Ihr Vater hat keinen Grund, ständig an Ihnen rumzunörgeln … von meinem Vater fang ich lieber erst gar nicht an … also er fällt mir ständig in den Rücken … ah … war das jetzt ein Freud'scher Versprecher?

... das müssen Sie aufschreiben! Das heißt ... Freud'scher Versprecher ist wohl nicht ganz das richtige Wort ... aber es gibt sicherlich einen Begriff dafür ...»

«Um die Theorie brauchen Sie sich nicht zu kümmern. Fahren Sie fort.»

«Okay ... also, es muss einen Begriff für solche Gedankenverbindungen geben ... aber ich glaube, es gehört nicht viel dazu, da eine Verbindung herzustellen ... die Beziehung zu meinem Vater ist eine große Belastung für mich, Sie machen sich kein Bild, wie mich das belastet ... ich sage immer, dass mir das alles egal ist ... dass es mir nichts ausmacht, wenn er kein gutes Haar an mir lässt ... aber das stimmt nicht ... und das ist auch gar nicht mehr aus der Welt zu schaffen ... ich habe nie irgendwelche Zuwendung von ihm erfahren ... und renne immer der Liebe meines Vaters hinterher ... manchmal heuchelt er ein bisschen Interesse an mir und spielt den lieben Vater ... aber das haut irgendwie nicht hin ... er war einfach jahrzehntelang total gefühlskalt zu mir, das kann er jetzt nicht schnell wieder hinbiegen ... ich weiß schon, was Sie jetzt sagen werden ... ich kenne ein paar Grundbegriffe der Psychoanalyse ... Sie werden sagen, er reproduziert ein gelerntes Verhaltensmuster ... und es stimmt auch, dass er als Kind selber keine Zuwendung bekommen hat ... aber ist das ein Grund? Ich bin zu meinen Kindern ganz anders ... ich umarme sie, sage ihnen, dass sie super sind, dass ich sie liebe ... das ist doch nicht so schwer, oder? Das ist doch etwas, das einfach so in einem drinsteckt, oder? Die Liebe zu den eigenen Kindern. Diese grenzenlose Liebe zu den eigenen Kindern. Ich weiß nicht, wie das ist, wenn man diese Liebe nicht spürt … und deswegen könnte ich manchmal heulen wegen meinem Vater … aber mit meiner Mutter ist es nicht viel besser … meine Eltern geben mir einfach keine Liebe … sie sind bestenfalls höflich zu mir … und das ist eben nicht genug … es gibt so viele unausgesprochene Dinge zwischen uns, die mich belasten … ich finde, Eltern müssen eigentlich überschwappen vor Liebe … aber ich ersticke fast an der Art Liebe meiner Eltern … ja, so sehe ich das … dafür schwappt bei mir die Liebe umso mehr über … das heißt, es ist manchmal ein bisschen zuviel davon … und dann bekomme ich Angstzustände … wenn ich zum Beispiel an meinen Sohn denke, der gerade in New York ist, ich meine, ich bin natürlich stolz auf ihn … aber wenn ich dran denke, zittere ich am ganzen Leib … weil ich die ganze Zeit denke, hoffentlich passiert ihm nichts … ich bin nicht besitzergreifend, wirklich nicht … aber ich liebe ihn … und deswegen mache ich mir Sorgen … aber da haben Sie schon recht, da gibt es einen Knoten, den ich lösen muss … vielleicht kommt das alles ja auch daher, keine Ahnung … aber seitdem er in New York ist … kommt es mir so vor, als hätte ich niemanden mehr … das ist alles so schnell gegangen … mein Körper verarbeitet schleichende Veränderungen besser als überstürzte Entscheidungen … ja, vielleicht ist das die Ursache meines Leids: mein Körper reagiert auf die Trennung von meinem Sohn … ich meine, die Kinder sollen ja ihr eigenes Leben haben … aber deswegen muss doch nicht gleich ein ganzer Ozean zwischen uns liegen … wenn ich ihn jetzt sehen will, dann geht das nicht … es kommt mir so vor, als hätte ich ihn gestern noch von der Schule abgeholt … als wäre er gestern noch auf meinen Schultern herumgeklettert … aber mir war das Glück, solche Momente erleben zu dürfen, überhaupt nicht bewusst … das ist doch erschreckend … aber es ist auch ein bisschen banal … man darf doch auch ganz banale Probleme haben, oder? … Na ja, und meine Tochter … das ist was anderes … fest steht, dass es mir schwerfällt, das alles so zu akzeptieren, wie es nun ist … das wirft sie mir übrigens auch vor … in ihrer neuen Wohnung hab ich sie immer noch nicht besucht … den Typen, mit dem sie zusammengezogen ist, hab ich erst einmal gesehen … ich frage mich, warum ich mich so schlecht auf neue Situationen einstellen kann … bestimmt hat es mir an Zuwendung gefehlt, nicht wahr?»

« … »

«Sie sagen ja gar nichts. Ich kann noch mehr Dinge aufzählen, die mich belasten: meine Angst vor Krankheiten und vor dem Altern, die Steuern, die Nachbarn, der Lärm überall, die Aggressivität der Leute, diese Sängerinnen, die immer so herumschreien, und diese Komödien, die überhaupt nicht lustig sind, die Leute, die beim Radio anrufen und dort ihre Kommentare zu allem möglichen abgeben, die Unzuverlässigkeit der Jahreszeiten und Zahnärzte … also manchmal berechnen die irgendwelche Leistungen, wo man sich echt fragt, wie sie die aus dem Hut gezaubert haben.»

« … »

«Wenn Sie wüssten, wie ich Zahnärzte hasse … und dabei ist mein bester Freund Zahnarzt, das sagt doch viel über mein Leben aus … na ja, das sind die Sachen, die mir gerade so einfallen … bestimmt gäb's noch mehr.»

«Okay … okay. Wir nähern uns dem Ende der Sitzung.»

«Schon vorbei?»

«Ja.»

«Und was meinen Sie jetzt dazu?»

«Die Sitzung ist zu Ende.»

«Aha … aha … das heißt, ich darf wieder aufstehen?»

«Ja, dürfen Sie.»

«Na ja, jedenfalls … vielen Dank, Herr Doktor. Vielen Dank für alles … das war eine totale Erleichterung für mich, über all diese Dinge reden zu können.»

« … »

«Sie sind ein hervorragender Arzt.»

Meine letzte Bemerkung schien ihn zu verwirren. Wahrscheinlich machte man ihm nicht oft solche Komplimente. Er wollte einen neuen Termin vereinbaren, aber ich sagte, dass ich meinen Kalender nicht dabei hätte. Eine lächerliche Ausrede, aber ich hatte den Eindruck, er nahm sie mir ab. Ich hatte einfach keine Lust, gleich einen neuen Termin auszumachen. Das war erst mal genug, das meiste, was sich über Monate hinweg in mir angestaut hatte, war bereits entwichen. Und das Wichtigste hatte er ja schon gesagt: Ich musste den Knoten in mir lösen. Wenn ich meine Probleme in den Griff kriegen würde, würde es mir auch wieder besser gehen. Ich zögerte keine Sekunde, mir war klar, wo ich den Hebel ansetzen musste: bei meinen Eltern.

2

Intensität der Schmerzen: 1
Gemütslage: kampfbereit

3

Das Couscous-Essen war nur so eine Art Ouvertüre gewesen. Meine Eltern wirkten gar nicht groß verwundert, als ich unerwartet aufkreuzte. Wahrscheinlich dachten sie sich schon, dass die seltsamen Auswüchse meines Verhaltens eine Fortsetzung finden würden. Mein Vater warf meiner Mutter sogar einen Blick zu, der so viel zu heißen schien wie: «Schau, hab ich's dir doch gesagt.» Auf *unerwartetes Aufkreuzen* stand laut Familienstrafgesetzbuch eigentlich lebenslänglich. Demzufolge kreuzte auch nie jemand unerwartet auf. Man musste unbedingt vorher Bescheid sagen. Am besten mehrere Tage vorher: Keine Liebe ohne Zeitplan.

Normalerweise trat ich als Angestellter mit Krawatte auf. Aber nun trug ich keinen Anzug, zudem war es mitten am Tag und mitten unter der Woche. Nichts, was auf mein bisheriges Leben schließen ließ.

«Ach, du bist's …», begrüßte mich meine Mutter.

«Ja. Ich bin's.»

«Und was macht dein Rücken? Geht's ihm besser?», wollte mein Vater gleich wissen.

Die Art der Gesprächseröffnung überraschte mich. Mein Vater erinnerte sich an etwas, das mich betraf. Ich meine, natürlich konnte er sich immer gut erinnern, wenn ich irgendwo versagt hatte. Und es gehörte zu seinen Spezialitäten, genau in den Momenten etwas von mir wissen zu wollen, in denen ich nichts mehr von ihm wissen wollte. Sein emotionales Timing war sensationell. Mit solchen Leuten gelingt es einem nie zu brechen. Manchmal hat man es eben mit Elementen zu tun, die ihre Unerträglichkeit geschickt zu dosieren verstehen. Sie schaffen es, nie eine gewisse Toleranzgrenze zu überschreiten. Mein Vater war ein Meister in der Kunst, meine Wut genau im richtigen Augenblick zu dämpfen, um eine Konfrontation zu vermeiden. In anderen Worten, mein Vater gab mir nie die Gelegenheit, den Knoten in mir zu lösen.

«Ja … ja, ist besser geworden, danke.»

«Ah, das hört man gern.»

«Ich hab in der Arbeit einen Kollegen halbtot geschlagen, und seitdem geht's mir echt besser.»

«…»

«Nur zu dumm, dass ich deswegen rausgeschmissen worden bin.»

Meine Mutter sank auf einen Stuhl, der glücklicherweise in dem Augenblick genau hinter ihr stand.

«Aber du kannst deiner Mutter doch nicht einfach solche Sachen hinknallen, du bist wohl nicht ganz bei Trost! Schau mal, wie sie jetzt aussieht!», regte mein Vater sich auf.

«Aha, scherst du dich jetzt darum, wie es anderen Leuten geht? Das ist ja was ganz Neues.»

«Was redest du denn da!?»

«Weil du immer nur an dich denkst. Du scherst dich einen Dreck um die anderen. Es interessiert dich überhaupt nicht, was andere Leute denken. Dich interessiert nur dein eigenes armseliges Dasein ... und sonst nichts!»

«Jetzt hör doch auf damit!», flehte meine Mutter.

Mein Vater schwieg und sah mir fest in die Augen. Es war nicht zu erkennen, ob er zutiefst schockiert war oder es irgendwie begrüßte, dass ich mich mal so richtig austobte. Nein, es war nicht zu erkennen, aber da war etwas in seinem Blick, das mich irritierte. Er machte einen fast glücklichen Eindruck. Dieses irritierende Etwas lag auf dem Grunde seines Blicks, aber vielleicht deutete ich den Ausdruck, den ich noch nie an ihm gesehen hatte und der mich für einen Moment aus dem Konzept brachte, auch falsch. Er fasste sich:

«Du hast wohl nicht mehr alle Tassen im Schrank, so kannst du doch nicht mit uns reden! Was haben wir dir denn getan?»

«Was ihr mir getan habt? Das fragst du dich? Du stellst dich wohl nie infrage! Was ihr mir getan habt ... was du mir angetan hast ... ach, nichts ... gar nichts ... anscheinend merkst du es nicht mal ...»

«Wovon redest du überhaupt? Du hast den Verstand verloren, das ist die einzige Erklärung, die ich habe.»

«Ich rede davon, dass du immer alles an mir in den Dreck ziehst. Du hast in deinem ganzen Leben noch nie ein nettes Wort zu mir gesagt. Noch nie!»

« … »

«Na los! Versuch's mal! Sag mal was Nettes.»

« … »

«Los jetzt!»

« … »

« … »

«Dein neuer Haarschnitt steht dir ganz gut», brachte er schließlich hervor.

Ich ging ein paar Mal auf und ab und murmelte vor mich hin: «Mein Haarschnitt steht mir ganz gut … mein Haarschnitt steht mir also gut …» Ich spürte, dass mich eine gewaltige Kraft durchströmte. Endlich würde ich mich von allem befreien, mein Rücken würde es mir bestimmt danken. Nach einer Weile kam ich vor meiner Mutter zum Stehen. Jetzt war sie an der Reihe:

«Und du, du sagst nie was dazu. Du bist so ausgedörrt wie der US-Bundesstaat Arizona. Ein US-Bundesstaat, das ist doch keine Mutter.»

«Jetzt reicht's aber!», brüllte mein Vater. «Wenn dir so viel an uns nicht passt, dann geh doch! Glaubst du, uns passt recht viel an dir … hä? Hast du darüber schon mal nachgedacht? Aber wir veranstalten wenigstens nicht so einen Zirkus deswegen.»

«Ich veranstalte keinen Zirkus. Ich sage bloß, was ich schon immer sagen wollte. Ihr liebt mich einfach nicht. Vor allen Dingen du liebst mich nicht. Warum gibst du es nicht einfach zu? Dann ist es wenigstens mal gesagt.

«...»

«Na los!»

«Nein ... das stimmt nicht ... so kann man das nicht sagen ...», stammelte mein Vater.

«Dein Vater liebt dich ...», sagte meine Mutter und stand auf. «Du machst anscheinend gerade eine schwierige Phase durch. Du hast Rückenschmerzen und Probleme in der Arbeit ... aber bilde dir nicht ein, dass das unsere Schuld ist.»

«Jetzt hör auf zu beschwichtigen. Das machst du nämlich immer. Du versuchst, die Wogen zu glätten. Aber so läuft das heute nicht ...»

Meine Mutter hatte meinen Vater in der Rolle des Deeskalationskünstlers abgelöst. Aber so leicht ließ ich mich nicht übertölpeln, nicht heute, ich musste noch ein bisschen durchhalten, ich hatte ja nicht den Verstand verloren, und ich war auch kein Gewalttäter, sie liebten mich nicht, sagte ich mir immer wieder vor, sie liebten mich nicht, nein, sonst würde ich mich ja nicht so aufführen. Sie schauten mich beide mit großen Augen an, wie zwei geprügelte Hunde. Sie wirkten ernsthaft getroffen von dem, was ich ihnen an den Kopf geworfen hatte. Ich kam mir plötzlich vor wie der Böse.

Das war doch der Gipfel: Da hält man jahrelang zurück, was man auf dem Herzen hat, und an dem Tag, an dem einem endlich der Kragen platzt, steht man als das große Arschloch da. Ich wollte mich fast schon entschuldigen. Mein Vater meinte:

«Und du, stellst du dich manchmal infrage?»

«…»

«Glaubst du, für uns ist es leicht, einen Sohn wie dich zu haben? Du beklagst dich, dass ich alles in den Dreck ziehe, aber schau dich doch mal an: Du machst immer ein Gesicht, als wäre gerade eine Katastrophe passiert, als hätte man dir was Schlimmes angetan. Mich wundert überhaupt nicht, dass du Rückenschmerzen hast. Dieses Gekrümmte, das passt zu dir … und das gefällt dir auch … so hast du nämlich Grund, dich bemitleiden zu lassen … genau das ist es, was du willst: dass man dich bemitleidet.»

«…»

«Und dann willst du noch bewundert werden, aber du hast bisher eben nichts Bewundernswertes zustande gebracht!»

Ich war platt. Ich hatte geglaubt, eine riesige Last würde von meinen Schultern fallen, wenn ich meinen Eltern die Meinung geigen würde, aber nun drohte die Situation zu kippen. Und wieder einmal war alles mein Fehler. Wer nicht geliebt wurde, war selber schuld. Aber ich versuchte, nicht lockerzulassen. Man muss seine Kinder bedingungslos lieben, oder? Erst durch die Liebe der Eltern gelangen die Kinder zu voller Blüte.

«Du hast recht», sagte ich schließlich. «Ich bin ein erbärmlicher Waschlappen. Ihr verschwendet nur eure Zeit mit mir. Auf Nimmerwiedersehen.»

«Oh, was für ein Drama er macht … das ist wieder mal typisch!», schäumte mein Vater. «Du sagst immer, du stehst nicht so gern im Mittelpunkt, aber das stimmt überhaupt nicht. Du stehst total gern im Mittelpunkt. Du könntest stundenlang über dich und deinen Rücken und unsere Beziehung reden! Du wärst imstande, einen ganzen Roman drüber zu schreiben!»

«...»

«Genau, einen fetten Roman!»

Meine Mutter kam langsam auf mich zu und sagte leise: «Sag nicht solche Sachen ... wie auf Nimmerwiedersehen ...» Es schien sie wirklich getroffen zu haben, was ich alles gesagt hatte. Ihr Gang war nicht gerade; sie musste aufpassen, dass sie nicht ins Stolpern kam. Ich musste mich auch mal setzen, ich nahm den freigewordenen Stuhl. Meine Eltern standen beide um mich herum. Ich war am Ende meiner Kräfte. Was sollte ich noch sagen? War das alles nur ein Traum? War alles meine Schuld? Ich hatte keine Ahnung. Nach einer Weile brachte ich hervor:

«Ich werde mich scheiden lassen.»

«...»

«Wir haben das jetzt beschlossen. Ich wohne vorübergehend bei Édouard.»

«Aber wieso denn bei Édouard? Hättest du doch uns angerufen, du hättest hierherkommen können ... nach Hause ...», sagte meine Mutter sanft. Sie wirkte kein bisschen überrascht. Meine Eltern hatten die Katastrophe anscheinend schon vorhergesehen. Mein Untergang war die natürlichste Sache der Welt, so absehbar wie das Hereinbrechen der Nacht, wenn der Tag zu Ende geht.

«Ja, wärst du doch zu uns gekommen», bekräftigte sie.

«Auf die Idee bin ich gar nicht gekommen ...»

«Ja, du hättest zu uns kommen können», meinte auch mein Vater. «Vielleicht ist es ganz normal, auf der Familie herumzuhacken, wenn es einem schlecht geht ... ich gebe ja gerne zu, dass nicht alles rund läuft ... aber die Familie ist und bleibt eben die Familie ... und wir halten zusammen ...»

«Ja, wir halten zusammen ...», wiederholte meine Mutter.

Da standen sie und wollten mich in meinem Kummer trösten. Ich war kein erwachsener Mann mehr. Ich war wieder ein Kind, das mitten in der Nacht aus einem Alptraum erwacht. Um mir mein Weltbild vollends zu rauben, sagte meine Mutter noch: «Sag nicht, dass du uns nicht mehr sehen willst ... wir lieben dich.»

Ich hatte richtig gehört. Meine Mutter hatte gesagt: «Wir lieben dich.» Ich hatte die beiden heftig beschimpft, ihnen meine Wut und Verachtung ins Gesicht geschrien, und das Ganze endete: mit einer Liebeserklärung. Das hatte es noch nie gegeben. Ich konnte mich nicht recht entscheiden, ob sie tatsächlich Angst hatten, mich zu verlieren, oder ob hinter diesen plötzlichen Gefühlsregungen nicht doch Berechnung steckte. Wenn sie mich wirklich liebten, stellte diese Liebe eine Belastung für mich dar. Das fiel ihnen jetzt nach all den Jahren ein. Wie konnte ich das glauben? Die ganze Sache brachte mich mehr durcheinander als gedacht. Ich wollte den endgültigen und totalen Bruch, und sie hielten mich

zurück. Die Familie ist und bleibt die Familie, meinten sie.
Wir halten zusammen, setzten sie hinzu. Ihre Reaktion wi-
dersprach jeglicher menschlichen Logik. Was hatte ich nicht
alles versucht, um ein normales Verhältnis zu ihnen aufzu-
bauen, oder um irgendwie darauf hinzuwirken, dass sich
ihre Einstellung mir gegenüber änderte. Mit den Worten
meiner Mutter war eine Schlacht geschlagen, die ich mir seit
meiner frühesten Kindheit geliefert hatte. Die Schlacht um
den Versuch, meine Eltern zu verstehen. Ich sah nun ein:
Sie hatten sie nicht mehr alle, und sie würden sich nie ändern. Man kann seine Familie nicht erziehen, so nervenzer-
fetzend, ungerecht und unerträglich sie auch sein mag.

Ich war wie gelähmt. In anderen Augenblicken hätte ich
jetzt vielleicht angefangen zu lachen. Aber das ging gerade
nicht. Wir starrten uns stumm an, bis meine Mutter das
Schweigen brach:

«Ich hoffe, es hat dir gutgetan, das auszusprechen, was
dich bedrückt hat. Das hängt sicherlich alles mit deinem Rücken zusammen. Du behältst die Sachen zu oft für dich,
mein Schatz. Du solltest mit allen Leuten reden, mit denen
du irgendwie Probleme hast und die Dinge ins Reine bringen ...»

«Deine Mutter hat recht. Im Leben muss man manchmal reden.»

«...»

«Schau, wir zum Beispiel haben zehn Jahre lang eine
Paartherapie gemacht», ergänzte mein Vater. «Und deswegen funktioniert's jetzt auch wieder bei uns. Wenn du uns

das früher gesagt hättest, dass es zwischen Élise und dir nicht mehr so gut läuft, hätten wir dir die Nummer von unserem Therapeuten gegeben …»

«Ihr … ihr habt eine Paartherapie gemacht? Ist das euer Ernst?»

«Na klar … und das haut ausgezeichnet hin … deine Mutter und ich, wir lieben uns, da kannst du sagen, was du willst … das Allerwichtigste für uns ist unsere Beziehung …»

«Oh …», seufzte meine Mutter gerührt.

Meine Eltern küssten sich vor meinen großen Augen leidenschaftlich auf den Mund. Ganz neue Sitten. Sie überraschten mich einmal mehr. Ihr Kuss dauerte ein Weilchen, und sie machten einen glückseligen Eindruck. Das Einzige, was ich der Szene abgewinnen konnte, war: Ich war die Frucht ihrer Liebe, eine Trockenfrucht zwar, oder eine Frucht, die allmählich etwas faulig wurde, aber immerhin eine Frucht. Ihr Kuss, den ich immer noch mit ansah, nahm langsam surreale Gestalt an. Es gibt keine Worte für das, was in mir vorging. Das Gefühlschaos riss meine Sinneszellen in Stücke und setzte sie irgendwie anders wieder zusammen. Jetzt schauten meine Eltern mich an und lächelten. Ich stand auf und ging, ohne mich noch einmal umzudrehen. Ich hatte soeben einen der merkwürdigsten Augenblicke meines Lebens erlebt. Aber letztlich war das doch wieder einmal ziemlich bezeichnend: Ich wollte ans Licht und fand mich im Nebel wieder.

4

Intensität der Schmerzen: 5
Gemütslage: ungeordnet

5

Der Besuch bei meinen Eltern hatte mir keine Klarheit verschafft. Im Gegenteil, ich war so durcheinander wie nie zuvor. Das einzig Positive war, ich fühlte mich bereit zu akzeptieren, dass ich sie eben nicht verstand. Sie waren wie zwei Außerirdische, und vielleicht war mein Bedürfnis nach Beständigkeit ja aus ihrer emotionalen Unbeständigkeit erwachsen. Ich hatte brav studiert, früh geheiratet und eine ordentliche Familie gegründet. Allmählich merkte ich, dass mein Antrieb gewesen war, ein Leben auf vernünftig-pragmatischen Pfeilern zu gründen. Was an meinen Eltern krankhaft war, war schwer zu erkennen und vor allen Dingen schwer zu fassen. Ich musste sie nehmen, wie sie waren, und vielleicht würde ich einmal über ihren sonderbaren und sanften Anflug von Wahnsinn lachen können? Ich hielt es für möglich, dass sich unser Verhältnis in Zukunft bessern könnte. Das war sicherlich einer der wichtigsten Knotenpunkte, die ich lösen musste.

Aber fürs Erste plagten mich weiter Rückenschmerzen. Als ich von meinen Eltern aufbrach, waren sie ausgesprochen heftig. Die Spannung, die ich während des Gesprächs aufgebaut hatte, entlud sich in fürchterlichen Krämpfen. Damit hatte ich nun nicht gerechnet, dass die Geißel mit solcher Macht zurückkommen könnte. Nach kurzer Zeit verlor ich den Boden unter den Füßen. Ich versuchte, mich irgendwo festzuhalten, um nicht hinzufallen. Zum Glück stand da eine Straßenlaterne. Mein Blick war getrübt, doch ich bildete mir ein, schemenhaft eine Gestalt erkennen zu können. Ich wollte den Arm ausstrecken, was mich vor große Schwierigkeiten stellte, denn die Bewegung kostete mich unglaubliche Anstrengung. Niemand eilte mir zu Hilfe, die Gestalt, die ich verschwommen sah, existierte anscheinend nur in meiner Fantasie. Ich hielt weiter nach meinem Retter Ausschau, vergeblich. Meine Eltern wohnten in einer Gegend, in der hauptsächlich Einfamilienhäuser standen, das heißt in einer Gegend, die den sozialen Gnadenstoß bedeutete. Mein Zeitgefühl setzte aus, unzählige Gedanken schossen mir durch den Kopf, ich fühlte mich wie Michel Piccoli in *Die Dinge des Lebens* in dem Moment, als der Unfall passiert. Ich brabbelte unverständliches Zeugs vor mich hin, vor mir erschien eine Lichtquelle. Ich befand mich in einer Art Tunnel des Lichts. Ein gleißendes Hellgelb, in warmes Meerblau getaucht. Dann wurde die Quelle ausgeknipst und ich brach unter der Last der Schmerzen zusammen. Mein Rücken hatte seine Lauerstellung aufgegeben und das Kommando über sämtliche Körperfunktionen übernommen. Ich sank ohnmächtig nieder.

Als ich kurze Zeit später die Augen aufschlug, lag ich in einem Krankenwagen. Ich war an ein Beatmungsgerät angeschlossen. Nicht das Tohuwabohu, das sich davor abgespielt haben musste, sondern das gleichmäßige Rauschen der Pumpe rief mich wieder zu Bewusstsein. Ein junger Mann strahlte mich an:

«Das kommt alles wieder in Ordnung. Keine Sorge», versicherte er.

«…»

«Sie haben das Bewusstsein verloren. Wir bringen Sie ins nächstgelegene Krankenhaus.»

«…»

«Können Sie mir Ihren Namen nennen?»

«…»

«Erinnern Sie sich noch an Ihren Namen?»

«Mir tut der Rücken total weh …», stöhnte ich.

Das Gesicht des jungen Mannes wirkte wirklich beruhigend auf mich. Ich hielt mich an diesem Gesicht fest, so wie man sich am Lächeln einer Stewardess festhält, wenn das Flugzeug in Turbulenzen gerät. Man redet sich leicht ein, dass Gedeih und Verderb vom Gesichtsausdruck dieser Menschen abhängen. Wenn der junge Mann lächelte, hieß das, dass ich heil davonkommen würde. Er war bestimmt froh zu sehen, dass ich wieder unter den Lebenden weilte. Froh und vor allen Dingen erleichtert. Als wir das Krankenhaus erreichten, legte er mir zum Abschied die Hand auf die Schulter. Er überließ mich den anderen. Er war nur für den Transport zuständig. Es kam mir ungeheuerlich vor, dass ich diesen Zeugen meiner Wiederauferstehung nie wiedersehen würde. Er hatte einen ganz entscheidenden Augenblick meines Lebens aus nächster Nähe miterlebt, und nun zog er schon weiter, um einen ebenso entscheidenden Augenblick mit dem nächsten Fremden zu verbringen. Ich hatte ihm meinen Namen nicht nennen können, aber ich war mir auch in dem Moment, als ich wieder zu mir kam, nicht sicher gewesen. Wer aus einer Ohnmacht erwacht, ist erst einmal ein anonymes Wesen. Er hatte mir seinen Namen aber auch nicht gesagt. Doch sein Gesicht sollte mir noch lange im Kopf herumspuken.

Einige Stunden später lag ich in einem Bett und teilte das Zimmer mit einem älteren Herrn, der sich so gut wie nicht bewegte. Selbst die Ankunft des neuen Zimmergenossen rief nicht die leiseste Regung bei ihm hervor. Er hatte einen sagenhaften Bart, schwarz, kräftig, flauschig und gepflegt, der im Widerspruch zu seinem sonstigen Outfit stand. Ich versuchte mehrmals, ein Gespräch mit ihm anzuknüpfen, ohne Erfolg. Es war nach dem jungen Mann im Krankenwagen das zweite Mal heute, dass eine Nebenfigur in Erscheinung trat. Seine bloße Gegenwart würde ihm wie allen anderen, die mir an diesem Tag begegnen sollten, einen Platz in meinem Gedächtnis sichern. Die Bilder mancher Tage ragen immer noch steil heraus, auch wenn es mit der Erinnerung ansonsten längst bergab gegangen ist. Ich sog jedes Detail, jede Kleinigkeit, das Bild jedes Passanten auf dem Flur gierig in mich auf. Insofern entscheidet tatsächlich unser Gedächtnis über das, was wichtig ist und was nicht. Und natürlich würde ich auch den Arzt nie vergessen, der bald darauf das Zimmer betrat:

«Wie fühlen Sie sich?»

«Geht schon.»

«Ist Ihnen so was schon mal passiert?»

«Nein, das ist das erste Mal. Ich weiß gar nicht, was genau passiert ist. Ich hab so schlimme Schmerzen in letzter Zeit ...»

«Wenn starke Schmerzen länger anhalten, kann das dazu führen, dass man plötzlich das Bewusstsein verliert. Irgendwas muss das Fass zum Überlaufen gebracht haben ...»

« ... »

«Ich habe mir Ihre Krankenakte schicken lassen ... ich habe die Röntgenaufnahmen gesehen, die kürzlich gemacht wurden, und ich habe die Ergebnisse Ihrer Kernspinuntersuchung vorliegen ...»

«Und?»

«Daraus geht hervor, dass Sie nichts haben.»

«Aber das gibt's doch gar nicht. Ich hab solche Schmerzen. Ich muss irgendwas haben. Die Ärzte irren sich wahrscheinlich. Man fällt doch nicht einfach so auf der Straße um.»

«Wenn die Schmerzen stark sind, kann so was schon mal vorkommen ...»

«Ich halte das nicht mehr aus ...»

«Ja … aber es gibt Leute, die ihr Leben lang Rückenschmerzen haben …»

« … »

«Hören Sie … die Überreaktion Ihres Körpers mag Ihnen beängstigend erscheinen … aber es ist nichts Alarmierendes … die Ergebnisse der Kernspintomographie sind ganz eindeutig …»

« … »

«Trotzdem werde ich Sie ein paar Tage zur Beobachtung hierbehalten.»

Ich schwieg. Der Satz: «Es gibt Leute, die ihr Leben lang Rückenschmerzen haben», hatte mir den Rest gegeben. Und diese Widersprüchlichkeit: Einerseits sagte er, dass ich nichts hatte, andererseits wollte er mich *zur Beobachtung hierbehalten*. Was für ein furchterregender Ausdruck. Ich war doch kein Insekt. Ich war doch nicht in so einem komischen Gefäß drin. Man durfte mich abhören und gesund pflegen, okay, aber doch nicht beobachten. In dem Moment kamen zwei Pfleger herein und holten meinen Zimmergenossen ab. Ich kapierte nicht recht, ob er jetzt operiert wurde oder in eine andere Einrichtung verlegt wurde, fest steht: Ich habe ihn nie wieder gesehen. Das andere Bett blieb danach leer. In den darauffolgenden Tagen drehte ich öfter mal den Kopf in seine Richtung und fragte mich, ob da wirklich am Anfang ein Mann gelegen hatte. Irgendwie kam es mir so vor, als hätte ich ihn mir nur eingebildet.

Etwas später (ich weiß nicht mehr genau, wann) kam meine Frau. Das heißt meine zukünftige Ex-Frau. Also Élise.

«Ich hab mich sofort auf den Weg gemacht.»

«Das ist nett von dir.»

«Wie fühlst du dich?»

«Ganz gut … ich habe halt immer noch Rückenprobleme … ich hatte einen etwas heftigeren Schmerzkrampf … und bin in Ohnmacht gefallen … aber es ist nichts wirklich Bösartiges.»

«Aber warum hast du die ganze Zeit nicht gesagt, dass du immer noch diese Schmerzen hast?»

«Ich dachte, es wird besser.»

«Ach, du dachtest, du denkst immer … und sagst nichts. Und dann kommt so was dabei raus. Du bist echt zum Kotzen.»

«Aber mir geht's wirklich schon viel besser …»

Élise setzte sich auf den Bettrand. Ich konnte mir vorstellen, dass sie sich Sorgen um mich gemacht hatte. Es war bestimmt lange her, dass sie sich das letzte Mal solche Sorgen um mich gemacht hatte. Einen Augenblick lang dachte ich: Meine Ohnmacht wird uns wieder zusammenführen. Klang einleuchtend. Wenn man hinfällt, braucht man jemanden, der einem hilft, wieder aufzustehen. Mein Zusammenbruch war so etwas wie ein Hilferuf meines Körpers. Der einen auf den Gedanken bringen konnte, dass man sich gut überlegen sollte, was man tut. So wie Élise mir Beistand leistete, musste sie mich doch lieben, dachte ich, aber ich täuschte mich. Ich hatte es mit ihrer Zuneigung und nicht mit ihrer Liebe zu tun. Die Grenze ist manchmal fließend, geradezu hinterhältig fließend, man fragt sich, ob man noch in Frankreich oder schon in der Schweiz ist. Es gibt Leute, die jahrelang in diesem Land der Ungewissheit leben, die keine klaren Verhältnisse schaffen. Ich hatte ja einen Hang zum Fließenden, aber Élise würde immer für klare Verhältnisse sorgen. Ihre Worte fanden immer ihren Platz, während ich im Wörterbuch herumblätterte.

Als ich ihr erzählte, was im Einzelnen vorgefallen war, fing sie an zu lachen.

«Wieso lachst du?»

«Weil es ausgerechnet passiert ist, nachdem du deine Eltern besucht hast. Darauf habe ich ja die ganze Zeit gewartet: Dass du ihnen endlich mal die Meinung sagst.»

«Echt?»

«Ich hab immer versucht, dich zu drängen, dass du mal was sagst.»

«Aber ich glaube, die spinnen einfach. Jedenfalls denke ich jetzt, dass alles daran liegt, dass bei denen 'ne Schraube locker ist.»

«Bei dir ist aber auch 'ne Schraube locker. Du gehst die Sachen immer anders an als andere.»

«Ich?»

«Ja, du. Schau dich doch an, in was für Dimensionen du vordringst, bloß weil du Rückenschmerzen hast.»

«Aber das Beste kommt noch.»

«Ach ja?»

«Nein, nichts. Wenn nur diese Schmerzen aufhören würden …»

«Du Armer ...»

«Sie wollen mich zur Beobachtung hierbehalten.»

«Echt?»

«Ja. Der Arzt macht nicht gerade einen beruhigenden Eindruck. Er schien sich irgendwie nicht sicher zu sein.»

«Vielleicht kann ich ihm ja ein bisschen unter die Arme greifen. Schließlich hat dich niemand so eingehend beobachtet wie ich ...»

«Sehr witzig ...»

Wir redeten noch ein wenig und vergaßen dabei fast den Krankenhausrahmen, in den unsere Unterhaltung eingebettet war. Wir redeten wie ein Liebespaar, das eine schwere Krise erfolgreich überwunden hatte und dessen Beziehung auf festen Beinen stand. Doch das war nicht der Fall. Von wegen Krise überwunden, von wegen feste Beine. Ich sah Élise an, sah, wie schön sie war, und dachte: Sie ist eigentlich diejenige, die es sich zu beobachten lohnen würde. Nicht ich. Auf einmal kam mir unser harmloses Geplauder so bedeutungsschwer vor. Selbst unser harmonisches Beisammensein hatte etwas Trauriges. Irgendetwas an dieser Harmonie gefiel mir nicht. Ich weiß nicht, warum ich sie plötzlich fragte:

«Hast du jemanden kennengelernt?»

«Was?»

«Ob du einen anderen Mann kennengelernt hast?»

«Ach was ... nein ... natürlich nicht ...»

Nach einer Weile stand sie auf und meinte, sie würde mir noch ein paar Sachen vorbeibringen. Wir hielten zusammen. Wie wir es gewohnt waren. Es war ein naiver

Gedanke von mir gewesen, dass mir die Trennung helfen würde. Dass meine Rückenprobleme zum Teil auch mit der Beziehung zu Élise zu tun hatten. Ich stellte eben alles infrage. Weil ich wollte, dass es wieder aufwärtsging. Aber ich hatte mich getäuscht. Die Vorstellung, ohne Élise zu leben, machte mir Angst, vor allen Dingen jetzt, da sie mich allein in diesem Zimmer zurückließ.

Ich blieb ein paar Tage im Krankenhaus. Wie immer, wenn ich mich in ärztliche Obhut begab, gingen die Schmerzen weg. Es wurden wieder Röntgenaufnahmen gemacht, man nahm mir Blut ab, probierte alles, was die Krankenkasse hergab, doch das führte zu keinen neuen Erkenntnissen. Mein Rücken hatte den Betrieb eingestellt, und ich vergaß die Welt um mich herum: Ein Krankenhaus ist ein von der Außenwelt abgeschlossener Bereich, die Hauptattraktion meines Tagesablaufs bildeten die Mahlzeiten. Ich aß Brei, schaute mir dämliche Sendungen im Fernsehen an und befand, dass es mir gar nicht so schlecht ging.

6

Intensität der Schmerzen: 1
Gemütslage: benebelt

7

Als ich aus dem Krankenhaus entlassen wurde, wurde ich von Édouard und Sylvie abgeholt. Wir stiegen ins Auto, sie setzten sich vorne hin, ich nahm hinten Platz, so wie es Eltern mit Kind machen. Von Zeit zu Zeit prüften sie mit einem Blick in den Rückspiegel, ob bei mir hinten auch alles in Ordnung war. Ich war bereit, ihnen überallhin zu folgen, überließ mich voll und ganz ihrer Güte. Sie machten einen rundum zufriedenen Eindruck und wirkten glücklich wie lange nicht mehr. Ich fürchtete fast, Édouard könnte gleich anfangen zu pfeifen. Und Sylvie rot werden. Man hätte meinen können, wir brechen alle drei zu einer Landpartie auf, wollten den Sonntag am See verbringen, wo wir ein hübsches Fleckchen zum Picknicken kennen würden. Sie sahen sich von der Seite an; von der Seite ist der ideale Winkel für sanfte Blicke. Es wurde immer offensichtlicher: Sie trugen ihre Liebe auf meinem Rücken aus. Also setzte ich hie und da eine kleine Leidensmiene auf, damit sich die beiden auch nützlich vorkamen.

Das Gästezimmer war sauber und bezugsfertig. Und der Duft von Lasagne (mein Lieblingsgericht) lag in der Luft. Von Sylvie eigenhändig zubereitet.

«Wir haben uns Sorgen gemacht ...», gestand Édouard.

«Aber ich hab nichts. Sie haben mich noch mal untersucht. Alle Tests ergeben, dass ich eigentlich kerngesund bin. Vom medizinischen Standpunkt aus.»

«Hast du immer noch Schmerzen?»

«Ein bisschen.»

«Aber es muss doch irgendein Mittel dagegen geben. Das gibt's doch gar nicht.»

«Das hoffe ich auch. Aber ich hab so ein bisschen den Glauben daran verloren.»

«Hör mal, ich hab da eine Idee ...»

«Echt? Was denn?»

Es schien ihm irgendwie peinlich zu sein. Er rückte etwas näher und sagte leise:

«Ja, ich glaube, ich weiß, was du brauchst ...»

«Jetzt bin ich aber gespannt ...»

In dem Moment rief Sylvie streng: «Zu Tisch!» Man durfte sie unter keinen Umständen warten lassen.

«Na gut, dann erklär ich dir das später ...», hauchte Édouard und kratzte sich an der Backe.

«Nein, sag jetzt. Mach's halt kurz.»

«Nein, das geht jetzt nicht so auf die Schnelle ...»

«...»

Während des Essens stellte mir Sylvie in einer Tour Fragen: «Und? Schmeckt's?», «Ist die Béchamelsauce gelungen?», «Besser als beim Italiener, oder?», «Freust du dich, dass du aus dem Krankenhaus raus bist?» und so weiter. «Ja, ja», antwortete ich, während ich den nächsten Bissen hinunterschlang. Auch Édouard bemühte sich zu demonstrieren, wie sehr er das Essen genoss, doch seine Frau zeigte sich an seinem kulinarischen Glück weit weniger interessiert als an meinem. Dennoch: Drei Schauspieler in einem Werbespot, hätte man meinen können, wenn man uns so lächeln sah. Édouard wollte einen seiner kostbarsten Tropfen zur Verfügung stellen, um meine Rückkehr «gebührend zu feiern», doch mir war überhaupt nicht nach Alkohol zumute. Er wirkte leicht enttäuscht und bestand darauf, die Flasche zu köpfen.

«Er hat dir doch gesagt, dass er keinen Wein will», schnitt Sylvie ihm das Wort ab.

«Na gut … dann trinken wir ihn eben später», gab Édouard nach. Man hätte den Eindruck gewinnen können, auf mein Wohlbefinden wäre eine Goldmedaille ausgesetzt. So sehr ihre Aufmerksamkeit mich rührte, so sehr überraschte sie mich auch. Ich sah die beiden unter völlig neuen Gesichtspunkten. Einblick in das Leben seiner Freunde zu haben, ist das eine, mit ihnen zusammenzuwohnen das andere. Wir kannten uns zwar seit zwanzig Jahren, aber wir waren zum Beispiel nie miteinander in Urlaub gefahren. Wir trafen uns zum Essen, gingen zusammen ins Theater und zu Ausstellungen, machten Spaziergänge. Wir trafen uns bei Gelegenheiten, die aus den grundlegenden Abläufen des Alltags herausfielen. Sylvie war für mich immer eine Künstlerin gewesen, die, auch wenn sie gewaltige Subventionen einstrich, doch auch Anspruch und Geschmack besaß. Aber jetzt war sie vor allem manisch darauf bedacht, dass ein bestimmter Zeitplan eingehalten wurde, ein richtiger Hausdrachen. Und Édouard, der sonst so bestimmt auftrat und immer seine Späße trieb, verwandelte sich gerade in ein verängstigtes Wesen, das seine Worte und Gebärden vorsichtig abwog und aufpasste, nichts falsch zu machen.

Zu viel Wohlwollen kann auch belastend sein, ich spürte einen seltsamen Drang in mir: Ich hätte die zwei, obwohl sie mir doch nur Gutes taten, auf den Mond schießen können. Ich wollte allein sein und nicht mehr ständig reden und das Ausmaß meiner Schmerzen beschreiben müssen. Die allgegenwärtige Sorge in ihrem Blick machte mich vollkommen fertig. Ich schloss an diesem Abend das Zimmer ab. Ein unmissverständliches Zeichen. Ich fürchtete, sie könnten nachts kommen, um nachzusehen, ob ich auch gut schlief. Diese Freundschaft kannte keine Atempause, keine Erholung. Im Krankenhaus hatte ich zwar schlecht geschlafen, doch die verordnete Ruhe hatte meinen inneren Akku wieder aufgeladen. Von Müdigkeit also keine Spur. Ich griff zum Handy. Jahrelang war ich süchtig gewesen nach diesem Ding, hatte immer auf der Lauer gelegen nach frischen Nachrichten. In meinem Umgang mit Menschen gab das geschriebene Wort den Ton an. Und das Handy war der heiße Draht zum Büro. Man konnte mich jederzeit informieren. Und wenn ich so tat, als wäre es mir unerträglich, jederzeit erreichbar sein zu müssen, log ich natürlich. Denn in Wirklichkeit war ich wie im Rausch und fand das klasse. Das Handy lieferte zudem gute Gründe, sich aus unangenehmen gesellschaftlichen

Situationen auszuklinken. Kein noch so winziges Zeitfenster durfte ungenutzt bleiben, ich checkte immer meine
E-Mails und antwortete auch sonntags, in der Hoffnung,
meine Einsatzbereitschaft und Professionalität würden dem
Kunden nicht verborgen bleiben. Wenn meine Frau sich
aufregte, weil ich andauernd auf der Tastatur herumklim-
perte, erklärte ich ihr, *wie wichtig* die Angelegenheit gerade
war. Doch seit ein paar Tagen war alles anders. Während
meines Krankenhausaufenthalts hatte ich das Handy aus-
geschaltet. Was vor Kurzem noch mein Leben bestimmt
hatte, verlor mit einem Mal jegliche Bedeutung. Ich verstand nicht, wie ich so hatte verkommen können. Es hatte
keinen Tag gegeben, an dem die Fänge der virtuellen Welt
mich losgelassen hätten. Allmählich wurde mir klar, dass
auch das sowohl eine nervliche als auch eine körperliche
Belastung gewesen war.

Auf meiner Mailbox befanden sich mehrere Nachrichten.
Die meisten von Freunden und Kollegen, es war aber auch
eine von meinen Eltern dabei. Sie ging ungefähr so: «Hoffentlich bist du wohlauf … wir haben nachgedacht über das,
was du gesagt hast … es ist nicht gut, sich so aufzuregen …»
Ein paar Sätze in dieser Art, zum Schluss kam eine liebe-
volle Grußformel. «Alles Liebe» oder so, aber ich könnte es
nicht beschwören. Wie symptomatisch: Im Moment der
Gunstbezeigung war der Empfang schlecht. Die Liebe meiner Eltern drang nur schwer zu mir durch. Ich löschte die
Nachricht und hörte mir die nächste an. Es war ein seltsames Gefühl, das Objekt solcher Sympathiebekundungen zu

sein. Ich vernahm die Stimme meiner Sekretärin und die von Élises bester Freundin. Es mag blöd klingen, aber zum ersten Mal seit Langem kam es mir so vor, als würden die Leute mich mögen. Ich hatte mich in meine Einsamkeit hineingesteigert. In Wirklichkeit hatte ich Freunde, die mir halfen und sich um mich kümmerten. Der Gegensatz zwischen meiner eigenen Sicht der Dinge (ich traf Entscheidungen, die darauf abzielten, meinen Gesundheitszustand zu verbessern) und der Außenwahrnehmung (ich war arbeitslos, würde demnächst geschieden werden und lag im Krankenhaus) fiel mir nicht weiter auf. Von außen betrachtet waren die Umstände wohl einen kleinen aufmunternden Anruf wert.

Schließlich kam eine Nachricht von Audibert. Mit äußerst gesetzter Stimme (die er nur auspackte, wenn etwa entscheidende Verhandlungen mit den Japanern anstanden) bat er mich um Rückruf: «Ich habe Ihnen etwas Wichtiges mitzuteilen.» Er fügte sogar hinzu: «Es ist dringend.» Ich fragte mich natürlich schon, was das sein konnte. Aber das machte man nicht, am Sonntagabend zurückrufen, auch wenn er meinte, es sei «dringend». Diese Anstandsregel kam mir ganz gelegen: Ich hatte gar keine besondere Lust, ihn anzurufen. Audibert war mir eigentlich egal. Was er mir mitzuteilen hatte, wie es in dieser Affäre weiterging, alles, was die Arbeit betraf, interessierte mich überhaupt nicht mehr. Ich wollte bloß ein wenig schlafen. Aber wie? Mit Schäfchenzählen hatte ich es noch nie probiert. Der Gedanke, eine Horde Schafe könnte eine Einschlafhilfe sein, war mir immer reichlich absurd vorgekommen.* Ich stellte mir vor, wie die Schafe auf mich draufsprangen und wie ich unter einem Haufen aus Wolle begraben lag. Aber ich kam mir dabei so lächerlich (wie die Schafe) vor, dass ich lachen musste. Vom Einschlafen war ich weit entfernt, aber immerhin tat mir mein Rücken kaum noch weh. Die Schafe hatten mich abgelenkt. War doch eine gute Idee gewesen, sie anzurufen.

8

Intensität der Schmerzen: 1
Gemütslage: tiefenentspannt

---

* Wer die Geschichte mit den Schafen wohl erfunden hat? Wer kam als Erstes auf diesen Gedanken: «Ich glaube, heute Abend werde ich die Schafe zählen, damit ich besser einschlafen kann.» Und wie hat diese Person es in der Folge fertiggebracht, die ganze Welt mit dieser Methode zu infizieren?

9

Schon lange hatte ich nicht mehr so gut geschlafen. Sich von materiellen Dingen zu lösen, schien mir der richtige Weg zu sein. Ich spürte, es war eine Erleichterung, einige Verbindungen zur Welt zu kappen. Modernes Leben und gesunder Schlaf sind schwierig unter einen Hut zu bringen. Man kommt gar nicht mehr zum Abschalten. Ich hatte ständig die Nachrichten verfolgt; wusste über jedes Attentat, jede Regierungserklärung, jedes Sportergebnis sofort Bescheid. Ich hatte wie Millionen andere gelebt. Grund genug, mit den Nerven am Ende zu sein. Doch all das lag nun hinter mir. Die Welt konnte getrost untergehen, es war für mich nicht mehr von Belang. Ich warf einen Blick auf die Uhr: fast zehn. Unglaublich. Wann hatte ich das letzte Mal so lange geschlafen? Der seiner frühen Morgenstunden beraubte Tag, der vor mir lag, erschien mir in den schillerndsten Farben.

Jemand hatte einen Zettel unter der Tür durchgeschoben. Ich erhob mich gemütlich und las ihn auf. Ich erkannte sofort Édouards Gekritzel.* Er schlug vor, sich zum Mittag-

---

* Das sind auch zwei Sachen, die man nicht unter einen Hut kriegt: ein Arzt und eine leserliche Schrift. Würde mich interessieren, warum das so ist.

essen zu treffen. Ganz klein hatte er noch dazugeschrieben: «Dann können wir in Ruhe reden ...» Wie bedeutungsschwanger diese drei Pünktchen waren. Das roch nach massivem Getuschel. Er hatte da ja noch diese Idee, wie man meinen Rückenschmerzen Abhilfe schaffen könnte, aber gestern waren wir nicht mehr dazu gekommen. Ich würde das später entscheiden. Ich wollte nach dem Aufwachen nicht gleich das Tagesprogramm festlegen, lebte lieber von einer Minute in die andere hinein. Außerdem hatte ich schon den ganzen Sonntag mit Édouard und Sylvie verbracht. Ich brauchte eine Pause. Als hätte sie darauf gewartet, dass ich aufwache, erschien Sylvie:

«Bist du jetzt endlich wach?»

«Ja, seit ein paar Minuten.»

«Ich hab Kaffee gekocht. Soll ich dir das Frühstück ans Bett bringen?»

«Nein. Ich steh auf und komm in die Küche runter ...»

Nach einem solchen Satz geht jeder normal strukturierte Gastgeber aus dem Zimmer. Mein Satz bedurfte keines weiteren Kommentars. Sylvie blieb jedoch in der Tür stehen. Sie schaute mich unverwandt an, sagte aber nichts, so dass ich mich nach einer Weile bemüßigt fühlte zu wiederholen: «Ich komm gleich in die Küche ...»

Ohne auf meinen Vorschlag einzugehen, kam sie auf mich zu. Sie wirkte wie hypnotisiert, schien einem merkwürdigen Drang zu gehorchen. Sie sah mir tief in die Augen und ließ sich langsam auf dem Bett nieder. Nie zuvor hatte ich einen solchen Ausdruck in ihrem Gesicht gesehen. Nie. Er ließ keine Schlüsse zu, ihre Miene drückte weder Heiterkeit noch Besorgnis aus. Ihre Hand, die rechte, deutete eine Bewegung an. Sie strich bedächtig über das Laken, wirklich sehr bedächtig. Dann begann sie, meine Beine zu streicheln, wobei ich mir in diesem Punkt nicht ganz sicher bin. Ich brachte keinen Ton heraus. Ich verstand nicht, was sie da machte. Oder doch, ich verstand, aber ich wollte nicht wahrhaben, dass ich verstand. Dabei konnte kein Zweifel mehr bestehen, denn ihre Hand befand sich schon auf meinem Oberschenkel. Sie fuhr diesen Oberschenkel rauf und runter und näherte sich bedrohlich meinem Geschlecht. Ich wich zurück, versuchte zu fliehen, doch sie erhöhte den Druck.

Dann wollte sie mich küssen, mit gespitzten Lippen, so spitz, dass ich fürchtete, sie könnten gleich abbrechen. Trotz dieser Lippenstellung gelang es ihr, einige obszöne Laute zu artikulieren, die ich hier nicht wiederzugeben wage. Eine jahrelang unterdrückte nymphomanische Veranlagung brach sich Bahn, hätte man meinen können.

«Aber was machst du denn da?»

«Ich will dich. Ich begehre dich schon die ganze Zeit.»

«Bei dir piept's wohl! Das geht doch nicht! Das können wir Édouard doch nicht antun!»

«Ach, scheiß auf Édouard! Mit dem läuft schon seit Monaten nichts mehr!»

Ich wusste nicht, wie ich mich ihrer Angriffe erwehren sollte. Sie hatte mich in den hintersten Winkel des Bettes gedrängt. Verzweifelt warf ich den Kopf hin und her. Dass die Begierde nicht auf Gegenseitigkeit beruhte, schien sie nicht weiter zu stören. Und es ging ja nicht nur um Begierde. Da war auch noch die Moral. Édouard war mein Freund, und ich fand, dass man mit den Frauen von Freunden nicht ins Bett stieg. Genau so ist Freundschaft übrigens definiert: Ein Freund ist jemand, von dessen Frau du die Finger lässt. Also das kam wirklich nicht infrage. Da wir dies geklärt hätten, können wir nun dazu kommen, dass Édouard mich angelogen hatte. Die großen Reden, die er geschwungen hatte, wie beschwingt sein Sexualleben doch sei, dröhnten mir noch gut im Ohr. Er und seine Frau würden im sexuellen Jungbrunnen baden. Dafür hatte ich ihn bewundert, und danach hatte ich mich schuldig gefühlt, weil meine Frau und ich nicht im gleichen Wahnsinnszustand des unverminderten Verlangens nacheinander schwebten. Ich hatte mich nicht schuldig gefühlt, weil ich auch andere Frauen begehrte, sondern weil ich die meine darum weniger begehrte. Es war doch nichts tragischer, als gemeinsam durchs Leben zu gehen, die schönen Dinge des Lebens (die Kinder, Erinnerungen, Zärtlichkeit) zu teilen und dabei allmählich die Sinnlichkeit abzustreifen. Das Leben war einfach schlecht angelegt, Édouards Erzählungen hatten mir meinen erotischen Niedergang vor Augen geführt.

Und jetzt erfuhr ich, dass nichts von dem, was er mir erzählt hatte, stimmte. Ich war mir nämlich sicher, dass Sylvie die Wahrheit sagte: Der Körper lügt nicht. Und einem Freund weiszumachen, das eigene Leben sei viel aufregender als das des Freundes, war eines Freundes unwürdig. Das heißt, mir war schon klar, dass Édouard sich vor allen Dingen selbst in die Tasche log. Die Vorstellung, was für ein packendes Leben man führen könnte, ist immer äußerst wohltuend. Während ich derlei Überlegungen anstellte, versuchte Sylvie weiter, meinen Widerstand zu brechen.

«Hör auf, ich will nicht …», rief ich immer wieder.

«Oh, das hat sich aber schon mal ganz anders angehört! Davon hast du doch immer geträumt!»

«Das war vor zwanzig Jahren …»

«Na und, jetzt gebe ich mich dir hin … endlich …»

« … »

Es ließ sich nicht verleugnen: Sylvie hatte meine sexuellen Fantasien genährt, als wir uns kennengelernt hatten. Für einen erst kürzlich der Pubertät entronnenen jungen Mann wie mich war sie eine Traumfrau, da sie schon ein bisschen älter und irgendwie freier war. Doch wie gesagt verflüchtigten sich die Fantasien, als Édouard aufkreuzte. Indem das geliebte Wesen einen Zahnarzt ehelicht, ist es vorbei mit der Liebe, das ist so ein Allheilmittel. Da wandert die Begierde schnurstracks ans andere Ende der erotischen Welt aus. Und nun mühte Sylvie sich ab, um das längst erloschene Feuer in mir neu zu entfachen, sie blies leidenschaftlich in die kalte Asche. Um sie nicht noch weiter zu reizen, brachte ich ein schlagendes Argument vor, ein Argument, mit dem ich es umging, ihr zu sagen, dass ich keine Lust hatte. «Das können wir Édouard doch nicht antun», versuchte ich immer wieder, auf sie einzuwirken. Nach einer Weile holte sie die

Wirklichkeit oder vielleicht auch die Scham ein, und sie ließ ab von mir. Ich glaube, sie überlegte einen Augenblick, ob sie sich jetzt wortlos verziehen sollte, doch schließlich stammelte sie:

«Tut mir leid. Ich weiß gar nicht, was in mich gefahren ist.»

«Macht nichts.»

«Am besten, du streichst meinen Anfall einfach aus deinem Gedächtnis.»

«Ja, ja natürlich ...»

Sie stand langsam auf, verließ dann aber sehr schnell das Zimmer.

Sie sah es also als einen kurzzeitigen Anflug von Wahnsinn an. Ein unbeherrschbarer und insofern verzeihlicher Trieb sei über sie gekommen. Dafür konnte sie nichts. Ein körperliches Missgeschick. Mir kam ihr Überfall irgendwie wie eine Verzweiflungstat vor, wie ein Hilferuf. So wie die einen im Affekt Selbstmord begehen, handeln andere im erotischen Affekt. Ich will damit nicht sagen, dass eine Frau mit dem Leben abgeschlossen haben muss, wenn sich in ihr das Bedürfnis regt, mit mir zu schlafen, nein, das nicht. Aber irgendwie hatte ich den Eindruck, dass Sylvie die Segel gestrichen hatte. Es mussten schreckliche Zweifel an ihr nagen. Sie war in einem Alter, das keines war. Zu jung, um schon alt zu sein, und zu alt, um noch jung zu sein. Die Signale ihres Körpers waren unüberhörbar. Jedenfalls gab ihr die Ge-

schichte mit mir zu denken. Und mit den Schlussfolgerun-
gen, die sie daraus zog, sollte sie uns bald alle überraschen.

*

Ein paar Minuten später kam ich in die Küche. Sylvie saß
reglos auf einem roten Hocker. Ich ging auf sie zu und
packte sie an den Armen, um sie hochzuziehen. Wir standen
uns gegenüber, schauten uns einen Augenblick an und begannen dann zu lächeln. Ich schloss sie in meine Arme. Das
Resümee einer zwanzigjährigen Freundschaft. Wir verharrten eine Weile in dieser Umarmung. War alles nicht so
schlimm.

10

Intensität der Schmerzen: 0,5
Gemütslage: auf der Flucht

11

Als ich aufbrach, um Édouard zum Mittagessen zu treffen, nahm ich sämtliche Sachen mit. Sylvie verstand, ich musste ausziehen. Irgendwo anders unterkommen. Ich wusste noch nicht, wo, aber mir gefiel dieses Gefühl der Ungewissheit. Es kam bei mir ja nicht alle Tage vor, dass ich keine Ahnung hatte, wo ich in dieser Nacht schlafen würde. Ich war wie ein Vagabund. Aber wahrscheinlich würde ich mir ein Hotelzimmer nehmen, ich machte mir eigentlich keine großen Sorgen. Ich schob alle Steine, die auf meinem Weg lagen, locker beiseite, mein Rücken würde es mir hoffentlich danken. Die seltsame Gelassenheit, mit der ich die Dinge anging, ließ mehr denn je darauf schließen, dass mein Leiden psychosomatischer Natur sein musste. Sollte es mir gelingen, mich zu entspannen und meine Probleme in den Griff zu bekommen, würden sicher auch die Schmerzen verschwinden.

Aber natürlich hatte ich es mit einem hinterhältigen Feind zu tun. Ich brauchte mich nur der leisesten Hoffnung auf Heilung hinzugeben, schon spürte ich wieder Stiche im unteren Rückenbereich. Mein Rücken raunte mir zu: «Nein, es ist nicht vorbei.» Es war wie mit der Schuld bei Raskolnikoff. Ich musste mich *in Geduld üben*, ich verstand diesen

Ausdruck besser denn je zuvor. Die Stunden des Glücks ließen noch ein Weilchen auf sich warten. Doch jedes Mal,
wenn die Schmerzen wiederkamen, war ich tiefer am Boden
zerstört. Es gibt nichts Niederschmetternderes als den Rück-
fall (allein das Wort ist schon schrecklich). Wenn man glaubt,
das Tal bereits durchschritten zu haben. Ich setzte mich auf
eine Bank und sah zu, wie mein soeben noch vorhandener
Gleichmut entschwand wie ein Unbekannter in einer Men-
schenmenge. Das Wohlgefallen löste sich auf. Meine Stimmung schwenkte radikal um. Sie wogte mit dem Kommen
und Gehen der Schmerzen auf und ab, die typischen Launen des Unseligen eben. Dunkle Gedanken stiegen in mir
auf. Eine Vielzahl von Fragen stürmte auf mich ein, wo ich
doch noch vor wenigen Augenblicken die Vorzüge meines
unerschrockenen Lebenswandels gerühmt hatte (ich hatte
mir ein Lächeln abgerungen, weil ich nicht wusste, wo ich
heute übernachten würde): Was sollte aus mir werden? Wie
sollte ich meinen Lebensunterhalt bestreiten? Würde ich im
Rollstuhl enden? Wie zur Illustration meiner Ängste erspähte ich plötzlich unweit von mir einen Obdachlosen. Er
schien mir so um die fünfzig zu sein, vielleicht auch jünger,
womöglich war er gar genauso alt wie ich? Was wusste ich
schon? Wenn man so auf der Straße lebt, altert man bestimmt schneller. In einem Jahr Obdachlosigkeit vielleicht
um zehn Jahre. Unmöglich, im Auftauchen dieses Clochards
kein Zeichen zu sehen. Er war der, der ich einmal sein
würde. Das war meine Zukunft. Ohne Zweifel. Warum war
ich darauf nicht gekommen, es lag doch auf der Hand? Ich
hatte keine Arbeit mehr, keine Frau, kein Geld, nichts, die

Kinder kamen ganz gut ohne mich aus, und irgendwann würden sie nichts mehr mit mir zu tun haben wollen. Man musste sich ja schämen mit einem Vater wie mir. Gebrechlich und von allen guten Geistern verlassen, ein Freak in privater wie in beruflicher Hinsicht. Je länger ich darüber nachdachte, desto besser erkannte ich mich in dem Clochard wieder. Ich konnte meinen Blick gar nicht mehr von ihm abwenden. In dem Augenblick trat eine Frau auf ihn zu und warf ihm ein Zehn-Cent-Stück hin. Das heißt, ich konnte nicht genau sehen, ob es wirklich ein Zehn-Cent-Stück war, aber es war eine kleine Münze, ein lächerlicher Betrag. Ein Tropfen auf den heißen Stein. Zehn Cent, nicht mehr … Aber besser als nichts, eine Geste immerhin. Er bedankte sich und schenkte der Frau ein breites Lächeln, ein riesiges Lächeln, ein Jahrhundertlächeln. Dabei war zu sehen, dass er fast keine Zähne mehr hatte. Ihm fehlten die Mittel, sich behandeln zu lassen. Er würde sterben. Und wenn es einem so dreckig geht, lächelt man eine Frau, die einem zehn Cent hinwirft, an wie ein Hund. Ich wäre am liebsten dieser Frau hinterhergegangen, um mich ebenfalls zu bedanken. Denn ich hatte das Gefühl, als hätte sie mir diese zehn Cent hingeworfen. Ich wollte ihr danken, weil mich sonst niemand mehr eines Blickes würdigte, weil mich niemand mehr je wieder eines Blickes würdigen würde.

Da geschah etwas Unglaubliches.

Der zu Wechselbädern neigende Irrsinn des Lebens hielt eine Kunde für mich bereit, die meine ungezügelten Untergangsfantasien bremste. Eben noch war ich ein Häufchen Elend gewesen und hatte die Lage zugegebenermaßen etwas dramatisiert. Manchmal tut es ganz gut, sich die größtmöglichen Katastrophen und schlimmsten Szenarien auszumalen. Erwachsene brauchen das, wenn sie nicht mehr weinen können wie Kinder. Wenn sie ihrem Zweifel und ihrem Kummer nicht mehr freien Lauf lassen können. Ich saß auf meiner Bank, als sich die Wirklichkeit in Form eines Telefonläutens meldete. Ich schaute auf mein Handy und der angezeigte Name war: Audibert. Über Sylvies morgendlichen Eskapaden hatte ich total vergessen, ihn zurückzurufen. Obwohl er gesagt hatte, es sei «dringend». Ich ging ran.

«Hallo?»

«Ah, guten Tag … störe ich Sie gerade?»

«Nein, nein … überhaupt nicht.»

«Haben Sie meine Nachricht erhalten?»

«Ja … ja … entschuldigen Sie … dass ich gar nicht zurückgerufen habe … ich hatte gesundheitliche Probleme …»

«Oh … hoffentlich geht's Ihnen jetzt wieder besser.»

«Ja, danke. Das wird schon wieder.»

«Gut, dann ist ja alles in Ordnung. Gesundheit ist nämlich das Allerwichtigste.»

«Ja, das sehe ich genauso.»

«Ich wollte mit Ihnen sprechen wegen Ihrer Entlassung.»

« … »

«Ich hab gute Neuigkeiten.»

«Aha?»

«Ich will gar nicht auf die Details eingehen, aber Ihr Kollege verzichtet darauf, Anzeige gegen Sie zu erstatten. Und wir haben die Sache so arrangiert, dass Sie nicht wegen schweren persönlichen Fehlverhaltens entlassen werden ...»

«Ah ... vielen Dank ...»

«Folglich ... auch angesichts der Tatsache, dass Sie ein langjähriger und verdienter Mitarbeiter des Hauses sind ... werden Sie eine Abfindung erhalten ... das heißt ... Sie können sich ein bisschen Zeit lassen ...»

«Ich kann mir Zeit lassen?»

«Ja, ich meine ... Sie können die Dinge in Ruhe auf sich zukommen lassen ...»

«Ich kann die Dinge in Ruhe auf mich zukommen lassen?»

«Ja, also ... das ist doch eine gute Nachricht, oder?»

«Ja, doch ... eine sehr gute Nachricht ... danke ... für alles, was Sie für mich getan haben ...»

«Keine Ursache.»

« ... »

« ... »

«Wir werden Sie vermissen», sagte er noch und legte auf.

Ich blieb einen Augenblick still sitzen. Das war ein komisches Gespräch gewesen. Audibert hatte schon angedeutet, dass er alles unternehmen werde, um die Angelegenheit auf diese Art zu lösen, aber sein herzlicher Umgangston hatte mich doch verwundert. Man könnte diesen Ton auch liebevoll nennen. «Wir werden Sie vermissen», unfassbar, aber das hatte er gesagt. In den zehn Jahren, in denen ich für ihn gearbeitet hatte, war er nie so liebenswert gewesen, auch wenn er nie unangenehm geworden war. Er hatte zu seinen Angestellten immer eine gewisse Distanz gewahrt und ließ keine freundschaftlichen Beziehungen aufkommen. Jetzt wurde mir klar, dass das Teil einer beruflichen Taktik war. In Wirklichkeit war er ganz anders. Wenn er am Morgen ins Büro kam, verstaute er sein eigentliches Wesen in seinem Köfferchen. Die Arbeit war ein Staat im Staat. Eine Welt des Scheins, in der man sich auf die Kunst der Verstellung zu verstehen hatte und in der jeder eine seiner Funktion entsprechende Rolle spielte. In dem Moment, in dem ich aus dem Spiel ausschied, kapierte ich seine Regeln. Zu meinen grundlegenden Charakterzügen gehörte sicherlich: dass ich der Wirklichkeit immer etwas hinterherhinkte.* Als ich gearbeitet hatte, hatte ich die Sache nicht durchschaut, das war mein Problem. Natürlich ging ich nicht jedem und allem auf den Leim, so war es nun auch wieder nicht, aber indem ich ohne Tarnung durch die Büroräume schlich, verschloss ich letztlich vor mancher Intrige die Augen. Ich spürte keine Reue, ich erfüllte eben nicht die Voraussetzungen, um die Karriereleiter weiter hinaufzuklettern. Ich war eben kein großer Diplomat und auch kein großer Schauspieler, ich hatte kein Talent, in die Rolle eines anderen hineinzuschlüpfen. Ich war nicht begabt darin, die Dinge zwischen den Zeilen herauszuhören, ich war auf ewig dazu verdammt, ich selbst zu bleiben.

---

* So passierte es mir oft, dass mir am Donnerstag eine Antwort auf eine Frage einfiel, die mir am Montag gestellt worden war.

Ich brauchte noch ein paar Minuten, bis ich verstand, was diese Unterhaltung jetzt konkret bedeutete: Offensichtlich würde ich eine größere Geldsumme beziehen. Und mir würde auch Arbeitslosengeld zustehen. Einige Tage nachdem mir Élise von dem Scheck ihres Vaters erzählt hatte, schickten sich die finanziellen Nöte weiter an, sich in nichts aufzulösen. Von der Abfindung würde ich zwei oder drei Monate leben und mich dem Nichtstun hingeben können. Aber ich wollte nicht nichts tun. Immerhin war ich nicht in Eile. Ich überlegte, was ich mit dem Geld anfangen könnte, aber mir fiel nichts ein. Ich hatte keine Bedürfnisse, kein Verlangen. Vielleicht sollte ich irgendwohin fahren? Keine Lust. Der Gedanke daran, in meinem Zustand eine Reise zu machen, stresste mich schon jetzt. Es gab keine Wünsche, die ich mir erfüllen wollte. So war es eigentlich schon immer gewesen. Im Geldausgeben war ich nie sonderlich gut gewesen, nicht weil ich geizig war, sondern weil mir jegliches Konsuminteresse fehlte. Dass es einmal eine solche Zeit in meinem Leben geben würde, hätte ich mir nie träumen lassen: keine Frau, keine Kinder, keinen Beruf, keine finanziellen Sorgen. Wie oft würde es solche Perioden geben? Ich hatte noch keine erlebt. Es lag ein nie dagewesenes Leben vor mir.

Jahrelang waren die Gedanken ans Geld, an die Steuer, an all die Rechnungen, die zu bezahlen waren, eine große Belastung für mich gewesen. Oft war ich mitten in der Nacht aufgewacht, weil mein Kopf im Traum weiterrechnete. Ich überschlug die anstehenden Kreditraten, schwankte zwischen verschiedenen Anlageoptionen, ermittelte meine neue Steuerklasse nach dem jüngsten Regierungswechsel, kalkulierte mit Schrecken die Beitragserhöhung der Krankenkasse mit ein, und dann kam mir plötzlich die Gasrechnung in den Sinn und die Autoversicherung, das Schulgeld für Paul und die ganzen Geburtstage, die alle Leute ständig hatten, und Élise, die immer wieder fragte: «Wann streichen wir endlich das Badezimmer?» Mir gingen andauernd solche Sachen im Kopf herum, aber auf eine irgendwie diffuse Art, ich merkte es nicht einmal, im Stillen zog die Angst unbeirrt ihre Kreise. Komisch, dass mir erst jetzt, da ich von meiner finanziellen Unabhängigkeit erfuhr, klar wurde, dass ich mich all die Jahre der Angst gebeugt hatte. Das Gefühl der Befreiung, das ich spürte, war auch körperlich. Mir ging's besser. Ja, so konnte man das sagen. Ich hatte meine Geldsorgen wohl auch auf dem Rücken meines Rückens ausgetragen. Sie waren sicherlich nicht die Hauptursache meiner Schmerzen gewesen, aber ich fühlte mich doch erleichtert. Ich wollte in irgendeinen Laden gehen und irgendetwas kaufen. Normalerweise wog ich gründlich das Für und Wider ab und kam dann zu dem Schluss, dass ich gar nichts brauchte. Ich merkte, dass ich mir da etwas vormachte. Man lügt sich gern in die Tasche, um die eigenen Mittel seinen Wünschen anzupassen. Und das ist auch das Einzige, was man gegen den Frust machen kann. Auf einmal stieg die Kauflust in mir auf. Eine Lust, die nicht den endlosen Regeln der Vernunft unterworfen war. Ich setzte mich in Bewegung und dachte an all die Sachen, die ich mir kaufen könnte. An einem Geldautomaten hob ich fünfzig

Euro ab. Ich hielt mir den Schein vors Gesicht und betrachtete ihn einen Moment lang. Da spürte ich plötzlich einen heftigen Drang in mir, und ich ging noch einmal zurück. Zu der Bank, auf der ich gesessen hatte, als Audibert anrief. Der Clochard war immer noch da, wahrscheinlich verbrachte er den ganzen Tag hier. Ich ging auf ihn zu und hielt ihm den Geldschein hin. Er schenkte mir ein Lächeln, genau das gleiche, das er der Frau vorhin geschenkt hatte. Der Betrag war also im Grunde egal. Allein die Geste zählte. Ich erzähle das nicht, um in einem großzügigen oder freigebigen Licht zu erstrahlen, so wie man sich gerne edler Taten rühmt, die einem eine solche Befriedigung verschaffen, dass sie die Geste des Helfens eigentlich vollkommen entstellt, nein, ich erzähle das nicht, um mich selbst zu loben, denn die Wahrheit ist eine ganz andere: Ich war immer noch fest davon überzeugt, dass dieser Mann ich selbst war.

12

Intensität der Schmerzen: 2
Gemütslage: wieder auf dem Damm

13

Manche Leute sind immer gleich. Ein faszinierendes Phänomen. Édouard ist der ausgeglichenste Mensch, den ich kenne. Die Tage gehen spurlos an ihm vorüber. Es ist beruhigend, einen Freund zu haben, der solche Züge trägt. Dessen Gemütsverfassung eine verlässliche Größe ist. Vielleicht hing das ja auch mit seinem Beruf zusammen. Um ständig in den Mündern anderer Leute herumzuwühlen, war sicherlich eine etwas distanzierte Sicht der Dinge vonnöten. Als Zahnarzt mutierte man wohl leicht zum Buddhisten. Édouard begrüßte mich also mit seiner schier unveränderlichen Miene, gleichmütig wie der Gott des Alltags. Was mich anging, musste ich in einem fort an die Erotikattacke seiner Frau denken. Ich wollte mich als noch besserer Freund als er selbst erweisen. Ich stellte ihm allerlei lästige Fragen über sein Leben, sodass er schließlich Verdacht schöpfte:

«Sicher, dass auch alles in Ordnung ist mit dir?»

«Jaja.»

«Es macht mir Sorgen, wie du dich benimmst.»

«Ach ja? Wieso?»

«Du stellst so viele Fragen … interessierst dich dafür, wie es mir geht … willst alles ganz genau wissen … gehst ins Detail …»

«Na und? Ich bin doch … dein Freund.»

«Wenn du mein Freund bist, dann sag mir, was mit dir los ist.»

«Was … soll schon los sein?», stotterte ich.

«Haben die Ärzte irgendwas herausgefunden?»

«Nein …»

«Sicher?»

«Wenn ich's dir sage.»

«Ah, das beruhigt mich. Du hast mich total fertiggemacht mit deinen Fragen. Ich dachte schon, du willst für immer Abschied nehmen …»

«…»

Anscheinend hatte ich einen allzu mitleidserregenden Ton angeschlagen. Aber es ist schwer, eine angenehme Gesprächsatmosphäre herzustellen, wenn die Frau des Gesprächspartners erst kürzlich einen Vergewaltigungsversuch bei einem unternommen hat. Doch anstatt des Vergewaltigungsversuchs hatte Édouard sich vorgestellt, dass die Ärzte einen Tumor bei mir festgestellt hatten. Das sagt einiges darüber aus, was sich in menschlichen Beziehungen so abspielt: Nimmt man Anteil am Leben des anderen, bedeutet das, dass man etwas zu verheimlichen hat. Im Grunde bestand kein Anlass zur Sorge. Édouard war in dieser Hinsicht nie besonders scharfsinnig gewesen. Eine Eigenschaft, die ich immer an ihm gemocht hatte. Manchmal wirkte er der Realität komplett entrückt. Es schien, als habe er einen Teil seiner Kindheit ins Erwachsenenleben hinübergerettet. In dem Punkt waren wir uns übrigens ähnlich. Bei aller beruflichen Verantwortung, die wir trugen, blieben wir vor unserem Alter doch geradezu ungläubig stehen, und das verband uns. Wir waren nie wirklich auf den Zug der Seriosität aufgesprungen. Zum Beispiel gehörten wir beide der seltenen Spezies von Männern an, die mit Krawatte immer irgendwie lächerlich aussahen.

Doch zur Hauptsache. Édouard wollte mir von seiner Idee erzählen.

«Es geht um deinen Rücken», begann er.

« ... »

«Also ... ich denke, du hast schon viele Behandlungsmethoden ausprobiert ... aber du bist noch nicht zum Eigentlichen vorgedrungen.»

«Aha? Und was ist das?»

«Das Wichtigste im Leben eines Mannes ist, dass er sexuelle Spannungen abbaut.»

« ... »

«Du hast ja schon angedeutet, dass bei Élise und dir zum Schluss nicht mehr so viel gelaufen ist im Bett.»

«Na ja ... es ging so.»

«Und jetzt, wo ihr getrennt seid, solltest du dir das mal durch den Kopf gehen lassen.»

«Was, meinst du, sollte ich mir durch den Kopf gehen lassen?»

«Du warst bei verschiedenen Ärzten, hast Psychoanalyse und Magnetfeldtherapie und was weiß ich was noch alles gemacht. Aber keine Behandlung schlägt an. Du brauchst richtig professionelle Hilfe.»

«Professionelle Hilfe ... wobei?»

«Beim … Sex», flüsterte er und schaute sich um, obwohl das Restaurant doch fast leer war.

«Du spinnst wohl! Ich hab überhaupt keine Lust.»

«Es geht nicht darum, ob du Lust hast oder nicht. Es geht um deine Gesundheit. Du brauchst Sex … hemmungslosen, bestialischen Sex.»

«…»

«Tu nicht so, als hättest du noch nie mit dem Gedanken gespielt.»

«Also, ehrlich gesagt, spiel ich nicht allzu oft mit dem Gedanken. Ich war eigentlich ganz glücklich mit meiner Frau. Und jetzt gerade hab ich genügend andere Probleme, ich will mich auf überhaupt kein Abenteuer einlassen.»

«Du sollst dich auch gar nicht auf ein Abenteuer einlassen. Das ist 'ne Sache von einer Stunde. Dann zahlst du und gehst.»

«Hast du das schon mal gemacht?»

«…»

«…»

«Ich? Ob ich das schon mal gemacht habe?»

«Ja, du.»

«Natürlich nicht, du weißt doch, wie mit Sylvie die Post abgeht.»

«Ja, ja … ich weiß», sagte ich, um ihn nicht zu verdrießen. In seinem Blick war nicht der geringste Zweifel an der Wahrheit der eigenen Worte zu lesen. Die Wirklichkeit lässt sich schon mal von der Überzeugungskraft einer Lüge einwickeln; und irgendwann geht die Lüge als Wahrheit durch.

Während des Essens gab Édouard alles, um mir seine grandiose Idee schmackhaft zu machen. Allmählich kam ich ins Grübeln. Hatte ich wirklich ein so erfülltes oder doch wenigstens achtbares Sexualleben? Oder war die Liebe nur ein sinnloser Akt, der die Sinne betäubte? Nach dem Sex war ich meistens müde. Ich wollte nach dieser körperlichen Wohltat, dieser befreienden Erholung schlafen. War das vielleicht nicht genug? Die Unterhaltung mit Édouard brachte mich ins Wanken. Womöglich rührte mein Dilemma von einem gar nicht wahrgenommenen Frust her? Auch wenn mein Verlangen nach meiner Frau nachgelassen hatte, hatte ich doch nicht das Gefühl gehabt, dass mir etwas abging. Ich liebte die Frauen, ich sah sie gern an, aber ich jagte nicht irgendwelchen Abenteuern hinterher. Ich konnte mir auch vorstellen, bis zur nächsten Liebschaft ohne Sex zu leben, das würde mir überhaupt keine Probleme bereiten. Ich hatte ganz andere Sorgen. Die Hartnäckigkeit meiner Schmerzen hatte die Abteilung Lust in den Hintergrund gedrängt. Was Édouard sagte, stimmte vielleicht. Schon möglich, dass die Schmerzen durch Küsse, Zärtlichkeiten und Wollust vergingen. Und wenn die Lösung all meiner Probleme im Körper eines anderen steckte?

Man musste nur ein wenig in die Geschichte zurückgehen, um sich bewusst zu machen, wie sehr die sexuelle Befreiung die Antwort auf alle Probleme war. Die Sache war ganz einfach: Bei jeder Krise lockerten sich die Sitten ein wenig mehr. Die Ölkrise ebnete der Legalisierung der Abtreibung den Weg (1974). Die strengen Moralvorstellungen, die nach dem allgemeinen Preisanstieg 1984 herrschten, wurden durch die ersten Pornos im Fernsehen versüßt. Und so weiter bis in unsere Zeit, die ja auch von einer heftigen Krise gebeutelt wird. Was machen die Leute? Sie besinnen sich auf die Liebe. Heiraten so viel wie nie zuvor. In Paris bieten Unbekannte auf der Straße Gratis-Umarmungen an, die *free hugs*. Es muss wirklich schlecht um eine Gesellschaft bestellt sein, wenn die Leute sich so lieben. Mir schien das alles zusammenzuhängen. Ich brauchte Liebe, ich musste alles rauslassen, was in mir schlummerte. Genau, Édouard hatte recht: Mein Rücken schrie förmlich nach sinnlichen Erfahrungen. Für mich noch kein Grund, professionelle Hilfe in Anspruch zu nehmen. Doch mein Freund ließ nicht locker: «Dein Leiden ist zu schlimm, du brauchst eine Frau, die das anzupacken weiß …» Er erzählte mir von einer Internetseite, wo es viele Kleinanzeigen gab und wo die Patienten – also die Freier – auch Kommentare hinterlassen konnten.

«Du kannst die Mädchen bewerten. Schreiben, was sie für Vor- und Nachteile haben. Wie sie allgemein sind. Wie sie es mit der Zeit handhaben. Alles Mögliche …»

«…»

Dass das ja Menschen waren, über die so geurteilt wurde, schien ihn nicht weiter zu schockieren. Als ich meine Vorbehalte zum Ausdruck brachte, meinte er:

«Das läuft jetzt überall so. Auch Professoren werden bewertet. Und sogar Zahnärzte.»

«Ach ja?»

«Ja, es gibt Seiten, wo Patienten ihre Meinung äußern können. Unsere Gesellschaft basiert auf der Meinung des anderen. Egal, ob du heute ins Theater, ins Kino oder ins Hotel gehst, als Erstes liest du dir die Kommentare der andern durch.»

« … »

«Genau, und so funktioniert's auch bei Prostituierten.»

Merkte Édouard, dass man ihn für einen gewohnheitsmäßigen Verfasser solcher Kommentare halten musste? Ich tat, als würde ich nicht groß Notiz davon nehmen, dass er sich mit dem Thema ja bestens auszukennen schien. Als wir nach dem Essen das Restaurant verließen, sagte ich ihm, dass ich mir ein Hotelzimmer nehmen würde.

«Aber wieso denn? Du kannst bei uns wohnen, so lange du willst.»

«Ich will einfach allein sein. Das wollte ich auch noch nie.»

«Aha … na jedenfalls kannst du gerne wieder bei uns einziehen, wenn du willst. Wir sind da, das weißt du ja.»

«Ja, weiß ich.»

«Sylvie wird bestimmt enttäuscht sein.»

« … »

«Ich glaube, es hat ihr Spaß gemacht, dich zu bekochen … und ein bisschen zu bemuttern … na ja, du kennst sie ja … sie ist immer sehr emotional …»

« … »

Ich lief eine Weile herum auf der Suche nach einem geeigneten Hotel. Ich war wie ein Tourist in meiner eigenen Stadt. Um den Alltagssorgen zu entfliehen, hatte ich − wie viele Leute − manchmal davon geträumt, alles hinzuschmeißen. Ein neues Leben zu beginnen, noch einmal bei null anzufangen. Aber dazu wäre ich nicht fähig gewesen. Also hatte das Schicksal das für mich in die Hand genommen. Mir war jeglicher Bezug zur Welt abhandengekommen. Manchmal wusste ich gar nicht mehr, was in mir selbst vorging. Ich fühlte mich weder glücklich noch unglücklich. Ich war in merkwürdige Gefilde des Daseins vorgedrungen, ziemlich schmerzfreie, wie ich feststellte. Ich fürchtete, gar nichts mehr zu empfinden, aber das war eine unbegründete Angst. Ich befand mich eben auf der Durchreise. Hatte das Steuer aus der Hand gegeben und trieb im Strom der Ereignisse dahin. Meinem Rücken schmeckte diese neue Trägheit, das spürte ich. Wie hatte ich mich so lange über Kleinigkeiten aufregen können?

Nun stand ich vor einem Hotel. Es war ganz klein und hieß «Les Pyramides». Ich ging hinein und fand eine verwaiste Rezeption vor. Da es auch keine Klingel gab, begann ich mich geräuschvoll zu räuspern, das Erste, was mir einfiel, um mich bemerkbar zu machen. Ein Mann um die fünfzig erschien. Mit seinem matten Teint, dem stolzen Schnauzbart und einer Nase, die die Form eines gleichschenkligen Dreiecks hatte, sah er aus wie ein waschechter Ägypter. Daher wohl der Name des Hotels.

«Ich war da gerade mit der Buchhaltung beschäftigt», entschuldigte er sich.

«Kein Problem.»

«Wie kann ich Ihnen helfen?»

«Ich möchte ein Zimmer.»

«Für eine Nacht?»

«Ja, vielleicht auch für länger.»

«Ah okay, prima …», sagte er und wirkte etwas überrascht, dass jemand die Möglichkeit in Betracht zog, mehrere Nächte hier zu verbringen. Er zeigte mir das Zimmer. Es erschien mir ganz reizend. Nichts Extravagantes und eher klein. Aber das Fenster ging zu einem kleinen Hof hinaus, der einen sehr ruhigen Eindruck machte. Eines dieser Pariser Hotels, wie es sie fast nicht mehr gibt, wie man sie nur noch in den Filmen der 1970er Jahre sieht. Ein Bett, ein Tisch, ein Stuhl: Genug, um einen Mann ohne Geltungsdrang glücklich zu machen. Das Bad war so zweckmäßig eingerichtet wie das Zimmer. Kein überflüssiger Luxus. Perfekt, verkündete ich. Der Mann erklärte mir, wann es Frühstück gab, ging aus dem Zimmer und sagte noch: «Erholen Sie sich gut.» So erledigt sah ich also aus. Ich war unrasiert und hatte nur eine einzige Tasche dabei. Bestimmt wirkte ich wie jemand, der sich auf der Flucht befand.

Ich legte mich aufs Bett. Die Matratze war viel zu weich. Das war nicht gut für meinen Rücken. Schon spürte ich, dass die Schmerzen wieder einsetzten. Mein Körper zollte dem langen Tag und den Anstrengungen Tribut. Abgesehen davon ging es mir gut, aber mir stand ja noch einiges bevor. Dieses Zimmer war mein Unterschlupf, in dem ich vor unerwarteten Zwischenfällen geschützt war. Ich hatte mir wohl ein bisschen was vorgemacht, als ich diesen Lebensabschnitt als besonders aufregend hingestellt hatte. Mit Schrecken harrte ich der Dinge, die da kommen würden.

14

Intensität der Schmerzen: 3
Gemütslage: touristisch

15

Am Ende konnte ich ganz gut schlafen. Beim Frühstück tauschte ich ein paar Nettigkeiten mit dem Inhaber des Hotels aus. Er war Grieche, nicht Ägypter. Komischerweise schien er sich gar nicht mehr von mir losreißen zu können, denn er blieb schweigend an meinem Tisch sitzen. Es sah fast so aus, als wolle er kontrollieren, ob ich auch meinen Kaffee austrank. Nach einer Weile blieb mir nicht anderes übrig, als so zu tun, als würde ich mich für ihn interessieren:

«Warum heißt Ihr Hotel denn ‹Les Pyramides›?»

«Weil ich sehr ehrgeizig bin. Ich fange gerade damit an, eine riesige Pyramide zu bauen …»

« … »

«Und bald werde ich ein Hotel besitzen, so groß wie das Ritz.»

Ich verstand die Geschichte mit der Pyramide nicht so recht, aber er schien es ernst zu meinen. Leute, die so fest an die Zukunft glauben, faszinieren mich immer. Als das Telefon läutete, stand er auf und machte eine entschuldigende Geste. Ich war froh, diese Unterhaltung nicht fortsetzen zu müssen. Ich hasste es, schon am Morgen zum Reden genötigt zu werden, noch dazu von einem Mann, und dann auch noch von einem schnauzbärtigen. Nach einer Weile kam ein deutsches Touristenpärchen herein. Wir nickten uns freundlich zu, wie Komplizen, die in ein Geheimnis eingeweiht sind. Im selben Haus zu schlafen verbindet. Ich verließ den Frühstücksraum und fand es schade, dass ich kein Deutsch konnte. Obwohl ich immer der Ansicht gewesen war, dass das die schönste Sprache der Welt ist. Und sogar die erotischste. Vielleicht auch deswegen, weil ich kein Wort verstand.

Ich schaute auf einen Sprung zu Hause vorbei, also, ich meine mein ehemaliges Zuhause. Es ist immer schwierig, so kurz nach der Trennung Bezeichnungen für Dinge und Bezüge zu Menschen zu finden. Ich nahm ein paar Sachen mit, Bücher und meinen Computer. Am späten Vormittag war ich zurück im Hotel. Ich durfte mir nun nach bestem Wissen und Gewissen ein Tagesprogramm zusammenstellen. Man beklagt sich oft über die viele Arbeit im Büro, aber in Wirklichkeit ist es eher erholsam, wenn man für das Füllen der Stunden nicht selbst zuständig ist. Meine Zeit glich einem leeren weißen Blatt Papier. Ich setzte mich an den Schreibtisch und schaltete den Computer an. Ich öffnete ein Word-Dokument. Jetzt konnte ich jedes Wort der Welt hinschreiben. Ich sagte mir immer wieder vor, ich hatte einmal einen Roman schreiben wollen. Aber war ich mir meiner Sache jetzt sicher? Das alles war so lange her. Vielleicht hatte ich diesen Teil meines Lebens ja auch nur geträumt. Und mir das Kleid des resignierten Künstlers zusammengereimt. Ich hatte mir eingeredet, dass ich alles aufgegeben hatte, weil ich mich für ein bodenständiges Dasein entschieden hatte. Aber wenn man etwas wirklich will, dann tut man das einfach. Das galt nicht nur fürs Schreiben, das galt für alle Leidenschaften. Man darf nicht gleich die Flinte ins Korn werfen, wenn einen der erste Zweifel beschleicht. Hatte ich überhaupt angefangen zu schreiben? Ich wusste nur noch, dass die Geschichte vor dem Hintergrund des Zweiten Weltkriegs spielte, aber ich hatte keine Erinnerung daran, tatsächlich geschrieben zu haben. Ich erinnerte mich hauptsächlich an die Pose eines jungen Mannes, der Schriftsteller sein wollte. Es war aufregend gewesen, den Schriftsteller zu spielen.

Die Voraussetzungen waren günstig, um an die einst gescheiterten Pläne anzuknüpfen. Ich saß am Computer, befand mich am idealen Ort zum Schreiben (in einem Hotelzimmer), hatte Zeit und Geld … und? Nichts. Mir wollte kein einziger Satz einfallen. Weil ich in der Absicht schrieb, die Zeit totzuschlagen. Und man schreibt eben nicht, nur weil man gerade Zeit hat. Ich hätte mich nach den Worten richten müssen, wer darauf wartet, dass die Worte sich nach einem selbst richten, wartet lange. Ich hatte nicht nur keine Berufung, ich hatte nicht einmal eine Idee. Ich spürte, dass ich mir all die Jahre etwas vorgemacht hatte. All die Jahre, in denen ich behauptet hatte, meine bürgerliche Existenz (die Arbeit, die Ehe, meine Kinder) würde mich davon abhalten, meinen Roman zu schreiben. Das stimmte überhaupt nicht. Es gab gar keinen Roman; es hatte nie einen gegeben.

Frustriert begann ich, im Internet zu surfen. Nach einer Weile legte ich mich hin, weil ich es auf dem Holzstuhl nicht mehr aushielt (mir tat der Rücken weh). Ich hatte nichts Besseres zu tun, als meine Zeit zu verschwenden. Schließlich beschloss ich, die von Édouard empfohlenen Seiten zu besuchen. Alle möglichen Frauen boten alle möglichen Dienste an. Ich musste mir sogleich eingestehen, dass ich in meinem bisherigen Sexualleben nicht über ein paar Klassiker hinausgekommen, dass ich nie von den ausgetretenen Pfaden abgekommen war. Ich hatte so wenig ausprobiert in meinem Leben. Zunehmend erregt klickte ich mich durch verschiedene Profile, meine Schmerzen waren wie weggeblasen. Zugleich hielt ich kritische Distanz, manche der angezeigten Kommentare bezüglich der Leistungen der Mädchen erschütterten mich. Ein Freier bezeichnete eine Ukrainerin als «Funktionärsfotze» und schrieb: «Illegal, scheißegal, anal.» Eine neue Welt tat sich mir auf. Eine Afrikanerin mit dem Pseudonym «Carmen des Îles» erregte meine Aufmerksamkeit. Unter ihrem Bild war aufgelistet, was sie alles machte und was nicht, und dann war da noch der Zusatz: «Traumkörbchengröße 95 D.» Ich schaute mir noch weitere Mädchen an, doch meine Begeisterung ebbte ab. Mit der Zeit verloren all diese Körper ihre Sinnlichkeit, sie kamen mir immer abstrakter vor.

In den vergangenen zehn Jahren war ich vielleicht zwei oder drei Mal auf irgendwelchen Pornoseiten gelandet und hatte mehr aus Zufall einige Bilder und Videos gesehen. Pornografie hatte mich nie besonders angezogen. Als Jugendlicher hatte ich mir ein paar Filme gekauft und war es irgendwann leid geworden, sie so oft anzuschauen. Das heißt, es mag vielleicht seltsam anmuten, aber ich entdeckte das alles erst jetzt, mit vierzig. Zum Wohle meines Rückens war ich gewillt, die erotische Fährte aufzunehmen. Mein Rücken konnte einiges aushalten. Ich spürte deutlich, dass ein Teil von mir das Abenteuer mit einer Prostituierten suchte. Also rief ich «Carmen des Îles» an. Verlegen stotternd klärte ich mit ihr die einzelnen Punkte. In einer Stunde war sie bereit, mich zu empfangen. Da konnte ich mich ja gerade noch zurechtmachen und dann schnell hinfahren. Sie wohnte in der Nähe der Métro-Station Château-Rouge im 18. Arrondissement. Die Adresse hatte sie mir am Telefon gesagt. Als ich vor dem Gebäude stand, beeilte ich mich, geschwind hineinzuschlüpfen. Ich hatte gehofft, niemandem zu begegnen, doch leider ging es im Eingangsbereich zu wie im Taubenschlag. Es kam mir so vor, als wüssten alle, wohin mein Weg führte. So wie die Leute mich musterten, konnte kein Zweifel bestehen: Ich sah ganz nach Freier aus. Am Klingelbrett drückte ich die Klingel, auf der «C» stand. Ohne dass sich jemand über die Sprechanlage meldete, öffnete sich die Tür. Carmen hatte mir die Wohnungsnummer genannt und den Stock, in den ich musste. Vierter Stock, ich nahm trotzdem die Treppe. Ich wage kaum zu erwähnen, dass ich kein bisschen erregt war. Ich hatte überhaupt keine Lust mehr auf Sex.

Ich klopfte, die Sache wurde immer peinlicher. Eine Frau machte mir die Tür auf und bedeutete mir wortlos einzutreten. Carmen wirkte ganz anders auf mich als in der Beschreibung und bereitete mir keineswegs den freundlichen Empfang, von dem ich gelesen hatte.

«Komm …», sagte sie.

«…»

Ich folgte ihr durch einen Flur, bis sie mir ein Zimmer wies.

«Geh schon mal rein», flüsterte sie.

Ich saß allein in einem kargen Raum. Zahlreiche finstere Gedanken schossen mir durch den Kopf. Und wenn das nun eine ganz üble Absteige war, wo man mich beklauen und mir dann die Kehle durchschneiden wollte? Ich hatte niemandem Bescheid gesagt, dass ich hier war. Anscheinend hatte ich nicht mehr alle Tassen im Schrank. Zum Glück kam Carmen gleich wieder. Sie wollte mir immer noch kein Lächeln schenken.

«Erst zahlen.»

«Okay …», sagte ich und zog 150 Euro aus der Tasche.

«Gib mir lieber 200, du wirst sehen, es lohnt sich.»

«Na gut …»

Ich brauchte ein paar Augenblicke, um zu merken, dass ich es gar nicht mit der Frau vom Foto zu tun hatte.

«Sind Sie Carmen?»

«Nein, ich heiße Jessica. Ich bin die Cousine von Carmen. Du wirst sehen, das macht überhaupt keinen Unterschied.»

«Ach so …», seufzte ich und dachte mir, dass ich wahrscheinlich keinen Kommentar schreiben würde, wenn ich nur mit der Cousine vorliebgenommen hatte.

Jessica zog die Tür hinter sich zu und gab mir ein Zeichen, dass ich mich aufs Bett legen sollte.

«Du gehst nicht so oft ins Bordell, oder?»

«Nein … das ist das erste Mal … ich hab nämlich Rückenschmerzen.»

«Ah … okay. Jeder hat so seine Macken. Damit kann ich umgehen.»

Ich verstand nicht die Bohne. Mit ihrem Rollkragenpullover machte sie keinen sonderlich motivierten Eindruck. Ich lag reglos da und starrte die Wand an. Schließlich ergriff sie meine Hand und führte sie zu ihrer linken Brust. Ich war kein bisschen erregt. Es war, als bestünde überhaupt keine Verbindung zwischen meiner Hand und meinem Gehirn. Man muss allerdings dazusagen, dass ihr Pulli kratzte.

«Ich bin erkältet. Deswegen behalt ich den Pulli an, okay?»

«Öh … na ja … wenn Sie meinen …»

« … »

« … »

«Ich kann dich ja ein bisschen auspeitschen. Du siehst so aus, als würde dir das gefallen … stimmt's, dass du dich gern auspeitschen lässt?»

«Ich weiß nicht so recht …»

Ich dachte vor allen Dingen an meinen Rücken. Und ich hatte Zweifel, ob die Peitsche meinen empfindlichen Lenden gut bekommen würde. Ich hatte nichts dagegen, wenn sich beim Sex ein bisschen was rührte, aber es musste ja nicht gleich so barbarisch sein.

«Okay, zieh dich aus …», befahl sie.

Ich war nun wahrlich nicht zum Geschlechtsakt bereit. Andererseits war ich deswegen hierhergekommen, also musste ich die Sache schon bis zum Ende durchstehen. Vielleicht verbarg sich unter ihrem Pullover ja doch mein Ticket ins erotische Nirwana, in dem dann auch mein Rückenleiden von mir abfallen würde. Noch war mir das alles zu technisch, ich fand die ganze Atmosphäre ein bisschen zu unterkühlt. Ich brauchte mehr menschliche Wärme. Also fragte ich:

«Wollen wir nicht lieber erst ein bisschen reden?»

«Ah, du gehörst zu denen, die reden wollen.»

«Ich weiß nicht.»

«Das kostet aber extra.»

«Reden? Kostet extra?»

«Na klar … was glaubst du denn? Ich gebe doch nicht umsonst Dinge von mir preis!»

« … »

Als ich ein etwas ungläubiges Gesicht machte, fing sie an zu lachen:

«Du verstehst anscheinend überhaupt keinen Spaß!»

«Ach so … das war Spaß …»

«Ich glaube, es ist einige Zeit her, dass du das letzte Mal …»

«Ich weiß nicht.»

«Ach, du weißt ja überhaupt nichts. Also gut, worüber willst du denn reden?»

«Ich weiß nicht. Einfach nur reden ... über irgendwas ...»

«Oh, du bist ein Perverser, das hatte ich mir doch gleich gedacht ...»

«Wo sind Sie zum Beispiel her ...?»

«Aus'm Osten.»

«Ostafrika?»

«Nein, aus Straßburg. Ich bin Elsässerin. Merkt man das nicht?»

«Ach so ... doch ...»

«Quatsch, stimmt überhaupt nicht ... Ich hab keine Ahnung, wo ich her bin ... ich bin irgendwie adoptiert worden ... mein Adoptivvater hat mich vergewaltigt, als ich fünfzehn war ... und ich bin schwanger geworden ... deswegen hielten sie mich dann versteckt ... ich musste mein Kind hergeben ... also hab ich beschlossen zu fliehen ... und so bin ich in Paris gelandet ... ohne Familie ... ohne Geld ... ich hatte gar nichts ... und ich weiß nicht, was aus meiner Tochter geworden ist ... ich hab zum Glück so einen Typen hier kennengelernt ... na ja, er zwingt mich, auf den Strich zu gehen ... und wenn ich nicht tue, was er sagt, verdrischt er mich ... siehst du die Schramme da?»

«...»

«Die ist von gestern.»

«...»

«So ... jetzt weißt du alles.»

«...»

«Können wir dann loslegen? Ziehst du dich aus?»

Man kann sich wohl denken, dass ich nach diesen Informationen schnell das Weite suchte. Ich ließ ihr das ganze Geld da, das ich bei mir hatte. Ich wusste nicht, ob sie sich über mich lustig gemacht hatte oder ob ihre Geschichte stimmte. Aber es schien so. Nachdem ich das Gebäude verlassen hatte und ein paar hundert Meter gegangen war, verspürte ich plötzlich ein Gefühl der Erleichterung. Damit hatte ich gar nicht gerechnet, aber nach so einem belastenden Erlebnis atmet man erst mal durch. Nicht mehr einer falschen Spur zu folgen ist so ähnlich wie guten Sex zu haben. Meine Rückenschmerzen waren weg. Édouard hatte doch irgendwie recht gehabt. Ich ging zu Fuß ins Hotel zurück. Die Sonne sank gerade, als ich die Zimmertür hinter mir schloss, und ich wähnte mich glücklich, da die Operation sexueller Aufbruch beendet war.

16

Intensität der Schmerzen: 3
Gemütslage: erleichtert

17

Als ich am Morgen aufwachte, fühlte ich mich innerlich ganz zerknittert. Es kam mir vor, als hätte ich in einem Koffer übernachtet. Alles tat mir weh. Trotzdem raffte ich mich auf und ging hinunter in den Frühstücksraum. Kaum hatte ich mich an meinen Tisch gesetzt, gesellte sich der Patron zu mir.

«Wie geht's? Gefällt's Ihnen in meinem Hotel?»

«Danke. Mir geht's gut und mir gefällt's.»

«Bleiben Sie noch ein wenig länger?»

«Ja, denke schon.»

«Wie lange?»

«Ich weiß noch nicht. Mal sehen.»

« … »

« … »

«Darf ich mir eine Frage erlauben?»

«Ja …»

«Sind Sie auf der Flucht?»

«Was?»

«Haben Sie irgendwas auf dem Kerbholz? Sind Sie bei mir untergetaucht? Wenn dem so ist, kann ich Ihnen meine absolute Diskretion versichern.»

«Ach was, so ein Quatsch.»

«Oh pardon. Entschuldigen Sie. Ich dachte … na ja, entschuldigen Sie.»

«…»

«Aber wenn es doch so wäre, würden Sie es mir ja nicht sagen …»

«Wie bitte?»

«Wenn Sie auf der Flucht wären.»

«Aber ich bin nicht auf der Flucht. Wie kommen Sie denn darauf?»

«Weil Sie ein ziemlich ungewöhnlicher Gast sind. Bei mir steigen normalerweise nur Touristen ab. Touristen, die wenig Geld haben. Sie dagegen sind schwer einzuschätzen.»

«…»

«Wer sind Sie?»

«Na ja … ich stecke halt in einer Krise. Aber das ist doch kein Verbrechen, oder?»

«Nein, natürlich nicht. Tut mir wirklich leid, dass ich so indiskret bin.»

«…»

«Und was machen Sie so?»

«Im Augenblick gar nichts. Bis vor Kurzem hab ich in einem Architekturbüro gearbeitet.»

«Tatsächlich? Was für ein Zufall.»

«Wieso?»

«Ich suche gerade jemanden, der mir ein bisschen hilft. Ich würde gern umbauen hier. Ein paar Zimmer vergrößern. Aber ich weiß nicht recht, wie man so was anpackt.»

«Aha …»

«Wenn Sie Zeit haben, vielleicht …»

«Ja, okay. Ich denk mal drüber nach …»

«Echt, würden Sie das machen?»

«Ja. Mal sehen.»

«Mal sehen, okay. Ich werde Sie nicht weiter belästigen. Das ist wirklich sehr nett von Ihnen, dass Sie mal drüber nachdenken …»

« … »

«Ich heiße übrigens Vassilis», sagte er und reichte mir die Hand.

Er ging lächelnd davon. Ich fragte mich erstens, warum ich mich im Gegenzug nicht auch vorgestellt hatte, und zweitens, warum ich mich bereit erklärt hatte, ihm zu helfen. Ich wollte überhaupt nicht arbeiten. Meine Berufslaufbahn war beendet. Ich wusste zwar noch nicht, womit ich meine Tage verbringen würde, aber ich fand, dass ich mich in einer anderen Richtung als bisher umschauen sollte. Ich wollte vor allem aus dem Dunstkreis meiner Vergangenheit heraustreten. Das Schreiben war so eine Idee gewesen, doch das Resultat war äußerst unbefriedigend ausgefallen. Als ich dieses Hotel betreten hatte, hatte ich aus einem beruflichen Automatismus heraus die Räumlichkeiten analysiert, die Unstimmigkeiten zur Kenntnis genommen und das vergeudete Potenzial erkannt. Ich wusste schon, wo man ansetzen musste, wenn man das Ganze etwas schöner gestalten wollte. Ich hatte mir diesen Ort ausgesucht, um mich vor der Außenwelt zu schützen. Insofern hatte dieser Mann schon recht. Ich war auf der Flucht. Hielt mich vor meiner Vergangenheit versteckt. Das Verbrechen, das ich begangen hatte, war, dass ich nie jemand anderes als ich selbst gewesen war. Ich hatte mich immer um die großen Fragen und wichtigen Entscheidungen herumgedrückt. Wenn es um das Verhältnis zu meiner Umwelt schlecht bestellt war, lag das auch an mir. Ich konnte mich nicht immer meiner Verantwortung entziehen. Irgendwann im Leben kommt die Zeit, wo der Körper Rechenschaft fordert, wenn der Geist dies schon nicht tut. Ich konnte ihn gut verstehen, fand es nur schade, dass ich nun ausgerechnet im Keller eines schäbigen Hotels unter einem flackernden Neonlicht, das bestimmt bald den Geist aufgeben würde, zur Rechenschaft gezogen wurde.

Der Patron kehrte mit einem riesigen Kaffee und einem ebenso riesigen Lächeln im Gesicht zurück. Mir kam das alles fast wie ein Witz vor. Als ich nach der Tasse greifen wollte, verzog ich unwillkürlich das Gesicht.

«Alles in Ordnung mit Ihnen?»

«Ja, ich hab nur Rückenschmerzen.»

«Oje, Rückenschmerzen sind grässlich. Eine ganz unangenehme Sache. Hatte ich auch mal.»

«Echt? Und wie sind Sie sie wieder losgeworden?»

«Keine Ahnung. Es hat einfach klick gemacht. Ich bin eines Morgens aufgewacht, und die Schmerzen waren weg. Das war wohl so eine Entscheidung, die mein Körper von ganz allein getroffen hat.»

Wieder auf meinem Zimmer, ließ ich mir das noch einmal durch den Kopf gehen, was er gesagt hatte. Wann würde mein Körper von alleine beschließen, dass es nun genug war? Ich lebte in einer Diktatur, befand mich in der

Gewalt meines Körpers. Wie alle anderen auch. Aber was konnte man dagegen tun? Warten, bis er mich endlich wieder in Ruhe ließ? Nein. Ich war mir sicher, ich musste weiter nach den Ursachen der Misere forschen, die mich ans Bett fesselte und kein Ende zu nehmen schien.

Ich verbrachte einige Stunden damit, mir mit meiner Tochter SMS zu schreiben. Es war schon eine Weile her, dass ich sie das letzte Mal gesehen hatte. Ich hatte es zu verhindern gewusst, dass sie ins Krankenhaus kam und meinem Verfall beiwohnte. Als sie klein war, hatte sie mich immer heiraten wollen. Ich war ihr Märchenprinz gewesen. Doch mit den Jahren hatte die Realität den Mythos abgetragen. Man hatte mich von meinem hohen Ross heruntergeholt, und wenn ich schon nicht versuchte, mich zu verstellen, so wollte ich mich ihr doch wenigstens im besten Licht zeigen. Im Grunde hatte unsere Beziehung seit jeher auch etwas Krankhaftes gehabt, das konnte man allein daran erkennen, dass ich offensichtlich nicht in der Lage war, ihre neue Wohnung, den Ort, an dem sich ihr Leben als erwachsene Frau abspielte, aufzusuchen. Es würde Jahrhunderte dauern, bis ich mich damit abfinden würde, dass meine Kinder groß geworden waren. Man spricht oft davon, dass das Altern ein schwieriger Prozess ist. Ich dagegen hätte endlos altern können, wenn nur meine Kinder aufgehört hätten zu wachsen. Ich verstand nicht, warum dieser Übergang so schwierig für mich war. Wenn ich mir andere Leute anschaute, hatte ich nicht den Eindruck, dass sie die gleichen Probleme hatten. Im Gegenteil, andere Eltern waren oft froh, wenn die Kinder auszogen. Jetzt stehen sie endlich auf eigenen Beinen, hieß es. Es gab diesen Film, *Tanguy – Der Nesthocker*, in dem die Hauptfigur partout nicht von zu Hause ausziehen will und ewig studiert. Mein Sohn hatte es vorgezogen, mit achtzehn ans andere Ende der Welt zu flüchten. So war es irgendwie immer: Wollten die Eltern die Kinder loswerden, hingen die Kinder wie Kletten an den Eltern. Und die, die hingebungsvoll ihre Brut hüteten, hatten Kinder, die früh hinaus in die Freiheit drängten. Ich vermisste meinen Sohn so schrecklich. Und ich hielt es nicht mehr aus, immer nur zu skypen und E-Mails zu schreiben. Seine Nachrichten und diese Gespräche wurden im Übrigen auch immer kürzer. Wir hatten uns nicht viel zu sagen. Die Liebe zwischen einem Vater und seinem Kind drückt sich allerdings nicht in Worten und ausufernden Diskussionen aus. Ich wollte meinen Sohn einfach bei mir haben, ich wollte, dass er nach Hause kam. Es machte nichts, wenn wir den ganzen Tag nicht miteinander redeten, Hauptsache, er war da, das reichte. Hatte ich einen an der Waffel? Keine Ahnung. Ich versuchte nur, meine Gefühle in Worte zu fassen. Und mir wurde immer klarer, was ich eigentlich schon von Anfang an gewusst hatte: Die Trennung von meinen Kindern schmerzte mich sehr. Sie mochte ein ganz normaler, legitimer, menschlicher und biologisch bedingter Schritt sein, aber sie schmerzte mich trotzdem.

Morgen, hoffte ich, würde es meinem Rücken bestimmt besser gehen, denn ich hatte mich mit meiner Tochter zum Essen verabredet. Ich würde sie in ihr Lieblingsrestaurant einladen, einen Inder, wo das Essen für meinen Geschmack etwas zu scharf war. Ich überlegte schon, ob ich ihr sagen sollte, dass sie ruhig ihren Verlobten mitbringen durfte, aber ich fühlte mich noch nicht dazu bereit. Eine ganze Weile ließ ich mir all die Dinge durch den Kopf gehen, die sie mir in den vergangenen Wochen vorgeworfen hatte. Ich hatte sie schwer enttäuscht, und doch hatte sie sich nie wirklich von mir abgewendet. Sie war immer so liebevoll. Ich schämte mich. Ich hatte ihre Beziehung zu diesem Michel verurteilt, obwohl ich keine Ahnung hatte, wer das überhaupt war. Der Altersunterschied hatte mich abgeschreckt, dabei waren es doch nicht mal zehn Jahre. Es war ja nicht das erste Mal, dass sich ein junges Mädchen zu einem reiferen Mann hingezogen fühlte. Wie hatte ich nur so spießig sein können? Ich war blind durchs Leben gegangen, besessen von irgendwelchen Besprechungen mit irgendwelchen beschränkten Japanern, benebelt von der politischen Berichterstattung, den Wirtschaftsnachrichten und allerlei praktischen Informationen, doch damit war es nun vorbei. Ich besann mich allmählich auf die wichtigen Dinge des Lebens, und vielleicht führte diese Besinnung ja auch zu weniger Rückenschmerzen.

Ich schluckte zwei Tabletten, und dann noch mal zwei. Mein Tag war hinüber. Ich schaute fern. All die idiotischen Sendungen, die man gerne sieht, wenn man krank ist. Zeitweise nickte ich auch ein. Am Abend kam ein bekannter Kriegsfilm, den ich seit meiner Jugend nicht mehr gesehen hatte. Im Zimmer nebenan bumste ein Liebespaar mit erstaunlicher Ausdauer. Ich stellte den Fernseher ein bisschen lauter, um die Geräusche zu übertönen. Die Wand war die Grenze zwischen Krieg und Liebe. Gegen Mitternacht schlief ich erneut ein. Als ich gegen zwei Uhr morgens wieder aufwachte, fiel es mir wie Schuppen von den Augen: Ich wollte nicht bis morgen warten, um meiner Tochter das zu sagen, was mir jetzt schon am Herzen lag. Ich musste augenblicklich zur Tat schreiten.

18

Intensität der Schmerzen: 5,5
Gemütslage: entschlossen

19

Ich hatte mir die Adresse aufgeschrieben, als ich einmal versprochen hatte, sie besuchen zu kommen. Ich hatte auch öfter mal einen Blick darauf geworfen und war doch nie hingegangen. Den Türcode wusste ich sogar schon auswendig. Als ich so durch das nächtliche Paris spazierte, war ich ganz beschwingt, weil ich so unbeschwert meinen spontanen Eingebungen folgte. Ich hatte lange nicht mehr ohne Vorsatz gehandelt. Mein Dasein war stets von der Last der Gedanken geprägt gewesen. Alles musste immer erst in einen Terminkalender eingetragen, *in ein Zeitfenster eingepasst* werden. Ein fürchterlicher Ausdruck. Zeit ließ sich doch in kein Fenster einpassen. Zeit war eine relative Größe, konkret überhaupt nicht messbar. Wie schön, das so auszukosten … Die vernünftige und leicht durchschaubare Welt der Erwachsenen ging mir auf die Nerven. Als ich mich vor der Wohnungstür einfand, war es fast drei Uhr morgens. Bei allen Betrachtungen über die Schönheit nächtlicher Einfälle, zu denen ich mich aufschwang, hielt ich doch einen Augenblick inne. Schließlich wollte ich meine Versäumnisse wieder ausbügeln, aber war das der richtige Weg? Allzu impulsives Handeln erweist sich oft als kontraproduktiv. Egal, ich musste auf meine Instinkte hören. Ich klopfte. Anfangs ganz leise, als ob ich die beiden nicht wecken wollte (wie paradox). Nach einer Weile ging ich doch dazu über, etwas fester zu klopfen. Ich vernahm erst Schritte, dann eine besorgte Stimme. Die Stimme meiner Tochter:

«Wer ist da?»

«Ich bin's. Papa.»

Alice öffnete die Tür, sie war in einen rosa Schlafrock gehüllt (so hatte ich sie noch nie gesehen). Nach einem Moment des Zögerns fragte sie:

«Äh … was machst du denn da? Ist irgendwas Schlimmes passiert?»

«Nein … nein, alles in Ordnung.»

«Was dann?»

«Also na ja … nichts. Darf ich reinkommen?»

«Ja …»

Ich trat ins Wohnzimmer. Es war nicht viel zu erkennen. Alles finster, irgendwie logisch.

«Papa, wenn irgendwas Schlimmes passiert ist, musst du es mir gleich sagen.»

«Nein, meine Liebe. Es ist bloß, weil ich die ganze Zeit versprochen hab, dass ich mal vorbeikommen werde, und nie gekommen bin. Na ja, jetzt bin ich da, das war so eine spontane Intuition.»

« … »

Sie wusste wohl nicht recht, was sie sagen sollte. Wahrscheinlich fragte sie sich, ob ich total verrückt geworden war oder nur eine kleine Krise durchmachte. In dem Augenblick kam Michel aus dem Schlafzimmer. In Unterhosen und mit wüstem Haar (die Verwüstung, die ein Weltkrieg angerichtet hatte) stand er am Ende des Flurs. Alice rannte zu ihm hin und flüsterte ihm etwas ins Ohr. Ich verstand nicht alles, aber ich glaube, sie versuchte, die Situation zu entschärfen. Sie murmelte so etwas wie: «Meinem Vater … geht's gerade nicht so gut … mit der Scheidung … und der Kündigung …», aber wie gesagt, ich bin mir nicht sicher, ob ich richtig gehört habe. Er schien kurz zu überlegen, dann kam er auf mich zu und sagte:

«Jetzt haben Sie sich also einen Ruck gegeben und sind uns besuchen gekommen. Das ist ja eine nette Überraschung. Wollen Sie einen Kaffee?»

«Äh … ja», stammelte ich.

Wenige Minuten später saßen wir alle drei um den kleinen Küchentisch herum. Auf dem ein Wachstuch ausgebrei-

tet lag. Ich muss das erwähnen, ich liebe nämlich Wachs-
tücher. Sie machen mich ganz nostalgisch, denn sie erinnern
mich an meine Kindheit und an glückliche Tage bei meinen
Großeltern. Manchmal schließt man einen Ort aufgrund
eines einzigen Details ins Herz. Als ich das Wachstuch sah,
fühlte ich mich gleich wohl in der Wohnung. Niemand hatte
mehr ein Wachstuch. Die jungen Leute wissen wahrscheinlich nicht einmal mehr, was das ist. Ich weiß auch nicht, welchen Narren ich an diesem Wachstuch gefressen hatte. Ich
dachte mir, wer so ein Wachstuch hat, lebt bestimmt glücklich. Das Wachstuch verkörperte für mich dauerhafte Zu-
friedenheit, es knüpfte irgendwie an eine Vergangenheit an,
in der alles einfacher war. Man bekam gleich Lust, das Tran-
sistorradio anzuschalten und einen Zitronensaft zu trinken.
Den Kaffee aus diesen kleinen Tassen zu schlürfen, wo auf
dem Boden eine Zahl stand. Dem Wachstuch entnahm ich,
dass die beiden ein Herz und eine Seele waren. Darüber
hinaus sind Wachstuchbesitzer tolerante Leute. Von einem
unerwarteten nächtlichen Besucher lassen sie sich nicht aus
der Ruhe bringen. Michel kochte Kaffee, und man mochte
kaum glauben, dass es nach drei Uhr morgens war.

Die Geräusche der Stadt waren verstummt. Andere Famili-
enväter schliefen friedlich. Wir saßen schweigend da und
lauschten dem Brummen der Kaffeemaschine. Man muss
immer den richtigen Zeitpunkt abwarten können. Ich hatte
lange gebraucht, bis ich mich hierhergewagt hatte, und nun
hatte ich mir diese Nacht ausgesucht. Immer noch saßen wir
da und sprachen kein Wort. Ich schaute mich um und war

von vielen Dingen umringt, die mir gefielen. Am Kühlschrank hing zum Beispiel ein Abreißkalender, wo es zu jedem Tag einen Spruch gab. Der Spruch des heutigen Tages lautete: «Du hast keine Chance – nutze sie.» Oder so ähnlich. Das war von Schopenhauer. Der Kalender versammelte die niederschmetterndsten Sprüche, die man sich nur vorstellen konnte. Es gab Aphorismen von Cioran* und allerlei anderen Pessimisten. Eine prima Idee, fand ich, viel origineller als all die anderen Sprüchekalender, in denen meist nur abgedroschene Lebensweisheiten wiedergegeben werden. Es ist doch nichts deprimierenderes als diese aufmunternden Gedanken. Wer sich dagegen jeden Morgen erst mal ein trostloses Zitat zu Gemüte führt, das einem vor Augen hält, wie schlecht es bestellt ist um die Welt, beweist wenigstens Humor.

Es ist so aufregend, mit einer geliebten Person zusammenzuziehen. Ich erinnerte mich an die erste Zeit mit Élise. Mit Kindern kann man alles, was man irgendwann einmal erfahren hat, noch einmal durchleben. Anfangs hatte mich der Gedanke, Alice könnte nun die Zeit genießen, die ich vielleicht als die schönste meines Lebens bezeichnen würde, wohl etwas erschreckt: Verliebtsein und Unabhängigkeit von den Eltern. Nun saß sie da und lächelte mich an. Michel

---

* Nicht zu vergessen auch dieser Satz von Woody Allen, der in etwa so ging: «Der einzige Weg, glücklich zu werden, ist es, gerne zu leiden.» Oder diese hübsche Perle von Francis Scott Fitzgerald: «Natürlich ist alles Leben ein Prozess des Zusammenbrechens.»

wirkte weder verärgert über die nächtliche Ruhestörung, noch schien er mir böse zu sein, weil ich ihn unzählige Male übergangen hatte. Das machte die Sache noch peinlicher für mich. Wie oft hatte ich mir vorgestellt, was ich ihn alles fragen würde, wenn ich ihm einmal gegenübersitzen würde. Wer meiner Tochter wert sein wollte, musste schon einen makellosen Lebenslauf vorlegen können. Ich brauchte Informationen über sein bisheriges Liebesleben, seine Lieblingsfilme und -bücher (nach meiner Theorie konnte man aus dem Geschmack einer Person ihren Charakter ableiten) sowie darüber, was für ein Verhältnis er zu seiner Familie unterhielt. Ich würde die Karikatur des unausstehlichen Familienoberhaupts abgeben. Doch langsam wurde mir klar, wie lächerlich das alles war. Ich sagte am besten gar nichts und blieb einfach nur ruhig sitzen.

Nachdem wir unseren Kaffee ausgetrunken hatten, standen wir auf. Sie zeigten mir ihre Wohnung. Gähnend schwankten wir durch das Halbdunkel. Wie eine kleine Schlafwandlerfamilie. Ich wollte nicht länger stören. Zum Abschied gab ich Michel die Hand. Er sagte: «Danke, dass Sie gekommen sind.» Höflich ist er also auch noch, dachte ich mir. Ich hatte ihn um seine Nachtruhe gebracht. Am nächsten Tag würde er wie ein Wrack in der Arbeit sitzen, aber er bedankte sich trotzdem. Ich konnte nicht sagen, ob wir uns gut verstehen würden, wenn wir uns tatsächlich unterhielten, aber am schwierigsten ist ja immer das Schweigen zu ertragen, und das hatten wir schon mal geschafft. Er ging wieder ins Bett und ließ mich mit meiner Tochter allein. Ich schloss sie in meine Arme und entschuldigte mich, weil ich so ekelhaft zu ihr gewesen war. Sie tat, als würde sie gar nicht verstehen, was ich meinte. Als ich schon in der Tür stand, fiel mir noch etwas ein:

«Wenn du nichts dagegen hast, kauf ich uns zwei Tickets nach New York. Dann überraschen wir deinen Bruder.»

«Sehr gute Idee. Da wird er sich bestimmt freuen.»

Ich ging hinaus in die Nacht. Eine ganze Weile lief ich einfach in der Gegend herum. Die Sonne ging langsam auf, und die Leute standen wahrscheinlich auch schon auf. Es musste Jahre her sein, dass ich Paris das letzte Mal bei Sonnenaufgang gesehen hatte. Die Stadt schien bei vorzüglicher Laune zu sein, überhaupt nicht müde. Ich wartete, bis in der Nähe meines Hotels ein Café aufmachte, und setzte mich auf die Terrasse.

VIERTER TEIL

1

An dem Zwei-Sterne-Hotel, in dem ich hauste, war der zweite Stern verständlicherweise abgebrochen worden, und meine Zukunft lag weiter im Ungewissen. Mein Rücken führte ein unstetes Dasein, und es gelang mir nicht, die finsteren Hypothesen, die ich bisweilen aufzustellen neigte, aus meinem Kopf zu verbannen. Ich wollte die Kernspinuntersuchung wiederholen, eine innere Stimme sagte mir, beim zweiten Mal würde der Tumor bestimmt zutage treten. Dann beruhigte ich mich wieder. Ich analysierte nüchtern die Lage und versuchte, Schritt für Schritt vorzugehen. Man hatte mir zu verstehen gegeben, dass mein Leiden psychologischer Natur war. Meine Mutter hatte gesagt: «Du behältst zu oft die Sachen für dich. Du solltest mit allen Leuten reden, mit denen du irgendwie Probleme hast, und die Dinge ins Reine bringen ...» Und damit hatte sie ausnahmsweise etwas Schlaues gesagt. Sie hatte vollkommen recht. Meine Rückenschmerzen waren die Summe all meiner ungelösten Probleme. Das Wichtigste in meinem Leben war natürlich: meine Frau, die Kinder, meine Eltern, die Arbeit. Doch vielleicht vernachlässigte ich die vielen kleinen Sachen, die auch dazu beigetragen hatten, dass sich Spannungen in mir angehäuft hatten. Ich brauchte eine Liste sämtlicher Konflikte, in die ich je geraten war, ich musste alle Ereignisse aufschreiben, die mich geärgert, gekränkt oder frustriert hatten. Auch die scheinbar belanglosen.

Wenn ich so ein bisschen in meinem Gedächtnis kramte, fiel mir gleich jede Menge ein:

In der Bibliothek von Perpignan zu Unrecht des Buchdiebstahls beschuldigt worden.

Von Sophie Castelot keine Einladung zu ihrem achten Geburtstag erhalten.

Die extrem unfaire Englischnote, die ich in der fünften Klasse bekommen habe, weil das zweite Blatt meiner Klassenarbeit auf mysteriöse Weise verschwunden war.

Die Trennung der Beatles (ich war zwar noch nicht auf der Welt, aber trotzdem).

Der rundum verschandelte Haarschnitt, den man mir 1995 verpasste.

Am Sterbebett meines Großvaters nicht fähig gewesen, ihm zu sagen, dass ich ihn liebte.

Wenn alle anderen den Film gut fanden, bringe ich es nie fertig zu sagen, dass ich ihn schlecht fand.

1984 am Tischtennisturnier im Ferienclub Eldorado teilgenommen, benachteiligt worden und deswegen gleich in der ersten Runde ausgeschieden.

Eine unverschämt hohe Rechnung für eine Autoreparatur passiv hingenommen und bezahlt.

Die Qualen, die mein Hamster Albert erleiden musste, bevor er 1979 vor meinen Augen starb.

Der Fahrradsturz meines Sohns am Tag, an dem ich ihm die Stützräder abschraubte.

Ein parkendes Auto gerammt und einfach weitergefahren.

Keine Karte für das Pariser Miles-Davis-Konzert am 10. Juli 1991 bekommen.

Versäumt, Claude Jade, die mir im März 1987 in der Rue de la Gaieté begegnete, meine Bewunderung auszudrücken*.

Und so weiter.

---

* Und es gibt keine Möglichkeit, dies nachzuholen.
Die Heldin aus *Tisch und Bett* von François Truffaut starb am 1. Dezember 2008 an Krebs. Sie war 58 Jahre alt.

Das mochten zum Großteil eher harmlose Geschichten sein. Aber vielleicht formten sich ein Dutzend kleinerer Ärgernisse zu einem Knoten? Mein Leiden hatte bestimmt viele solcher kleinen Ursachen. Wenn ich mit all dem meinen Frieden machte, würden meine Rückenschmerzen sicherlich verschwinden. Für manches war es mittlerweile zu spät; für anderes wiederum nicht. Enttäuschung verjährt ja nicht. Man meint immer, es ist zu spät, aber das stimmt nicht. Nichts hinderte mich daran, jemanden aufzusuchen, um ein Gespräch fortzusetzen, das vor zehn oder zwanzig Jahren ein unschönes Ende genommen hatte. Die Sache mit dem Friseur zum Beispiel. Nie werde ich vergessen, wie man mich fahrlässig den Händen dieses Lehrlings überlassen hatte, der mich so übel zurichtete. Man benutzte mich einfach als Versuchskaninchen. Nachdem das Drama seinen Lauf genommen hatte, starrte ich entgeistert in den Spiegel. Ich dachte, ich werde mich den ganzen Sommer in irgendeinem Loch verkriechen. Die anderen Friseure, die herbeiliefen, als sie die Bestürzung in meinem Gesicht lasen, rühmten scheinheilig die Originalität des Lehrlings. Keiner wollte einräumen, dass ich soeben eine Art persönliches Hiroshima erlebt hatte. Ich sehe sie noch vor mir, wie sie einträchtig auf mich einlächelten. Doch das Jämmerlichste von allem war meine Reaktion. Ich begann nämlich auch zu lächeln. Es läuft mir immer noch eiskalt den Buckel runter, wenn ich mich daran erinnere. Vielleicht war in dem Moment, in dem ich zurücklächelte, mein Rückenleiden geboren worden? Ich verließ wortlos den Salon, nachdem ich artig bezahlt hatte. Danach konnte ich nie wieder einen Friseurladen betreten, ohne an das Desaster von 1995 zu denken. Jedes Mal das gleiche Theater, wenn ich mir die Haare schneiden lassen musste, mein ganzer Körper stand unter Hochspannung. In meinen Alpträumen sah ich mich sogar selbst mit Glatze, das will einiges heißen. Ich hasste mich vor allem dafür, dass ich überhaupt nicht protestiert hatte. Wie so oft hatte ich die Dinge für mich behalten, hatten sich die Worte in mir angestaut. Was hielt mich zurück? Höflichkeit? Schüchternheit? Wenn ich meine Rückenschmerzen loswerden wollte, musste ich die Sachen rauslassen. Also würde ich nach gut fünfzehn Jahren erneut in den Laden stiefeln und schön aus der Haut fahren. Da hatte ich doch schon die Lösung.

Auf meiner Liste stand auch, dass ich mich nicht traute, einen Film zu kritisieren, der allen gefallen hatte. War ich dazu zu feige? Wohl kaum. Ich war für das gesellschaftliche Leben nur schlecht gerüstet. Mein Rücken musste auch dafür den Preis zahlen. Ich wollte endlich hinausposaunen, wie schlecht all diese Filme waren. Würde es mir dann besser gehen, wenn ich alle wissen ließ, wie billig ich *Magnolia*, *Gomorrha – Reise in das Reich der Camorra* und *Melancholia* gefunden hatte?[*] Wenn ich in einen hemmungslosen Taumel der Wahrheit verfallen würde, meinem Herzen Luft machte und so zahllose quälende Ansichten ausschied? Meine guten Manieren machten mich fertig, sie waren mein Untergang. Keine Kompromisse mehr, ruhig ein bisschen Wirbel veran-

---

[*] Sieh da, ich merke gerade, dass die Filme, die ich nicht mag, meist auf A enden.

stalten. Wie gut es mir getan hatte, meinen Eltern die Meinung zu sagen. Also, das glaubte ich zumindest. Sicher war ich mir nicht. Das Gefühl der Befreiung hatte nicht so wahnsinnig lange angehalten. War nur vorübergehend gewesen. War es dann nicht doch besser, sich zurückzunehmen? Soziale Täuschungsmanöver bewahrten einen eigentlich vor Unstimmigkeiten und Zerwürfnissen, und das passte ganz gut zu mir. Ich war konfliktscheu. Immer schön auf Ausgleich bedacht sein, lautete der Wahlspruch meiner Neurose. Das hieß, Wahrheit um jeden Preis war vielleicht der falsche Weg.

Meine Gedanken drehten sich im Kreis und schwankten zwischen unterschiedlichen Optionen hin und her. Womöglich war auch das die Wurzel des Übels: dieses ständige Ringen mit sich selbst. Diese moderne Unschlüssigkeit. Wir überlegten uns immer alles Mögliche und konnten uns doch nie entscheiden. Keine Epoche hat so viele psychosomatische Krankheiten ausgebrütet wie die unsere, da würde ich Gift drauf nehmen. Ich erinnerte mich an die Worte der Apothekerin: Rückenschmerzen sind gerade in Mode. Nicht einmal mein Elend hatte etwas Originelles. So sah sie aus, die heutige Zeit. Wir litten daran, dass wir nicht so recht wussten, was wir machen und was wir von all dem halten sollten. Wir hingen keinen großen Idealen mehr an. Politik war eine Kommunikationsdienstleistung von Börsenunternehmen, und am Himmel über Europa zeichnete sich nicht der geringste Krieg ab. Wofür also lohnte es sich noch zu kämpfen? Wir hatten jegliches Engagement verloren. Sartre oder Camus hatten bestimmt nie Rückenschmerzen gehabt, da war ich mir ziemlich sicher.

Als ich meine Liste erneut durchging, hielt ich bei dem Namen Sophie Castelot inne. Ich hatte seit vielen Jahren nicht mehr an sie gedacht, aber wenn es darum ging, die großen Enttäuschungen meines Lebens aufzuzählen, fiel sie mir sofort wieder ein. Ich hatte sie verdrängt, doch ihr unsterbliches Lächeln einer Achtjährigen spukte weiter in meinem Hinterkopf herum. Das nennt man dann wohl ein Trauma. Also ein richtiges Trauma. Die Geschichte mit Sophie Castelot war eine echte Katastrophe für mich gewesen. Allein die Erwähnung ihres Namens löste ein Erdbeben in mir aus. Ich war am Boden zerstört gewesen, als ich erfahren hatte, dass ich nicht zu ihrem Geburtstag eingeladen war. Anscheinend wollte sie lieber ohne mich feiern. Die Krönung war, dass sie dafür Rodolphe Boulmi eingeladen hatte. Die Wunden der dritten Klasse lagen immer noch offen. Vielleicht hatte schon damals alles angefangen. Ich musste zurückgehen bis zu dem Punkt, wo alles angefangen hatte. Was sie jetzt wohl machte? Bestimmt war sie verheiratet und hatte ein Kind. Nein, sie war bestimmt geschieden. Gewiss könnte ich sie ausfindig machen und fragen, warum sie mich nicht zu ihrem Geburtstag eingeladen hatte. Ich wollte eine Antwort haben. Schon damals hatte ich vor den Entscheidungen anderer einen solchen Respekt gehabt, dass ich gar nichts gesagt hatte. Ich hatte so getan, als würde mir das überhaupt nichts ausmachen, und mich zum Weinen auf mein Zimmer verkrochen.

Ich hatte Lust gehabt, diese Liste zu erstellen, weil ich den Prototypen meiner Enttäuschungen hatte bestimmen wollen. Alles wieder ins Lot zu bringen, war unmöglich, ich würde mich auf einen einzigen symbolischen Akt beschränken. Auf einen Akt, der die alten Wunden heilen sollte. Ich hatte ja schon alles versucht, sogar die Magnetfeldtherapie, insofern kam mir der Gedanke, einen symbolischen Akt zu vollziehen, auch nicht verrückter vor als andere. Wenn ich mir meine Liste so ansah, erschien mir Sophie Castelot am besten geeignet. Meine Intuition hatte mich zu ihr geführt. Im Rückblick musste man sagen, diese Geschichte war für mein Ego der erste wirklich harte Schlag gewesen. Vielleicht waren meine Rückenschmerzen die Spätfolge eines frühen Liebeskummers. Fest stand jedenfalls: Sie würde sich erklären müssen. Wieso hatte sie mich nicht zu ihrem Geburtstag eingeladen?

2

Intensität der Schmerzen: 3
Gemütslage: ein bisschen kämpferisch,
ein bisschen nostalgisch

3

Manchmal sehnt man sich danach, Erkundigungen einzuholen so wie früher. Man möchte einen Detektiv beauftragen, sich wie Antoine Doinel in *Geraubte Küsse* fühlen können und was weiß ich noch alles. Doch das Traurige an unserer Zeit ist: Wir sind so leicht auffindbar. Verzweifelt erreichbar. Sophie Castelot war nur wenige Mausklicks von mir entfernt. Im Handumdrehen hatte ich ihr Profil ermittelt, und ich konnte ihr sogar eine Nachricht senden. Zu der Zeit, als ich dieses Mädchen gekannt hatte, verband man mit dem Wort «Computer» ein riesiges Rechenterminal, das eine Rakete steuerte, wo Astronauten drin saßen, die nach Außerirdischen Ausschau hielten. Und am Ende diente diese Technologie hauptsächlich dazu, Menschen miteinander in Kontakt zu bringen. Sie traten so unverzüglich und uneingeschränkt miteinander in Kontakt wie nie zuvor in der Geschichte der Menschheit. Man war den anderen so nah, aber meist nur virtuell. Das veränderte auch das Verhältnis zum Alleinsein. Man konnte sich leicht einreden, nicht allein zu sein, obwohl man es doch immer noch war und immer sein würde. Es dauerte nur ein bisschen länger, bis man es herausfand. Man gab sich gern der Illusion hin, mit anderen *wirklich* etwas zu teilen.

Ich hatte sie so schnell gefunden, dass mir gar keine Zeit geblieben war zu überlegen, was ich ihr denn schreiben wollte. Wie wendet man sich an jemanden, wenn seit der letzten Begegnung dreißig Jahre vergangen sind? Man neigt spontan zu etwas Augenzwinkerndem, als wäre die Zeit überhaupt nicht vergangen. «Geht's dir gut?» Oder man schlägt einen halbwegs entspannten Ton an, der auch einer gewissen Eindringlichkeit nicht entbehrt: «Was ist aus dir geworden?» Es gibt auch die leicht verunsicherte Variante: «Ich weiß nicht, ob du dich noch an mich erinnern kannst ...» Schließlich entschied ich mich für etwas einigermaßen Neutrales: «Ich hoffe, dir geht's gut, nach all den Jahren ...» Ich vermied jegliche Sentimentalität oder Gefühlsduselei, das ganze Unterfangen war schon pathetisch genug. Es roch nach depressivem Typ um die vierzig, der sich gerade scheiden lässt und versucht, seine ganzen alten Frauenbekanntschaften wieder aufleben zu lassen. Bei einem Kerl, der gedachte, eine Freundschaft aus der dritten Klasse wieder aufzuwärmen, konnte einem in der Tat unheimlich werden.

Offensichtlich empfand sie das nicht so, denn sie schrieb im Laufe des Tages freudig zurück. Sie gestand mir, dass auch sie schon in sozialen Netzwerken nach alten Freunden Ausschau gehalten hatte (ich durfte dem entnehmen, dass ich nicht zu den Objekten ihrer Recherchen gehört hatte). Sie hielt enthusiastisch fest, dass das *alles so lange her* war, und fand es *geil, dass man sich so leicht wiederfinden* konnte. Ich wunderte mich über ihren Tonfall. Das heißt, ich hatte den Eindruck, dass sie sich überhaupt nicht verändert hatte.

Wenn ich ihre Nachrichten so las, kam es mir vor, als könnte ich dazu ihre Mädchenstimme hören. Dieser Eindruck hielt an bis zu dem Moment, in dem ich sie fragte, welchen Beruf sie ergriffen hatte: «Ich bin Sexologin.» Sophie Castelot, Sexologin. Sophie Castelot, das Mädchen, in das ich mit acht verliebt gewesen war und das mich nicht zu seinem Geburtstag eingeladen hatte, war nun also Sexologin. Ein paar Minuten saß ich fassungslos vor meinem Computer. Mein ganzer Plan erschien mir mit einem Mal lächerlich. Einer Frau, die sich auf dem unübersichtlichen Berufsfeld der Orgasmen austobte, etwas Intimes beichten zu wollen (dass sie mich nicht zu ihrem Geburtstag eingeladen hatte). Im Grunde war das wieder einmal bezeichnend für so viele Dinge in meinem Leben.

Wir verabredeten uns für den nächsten Tag zum Mittagessen. Mein letztes Rendezvous mit einer Frau war lange her. Und dann gleich eines mit einer, die ich so gut wie gar nicht kannte. Ich verbrachte eine geschlagene Stunde im Badezimmer (eine starke Leistung, wenn man bedenkt, wie eng es da ist), brachte meine Frisur in Ordnung, dann in Unordnung, um schließlich zu einer neuen Ordnung zu gelangen. Die meiste Angst flößte mir ihr Beruf ein. Ich hatte noch nie mit einer Sexologin zu tun gehabt. Es beeindruckte mich, was sie alles wissen musste. Mein Leben war in den biederen Bahnen der Monogamie verlaufen, ich war recht selten von klassischen Pfaden der Sexualität abgekommen. Es lagen bestimmt Welten zwischen uns. Plötzlich fiel mir ein, dass sie sich wahrscheinlich auch mit Rückenproblemen auskannte.

Die Sexualität bestimmt alles, meinte Freud doch. Meine Beschwerden waren sicherlich durch eine starke sexuelle Komponente bedingt. Doch der Weg zu einer Prostituierten war der falsche gewesen. Was ich brauchte, war weniger ein erotisches Verhältnis als eine Analyse, die zutage förderte, unter welchen Blockaden ich litt. Meine Erkrankung war teils psychologischer, teils sexueller Natur. So war das Leben: Dieses Treffen ergab sich alles andere als zufällig. Ich hatte ein Kindheitstrauma bewältigen wollen, und mein Unterbewusstsein hatte mir befohlen, Kontakt zu meiner Retterin aufzunehmen. So oft begreift man die wahren Gründe seines Handelns erst *im Nachhinein*. Wir werden von dem berühmten sechsten Sinn geleitet. Auf den musste ich mich verlassen. Nach all dem, was ich bereits ausprobiert hatte, versprach ausgerechnet der Weg Heilung, den einzuschlagen ich mich am wenigsten befähigt fühlte: der Weg der Intuition.

Sophie Castelot hatte bei Facebook kein Foto von sich gepostet. Im Allgemeinen ist das ja eher ein schlechtes Zeichen. Würde ihr Gesicht noch das sein, das ich so geliebt hatte? Ich hatte bereits die Erfahrung gemacht, auf der Straße unvermutet Bekanntschaften von früher gegenüberzustehen. Jedes Mal die gleiche Katastrophe. Eine günstige Gelegenheit zu erkennen, dass nicht nur die anderen, sondern auch man selbst gealtert war. In den Gesichtern der anderen spiegelte sich das eigene wider. Was würde sich in Sophies Gesicht widerspiegeln? Ich wollte mir die erneute Erkenntnis, dass wir älter geworden waren, gern ersparen.

Einen Moment lang überlegte ich, ob ich die Verabredung nicht besser absagen sollte. Viele Leute fürchten die Zukunft, doch mir erschien die Vergangenheit noch viel bedrohlicher. Ich würde den Geschmack dessen auf der Zunge haben, was einmal gewesen war und nie mehr sein würde. Ich musste aufhören, solche Sachen zu denken, und einfach den Augenblick genießen. Und ich durfte auf gar keinen Fall anfangen, von meinem Rücken zu reden. Dumm von mir, das Treffen unter diesem Aspekt zu betrachten. Ich hatte keinen Termin bei einer Sexologin, sondern bei einem Mädchen, das inzwischen eine erwachsene Frau geworden war.

Sie kam zehn Minuten zu spät*. Ich erkannte sie sofort wieder. Es war verblüffend. Indem ich sie sah, hatte ich das Bild vor Augen, wie wir mit acht Jahren ausgesehen hatten. Ihr Blick hingegen schweifte suchend durchs Restaurant, ein Zeichen dafür, dass das Erkennen nicht auf Gegenseitigkeit beruhte. Erst als ich kurz winkte, wandte sie sich in meine Richtung und kam mit einem breiten Lächeln auf mich zu. Wir küssten uns auf die Wangen, wie alte Freunde eben. Die Unterhaltung begann wie von selbst. Wie auf Facebook, sprudelten die Worte nur so aus uns hervor. Sophie Castelot hatte einen angeborenen Gesprächssinn. Sie würde keine peinlichen Pausen aufkommen lassen. Was mich etwas störte: Es fällt mir immer schwer, eine Frau anzuschauen, wenn ich gleichzeitig mit ihr reden muss. Und ich hätte Lust

---

* Oder kam ich zehn Minuten zu früh?

gehabt, sie erst einmal in Ruhe zu betrachten. Jedes Detail ihrer Weiblichkeit in Augenschein zu nehmen. Die Tatsache, dass sie ihrem Profil kein Foto hinzugefügt hatte, hatte ich vollkommen falsch interpretiert. Sophie war schön. So schön, dass ich mich fragte, wieso ich nicht schon früher auf die Idee gekommen war, sie anzuschreiben, sondern dreißig Jahre gewartet hatte. Eine Weile ließ ich mich von ihr bezaubern, bis die Realität mich wieder einholte: der Grund unseres Treffens. Sie hatte mich nicht zu ihrem Geburtstag eingeladen. Hatte mich von ihrer Feier ausgeschlossen. Wenn sich zwei Menschen aus den Augen verlieren, liegt es meist mehr am einen als am anderen.

Ich musste aufpassen, dass das nicht wieder losging. Sophie gehörte zu der Sorte, die einem erst schöne Augen machte und dann hinterher nicht zum Geburtstag einlud. In dem Moment sagte sie:

«Das ist ja lustig, dass wir uns heute treffen. Weißt du, ich mach am Samstag eine große Feier, ich hab nämlich Geburtstag. Das wäre doch schön, wenn du auch kommen könntest.»

« … »

«Hallo?»

«Äh … nein … ich kann leider nicht am Samstag, ich fahr weg … ich flieg mit meiner Tochter nach Amerika …»

Sie begann, mir von ihrem Sohn zu erzählen. Sie fand es traurig, ein Einzelkind zu haben. Gern hätte sie noch ein zweites bekommen. Aber nun ja, sie war geschieden und hatte gerade keine feste Beziehung. Genauso hatte ich mir ihr Leben vorgestellt, dachte ich nebenbei. Sie redete weiter von ihrem Sohn, aber ich hörte gar nicht richtig zu. Meine Gedanken waren irgendwie bei diesem Geburtstag hängengeblieben. Das war doch der komplette Irrsinn. Ich hatte Sophie treffen wollen, um eine alte Wunde zu verarzten, und schon bot sie – ohne davon zu wissen – mir an, mir einen Verband anzulegen. Wie seltsam das Leben doch manchmal spielte. Ich wollte gar nicht mehr wissen, warum sie mich damals nicht eingeladen hatte. Vielleicht würde ich sie ein andermal fragen? Wenn wir uns wiedersehen würden? Denn unsere Begegnung markierte zweifellos den Beginn einer neuen Ära. Ich verstand, man musste seinen Intuitionen folgen, auch wenn sie noch so wunderlich erscheinen mochten. Sophie redete immer noch, nichts wissend von den Hintergründen unserer Zusammenkunft. Meine Wunde war geheilt.

Beim Essen sprachen wir über sehr persönliche Dinge. Man vertraut gern Leuten, die man nicht so gut kennt oder mit denen man nicht so oft zusammenkommt, private Sachen an. Ich erzählte aus meinem Leben, von der Kündigung und der Trennung von Élise.

«Das wundert mich alles überhaupt nicht», meinte sie.

«Ach echt? Wieso wundert dich das nicht?»

«Das war der Grund, warum du mich treffen wolltest.»

«Na und?»

«Du stehst an einem Wendepunkt deines Lebens und schaust zurück in die Vergangenheit. Das ist normal.»

«Ich weiß nicht …»

«Wir stecken beide in der gleichen Situation. Wir sind vierzig, geschieden, und wissen nicht so recht, was die Zukunft noch bringen wird.»

« … »

Ich wusste nicht, was ich darauf sagen sollte. Das Gespräch bekam in der Folge eine etwas melancholische Note. Ich war überrascht. Man will doch immer in einem günstigen Licht erscheinen, erst recht vor den Zeugen der Vergangenheit. Zeigen, wie gut man sein Leben und das Schicksal gemeistert hat. Wer die Geister von einst ruft, muss, ob er will oder nicht, die Bilanz seines Lebens ziehen. Die plötzliche Intimität unseres Austauschs versetzte uns in eine aufrichtigere Stimmung als der oberflächliche Plausch, mit dem ich eigentlich gerechnet hatte. Wir entdeckten allerhand Gemeinsamkeiten aneinander, und muss man es noch eigens erwähnen: Die Leben, die wir beide führten, waren einander wahnsinnig ähnlich.

Ich zog Vergleiche zwischen ihrem jetzigen Gesicht und ihrem Kindergesicht. Es war irgendwie dunkler geworden, was nicht mit der Haarfarbe zusammenhing. Auch prägnanter, als hätte sie so eine Art spanische Ader entwickelt. Ihr Äußeres war auf Reisen gegangen. So weit meine Gedanken, als sie bemerkte:

«Du hast dich überhaupt nicht verändert.»

«Findest du?»

«Na ja, doch. Du bist älter geworden. Aber du siehst immer noch irgendwie gleich aus.»

«Wie sehe ich aus?»

«Das ist eine komische Mischung. Man kann nie genau sagen, ob du traurig oder glücklich bist.»

« … »

Zum ersten Mal sprach jemand das aus, was ich immer gefühlt hatte. Und wir waren einander auf rätselhafte Weise verbunden. Sie schien meine Gedanken lesen zu können. Ich stellte Überlegungen zu ihrem Gesicht an, und sie fing an, von meinem zu sprechen. Ich dachte daran, dass sie mich nicht zu ihrem Geburtstag eingeladen hatte, und sie lud mich ein. Sie lag intuitiv immer richtig. Was mich gar nicht wunderte. Gegenseitiges Verständnis fängt eben mit einem Bauchgefühl an.

«Ich glaube, du bist sehr feinfühlig. Das hängt bestimmt mit deinem Beruf zusammen.»

«Kann sein. Ich ordne die Leute verschiedenen Charaktertypen zu, wenn sie mir von ihren Problemen erzählen. Und umgekehrt.»

«Umgekehrt?»

«Ich meine … wenn ich mich mit jemandem unterhalte, weiß ich nach fünf Minuten, was für ein Verhältnis er zur Sexualität hat.»

«Wirklich?»

«Ja.»

«Und bei mir … weißt du es auch?»

«Na klar. Ich kann mir prima vorstellen, was für einen Patienten du abgeben würdest.»

«Ich bin ganz Ohr …»

«Aha … ich sehe schon … das interessiert dich … na

vielleicht ein andermal. Ich bin nämlich spät dran. Ich muss wieder zu meinen Patienten.»

«...»

«Ich hab einen, der seit 1989 keine Erektion mehr gehabt hat.»

«Das muss hart sein ...»

Sie lachte, obwohl ich gar nicht versucht hatte, lustig zu sein. Dann stand sie rasch auf, ungefähr so rasch, wie sie hereingekommen war. Die Handlungen mancher Leute erfolgen vollkommen übergangslos. Wenigstens war sie nicht mitten im Satz aufgesprungen. Sie küsste mich wieder auf die Wange und sagte:

«Hat mich gefreut, dass wir uns wiedergesehen haben. Echt.»

«Ja, mich hat's auch gefreut ...»

Ich blieb noch einen Moment allein am Tisch sitzen. Als die anderen Gäste auch allmählich aufstanden und gingen, machte ich mich ebenfalls auf den Weg.

4

Intensität der Schmerzen: 2
Gemütslage: ein bisschen ängstlich, ein bisschen glücklich

5

Im Flugzeug dachte ich an Sophie Castelot. Ich erzählte Alice von dieser Begegnung, die fand, dass das eine *hammermäßige Geschichte* war. Dann begann sie zu überlegen, welche Kleinigkeiten sie erlebt hatte, die ihr wehgetan hatten. Ich bereute es, dass ich meine Liste erwähnt hatte, denn auf ihrer Liste tauchte auch mein Verhalten gegenüber ihrem Freund auf. Ich schlug vor, einen Film anzuschauen. Die Auswahl war riesig. Noch vor wenigen Jahren konnte man sich im Flugzeug gerade mal einen einzigen Film anschauen. Und wenn man Pech hatte und den falschen Sitz erwischte, hatte man überhaupt keinen Empfang. Ich erinnere mich, bei *Die Brücken am Fluss* schwebte der Bildschirm genau über meinem Kopf.[*] Alice und ich guckten uns Ausschnitte verschiedener Filme an und teilten uns die Ohrstöpsel: Jeder einen Stöpsel. Es war lange her, dass wir das letzte Mal so nebeneinander gesessen hatten, weit weg von zu Hause, außerhalb der üblichen Umgebung. Wir flogen über den Atlantik, ein tolles Gefühl.

---

[*]   Die reife schauspielerische Leistung des Kinns von Meryl Streep wird mir immer unvergesslich bleiben.

Bei unserer Ankunft in New York schickte Alice Paul eine SMS und fragte, wie es ihm gehe und was er gerade so mache. Er schrieb zurück, es gehe ihm gut und er werde den ganzen Nachmittag in der Bibliothek sitzen und arbeiten. Wir stiegen in ein gelbes Taxi und ließen uns direkt zur Columbia University bringen. Berauscht fuhren wir durch New York, die einzige Stadt der Welt, deren Lärm irgendwie etwas Betörendes hat.

«Wahnsinn! Wir sind in New York!», rief Alice begeistert aus.

«Ja, Wahnsinn …»

«Was glaubst du, was für ein Gesicht er machen wird, wenn er uns sieht?»

«Na ja, das wird sicher ein Schock für ihn sein.»

«Ja, vor allem, wenn er dich sieht. Du bist ja nicht gerade für Überraschungsbesuche bekannt …»

« … »

Ich wollte noch etwas erwidern, aber Alice hatte schon recht. Meine Spezialität war das Vorbereitungen-Treffen.

In der Columbia University mussten wir aufpassen, dass uns Paul nicht über den Weg lief. Als wir den Lesesaal betreten wollten, richtete das Aufsichtspersonal das Wort an uns. Ich verstand kein bisschen von dem, was die Frau sagte. Mit meinen wenigen Brocken Englisch bemühte ich mich zu erklären, dass ich gern meinen Sohn besuchen würde. Sie verstand mich so wenig wie ich sie. Aber sie ließ uns durch, wahrscheinlich weil es ihr zu anstrengend war, sich mit mir auseinanderzusetzen. Unverständnis erzeugen ist manchmal die beste Methode, wenn man etwas erreichen will. Durch den Lesesaal huschten wir auf leisen Sohlen und versteckten uns hinter den Bücherregalen. Die Studenten würdigten uns leicht blasierter Blicke, als schlösse der *American way of life* die Toleranz gegenüber den ungewöhnlichsten Verhaltensformen bereits mit ein. Wir hatten Paul ziemlich schnell aufgespürt. Wir schlichen uns von hinten an. Da saß er und hatte keine Ahnung von der Überraschung, die sich hinter ihm zusammenbraute. Uns trennten nur noch wenige Meter. Alice hüpfte herum wie ein kleines Kind. Ein komisches Gefühl, in diesem Tempel der Stille und der Konzentration eine solche Aufregung zu verspüren.

Langsam traten wir näher. Wir blieben einen Augenblick reglos stehen, wie zwei Engel, die ihm über die Schulter blickten. Als er merkte, dass da jemand war, drehte er sich um und fing an zu schreien. Sein Schrei war ein derartiger Ausbruch aus dem Bibliotheksalltag, dass niemand es wagte, sich zu empören. Paul stand auf und starrte uns ungläubig an. Er wirkte wie ein Glatzkopf, dem auf einmal Haare gewachsen waren. Alice sprach aus, was mit Händen zu greifen war:

«Surprise! Surprise!»

«Das gibt's doch nicht! Was macht ihr denn hier?»

«Du hast uns so gefehlt …», sagte ich einfach.

Wir vergaßen ganz, wo wir waren. Die anderen Studenten wurden langsam etwas ungehalten. Paul erklärte ihnen auf Englisch, dass wir extra aus Frankreich gekommen waren, um ihn zu überraschen. Alice wurde von ihren Gefühlen überwältigt und begann zu weinen. Da waren die Amerikaner dann ganz aus dem Häuschen. Sie gaben einige von diesen Superlativen von sich, wie sie nur Amerikaner von sich geben können. Hollywood lässt grüßen. Aber gut, die Begeisterung verflog auch wieder. Wir gingen am besten mal raus. Dort berichteten wir Paul, wie es gekommen war, dass wir uns so kurzentschlossen auf den Weg nach Amerika gemacht hatten.

«Aber hast du so kurzfristig Urlaub bekommen?»

«Ich bin entlassen worden …»

« … »

Paul rang um Worte. Das hatte er von mir. Die gleiche Art der Sprachlosigkeit. So etwas wie ein erblicher Sprachfehler, der von Mund zu Mund übertragen wurde. Aber ich konnte ihn beruhigen, versicherte ihm, es gehe mir ausgezeichnet. Wir fuhren in sein Apartment, um unser Gepäck abzustellen. Er wohnte in Williamsburg, einem ziemlich angesagten Teil von Brooklyn, zusammen mit einem anderen Studenten aus Paris. «Ihr werdet euch hier wie zu Hause fühlen. Es gibt recht viele Franzosen», bemerkte Paul. Das konnte man laut sagen, überall wurde Französisch gesprochen. Ich fand es merkwürdig, im Ausland zu sein und sich dabei wie zu Hause zu fühlen. Aber Paul gefiel das. Oft lernt man erst in der Fremde das eigene Land richtig zu schätzen. Das wurde mir in New York endgültig klar. Das schwindelerregende Gefühl, in der Fremde zu sein, nahm dadurch, dass man auf der Straße Franzosen sah, mit denen einen eine gemeinsame Herkunft verband, deutlich ab. New York ist nämlich in der Lage, ein äußerst schwindelerregendes Gefühl zu erzeugen.

Auf den Fotos hatte Pauls Apartment größer ausgesehen. Ich hatte gedacht, wir könnten bei ihm übernachten, aber als ich die Wohnung sah, überkamen mich Zweifel.

«Ach was, das geht schon», meinte er. «Du kannst in meinem Bett schlafen, und Alice und ich legen uns aufs Sofa im Wohnzimmer.»

«Ja, das geht schon», meinte auch Alice.

Komfort spielte letztlich keine Rolle. Pauls Mitbewohner Hector kam nach Hause. Er schien sich nicht weiter an uns zu stören, auch nicht an der Vorstellung, dass wir ein paar Tage bleiben würden. Als Informatik-Genie dachte er in anderen Dimensionen und war gegen die Sorgen des Alltags immun. Sein mathematisches Talent verhielt sich lediglich umgekehrt proportional zu seiner sonstigen geistigen Entwicklung. Laut den Aussagen meines Sohns redete er von nichts anderem als von Brüchen und Algorithmen. Doch auf einmal geschah etwas Merkwürdiges mit ihm. Es wirkte fast so, als würde er körperliche Anstrengungen unternehmen, um sich als umgänglicher Kerl zu erweisen. Er lächelte steif und ließ ein paar banale Bemerkungen über New York fallen. Es dauerte einige Zeit, bis wir begriffen, dass hinter dieser unerwarteten Komplettmutation nur Alice stecken konnte. Während er redete, warf er immer wieder kurze lebhafte Blicke in ihre Richtung, die er mit einem verkrampften Lächeln würzte. Der Stress entlockte ihm schließlich sogar den ein oder anderen Schweißtropfen, ein Detail, das ihn mir sofort sympathisch machte. Im Gefühl, eine Art Weltraummission (eine gesellschaftliche Situation mit einer tollen Frau) erfüllt zu haben, kehrte er auf sein Zimmer und in die bequeme Welt der Zahlen zurück.

Am Abend waren Alice und ich überhaupt nicht müde. In Frankreich war es schon tief in der Nacht, man musste ja auch die Zeitverschiebung berücksichtigen, und normalerweise ging ich gern früh ins Bett. Wir hatten uns so weit von zu Hause entfernt, dass uns selbst die eigenen Körperfunktionen allmählich fremd wurden. Paul schlug vor, in einem kleinen pakistanischen Restaurant in der Nähe essen zu gehen. Eine hervorragende Idee, wie wir alle fanden. Kaum hatten wir uns an den Tisch gesetzt, stieg mir ein eigenartiger Duft in die Nase, es roch irgendwie nach vergammeltem Fleisch. In der Nacht hatte ich dann prompt Bauchschmerzen, aber die konnten auch von dem scharfen Essen kommen; jedes Gericht, das wir bestellten, löste in meinem Mund Feueralarm aus. Nachdem ich dies losgeworden bin, bin ich gern bereit einzuräumen, dass der Feueralarm gut zu den tropischen Temperaturen passte, die in dem Lokal herrschten. Der Wirt entschuldigte sich, die Klimaanlage sei kaputt und der Zusatzventilator kürzlich gestohlen worden. Aufgrund der Krise könne er sich derzeit keinen neuen leisten. Natürlich verstand ich die meiste Zeit nur Bahnhof, doch mein Sohn dolmetschte alles. Am Nebentisch hockte ein Pärchen, das einen heftigen Streit hatte, was unsere Unterhaltung erheblich erschwerte. Die beiden schienen ein ernsthaftes Problem zu haben, vielleicht hätte Sophie

Castelot das regeln können. Sie beschimpften sich wirklich aufs Übelste, aber ich konnte ihre Gesichter nicht erkennen, weil ich eine Kristallkugel im Blickfeld hatte, die mit allerlei Lichteffekten um sich warf. Es war fast ein bisschen so wie in der Disko, mir leuchtete nur nicht ein, wie man so ein Ding in einem Restaurant anbringen konnte; gelbe und orange Lichter, die auch die gelben Wände erleuchteten, an denen einige schauderhaft hässliche Bilder hingen, umspielten unsere Züge. Die Inneneinrichtung war wahrlich der reine Kitsch, eine Sternstunde des Kitsch, es gab Bilder von Kühen und Hühnerställen, von Schnauzbärten und von Mädchen mit nur einer Brust. Der Künstler, also der Mensch, der das gemalt hatte, war bestimmt ein Cousin des Wirts, so ein typischer Kunst liebender Taugenichts, wie es ihn in jeder Familie beziehungsweise in jedem Familienclan gibt. Der pakistanische Maler von Brooklyn. Nach einer Weile fing ich an, das Schöne im Hässlichen zu entdecken. Doch dann musste ich mich wieder auf meinen Rücken konzentrieren, denn es machte sich ein diffuser Schmerz bemerkbar. Das lag wahrscheinlich an diesem sagenhaften Stuhl, auf dem ich saß, der nicht einmal eine gerade Sitzfläche hatte und für zwei ganze Gesäßhälften zu klein war. Ich kam mir vor, als würde ich im Sitzen Ski fahren … furchtbar. Na ja, aber eigentlich wollte ich nur erzählen, dass ich mit meinen Kindern in New York essen war. Eigentlich wollte ich nur sagen, dass ich einen der schönsten Abende meines Lebens verbracht habe.

6

Intensität der Schmerzen: 4
Gemütslage: magisch

7

Es war eine dieser wunderlichen Nächte, wo man gar nicht mehr weiß, ob man gerade wach ist oder träumt. Die Übergänge waren fließend, die Grenzen verschwammen. Mit Sicherheit konnte ich im Nachhinein lediglich sagen: Ich hatte von einer Frau geträumt. Aber schwer zu sagen, von welcher. Ihr Gesicht kam mir immerhin bekannt vor. Aber vielleicht war es auch nur eine Schauspielerin gewesen, die mir gefallen hatte, oder eine Unbekannte, die ich auf der Straße gesehen hatte. Oder eben eine skurrile Mischung aus verschiedenen Frauen. Der Traum hatte keine besondere Handlung. Die Frau saß neben mir und nahm mich bei der Hand. Und ich spürte eine unglaubliche Ruhe in mir.

Nach dem Erwachen lag ich vollkommen erfüllt von meinem Glück eine Weile da, bedauerte lediglich, dass es nicht real war. Man sollte nicht so schöne Sachen träumen. Ich versuchte, das Gesicht dieser Frau zu rekonstruieren, wollte das Rätsel der Erscheinung lösen. Im weiteren Verlauf der Nacht kam Alice zu mir herein:

«Schläfst du?», flüsterte sie.

«Nein.»

«Kann ich auch hier schlafen? Ich leg mich auf den Boden ...»

«Ist's nicht bequem auf dem Sofa? Wälzt dein Bruder sich hin und her?»

«Nein, das Problem ist sein Mitbewohner, der andere Psychopath. Er macht die ganze Zeit die Tür auf und zu, ich glaube, er beobachtet mich.»

« ... »

«Er macht mir Angst!»

Ich verkniff mir ein Lachen. Ich stellte mir vor, wie Hector seine Nacht damit verbrachte, immer wieder aufzustehen, um nach Alice zu sehen. Das war der Unterschied zu meinem Traum: Der seine war zum Greifen nah. Er lag im Zimmer nebenan, während der meine in unerreichbare Ferne rückte. Aber je länger ich darüber nachdachte, desto mehr schien es mir, als wäre ich dieser Frau bereits irgendwo begegnet. Aber wo? Manchmal sucht man nach Worten oder Namen und kommt einfach nicht drauf. Man sagt, die Dinge liegen einem auf der Zunge (ich mag diese Redensart). Das hieß, auf meiner Zunge lag ein Gesicht, das zu niemandem gehörte.

Wir verlebten zwei wundervolle Tage, gingen in den Parks, in denen ziemlich rote Eichhörnchen herumsprangen, spazieren, aßen unterwegs Hot Dogs und besuchten Galerien für zeitgenössische Kunst, in denen Installationen aufgebaut waren, die wir nicht verstanden. Wir hatten zu allem eine Meinung, zu allen wesentlichen und unwesentlichen Dingen. Wann hatte ich das letzte Mal so mit meinen Kindern geredet? Schade, dass wir so etwas nicht schon früher gemacht hatten. Warum war ich mit ihnen nie übers Wochenende nach Berlin oder Madrid gefahren? Was hatte mich davon abgehalten? Nichts. Aber ich hatte es eben aufgegeben, gemeinsame Aktivitäten zu planen. Früher war ich immer auf der Suche nach Theateraufführungen, Filmen und Ausstellungen gewesen, die ihnen gefallen könnten. Aber dann kam die Zeit, wo ich spürte, dass sie sich die Sachen lieber selber aussuchten. Vielleicht war das aber auch ein falscher Eindruck von mir gewesen. Ich hatte mich selbst dieser einfachen Freuden beraubt, weil ich glaubte, es gäbe sie sowieso nicht mehr. Und jetzt unternahmen wir fast staunend wieder etwas zusammen, als wäre es normal, nichts zusammen zu unternehmen. Ich konnte mit ihnen sogar über ihre Mutter sprechen. Die Trennung schmerzte sie mehr, als ich gedacht hatte. In gewisser Weise war ich erleichtert. Ich ertrug die allgemeine Gleichgültigkeit nicht mehr, die unsere Zeit zu charakterisieren schien. Den Leuten kam immer alles ganz normal vor: ob man nun glücklich oder zu Tode betrübt war. Wir waren so abgestumpft, dass ein kleines persönliches Drama kaum noch Aufsehen zu erregen vermochte. Meine Kinder waren traurig, und vor allem verstanden sie nicht, warum wir uns getrennt hatten. Ich sagte: Ich auch nicht. Und das entsprach durchaus der Wahrheit. Es gibt auch grundlose Trennungen.

Seit unserer Ankunft hatte ich keine Gelegenheit ausgelassen, über Amerika herzuziehen. Und jedes Mal, wenn ich mich erinnerte, dass ich ja keine Gelegenheit auslassen wollte, ging die Leier von vorne los. Nicht wegen einer ablehnenden Haltung gegenüber den USA, vielmehr handelte es sich um den plumpen Versuch, meinem Sohn das Land zu verleiden, damit ihm bloß nicht einfiel, noch länger bleiben zu wollen. Am Flughafen meinte er jedoch zu mir:

«Du magst die USA, das sieht man dir an.»

«Ach ja?»

«Du kannst nichts Schlechtes über das Land sagen. Und wenn du doch was Schlechtes sagst, merkt man dir an, dass du es nicht so meinst.»

«Aber du willst jetzt nicht noch länger bleiben?»

«Nein, im Sommer komme ich zurück nach Frankreich. Allerdings gehe ich nächstes Jahr vielleicht nach Deutschland.»

«Was?»

«Ganz ruhig, das ist nicht so weit. Da könnt ihr mich öfter mal besuchen kommen …»

«Prima Idee …», stimmte Alice mit ein.

Wir hielten uns lange in den Armen. Als ich mit Alice ins Flugzeug stieg, musste ich wieder daran denken, dass Paul nach Deutschland wollte. Ich fragte Alice:

« Glaubst du nicht auch, dass es ein bisschen die Schuld der Eltern ist, wenn die Kinder ins Ausland gehen? »

« Ich glaube, du solltest jetzt lieber schlafen. Das war eine anstrengende Reise für dich. Du siehst ja aus wie 44. »

« Ah … »

Sie war allerdings diejenige, die als Erste einschlief. Wir hatten einen Nachtflug. Was mich betrifft, so kann ich im Flugzeug nicht schlafen. Ich brauche zum Schlafen ein Bett. Aber ich finde es faszinierend, dass es Leute gibt, die im Sitzen schlafen können. Mir erscheint das so abwegig wie im Liegen gehen. Dennoch döste ich wohl irgendwann ein. Ich muss sogar geträumt haben. Und zwar etwas ganz Unglaubliches. Im Traum fand ich den Schlüssel zu meinem anderen Traum. Ja, ich träumte erneut von dieser Frau, und diesmal erkannte ich ihr Gesicht. Es stieg das gleiche sanfte Wohlgefühl wie im ersten Traum in mir auf. Aber jetzt wusste ich, wer sie war. Und ich war froh, dass ihr Gesicht nicht mehr auf meiner Zunge lag. Träume können manchmal Entscheidungen vorwegnehmen. Und für mich stand fest, ich würde sie sofort aufsuchen, wenn ich wieder in Paris war.

8

Intensität der Schmerzen: 2
Gemütslage: leicht abgehoben

9

Vassilis machte einen rundum glücklichen Eindruck, als ich zurück ins Hotel kam. Das war ganz komisch für mich. Ich war es nicht gewohnt, freudig erwartet zu werden.

«Ich hatte schon befürchtet, Sie würden gar nicht mehr wiederkommen ...»

«Ich hab doch meine ganzen Sachen hiergelassen ...»

«Aber man kann nie wissen ... na ja ... schön, dass Sie wieder da sind ...»

« ... »

«Ich brauche Sie!»

Anfangs hatte ich ja nur aus Höflichkeit gesagt, ich könne ihm helfen. Aber mit der Höflichkeit muss man aufpassen. Es gibt Leute, die einen beim Wort nehmen. Dieses abgewirtschaftete Hotel war sein Ein und Alles. Ich fand es rührend, dass sein Herz so an diesem Ort hing, bei dessen Anblick andere sicherlich nur geschwind die Beine in die

Hand nahmen. Er hatte mir bereits die Zimmerpläne anvertraut, aber während meines New-York-Aufenthalts hatte ich kein einziges Mal daran gedacht.

«Haben Sie sich … mal die Pläne angeschaut?»

«Äh … ja …»

«Und?»

«Und was?»

«Hast du eine Idee, wie man bei der Sache vorgehen könnte?»

«Ah, wollen wir uns duzen?»

«Na ja, wenn wir zusammen arbeiten, ist das praktischer.»

«Okay. Dann hören Sie mal zu … ich meine, hör mal zu … am besten schaue ich mir das Ganze noch mal an und stelle eine Kostenkalkulation auf …»

«Oh … glaubst du, das wird teuer?»

«Das kommt drauf an, wie viel du investieren willst. Lass uns später drüber reden.»

«…»

«…»

«Willst du nicht einsteigen in das Geschäft?», kam es plötzlich über seine Lippen.

«Wer? Ich?»

«Ja, du. Du magst doch dieses Haus. Sonst würdest du schließlich nicht hier wohnen. Dann kannst du dich doch auch ein bisschen beteiligen …»

«…»

Da kannte er mich aber schlecht, wenn er glaubte, ich würde irgendwo zum Vergnügen wohnen. Ich war rein zufällig hier gelandet, und wenn ich blieb, dann deshalb, weil ich zu faul war, mir etwas anderes zu suchen. Ich war eben ein sesshafter Typ. Anfangs kam mir sein Vorschlag völlig absurd vor. Doch als ich dann auf meinem Zimmer saß, dachte ich mir: «Warum eigentlich nicht?» Ich hatte Zeit, ein bisschen Geld, und ich spürte, ich konnte mich auf Vassilis verlassen. Ich hatte immer für andere gearbeitet. Und hatte das irgendwelche Spuren hinterlassen? Gab es irgendein Bauwerk, dem ich meinen Stempel aufgedrückt hatte? Wenn ich auf Vassilis' Angebot einging, würde ich endlich aus meinem Schattendasein heraustreten und mich mal für ein Gebäude richtig verantwortlich fühlen. Zum Schreiben war ich nicht imstande, aber das hieß ja noch lange nicht, dass ich nicht schöpferisch tätig sein konnte. Meine Fantasie brauchte eine konkrete Grundlage, um sich zu entfalten. Ich gehörte zu der seltenen Spezies der pragmatischen Träumer.

In den ersten Nächten im Hotel, in denen ich solche Rückenschmerzen gehabt hatte, weil die Matratze zu weich war, in denen ich kein Auge zugetan hatte, weil die Schalldämmung so schlecht war, und in denen mir aufgrund des unberechenbaren Temperaments der Klimaanlage immer entweder zu kalt oder zu warm war, hatte ich mich gefragt: «Was mache ich hier überhaupt?» Jetzt wusste ich es womöglich. Und wenn das alles kein Zufall war? Ich war hierhergekommen, um Vassilis' Vorschlag anzunehmen. Das war der Beginn eines neuen Abenteuers. Innenausstattung für schäbige Hotels. Eine hübsche Aufschrift für eine Visitenkarte.

Im Grunde hatte ich immer eine Schwäche gehabt für hoffnungslose Fälle, heruntergekommene Orte, missratene Gebäude und verstaubte Museen. Es galt, die ursprünglichen Irrtümer zu beseitigen. So etwas machte mir Spaß: ausbessern, flicken, Löcher stopfen. Man musste vor allem das Gefühl der Enge loswerden. Die Zimmer brauchten frischen Wind. Im Großen und Ganzen hieß die Aufgabe, den inneren Knoten dieses Hotels zu lösen. Ich war fast versucht zu denken, dieses Hotel ähnelte mir irgendwie.

Ich war an dem Projekt interessiert, doch ich ließ den Patron noch ein wenig zappeln. Ich wollte ihm vorläufig keine Entscheidung mitteilen. Diese Taktik erwies sich ganz ungewollt als exzellente Verhandlungsstrategie. Am ersten Tag bot er mir an: «Ich überlasse dir fünfzehn Prozent.» Mein Schweigen ließ meinen Anteil auf dreißig Prozent steigen. Am nächsten Tag stürmte er aufgeregt auf mich zu:

«Also, das ist ja schrecklich mit dir …»

« … »

«Vierzig Prozent! Das ist mein letztes Angebot, das kannst du unmöglich ausschlagen!»

« … »

Kein Argument ist triftiger als ein Schweigen. Schließlich einigten wir uns auf einen Fifty-fifty-Deal, wobei ich quasi die gesamten Renovierungskosten trug. Vassili hatte letztlich keine andere Wahl. Das Hotel dümpelte so vor sich hin, keine Bank wollte ihm einen Kredit gewähren. Ich rettete den Laden, indem ich für die Renovierung aufkam. Die Ideen sprudelten zunehmend aus mir hervor. Es war schön, ein Projekt von Anfang bis Ende zu betreuen und nicht nur für die Finanzen zuständig zu sein. Der Standort war ideal. Das Ziel, eine billige Touristenabsteige in ein kuscheliges romantisches Nest zu verwandeln. Als Erstes mussten dickere Trennwände zwischen den einzelnen Zimmern eingezogen werden. Und dann brauchte ich mehr Platz für mich, schließlich war ich der Inhaber des Hotels. Ich freundete mich mit dem Gedanken an, im Hotel zu wohnen.

In den Tagen der stillen Verhandlungen stattete ich auch der Magnetfeldtherapeutin einen Besuch ab. Es kam mir vor, als würde der Termin bei ihr eine Ewigkeit zurückliegen. In wenigen Tagen hatte sich so viel ereignet wie sonst nur in Jahren. Da ich schon unangemeldet kam, setzte ich mich im Wartezimmer in die hinterste Ecke. In dem Raum befand sich noch eine Frau, die keinen besonders fitten Eindruck auf mich machte. Sie warf mir einen leicht desillusionierten Blick zu. Zu ihrer Beruhigung sagte ich mit sanfter Stimme:

«Ich hab gar keinen Termin.»

«Ja, und?»

«Ich meine bloß … weil Sie ein bisschen so aussehen, als fürchteten Sie … wegen mir lange warten zu müssen …»

«Nein, nein, ich weiß schon, dass ich als Nächste dran bin.»

«Ah, na gut …»

«Ich bin in genau vier Minuten und 17 Sekunden dran.»

«Oh, woher wissen Sie das so genau?»

«Ich habe seherische Kräfte.»

«Seherische Kräfte? Das heißt … Sie …»

«Genau, das heißt, ich weiß alles. Und ich sehe alles.»

«Das ist ja toll … oder vielleicht auch furchtbar … ich meine, das kommt drauf an …»

«Ja, manchmal ist es nicht ganz leicht. Deswegen bin ich auch hier.»

«Ach so?»

«Ja. Die Magnetfeldtherapie hilft mir, die Sehergabe besser zu kontrollieren. Ich muss lernen, meine Erkenntnisse in geordnete Bahnen zu lenken.»

«Ah okay …», sagte ich und blickte auf die Uhr.

«Noch zwei Minuten und fünf Sekunden», bemerkte sie.

«Genau …»

Ich fragte mich, ob das nicht eine Farce war. Aber sie schien es ernst zu meinen. Ihr Tonfall, die Art, wie sie sich ausdrückte, das wirkte alles ganz glaubwürdig. Um sie auf die Probe zu stellen, fragte ich einfach mal:

«Wenn Sie alles wissen … dann wissen Sie sicher auch, warum ich hier bin …»

«Ja, natürlich.»

«Wirklich?»

«Ja, wirklich.»

«Und?»

«Und was?»

«Warum bin ich hier?»

«Das wissen Sie doch selber.»

«Ja, aber ich will es von Ihnen hören!»

«Ah, Sie wollen mich auf die Probe stellen …»

«Nein ... das heißt ... ja ...»

«Na gut, das ist ja einfach: Sie sind hier, weil Sie auf der Suche nach einer Frau sind. Stimmt's?»

« ... »

«Stimmt's?»

«Ja ...»

«Sie waren vor zehn Tagen schon mal hier. Wegen Ihrer Rückenschmerzen. Sie wollten mal was Neues ausprobieren, nachdem verschiedene medizinische Tests nichts ergeben haben. Den Tipp hat Ihnen Ihre Schwägerin gegeben. Ich meine, Ihre Ex-Schwägerin. Sie lassen sich scheiden, oder?»

« ... »

«Sie lassen sich scheiden, ja oder nein?»

«Äh ... ja ...»

«Sie sind hierhergekommen, und man hat Ihnen geraten, besser zu einem Psychologen oder zu einem Psychoanalytiker zu gehen. Das Problem ist eigentlich nicht Ihr Rücken, sondern Ihr Leben. Aber ich glaube, es geht Ihnen schon wieder besser, stimmt's?»

« ... »

«Sie haben einige berufliche und private Angelegenheiten geklärt, und schon haben die Schmerzen etwas nachgelassen. Ich denke, die Probleme, die Sie haben, sind in den Griff zu kriegen. Sie sind noch nicht am Ende Ihres Wegs angelangt, aber bald. Der restliche Weg hält noch ein paar Überraschungen bereit ... aber was Ihren Rücken angeht, können Sie an sich beruhigt sein ...»

«Aha ...»

«Und wie war die Reise mit Ihren Kindern? Ich meine, ich weiß, dass Ihnen das gutgetan hat.»

«…»

«Auf dieser Reise haben Sie auch von dieser Frau geträumt, die Sie jetzt wiedersehen wollen. Sie haben einige schöne Augenblicke mit ihr verbracht. Nur war in dem Moment nicht an große Gefühle zu denken. Insofern blieb die Geschichte in Ihrem Unterbewusstsein hängen. Bis der Traum sie wieder zum Vorschein gebracht hat.»

«…»

«Über die Frau kann ich Ihnen nicht so viel sagen. Die Sehergabe funktioniert nur, wenn die jeweilige Person anwesend ist. Aber ich bin mir sicher, sie passt ganz gut zu Ihnen. Sie haben endlich gelernt, die richtigen Entscheidungen zu treffen.»

«…»

«Wurde auch Zeit …», sagte sie mit einem Lächeln.

In dem Moment erschien die Magnetfeldtherapeutin. Sie nahm mich überrascht zur Kenntnis.

«Geht's Ihnen denn nicht besser?», erkundigte sie sich.

«…»

«Ich glaube, das sagt sich nicht so leicht», schaltete die Seherin sich ein. «Er wollte dich nach der Telefonnummer von einer deiner Patientinnen fragen. Irgendwann kannst du noch eine Partnervermittlungsagentur aufmachen …»

«…»

Niemand sagte etwas. Was mich anging, so stand ich unter Schock. Man konnte nun nicht behaupten, dass ich ein großer Mysteriöser war, ein komplexer, unergründlicher Charakter, aber am helllichten Tag derart entblößt dazustehen, war zu viel für mich. Man stand dieser Frau ja vollkommen nackt gegenüber. Die Magnetfeldtherapeutin blickte mich noch einen Augenblick wortlos an, bis sich schließlich ein Lächeln auf ihrem Gesicht zeigte.

10

Intensität der Schmerzen: 1
Gemütslage: paranormal

11

Diese Begegnung brachte mich ganz aus der Fassung. Auch wenn ich rational nicht fassbaren Phänomenen gegenüber immer aufgeschlossen gewesen war. Ich hatte einen Hang zum Mystischen. Glaubte an frühere Leben und an die Wiedergeburt. Daran, dass es möglich war, aus seinem gegenwärtigen Bewusstsein herauszutreten. Doch eine solche Sehergabe war wirklich verblüffend. Man hätte meinen können, diese Frau habe den Roman meines Lebens gelesen.

Es war tatsächlich die Frau, mit der ich im Anschluss an meinen Termin bei der Magnetfeldtherapeutin einen Kaffee getrunken hatte, die mir im Traum so eindrucksvoll erschienen war. Angesichts der Schönheit mancher Träume ist man geneigt zu hoffen, die Träume mögen die Kraft besitzen, auf die Wirklichkeit abzufärben.

Ich habe einmal ein Interview mit John Lennon gelesen, das mich sehr beeindruckt hat. Er sagte, er habe bereits von Yoko Ono geträumt, bevor er ihr begegnet war. Er konnte sie beschreiben, obwohl er sie noch gar nicht gesehen hatte, es war, als habe der Traum die Wirklichkeit vorweggenommen. Als er sie dann tatsächlich kennenlernte, stimmte lediglich sein Unterbewusstsein wieder mit seinem Bewusstsein überein.

Ich hatte keine Ahnung, was sich aus dem Wiedersehen mit dieser Frau ergeben würde, ich wusste nichts von ihr außer dem, was ich bei einer Tasse Kaffee von ihr erfahren hatte, doch ich spürte ein starkes Verlangen, sie wiederzusehen. Ich fürchtete, sie könnte die ganze Aktion merkwürdig finden. Frauen müssen in solchen Situationen ziemlich gemischte Gefühle haben. Einerseits ist es natürlich schmeichelhaft, wenn ein Mann sie so unbedingt wiedersehen will. Andererseits ist es wahrscheinlich auch beängstigend, das Objekt solch fieberhafter Anstrengungen zu sein. Mein Fall erschien mir allerdings doch etwas anders gelagert. Ich hatte mich einfach unbewusst der schönen Schlichtheit unseres Zusammenseins erinnert. Und um Dinge wirklich voranzutreiben, bedarf es oft im Verborgenen wirkender Kräfte. Vielleicht würde das Ganze auch zu nichts führen, aber ich wollte wenigstens reinen Herzens sein.*

Die Magnetfeldtherapeutin weigerte sich, mir die Telefonnummer meiner Unbekannten zu geben. Als sie meine enttäuschte Miene sah, verriet sie mir immerhin, wann ihr nächster Termin war. Also kam ich mit meinem Traum und meiner Vorahnung bewaffnet tags darauf wieder. Ich beobachtete, wie die Frau das Gebäude betrat, und wartete unten, bis sie es wieder verließ. Mein allzu beanspruchtes Gehirn hatte ihr Äußeres leicht verändert. Der Traum hatte sie entstellt. Wie soll ich sagen: Sie war es, aber sie war es auch wieder nicht. Mir gefielen die übereinander liegenden Bilder, die vor meinen Augen verschwammen. Doch das spielte eigentlich keine Rolle. Ich wartete auf sie, und mein Herz pochte, wie es schon lange nicht mehr gepocht hatte. Meine Rückenschmerzen hatten sich in nichts aufgelöst. Wenn das Herz sich offenbart und auf den Plan tritt, nehmen die Gefühle eine solche Vormachtstellung ein, dass die übrigen Vorgänge im Körper zum Erliegen kommen. Alles außer meinem, zu neuem Leben erwachten Herzen hatte aufgehört zu existieren, es schlug wie wild und staunte über sich selbst.

---

*   Noch so ein schöner Ausdruck: reinen Herzens sein. Das heißt, auf dem Herzen liegen ganz viele Zweifel und Ungewissheiten, die man beiseiteschaffen muss. Danach darf kein Hauch von Reue zurückbleiben.

Nach gut einer Stunde kam die Frau wieder heraus. Ich spürte gleich, dass es eine gute Idee gewesen war, hierherzukommen und sie abzupassen. Mein Körper schmerzte. Doch mein Körper gab mir auch die richtigen Signale. Ich hatte das eigenartige Gefühl, diese Frau vermisst zu haben. Obwohl ich kein einziges Mal an sie gedacht hatte, bevor sie mir im Traum erschienen war. Das Gefühl, jemanden vermisst zu haben, kann sich auch erst *im Nachhinein* einstellen. In dem Moment, in dem man die betreffende Person sieht, merkt man, wie leer das Leben ohne sie war. Wie sollte ich die Sache nun angehen? Als die Frau das Gebäude verlassen hatte, war ich nicht in der Lage gewesen, sie anzusprechen. Also folgte ich ihr. Ich schlich mich von hinten an. Sie ging schnell, ein bisschen zu schnell für meinen Geschmack. Das Verrinnen der Zeit schien ihr Beine zu machen. Mir war mein Unterfangen allmählich nicht mehr ganz geheuer. Sie musste mich für einen Psychopathen halten, dabei war mein Kopf eigentlich so klar wie nie zuvor. So klar und ruhig wie ein Schweizer See, eine runde Sache an sich. Die Frau kam an einem Fußgängerüberweg zum Stehen. Ich blieb hinter ihr, obwohl das ja die Gelegenheit gewesen wäre, mich ihr zu erkennen zu geben. Mein Körper vibrierte immer heftiger, also ich meine mein Herz. Tausend mögliche Worte und Gesten schossen mir durch den Kopf, doch nichts zu machen, ich konnte meine Schüchternheit nicht überwinden. Dann wurde die Ampel grün, und wir setzten unseren Weg fort.

Da ich mich immer noch nicht dazu durchringen konnte, sie anzusprechen, spielte ich mit dem Gedanken, einen fingierten Zufall heraufzubeschwören. Dazu musste ich nur etwas schneller laufen, sie überholen und wieder zurücklaufen. Und wenn sich endlich unsere Wege kreuzten, würde ich meine Begeisterung über die schicksalhafte Fügung zum Ausdruck bringen. Ich beschleunigte meinen Schritt, doch dann fiel mir ein, dass die Idee absurd war. Und dass ich zum Schauspieler wahrscheinlich kein Talent hatte. Ich musste ihr schon die Wahrheit sagen. Sie war schließlich keine völlig Fremde. Im Grunde sollte das doch eine einfache Übung sein. Wir hatten zusammen einen Kaffee getrunken. Und uns prima verstanden. Das Ganze hatte nichts Perverses an sich. Im Gegenteil, sie würde sich sicher freuen mich wiederzusehen. Warum also sprach ich sie nicht an? Sie schüchterte mich ein, das musste es sein. Sie marschierte noch ein Weilchen so weiter, ihre Schritte wurden ein wenig langsamer. Ich heftete mich an ihre Fersen und warf im Gehen die Fragen eines Mannes auf, der sich als unfähig erwies, einer Frau den Hof zu machen. Genau, das war's. Ich war unfähig. Mir fehlten die Grundkenntnisse, wie man um eine Frau warb. Ich war auf dem Gebiet der Frauen ein Fremder geworden. Mir kam diese lächerliche Verfolgungsjagd so endlos lang vor, doch in Wirklichkeit dauerte sie vielleicht drei Minuten. Dann passierte zum Glück etwas. Sie hielt plötzlich inne. Was mich nötigte, ebenfalls innezuhalten. Wenn sie sich jetzt umdrehte und mich sehen könnte, wie ich wie erstarrt hinter ihr stand, wäre jegliche Hoffnung auf eine gemeinsame Zukunft zerstört. Doch genau das geschah. Sie drehte sich um und wir standen uns gegenüber. Sie sah mir tief in die Augen. Und sagte keinen Ton. Bestimmt dachte sie, der Typ hat einen Knall. Es war eine eigenartige Szene. Reglos inmitten einer tosenden Menge. Wie eine zeitgenössische Skulptur, deren Sinn sich niemandem erschließt. Die Zeit stand still, und wir bewegten uns nicht von der Stelle. Das geschäftige Treiben der Stadt rückte immer weiter in den Hintergrund. Die Welt gehörte uns allein.

FÜNFTER TEIL

1

Einige Wochen vergingen. Selten hatte ich einen solchen Tatendrang verspürt. Ich verbrachte viel Zeit mit der Renovierung. Da das Hotel während der Umbauarbeiten geschlossen blieb, musste alles sehr schnell gehen. Zu meiner Unterstützung engagierte ich zwei Polen, die mir bereits wohl bekannt waren. Ich richtete mich in meiner neuen Wohnung im obersten Stockwerk ein, die aus zwei ehemaligen Gästezimmern bestand. So unter den Dächern von Paris kam ich mir fast vor wie ein Student. Jeden Abend beobachtete ich das Schauspiel, wie sich langsam die Nacht über die Stadt senkte. Ich nahm mir Zeit für solche Momente. Nur wenige Städte können es mit der Schönheit der Natur aufnehmen. Paris konnte. Alle wollen ständig zauberhafte Dinge erschaffen, die Poesie, das Kino, die Malerei, die Musik, dabei ist doch alles schon da. Das Verhältnis zur eigenen Stadt verändert sich je nach Altersstufe und je nachdem, was man gerade durchmacht. Ich hatte mein ganzes Leben in Paris oder in der Umgebung von Paris gelebt, und doch entdeckte ich die Stadt vollkommen neu. Sie fügte sich vor meinen Augen irgendwie neu zusammen, ein irrsinniges Spektakel, und ich liebte sie wie nie zuvor.

Das Erscheinen von Édouard bremste den Überschwang meiner Gefühle. Er sah aus wie eine Karikatur der Wirklichkeit, die sich in einen Traum einschlich.* Offensichtlich gab es irgendwelche Schwierigkeiten. Dennoch bemühte er sich in den ersten Minuten, eine gute Figur abzugeben, begeisterte sich müde für mein neues Zuhause und lobte den ein oder anderen Einrichtungsgegenstand, ohne ihn überhaupt anzusehen. Ich schenkte ihm ein Glas Rotwein ein, das er in einem Zug austrank. Er hatte nicht einmal auf mich gewartet. Das passte doch alles nicht zusammen: Sonst ließ er keine Gelegenheit aus anzustoßen. Er hätte so etwas ausrufen müssen wie: «Auf dein neues Zuhause!» Oder vielleicht sogar ein bisschen euphorischer: «Auf dein neues Leben!» Aber nichts dergleichen. Er stürzte den Wein hinunter und hielt mir erneut das Glas hin. In der Trinkersprache, in der Gebärden mehr sagen als Worte, hieß das so viel wie: «Mehr.» Er genehmigte sich zahlreiche Gläser, sodass ich nicht umhin konnte zu fragen:

«Hast du Probleme in der Arbeit?»

« … »

Er antwortete nicht. Im Rückblick denke ich mir, dass ich auch einfach «Hast du Probleme?» hätte sagen können. Doch ich hatte gleich den möglichen Herd seines Kummers so benannt, als ob Édouards Probleme nur mit der Arbeit zusammenhängen könnten. Es gibt Leute, deren Gefühls- und Familienleben wie ein unverrückbarer Fels erscheint.

---

*   Man stelle sich etwa einen Zahnarzt in einem Gedicht von Paul Éluard vor.

Während man selbst mit allerlei unvorhergesehenen Ereignissen fertig werden muss und tausend kleine Dramen durchsteht, kann sie nie etwas aus der Bahn werfen. Sie rauschen auf einer Art Gefühlsautobahn dahin. Bis zuletzt hatte ich auch Édouard in diese Kategorie eingeordnet. Doch damit war es nun vorbei, da er in einen tiefen Sessel sank, den ich kürzlich auf dem Trödel erstanden hatte.

«Aber was ist denn los mit dir?»

« … »

«Du willst doch irgendwas sagen. Ich sehe doch, dass irgendwas nicht stimmt mit dir. So hab ich dich ja noch nie erlebt.»

«Es ist wegen Sylvie.»

«Was ist mit Sylvie?»

«Sie … hat mich verlassen.»

« … »

Seit dem legendären sexuellen Übergriff hatte ich sie nicht mehr gesehen. Ich hatte es für besser gehalten, mich ein wenig zurückzuziehen. Dass ich mich jetzt in die Arbeit gestürzt hatte, war eine hervorragende Ausrede gewesen. Mit Édouard hatte ich öfter mal telefoniert, es dabei aber nicht gewagt, mich nach Sylvie zu erkundigen. Aus ihrer Sicht war das eine peinliche Geschichte, insofern war es ihr wohl auch lieber, mich nicht zu sehen.

«Aber was ist denn passiert? Habt ihr euch gestritten?»

«Nein. Nicht mal das.»

«Was dann?»

«Es ist alles ganz friedlich abgelaufen. Sie hat einfach erklärt, dass sie mich verlassen wird. Es war, als würde sie mir etwas mitteilen, was sie schon vor langer Zeit beschlossen hatte.»

«Das ist aber schade.»

«Das Schlimmste ist, sie hat jetzt jemand anderen.»

«Jemand anderen? Nein … das gibt's doch nicht …»

«Doch … es ist schrecklich …»

«Oh …»

«Wirklich … schrecklich …»

«Ach … du kennst ihn?»

« … »

«Weißt du, wer es ist?»

«Ja …»

« … »

«Es ist wirklich schrecklich. Das hätte ich nie von ihr gedacht …»

«Sie steht vielleicht irgendwie neben sich … bestimmt macht sie eine Krise durch.»

«Nein, das ist keine Krise. Du hättest ihren Blick sehen sollen. Sie ist fest von der Sache überzeugt.»

« … »

«Sie ist total verliebt. Das merkt man ihr tatsächlich an. Es widert mich so an …»

« … »

«Dass sie jetzt mit einer Frau zusammen ist.»

Ich brauchte einen Moment, um die Information sacken zu lassen. Sylvie war jetzt mit einer Frau zusammen. Sylvie, die die Männer immer so geliebt hatte. Ich erinnerte mich, als ich sie kennengelernt hatte: Sie hatte ununterbrochen von

Männern geredet. Sie hatte es geliebt, die Blicke der Männer auf sich zu ziehen. Das Ganze kam mir vollkommen absurd vor. Sie liebte die Männer so sehr, dass sie sogar über mich hergefallen war. Das war vielleicht ein letztes Aufbegehren gewesen.

«Ich habe ihr den Spaß an Männern verdorben. Kannst du dir das vorstellen?», flennte Édouard.

«Ach was, sag so was nicht.»

«Es ist aber wahr.»

«Ich glaube, ich würde es fast als weniger schmerzhaft empfinden, wegen einer Frau verlassen zu werden als wegen eines anderen Mannes ...»

«Aber nicht von Sylvie. Ich kenne sie genau, sie ist überhaupt nicht lesbisch. Das liegt alles nur an mir. Ich hab ihr die Heterosexualität vergällt.»

«So ein Quatsch ...»

Édouard kaute ein wenig auf dem Thema herum und kippte ein Glas nach dem anderen hinunter. Das musste brutal sein für ihn, aber es war auch *ein Neuanfang*. Bei solchen Anlässen dreschen die Vertrauten gern lächerliche, nichtssagende Phrasen.* Man will sich optimistisch geben, um den Armen zu trösten, obwohl es eigentlich überhaupt nichts zu sagen gibt. Es ist brutal, und fertig. Sylvie war weg. Ob sie ihn nun wegen eines anderen Mannes oder wegen einer Frau verlassen hatte, war letztlich egal. Édouard hatte immer alles für sie getan und fühlte sich seiner besseren Hälfte amputiert. Sein

---

* Die Schlimmste ist wohl: «Auf Regen folgt Sonnenschein.»

Sein Herz würde nun nicht mehr richtig schlagen. Aus meiner Sicht hatte er sich nichts vorzuwerfen. Sylvies Leben war irgendwie unausgefüllt, vor allen Dingen ihr Berufsleben.

«Aber es lief doch gut für sie», seufzte Édouard.

«So gut nun auch wieder nicht … es waren immer nur irgendwelche Freunde, die ihre Bilder gekauft haben.»

«Das stimmt nicht …»

«Doch, natürlich stimmt das. Man kann sich nicht … über Jahre hinweg was vormachen … irgendwann muss man sich geschlagen geben …»

« … »

« … und alles infrage stellen …»

« … »

«Ein bisschen so … wie ich.»

«Na, aber du bist deswegen auch nicht gleich schwul geworden.»

« … »

Als ich ihn mir so ansah, wie er auf dem Sessel lümmelte, begriff ich, dass er eine Weile hierbleiben würde. Ich würde ihm anbieten, auf dem Sofa zu schlafen. Es war mir fast eine Freude, ihm denselben Freundschaftsdienst erweisen zu können, den er mir erwiesen hatte. Er war so einfühlsam gewesen, als es mir schlecht ging (abgesehen von dem Moment, in dem er mich mit Dolipran hatte ruhigstellen wollen). Zwei oder drei Stunden und ebenso viele Flaschen Rotwein später lallte er:

«Zum Glück hab ich wenigstens noch meinen Beruf, meine große Leidenschaft …»

« … »

« Weißt du, ich hab wirklich ein Faible für Zähne.»

« Ich weiß, ich weiß … »

« Aber was ist überhaupt mit dir? Wir reden die ganze Zeit nur von mir … und du sagst überhaupt nichts.»

« Das ist ganz normal. Bei mir läuft alles gut.»

« Du hast gemeint, es gibt da eine Frau, die dir gefällt.»

« Ja.»

« Und? Was ist mit ihr?»

Im ersten Moment wusste ich nicht, was ich sagen sollte. Ich wusste nicht einmal, ob es überhaupt etwas zu erzählen gab. Aber Édouard ließ nicht locker, er sagte so Sachen wie: «Los, erzähl», oder: «Ich will die Geschichte von Anfang an hören.» Sein Interesse an meinem Gefühlsleben rührte mich, wo das seine doch gerade so versumpfte. Was für ein Einfühlungsvermögen. Oder womöglich auch eine Überlebensstrategie. Wenn man am eigenen Leben zu verzweifeln droht, flüchtet man sich vielleicht am besten in das anderer Leute. Er hörte mir zu, und ich hatte den Eindruck, dass er die eigenen Probleme für einen Augenblick vergaß. Ich vermied es dennoch, die Freudenmomente auszuschmücken, und drosselte aus Taktgefühl das in mir aufsteigende Glück.

2

Intensität der Schmerzen: 0,5
Gemütslage: aufmunternd

3

Pauline* hatte sich also umgedreht. Einen Augenblick hingen wir so in der Luft. Ich kam mir dämlich vor, weil ich die ganze Zeit nichts gesagt hatte. Jetzt musste ich aber langsam Worte finden und erklären, warum ich hinter ihr stand. Da mir nichts einfiel, ergriff sie das Wort:

«Also … wann gedenken Sie, mich endlich anzusprechen?»

« … »

Kurze Zeit später saßen wir auf der Terrasse eines Cafés, und sie gestand mir, dass ihr die Magnetfeldtherapeutin schon alles erzählt hatte. Pauline wusste also, dass ich

---

* Ja, ich erfuhr ihren Namen: Pauline. Ich war irgendwie überrascht, als ich ihn zum ersten Mal hörte. Ich hatte mir gedacht, sie würde bestimmt Caroline oder Amandine heißen, keine Ahnung, wieso.

hinter ihr her war. Sie hatte mich auch gesehen, als sie nach ihrem Termin bei der Magnetfeldtherapeutin aus dem Gebäude gekommen war, aber so getan, als hätte sie mich nicht gesehen. Sie war losgegangen und hatte gemerkt, dass ich sie verfolgte. Als sie allmählich ungeduldig wurde oder meine Handlungsunfähigkeit erkannte, hatte sie beschlossen sich umzudrehen. Ansonsten hielt sie fest:

«Sie haben sich ganz schön Zeit gelassen.»

«Finden Sie?»

«Ja. Nach unserem ersten Treffen hatte ich eigentlich gedacht, Sie kämen schon früher ...»

«Ich glaube, ich bin ein eher langsamer Typ ...»

«Das kann man wohl sagen.»

«...»

Ich weiß nicht, warum es so lange gedauert hatte, bis ich die Dinge klar gesehen hatte. Für das Augenscheinliche hatte ich noch nie einen Blick gehabt. Dabei war das doch eine perfekte erste Begegnung gewesen. Wir hatten über Gott und die Welt geplaudert, obwohl wir uns überhaupt nicht kannten. Ich hatte es schön gefunden, dass wir anonym geblieben waren (wir hatten uns einander nicht vorgestellt) und dass die Zukunft so im Ungewissen lag (wir hatten keine Telefonnummern ausgetauscht). Das Leben erledigte die Angelegenheit von ganz allein, indem es mir Pauline im Traum zurückbrachte. Nun waren wir zusammen. Doch das hieß noch nicht, dass wir uns auch viel zu sagen hatten. Im Gegenteil, wenn das erste Treffen leicht gewesen war, gestaltete sich das zweite vielleicht schwierig. Vor allem vor diesem reichlich unnatürlich anmutenden Hintergrund. Nachdem ich anfangs sehr verlegen war, erzählte ich ihr von meinem Traum, der mich dazu gebracht hatte, sie zu suchen. «Ich bin die Frau Ihrer Träume», sagte sie, und wir lächelten.

Pauline war seit sechs Monaten Single und fand nicht, dass ihr eine Beziehung abging. Sie war acht Jahre mit einem Kriegsfotografen zusammen gewesen, den sie schließlich verlassen hatte, weil er keine Kinder wollte. Sie war 36, und die Zeit drängte. Sie hatte flüchten wollen, bevor es zu spät war. Erst hatte sie sich nicht überwinden können, den Schritt zu gehen, und diese Beziehung aufzugeben. Acht Jahre waren eine kleine Ewigkeit. Sie hatte sich an den täglichen Nachrichtenverkehr gewöhnt und daran, einen Freund zu haben, der sich am anderen Ende der Welt befand und dort sein Leben aufs Spiel setzte. Es fiel ihr schwer, sich einzugestehen, dass sie weniger an dem Mann hing als an dem, was er verkörperte. Sie war gern abends allein ausgegangen, mochte das Gefühl, wenn die Männer ihr hinterhersahen, und sie sich dachte, dass sie nur ihm gehörte. Er war immer weit weg, er war nie da, aber er diente immerhin als Alibi, sich nicht mit anderen Männern befassen zu müssen. Ihr gefiel dieser Zustand, der doch alles andere als ideal war. Auch eine auf wackligen Beinen stehende Liebe kann schön sein, Hauptsache, sie vermittelt einem das Gefühl, nicht allein zu sein. Wäre da nicht das Verlangen in ihr gewesen, Kinder zu haben, hätte sie dieses Leben noch lange weiterführen können. Der Kinderwunsch war so etwas wie ein Erlass ihres Körpers. Ihr Fotograf hatte das Elend der Welt vor Augen und sah darin gute Gründe, sich nicht fortpflanzen zu müssen. «Kinder in eine solche Welt setzen? … Das wäre ja kriminell!» Anfangs hatte sie geglaubt, er würde seine Meinung bestimmt noch ändern, aber nein, sein Standpunkt blieb unerschütterlich. Je mehr er von der Welt sah, desto weniger verstand er seine Freundin. Pauline schilderte das alles ohne einen Hauch von Verbitterung, fast unbeteiligt. An einigen Stellen hatte ich sogar den Eindruck, sie spreche gar nicht von sich selbst, sondern von einer fiktiven Heldin. Manchmal erscheint die Vergangenheit eben wie eine Fiktion.

Jemanden kennenlernen heißt: viel erzählen. Nach und nach gaben wir unseren Fremdenstatus auf. Ich war nur ein paar Jahre älter als sie, hatte aber schon zwei erwachsene Kinder. Das schien sie zu faszinieren. Sie stellte mir allerlei Fragen bezüglich Paul und Alice, auf die ich versuchte, in meiner Funktion als Beauftragter meiner Vergangenheit zu antworten und dabei die des Vaters auszublenden. Ich berichtete ihr vom passiven Niedergang meiner Beziehung zu Élise. Zuletzt waren wir wie durch eine Mauer getrennt. Sie lebte auf der einen Seite (ihr Vater), ich auf der anderen Seite der Mauer (mein Rücken). Wir waren wie ein Land, das unter mehreren Besatzungsmächten aufgeteilt ist; eine Besatzungsmacht hieß der Überdruss.

«Sie sind lustig», unterbrach sie mich.

«Finden Sie? Ich komme mir gerade eher düster vor.»

«Ja, Sie sind auch düster. Mir gefällt diese Mischung.

Wenn man Ihnen zuhört, fragt man sich, ob Sie die Geschichte nun selber erlebt oder nur so eingefädelt haben …»

«…»

Sie hatte ja so recht. Das hatte ich mich auch ständig gefragt. Alles, was in letzter Zeit passiert war, hing irgendwie mit meinen Rückenschmerzen zusammen. Und ich konnte schwer einschätzen, inwieweit ich Entscheidungen fällte und inwieweit die Schmerzen mich zu diesen Entscheidungen trieben. Ich konnte nicht sagen, welchen Anteil mein freier Wille an all dem hatte. Ich sah mich oft als Opfer der Umstände, als hätte ich überhaupt keinen Einfluss auf die Wirklichkeit. Aber so war es natürlich nicht. Wenn ich nun hier saß, dieser Frau gegenübersaß, hieß das, dass ich die richtigen Entscheidungen getroffen hatte. Mein Rücken war lediglich mein Assistent in einer Übergangszeit, der die anstehenden Veränderungen gewaltig angeschoben hatte. Was ich jetzt erntete, waren die Früchte dessen, was eines Sonntags bei einem Mittagessen mit Freunden begonnen hatte.

4

Intensität der Schmerzen: 0,5
Gemütslage: angehend

5

Wir waren gewillt, uns wiederzusehen. Alles hätte so einfach sein können. Doch das ist es selten. Wenn zwei Menschen zum ersten Mal zusammen Walzer tanzen, fehlt meist noch das Gefühl für den Rhythmus. Was mir anfangs noch so klar erschienen war, erwies sich schnell als Nebelmaschine. Ich stellte wieder alles infrage. Sollte ich gleich anrufen und die Gefahr in Kauf nehmen, die Ereignisse möglicherweise zu überstürzen? Sollte ich lieber ein paar Tage warten auf die andere Gefahr hin, uninteressiert zu wirken? Was ist das ideale Timing für einen solchen Anruf? Ich hatte keine Ahnung. Ich glaube, man schlüpft nicht so leicht in die Haut des Verführers, wenn man vierzig ist und gerade einer Scheidung entgegensieht. Ich war das alles nicht mehr gewohnt. Feste Beziehungen schläfern das Flirtpotenzial ein. Mein Herz war durch die Monotonie ausgepumpt und hatte den Körper bereits verlassen. Ich fühlte mich in die frühe Jugendzeit zurückversetzt, in der Frauen mich im gleichen Maße fasziniert wie eingeschüchtert hatten. Es war verrückt, es musste doch alles ganz leicht gehen. Ich rief sie an und hinterließ eine Nachricht. Mein Vorschlag lautete, morgen Abend essen zu gehen. Okay, antwortete sie (zum Glück reagierte sie umgehend; ich hasse Frauen, die immer so tun, als wären sie furchtbar beschäftigt, und sich erst drei Stunden später melden). Nachdem dies geklärt war, war die Sache aber noch lange nicht gegessen. Jetzt musste ich noch ein geeignetes Restaurant aussuchen. Glück ist ein strapaziöses Unterfangen.

Es war lächerlich, sich wegen solcher Kleinigkeiten den Kopf zu zerbrechen. Das Restaurant schien für Pauline überhaupt keine Rolle zu spielen. «Hauptsache, man macht etwas zusammen», war wohl die Auffassung, die sie vertrat. Schon wieder fand ich, dass sie ganz anders aussah. Sie hatte ein nomadisches Äußeres. Es dauerte immer einen Augenblick, bis ich die Gewissheit wiedererlangt hatte, dem mir bekannten Gesicht gegenüberzusitzen. Dabei hatte sie weder etwas an ihrer Frisur verändert, noch war sie irgendwie anders geschminkt. Nein, das war eben eine Besonderheit an ihr, ihr Reisegesicht. Ich spürte, dass auch umgekehrt Pauline mich beobachtete. Offensichtlich fanden wir Gefallen aneinander. Das brachte mich ganz aus dem Konzept. Es gibt kein größeres Glück, als jemandem zu gefallen, der einem selbst gefällt. Das Sich-gegenseitig-Gefallen könnte im Ranking menschlicher Freuden ruhig ein bisschen weiter nach oben rücken. Wenn man jemanden kennenlernt, der einem gefällt, hebt man verloren geglaubte Schätze in sich selbst aus. Feuer und Leidenschaft werden neu entfacht. Ich erzählte ihr von allem, was mir im Leben wichtig war. Obwohl ich gar nicht den Eindruck hatte, von so vielen Büchern gesprochen zu haben, bemerkte sie:

«Sie sind literarisch extrem bewandert.»

«Oh, danke.»

«Haben Sie auch Witold Gombrowicz gelesen?»

«Äh … nein.»

Wie dumm, diese Bildungslücke offenbarte sich ausgerechnet im Anschluss an ihr Kompliment wegen meiner Belesenheit. Pauline schwärmte für Witold Gombrowicz, sie war hingerissen von seinem Scharfsinn, meinte aber auch, er sei ein schwieriger Autor. Am Anfang stellt man immer gern einen möglichst unkonventionellen Geschmack zur Schau. Man neigt dazu, *Die große Illusion* von Jean Renoir zu rühmen. Erst beim zwölften Rendezvous, wenn es denn überhaupt so weit kommt, gesteht man allmählich, dass der heimliche Lieblingsfilm eben doch *Titanic* ist. Mit Gombrowicz legte sie ja ganz schön los. Allein der Name klang schon so Ehrfurcht gebietend. Man konnte mit mir über Céline oder Thomas Mann reden, aber bei Gombrowicz versank bestimmt auch jeder Buchhändler gleich in Grund und Boden.

«Sie müssen seinen Roman *Kosmos* lesen. Total schön.»

«Ah …»

«Er hat so einen Blick fürs Detail. Er beobachtet etwa eine Frau und beschreibt die ganze Zeit nur ihren Mund.[*] Ich mag solche Obsessionen.»

---

[*] Ich nahm mir vor, mir gleich am nächsten Tag das Buch zu besorgen. Und tatsächlich war da von zwei Frauen und ihren Mündern die Rede: «Ich betrachtete mir das aufmerksam und sah, wie diese Münderkonstellation meine nächtlichen Erlebnisse bestätigte, die ich schon hatte wegwerfen wollen … und ich sah, wie gleichzeitig ihr Mann etwas zu ihr sagte und Herr Leon sich einmischte und Natasia umherlief und Mund sich auf Mund bezog, mehr oder weniger so, wie ein Stern der Himmelskarte sich auf den anderen bezieht, wobei Lenas schüchtern geschürzte Lippen sich nicht gegen die kreisende Perversion zu wehren vermochten, und ich, in mir vergraben wie im Gebüsch, gab mich schlüpfriger und kalter Schäkerei mit jener Verdorbenheit hin.»

« ... »

Ich bemerkte, wie sie mir bei dem letzten Satz auf den Mund schaute, und pflichtete ihr bei:

«Gute Idee. Seine ganze Aufmerksamkeit auf eine einzige Körperpartie zu richten.»

« ... »

«Es gibt ein Bild von Edvard Munch, das heißt *Männerkopf in Frauenhaar*. Darauf ist das Gesicht eines Mannes zu sehen, das ganz in Frauenhaar eingehüllt ist. Es sieht so aus, als würde er in diesem Frauenhaar wohnen, aber auch, als habe er nur zum Haar der Frau eine Beziehung ...»

«Ach, das kenne ich nicht, dieses Bild», sagte sie. «Aber stimmt, gute Idee ...»

Eins zu eins. Ich hatte den polnischen Schriftsteller mit einem norwegischen Maler gekontert. Das war der einzige kulturelle Gegenschlag, den ich spontan auf Lager gehabt hatte. Der mir mit Müh und Not noch eingefallen war. Aber wenigstens war mir nicht *Der Schrei* eingefallen, der so berühmt ist, dass die Wirkung des Gegenangriffs bestimmt verpufft wäre.

Wir unterhielten uns den ganzen Abend – wenn auch vielleicht nicht immer ganz ehrlich – über unsere Neigungen und Abneigungen, und es war wundervoll. Das Gespräch gelangte an keinem toten Punkt an. Ich genoss es, mich von meiner besten Seite zeigen zu dürfen. Mein kultureller Elan hatte jahrelang brachgelegen. Ich hatte mich im Schatten anderer Meinungen gesonnt. Wir entdeckten lauter gemeinsame Vorlieben. Mitunter schwindelte ich ihr auch leicht etwas vor, etwa als ich diskret verschwieg, dass mich ein Film, den sie ganz toll fand, vollkommen kaltgelassen hatte. Emotionale Höflichkeit gehört zu den Begleiterscheinungen einer Annäherung. Man verschönert die Wirklichkeit ein bisschen. Versucht, sich irgendwo in der Mitte zu treffen. Ich mochte Pauline, und sie hätte mir auch den letzten Schmachtfetzen zu lesen geben oder mich in eine albanische Filmreihe ohne Untertitel entführen können. Ich wollte in ihre Welt eintauchen.

Schließlich redeten wir über persönliche Dinge. Bei unserem zweiten Treffen hatte ich hauptsächlich von meiner Scheidung gesprochen, Pauline hatte vor allem von ihrer Beziehung zu diesem Kriegsreporter berichtet. Aber ich wusste im Prinzip nicht viel von ihr. Das allmähliche Sich-Kennenlernen ist ein unvergleichlicher Vorgang. Gleich würde ich mich nach ihrem Beruf erkundigen, und sie konnte alles Mögliche sein: Blumenhändlerin, Anwältin, Journalistin, Buchhalterin, Krankenschwester, Buchhändlerin, Bankkauffrau, Pressesprecherin, Kinderärztin etc. In wenigen Augenblicken würde dieses Universum der Möglichkeiten verschwinden. Dann gäbe es kein Zurück mehr. Indem man seine Kenntnisse über einen Menschen ausweitet, verengt sich der Raum für Hypothesen. Und allmählich treten die Konturen eines Lebens hervor.

«Ich bin Innenausstatterin.»

« … »

«Innenausstatterin für Räume.»

Ich war überrascht. Ich hatte ihr von meiner Arbeit im

Architekturbüro erzählt, und sie hatte keinen Ton gesagt. Sie hatte mich kein einziges Mal unterbrochen, um ihren eigenen Beruf zu erwähnen, der dem meinen doch eng verwandt war. Architektur und Innenausstattung gehören zur selben Familie, es geht in beiden Fällen um das Gestalten von Wohnräumen. Das war doch merkwürdig. Ich war im Begriff, ein Hotel zu renovieren, und suchte gerade jemanden, der mit mir gemeinsam über die künftige Innenausstattung nachdachte. Wirklich sehr seltsam. Wie oft hatten mir Freunde von den «Waahnsinnszufällen» berichtet, die ihnen passiert waren. Ich war bislang nie in den Genuss solch glücklicher Fügungen gekommen. Das Schicksal hatte mir die Ehre, die Magie dieser Augenblicke erleben zu dürfen, versagt. Mitunter zweifelte ich schon, ob solche Dinge überhaupt vorkamen. Ich war von Mythomanen umgeben, von romantischen Schwärmern, die mir den Bären aufbinden wollten, das Leben sei imstande, die Form eines Wunders anzunehmen. Das konnte alles Zufall sein, aber ich sah das anders. Als sinnbildliche Veränderung in meinem Leben. Nun war auch mir das Wesen der Gnade zuteil geworden.

«Ich suche gerade jemanden, der mir hilft, bei der Innenausstattung des Hotels ...»

«Leider bin ich unbezahlbar ...»

« ... »

«Na gut ... weil Sie es sind ... vielleicht können wir uns arrangieren», sagte sie lächelnd.

Kurz darauf verließen wir das Lokal. Die Zeit rauschte ohne weitere Komplikationen an uns vorüber. Es war fraglos der perfekte Moment.

«Wir könnten ins Hotel gehen», schlug Pauline vor.

«…»

«…»

«Ins Hotel?»

«Ja, in dein Hotel. Dann können wir gleich anfangen zu arbeiten …»

6

Intensität der Schmerzen: 0,5
Gemütslage: kosmisch

7

Irgendwann hatten wir das Siezen sein gelassen. Bis zum Hotel war es rund eine Stunde Fußmarsch. Unser nächtlicher Spaziergang war von unbeschreiblicher Schönheit.

Den romantischen Aspekt an der Sache hatte ich wohl etwas unterschätzt. Wir kamen in ein verlassenes Hotel, und das Hotel war auch noch eine Baustelle. Langsam gingen wir die einzelnen Zimmer ab. Pauline schien sich innerlich schon Notizen zu machen. Hie und da gab sie einen kurzen Kommentar ab und machte Vorschläge, was man noch verbessern könnte. Sie ging vor mir her, und ich studierte ihren Körper. Besonders ihren Nacken – als wir im Hotel angekommen waren, hatte sie sich die Haare zusammengebunden. Später sollte ich erfahren, dass das eine ihrer zahllosen Eigenarten war: Mit offenen Haaren konnte sie sich nicht richtig konzentrieren. Mitternacht war vorbei, wir waren zwei erwachsene Menschen, die durchs Zwielicht huschten: Zweifellos hatten wir ein erotisches Ziel vor Augen. Wir standen vor der Qual der Wahl. Welches war das schönste Zimmer? Wir ließen uns Zeit, drehten uns im Verführungskarussell. Die Beleuchtung der Notausgänge war das einzige Licht, das es gab. Pauline setzte sich auf ein Bett und schaute mich an. Wenn ich mich anfangs etwas unsicher gefühlt hatte, weil ich einfach vollkommen aus der Übung war, weil die Schönheit des Moments mich erschaudern ließ, weil ich vor Verlangen nach ihr überlief, und was weiß ich noch alles, so fürchtete ich jetzt gar nichts mehr, ein zartes Gefühl der Selbstsicherheit stieg in mir auf, ich wusste, ich durfte sie berühren, zwischen ihre Schenkel fassen, nun war alles möglich, selbst scharfer Sex. Ich ging auf sie zu und streichelte ihre Haare, sie vergrub ihr Gesicht in meinem Bauch, und ich spürte, wie eine Hand an meinem Bein entlang fuhr: Ich kann mich an jede Einzelheit erinnern. Als wir uns hinlegten, knarzte das Bett.

«Die Betten müssen auch ausgetauscht werden», meinte sie.

«Ja. Wir werden überall mal Probe liegen, die wichtigen Dinge zuerst.»

Ich sagte zu ihr: «Zieh dich aus», und sie zog sich aus. Ich betrachtete ihren Körper, der mir seltsam vertraut erschien. Vielleicht wegen des Traums, aber nein, ich denke nicht, dass ich Pauline im Traum nackt gesehen habe. Man bezieht Déjà-vu-Erlebnisse meist auf Situationen und Orte. Oder auf Wände. Man sieht etwas zum ersten Mal und hat das Gefühl, es schon einmal gesehen zu haben. So erging es mir mit Paulines Körper. Ich hatte dieses Land schon einmal gesehen. Instinktiv wusste ich, wo es langging. Ich brauchte keinen Reiseführer. Sie sagte zu mir: «Zieh dich aus», und ich zog mich aus. Auf meinem Oberkörper entdeckte sie eine Narbe. Ich hatte mit sechzehn eine Herzoperation gehabt. Sie strich ein paar Mal mit dem Finger über die Wunde und sagte dann: «Eine schöne Narbe.» Und sie fügte noch hinzu: «Erinnert mich an die Berliner Mauer.» Noch so eine treffende Bemerkung. Ich hatte immer das Gefühl gehabt, dass sich in mir zwei feindliche Blöcke gegenüberstanden. Hier der Traum, dort die Realität. Hier die Kunst, dort die konkreten Anforderungen des Lebens. Meine Rückenschmerzen hingen sicher auch mit dieser inneren Teilung zusammen. Die Spaltung, die Unmöglichkeit, mich wiederzuvereinen, hatte mich aufgefressen. Indem Pauline mit ihrem Finger über die Narbe strich, verschmolz ich wieder zu einer Einheit. Sie flickte mich zusammen.

Ich dachte, wir könnten gemeinsam nach Berlin fahren. Berlin war unser Talisman. Es gibt so etwas wie eine Geographie der Liebe. Ich war vollkommen gelöst, als sich plötzlich das Gesicht von Élise unter mein Glück mischte. Irgendetwas in mir fand es komisch, dass ich mich auf einmal an eine andere Frau schmiegte. Es musste sich um den nichtanimalischen Teil von mir handeln, den Teil, der gern die Bürde eines ganzen Lebens auf sich nahm. Élise war für mich ein Symbol der Frau, und nun lag es wie ein Phantom neben mir. Einer langen Vergangenheit entwischt man nicht so leicht. Irgendwann besaß Élise die Freundlichkeit, sich zu entfernen, und mein Kopf war frei. Pauline entführte mich in neue unbekannte Gegenden. Unsere erotische Vereinigung war ohne Scham. Meine Zunge strich über ihren Körper, ich wollte ihr alle erdenkliche Lust bereiten. Der Liebesakt dauerte lange und erinnerte an die Eroberung einer neuen Welt. Ich lag auf ihr, und Pauline klammerte sich an meinem Rücken fest. Das heißt: Sie krallte sich an meinem Rücken fest. Von Zeit zu Zeit schauten wir uns an, nicht um nach dem Verlangen im Gesicht des anderen zu sehen, sondern um sicherzugehen, dass das alles auch wahr war. Es war wahr.

Wir hielten uns die ganze Nacht umschlungen und schauten uns verliebt an, ab und zu schliefen wir auch ein. Wann hatte sich mein Körper das letzte Mal so entspannt? Ich war geheilt. Ich fühlte mich so wohl, dass ich das Gefühl hatte, dass meine Rückenschmerzen lange zurücklagen. Sie schienen irgendwie in mir verwurzelt und waren vor einiger Zeit zum Ausbruch gekommen. Mit den Jahren und Problemen hatte mein Rücken sich zugeschnürt. Indem ich diese Last abwarf, begann eine neue Zeitrechnung. Doch es war noch nicht alles vorbei. Ich hatte zwar die Dinge mit meinen Eltern, die mit meinen Kindern, der Arbeit und in gewisser Hinsicht auch die mit meiner Frau gelöst, aber die Vergangenheit zwickte immer noch. Ich brauchte noch ein wenig Zeit, um einer letzten Sache auf die Spur zu kommen, die mich bedrückte.

Als der Morgen graute, küsste mich Pauline zärtlich und stahl sich zu meiner großen Überraschung wortlos davon. Ich dachte mir, vielleicht wollte sie nach einer magischen Nacht dem Erwachen entgehen. Womöglich scheute sie das Tageslicht und den Moment, wo man wieder sprechen muss. Von mir aus hätte sie ruhig bleiben dürfen. Aber so war es nun einmal. In meinem Alter versucht man nicht mehr, alle weiblichen Verhaltensweisen zu ergründen. Doch nach einigen Minuten überkamen mich Zweifel. Meine Leidenschaft war so heftig, dass ich in große Aufregung verfiel. Das sind die Nebenwirkungen des Glücks. Es macht einen so anfällig. Man ist mitunter viel glücklicher, wenn nicht die ganze Energie in die Arbeit an einer Liebe fließt. Oder zumindest innerlich ausgeglichener. Eine Stunde, nachdem sie gegangen war, fand ich, ich sollte ihr jetzt eine SMS schicken. Das tat ich dann auch. Eine ganz einfache SMS. «Danke für den wundervollen Abend.» Sollte ich auch schreiben, dass ich mich danach sehnte, sie bald wiederzusehen? Nein, das verstand sich doch von selbst. Das war doch klar, dass ich sie wiedersehen wollte und wir uns auch wiedersehen würden. Nichts deutete darauf hin, dass es kein Morgen geben würde. Womöglich würden wir uns sogar schon heute Abend wieder treffen. Ich fing schon an, sie schrecklich zu vermissen. Ihren Duft, ihre Haut, ihre Stimme. Ich starrte mein Handy an. Mehr konnte ich nicht tun. Jetzt musste ich ihre Antwort abwarten. Ich verfluchte denjenigen, der das Handy erfunden hatte. Man hält diese Dinger für einen Segen, doch manchmal dienen sie auch als moderne Folterinstrumente. Da die anderen im Prinzip immer leicht erreichbar sind, stellt sich umgekehrt auch schnell das Gefühl des Abgewiesenwerdens ein. Warum antwortete sie nicht? Ihr Schweigen ließ eine Angst in mir aufkeimen, die augenblicklich zu Verspannungen in meinem Rücken führte. Es war ein Teufelskreis.

8

Intensität der Schmerzen: 2
Gemütslage: zwischen Hoffen und Bangen

9

Die Arbeiten im Hotel schritten rasch voran. In wenigen Wochen konnte die feierliche Wiedereröffnung stattfinden. Ich engagierte eine Bekannte, die alles organisierte und sich auch um die PR kümmerte, damit das Ereignis in der Presse gebührend gewürdigt wurde. Vassilis verstand nicht recht, wozu man anlässlich einer Hoteleröffnung ein Fest veranstalten musste, doch er vertraute mir voll und ganz. Er wirkte manchmal etwas konfus. Einerseits freute er sich total, dass sich so viel tat, andererseits las ich in seinem Blick, dass er seinem schäbigen Hotel doch ein wenig nachtrauerte. All seine Träume wurden wahr, aber zugleich begriff er, dass die mühseligen Jahre auch den Charme einer gewissen Einfachheit besessen hatten. Nun gut, meistens war er verwundert und stolz. Es war ungefähr so, als ob sein Sohn plötzlich auf eine Eliteuniversität gehen würde. Am Abend hockte er im Eingangsbereich und betrachtete wie hypnotisiert den Empfang.

Ich wollte dem Hotel einen literarischen Touch geben. Das war sicherlich keine besonders originelle Idee, aber so konnte ich wenigstens auf diese Art meiner Neigung Ausdruck verleihen. Ein solches Pantheon zu schaffen, war für mich in etwa so, wie einem Schriftsteller die Hand zu reichen. Während wir an den Zimmern vorbei durch die Gänge streiften, erläuterte ich Vassilis meine Theorie:

«Die Touristen mögen es gern, wenn sie sich in der Fremde ein bisschen wie zu Hause fühlen. Und den Gefallen tun wir ihnen.»

«Und wie?»

«Jedes Zimmer trägt den Namen eines Schriftstellers. Und dann quartieren wir unsere spanischen Gäste im Cervantes-Zimmer ein, die deutschen im Musil-Zimmer, die Iren kommen ins Joyce-Zimmer und die Italiener ins Calvino-Zimmer. Die Russen ins Gogol- oder ins Tschechow-Zimmer ...»

«Okay, ich glaube, ich habe schon verstanden. Für die Griechen brauchen wir ein Aristoteles-Zimmer ... oder ein Platon-Zimmer ... und am besten noch ein Sokrates-Zimmer ... das ist ja alles andere als leicht, da eine Auswahl zu treffen ... in der griechischen Geschichte wimmelt es nur so von Genies ...»

«Stimmt ...», sagte ich, um ihn in seinem philosophischen Patriotismus zu bestärken.

Auf unserem weiteren Streifzug durch unser Hotel kamen wir auch zu dem Zimmer, in dem Pauline und ich geschlafen hatten.

«Und das wird das Gombrowicz-Zimmer», flüsterte ich.

«Gombro- was? Wer ist das?»

«Ein polnischer Schriftsteller.»

«Ah okay ... stimmt, manchmal haben wir auch polnische Gäste ... die sind eigentlich immer total nett ...»

Vassilis murmelte noch ein paar Sätze über das Wesen der Polen vor sich hin, bevor er wieder nach unten an die Rezeption ging. Ich glaube, er sagte so etwas wie: «Mein Hotel ist international.» Ich blieb noch eine Weile vor dem polnischen Zimmer stehen.

Pauline hatte nach unserer ersten Nacht nicht gleich auf meine SMS geantwortet. Erst am Abend. Das Warten auf ihre SMS war eine Qual. Sie schrieb: «Es war schön mit dir.» Sie hatte sich Zeit gelassen, als müsste sie das Glück verdauen. Die Leichtigkeit des Abends hatte sie genauso verblüfft wie mich. Ich weiß nicht, warum, aber wir erschraken beide ein wenig darüber. Das ist eben eines der vielen Paradoxa des Glücks und der Beweis dafür, dass ein Hauch von passiver Neurasthenie ganz menschlich ist. Die vergangenen Jahre über hatten wir uns beide keinen großen Gefahren ausgesetzt. Unsere Herzen hatten hübsch artig im Takt geschlagen. Mir war noch nicht so ganz klar, wie das von Pauline tickte, und ihr war ebenso wenig klar, wie das meine tickte. Mir fehlten noch die richtigen Instinkte. Ich musste erst überlegen, bevor ich ihr eine neue SMS schickte. Wieder spürte ich eine enorme Verunsicherung. Es dauerte ein paar Tage, bis wir uns wiedersahen, und wie sich zeigen sollte, gab es überhaupt nichts zu besprechen. Wir blieben das ganze Wochenende bei ihr zu Hause, wo wir ausgiebig Sex hatten. Die sinnlichen Freuden nahmen uns unsere Angst. In ihnen waren wir einfach und frei. Ich erlebte die Liebe vollkommen neu.

Von Anfang an nahmen wir die Geschichte sehr ernst. Schon bald begannen wir, Pläne für die Zukunft zu schmieden. Pauline sagte: «Ich kann es kaum erwarten, deine Kinder kennenzulernen.» Ich wollte ihr Alice vorstellen, aber Alice hatte keine Zeit. Sie erfand allerlei Ausreden, um Pauline nicht treffen zu müssen, und ich glaube, sie wollte, dass es mir nicht besser erging, als es ihr ergangen war. Ich spürte, es war nicht böse gemeint. Sie schien auch etwas verwirrt, weil ich mich so schnell in ein neues Abenteuer stürzte. Außerdem hatte ich sie eingeweiht, aber nichts zu Élise gesagt. Das brachte sie noch mehr in Verlegenheit. Ich wusste nicht, wie ich mich verhalten sollte. Ich versuchte, unkompliziert zu sein, aber eine so lange Zeit hinter sich zu lassen, ist eben kompliziert. Mit Élise verstand ich mich gut. Wir telefonierten zwei- oder dreimal die Woche, ohne allerdings allzu persönlich zu werden. Wir redeten übers Hotel, ihre Arbeit, unsere Kinder, aber wir stellten uns keine Fragen, wie unser Leben ohne den anderen aussah. Einmal machte Pauline eine Bemerkung über die Verbindung, die zwischen Élise und mir immer noch bestand. Nicht dass sie eifersüchtig gewesen wäre, sie wusste, das mit Élise war vorbei, aber ihre Worte machten mir deutlich, dass ich mit der Vergangenheit noch nicht abgeschlossen hatte. Wie auch? Élise und ich hatten ein halbes Leben zusammen verbracht. Meine Liebe war erloschen, aber man konnte mein Verhältnis zu ihr nun auch nicht als rein freundschaftliches bezeichnen. Ich war ganz klar im Kopf, kein bisschen wankelmütig, aber da war etwas, was mich störte. Wieder öffnete mir ein Gespräch mit

Pauline die Augen. Sie hatte mir mitgeteilt, der Fotograf wolle sie wiedersehen.

«Und was hast du gesagt?»

«Ich hab nein gesagt, aber er lässt nicht locker.»

«Weil er dich immer noch liebt.»

«Kann sein. Ich glaube, er will vor allem über uns und über das Ende unserer Beziehung reden. Ich muss sagen, das überrascht mich.»

«Wieso?»

«Weil ich mir nicht gedacht hätte, dass ihn das so trifft und dass er so die Fassung verlieren würde.»

«Dann solltest du ihn lieber nicht treffen …»

«Ich bin am Überlegen …»

Ich war genauso wenig eifersüchtig wie Pauline. Ich fürchtete nicht, dass sie zu ihm zurückkehren könnte, aber vielleicht hätte ich das fürchten sollen? Es erschien mir ganz normal, dass die verschiedenen Gefühlswelten sich irgendwo überschnitten. Jedes Herz hat so etwas wie eine Mixed Zone. Da entsteht manchmal Durcheinander; und das verursacht oft Schmerzen. Der letzte Akt ist meist der schwierigste. Das hatte ich soeben begriffen, als ich Pauline von ihrem Fotografen sprechen hörte.

10

Intensität der Schmerzen: 1
Gemütslage: bestrebt, mit der Vergangenheit abzuschließen

11

Ich erschien unangemeldet bei Élise. Ich war seit einigen Wochen nicht mehr in meinem ehemaligen Zuhause gewesen. Einen Moment lang blieb ich vor der Tür stehen, ließ mich von der Vergangenheit einholen. Wie oft hatte ich gedankenlos den Schlüssel aus der Tasche gezogen und war hineingegangen. Einen Schlüssel hatte ich jetzt nicht mehr. Wenn ich gleich klingeln würde, würde ich meinen neuen Status einweihen: den eines Besuchers. Ich hatte Élise nicht vorher Bescheid geben wollen. Es gibt Dinge, die kann man nicht *vorher* ankündigen, für die trifft man keine Verabredung. Erst jetzt, als ich vor der Tür stand, kam mir der Gedanke, sie könnte gar nicht da sein. Oder vielleicht war sie nicht allein? Ich zögerte. In dem Augenblick öffnete Élise die Tür.

«Was machst du denn hier?»

«Ich …»

«Ich hab dich vor fünf Minuten vorbeigehen sehen. Jetzt erzähl mir nicht, dass du seit fünf Minuten dastehst und überlegst, ob du klingeln sollst.»

«Nein, das heißt ja. Ich hab nur Angst gehabt, dich zu stören.»

«Du störst mich nicht. Ich hab gelesen. Magst du reinkommen?»

«Ja.»

Ich stand im Wohnzimmer. Ich fand, es herrschte eine unheimliche Atmosphäre. Mein Blick schweifte durch den Raum. Nichts hatte sich verändert. Das Mausoleum unserer Liebe. Hier lag meine Vergangenheit begraben. Ich hätte schwören können, Élise würde alles umkrempeln, nachdem ich ausgezogen war. Vor allem auch ihr Leben. Große Umwälzungen gehen oft mit dem Ruf nach Freiheit einher. Man kann ausgehen, trinken, sich der Illusion hingeben, einen zweiten Frühling zu erleben. Doch davon war nichts zu sehen. Das Haus lag in einem finsteren Dämmerlicht. Ein spärliches Licht, das eine kleine Lampe in Sesselnähe warf, hielt das Wohnzimmer am Leben. Élise las in einem dicken Roman. Auch das trug irgendwie zum Bild des Unglücks bei. Glückliche Menschen lesen kurze Romane. Sich in dicke Wälzer zu stürzen, ist ein Anzeichen von Schwäche. Ich nahm wortlos auf dem Sofa Platz. Nach einer Weile setzte Élise ein Lächeln auf:

«Du setzt dich einfach hin und sagst gar nichts. Weißt du, wenn man irgendwo hinkommt, nennt man normalerweise den Grund seines Besuchs.»

«Oh pardon. Ich wollte mit dir reden.»

«Und willst du auch was trinken?»

«Ja, gern …»

Sie ging in die Küche, kam mit einer Flasche Wein zurück, schaltete das Licht an, und plötzlich saßen wir im hell erleuchteten Wohnzimmer.

«Ich bin müde», sagte sie. «Ich war gestern Abend lange unterwegs.»

Innerhalb von wenigen Sekunden änderte sich meine Einschätzung der Lage radikal. Ich hatte geglaubt, in Sachen richtige Analyse von Situationen bedeutende Fortschritte erzielt zu haben, doch meine Gedanken waren in die komplett falsche Richtung gegangen. Élise, die mir fast wie ein Häufchen Elend erschienen war, war in Wirklichkeit schlicht k. o. Bei Lichte konnte ich jetzt übrigens auch erkennen, dass das Wohnzimmer gar nicht so aufgeräumt war. Es lagen sogar ein paar Kleidungsstücke und andere Dinge verstreut in der Gegend herum. Élise, die immer akribisch auf Ordnung bedacht gewesen war, gönnte sich also kreatives Chaos. Allein dies deutete auf einen massiven Sinneswandel hin.

«Ach so? Du warst gestern Abend … unterwegs?», stammelte ich ungefähr eine Minute, nachdem sie ihre nächtlichen Eskapaden erwähnt hatte.

«Ja, Paul hat mir ein Profil bei Facebook erstellt, und da hat mich ein alter Schulkamerad angeschrieben.»

« … »

«Das war lustig, ihn wiederzusehen.»

Wieder einmal stellte ich fest, wie sehr die unterschiedlichsten Leben sich letztlich doch ähnelten. Es war ein Kreislauf: Man lernte sich kennen, verlor sich aus den Augen und nun war es an der Zeit, sich wiederzusehen. Man spürte allmählich, wie schwierig es war, neue Bekanntschaften zu schließen, also griff man auf die alten zurück. Das einsame Schicksal des modernen Menschen.

«Das ist ja witzig», antwortete ich.

«Was ist witzig?»

«Ich hab auch eine alte Bekannte wiedergetroffen. Sophie Castelot.»

«Von der hast du nie etwas erzählt.»

«Sie war mit mir in der dritten Klasse. Sie ist Sexologin geworden.»

Warum erwähnte ich sofort ihren Beruf? Hatte das irgendetwas mit Élise zu tun, dass Sophie Castelot Sexologin geworden war? In dem Moment fiel mir ein, dass ich sie gar nicht wiedergesehen hatte. Ich hatte überhaupt nicht mehr an sie gedacht. Obwohl unser Treffen so wunderbar gewesen war. Wir hatten uns vorgenommen, Kontakt zu halten, doch die Reise in die Vergangenheit hatte keine Wiederholung zur Folge gehabt. Es war schön, die Leute wiederzusehen, aber es blieb eine einmalige Sache. Auch wenn man sich gut verstand, lebte eine Freundschaft nach so langer Zeit nicht wieder auf. Es war aufregend zu hören, was mittlerweile alles geschehen war: Was für einen Beruf hatten wir? Welches Leben führten wir? Aber nachdem die zentralen Punkte abgehandelt waren, bekamen solche Treffen schnell einen etwas künstlichen Geschmack.

«Aber du wirst ihn nicht wiedersehen», sagte ich.

«Wieso? Wie kommst du darauf? Ich hatte einen schönen Abend.»

«Ja, das kann ich mir vorstellen. Worüber habt ihr geredet?»

«Über alles Mögliche. Über das Leben.»

«Ich frage mich, was du ihm erzählt hast über uns und unsere Trennung.»

« ... »

« ... »

«Weißt du, ich hab's nicht eilig, einen anderen Mann zu finden», erklärte sie plötzlich.

Spielte sie auf irgendetwas an? Nein, ich war mir sicher, dass Alice nichts verraten hatte. Aber vielleicht spürte sie es? Das konnte schon sein. Ich erinnerte mich an das, was sie im Krankenhaus gesagt hatte, als man mich zur Beobachtung dabehalten wollte. Sie hatte den Vorschlag gemacht, dem Arzt unter die Arme zu greifen. «Schließlich hat dich niemand so eingehend beobachtet wie ich ...» Wie recht sie hatte. Ihr Blick erschien mir so durchdringend wie ein Lügendetektor. Sie konnte mir alles vom Gesicht ablesen, doch ich bemühte mich, das Buch gar nicht erst aufzuschlagen und nichts durchschimmern zu lassen.

Nein. Sie hatte einfach nur irgendetwas gesagt, so musste ich das verstehen. Es war eine Manie von mir, überall Andeutungen herauszuhören. Aber meistens sagt man ja genau das, was man auch meint. Élise hatte es nicht eilig, einen anderen Mann kennenzulernen. Das war wahrscheinlich schlicht die Wahrheit. Sie wollte gar keinen anderen Mann.

Sie sehnte sich einfach nur danach, frei zu sein. Unsere Beziehung zu beenden, darauf ruhte ihre Hoffnung auf Freiheit. Nicht die Hoffnung auf eine andere Beziehung. Wie schrecklich: Man trennt sich, um endlich frei zu sein. Eine Beziehung ist ein Gefängnis. Wie man es auch dreht und wendet. Die Beziehung verpflichtet, ein gemeinsames Leben zu führen. Der Ausdruck *gemeinsames Leben* besagt schon alles. Man lebt nur ein Leben statt zwei. Da kommt zwangsläufig irgendwann der Moment, wo es eng wird in dem halben Leben. Man droht zu ersticken, braucht frische Luft und fängt an, von der Freiheit zu träumen. Unsere Kinder, unsere gemeinsame Vergangenheit, all das hatte unser gemeinsames Leben ausgemacht, und nun hatten wir auf einmal getrennte Leben. Aber ich glaubte nicht daran, dass sich zwanzig Jahre so leicht abschütteln ließen. Élise war immer noch präsent in meinem Leben. Überall lauerten Erinnerungen an sie. Ich fand, was unserer Geschichte irgendwie fehlte, war ein Ende. Unsere Liebe war tot, doch ich konnte noch kein neues Kapitel meines Lebens aufschlagen, weil ich überall noch einen Hauch von Élise spürte.

«Du hast mir immer noch nicht gesagt, warum du gekommen bist», bemerkte sie.

«Ich hab viele meiner Probleme gelöst. Und mir geht's jetzt viel besser.»

«Ja, das merkt man. Du stehst jetzt gerade, wenn du stehst. Sieht gut aus, wenn du stehst.»

«Oh … danke …»

«Und weiter?»

«Es gibt noch ein letztes Problem, das ich lösen muss.»

«Welches?»

«Unsere Trennung.»

«Wie meinst du?»

«Ich finde, unsere Trennung ist ein bisschen zu höflich abgelaufen.»

«…»

Endlich war es mir gelungen, meine Empfindungen in Worte zu fassen. Alles war ganz ohne Streit, so geräuschlos wie der Todeskampf einer Kerze vonstattengegangen. Um unsere Geschichte zu einem richtigen Ende zu bringen, musste irgendetwas zu Bruch gehen. Ich brauchte Gewalt. Der Bruch musste auch in materieller Form zum Ausdruck kommen. War das so schwer zu verstehen?

«Wir müssen uns streiten.»

«Was?»

«Ja, mach mir Vorwürfe. Beschimpf mich. Reg dich über irgendwas an mir auf.»

«Aber …»

«Den Müll zum Beispiel.»

«Was ist mit dem Müll?»

«Ich hab nie den Müll rausgetragen. Das hat dich total genervt. Na ja, und jetzt ist der Moment gekommen, wo du mich mal so richtig anschreien kannst. Sag mir, dass es dich furchtbar aufregt, dass ich nie den Müll rausbringe.»

«Ach, scheiß auf den Müll.»

«Nein, das ist wichtig. Reg dich mal auf! Sag, dass ich ein nichtsnutziger Schwachkopf bin! Oder was weiß ich, erfinde irgendwas!»

«Ich kann nicht …»

«Ach, du verstehst wirklich überhaupt nichts. Du regst mich auf. Dann kümmere ich mich eben drum!»

Ich stand auf, ging auf sie zu und gab ihr eine saftige Ohrfeige.

«Du spinnst wohl! Du hast ja nicht mehr alle Tassen im Schrank!»

Sie saß wie hypnotisiert da und hielt sich die Wange. Ich hatte richtig fest zugeschlagen. Zu fest vielleicht? Noch ein Augenblick verstrich, dann legte sie los:

«Aha, das willst du also ... hä ... na gut, das kannst du haben. Ich werd dir sagen, was zwischen uns alles schiefgelaufen ist, ich kann dir deine ganzen Fehler aufzählen. Und ich kann dich auch anschreien, wenn du willst ...»

« ... »

«Du bist ein Schlappschwanz. Ein sagenhafter Schlappschwanz. Und ein einzigartiger Fußabtreter. Der langsamste Fußabtreter der Welt. Du brauchst ewig, um zu irgendwelchen Entscheidungen zu kommen. Manchmal denke ich mir, vielleicht bist du auch einfach nur ein bisschen blöd.»

« ... »

«Hörst du? Ich denke mir, dass du ein bisschen BLÖD bist!»

« ... »

«Ist das gut so?»

«Ja, das ist gut. Aber zu einem richtigen Streit gehört, dass wir ein paar Sachen kaputtschlagen, ja?»

«Ah okay ...»

« ... »

«Dann fang ich gleich mit deiner Plattensammlung an. Die ist noch hier.»

«Oh nein …»

«Doch! Deine BLÖDEN alten Platten haben mich schon immer aufgeregt!»

Élise rannte nach oben in unser ehemaliges Schlafzimmer. Ich hinterher. Sie ergriff eine Schallplatte. Ein Live-Konzert von John Coltrane in Japan. Eine sehr seltene Aufnahme …

«Nein, nicht die … bitte …»

«…»

Sie schaute mir tief in die Augen und zerbrach die Platte mit einem Sadismus, wie ich ihn noch nie an ihr gesehen hatte. Um Rache zu nehmen, öffnete ich ihren Kleiderschrank und zerriss ihre Lieblingsbluse. Anschließend begab ich mich in die Küche. Ich ließ sämtliche Teller auf den Boden fallen. Élise nahm sich die Gläser und die Schüsseln vor. Der Raum glich einem Schlachtfeld. Überall Scherben. Élise benutzte die Eier aus dem Kühlschrank als Cruise-Missiles und feuerte sie auf mich ab. Ich wäre fast hingefallen. Geschlagen hob ich die Hände, um mich zu ergeben. Ich wollte wieder Frieden schließen. Élise kam auf mich zu, und wir umarmten uns. Sie keuchte:

«Du hattest recht, das hat mir jetzt aber auch total gutgetan.»

Eine ganze Weile standen wir in dem Saustall, den wir angerichtet hatten, herum. Wir hatten nun die Fähigkeit erworben, ohne den anderen leben zu können. Das Kapitel war abgeschlossen.

12

Intensität der Schmerzen: 0
Gemütslage: in die Zukunft blickend

13

Ich betrachtete mich im Spiegel. Es war einige Zeit her, dass ich das letzte Mal einen Anzug getragen hatte. Als Pauline mich so sah, schien sie dem Charme eines Unbekannten zu erliegen. Ich hatte ihr zum Dank für ihre wertvolle Hilfe ein Geschenk gemacht. Sie hatte wirklich ganze Arbeit geleistet. Es war unser Abend. Beim Öffnen des Geschenks stieß sie einen leichten Freudenschrei aus: «Oh, das war mein Traum, mit dir dahin zu fahren!» Wir gaben uns einen dicken Kuss. Der von Vassilis unterbrochen wurde. «Jetzt ist's aber gut, ihr Turteltäubchen. Heute ist der große Abend!» Er war total im Stress. Doch wir hatten keine Zweifel, dass alles gut über die Bühne gehen würde.

Wenige Stunden später war das Fest in vollem Gange. Meiner Bekannten war es gelungen, zahlreiche Journalisten und auch einige Persönlichkeiten des Literaturbetriebs anzulocken. Von allen Seiten wurde uns Wertschätzung zuteil. Ein Verleger meinte zu mir: «Man müsste den Pyramides-Literaturpreis ins Leben rufen.» Na ja, warum nicht? Ich hatte von solchen Dingen keine Ahnung. Ein Schriftsteller trat auf mich zu: «Okay, das ist ein schönes Hotel ... aber wieso gibt es kein Zimmer, das nach mir benannt ist?» Er begann zu lachen, und die Leute um ihn herum lachten mit. Sie klopften mir freundschaftlich auf die Schulter, bevor sie weiterzogen. Ich ging zu Sylvie, die mit ihrem Glas ganz allein in einer Ecke stand. Zu meinem großen Erstaunen war sie in Begleitung von Édouard erschienen. Noch erstaunlicher war, dass die beiden zusammen so glücklich aussahen wie am ersten Tag.

«Wie geht's?», fragte ich. «Hoffentlich langweilst du dich nicht zu sehr.»

«Nein, es ist wirklich eine sehr schöne Party. Du kannst stolz auf dich sein.»

«Freut mich, dass ihr anscheinend wieder zusammen seid.»

«Ja. Mich auch.»

« ... »

«Weißt du, nach dem, was zwischen uns passiert ist ... also du erinnerst dich doch ... als ich mit dir ... na ja, jedenfalls ging es mir danach dann gar nicht gut ... ich hatte das Gefühl, mein Leben dreht sich irgendwie im Kreis ... und Édouard hat mich so verhätschelt ... das hat mich wahnsinnig gemacht ... ich brauchte einfach frische Luft ...»

«Verstehe ...»

406

«Aber Édouard hat das überhaupt nicht verstanden ... ich musste richtig brutal werden ... ich hab sogar eine Affäre mit einer Frau vorgetäuscht, damit er mich endlich loslässt ...»

«Oh ...»

«Ich weiß jetzt, wo ich stehe. Und mir geht's besser. Ich hab mit dem Malen aufgehört ... das heißt, ich gebe Malkurse für Kinder ... das ist genau das Richtige für mich ... so von Kindern umgeben zu sein ...»

Ich glaubte, sie würde jeden Moment anfangen zu weinen. Auf einmal wurde mir bewusst, was ich nie geahnt hätte, nämlich dass sie darunter litt, dass sie keine Kinder hatte. Da gesellte sich Édouard zu uns:

«Was macht ihr denn für Gesichter? Jetzt wird gefeiert!»

«Ja ... genau, du hast recht», gab Sylvie zurück. «Jetzt wird gefeiert!» Sie gab ihm einen Kuss und nahm gleich wieder Farbe an. Im Gegensatz zu Élise und mir hielten die zwei es nicht ohne einander aus. Sie waren für das gemeinsame Leben gemacht.

Ich schlenderte weiter zwischen den Gästen umher. Es waren viele Freunde von Pauline da. Und endlich ergab sich die Gelegenheit, Pauline meine Kinder vorzustellen. Paul war zurück aus New York und hatte beschlossen, nun doch in Paris zu bleiben. Ich hatte ihm angeboten, im Hotel zu wohnen, und er fand die Idee klasse. Auch Élise war gekommen. Sie war noch nie so schön gewesen. Mich streifte der Gedanke, ich sei so eine Art Apparat, der die Frauen nicht zur Entfaltung kommen ließ. Sie war in Begleitung einer Freundin, die ich noch nie gesehen hatte. Mir graute ein wenig davor, sie mit Pauline bekannt zu machen. Aber das ging problemlos vonstatten. Die beiden küssten sich herzlich auf die Wange. Schließlich meinte Élise zu Pauline, nachdem sie mir einen Blick zugeworfen hatte: «Na, dann viel Glück.» Im Laufe des Abends beobachtete ich mehrmals, wie die zwei miteinander sprachen, und ich fürchtete, sie könnten auf mich zu sprechen kommen. Aber nein, sie wirkten beide ganz entspannt. Trotzdem war es komisch, Élise und Pauline so zusammen zu sehen. Ich schaute Élise an und fragte mich, in welchem Moment meine Ehe in die Brüche gegangen war. Als mein Schwiegervater gestorben war, hatte es sich schon abgezeichnet. Aber wann hatte das Ende angefangen? Ich drang nicht bis zum Keim des Bazillus vor. Vielleicht hatte der Abstieg begonnen, als ich körperlich abgebaut hatte. Und nervlich so angespannt gewesen war. Doch das war alles so weit weg. Ich sah Élise an, die nun nicht mehr meine Frau war.

Ich hatte auch all die Leute eingeladen, die in den vergangenen Monaten eine Rolle in meinem Leben gespielt hatten. Wahrscheinlich wollte ich, dass sie sich davon überzeugten, dass es mir wieder besser ging. Man brauchte sich bloß an mich zu halten, um sie alle zu sehen. Da in einer Ecke saßen meine Eltern. Mein Vater hatte nicht einmal am Hotel herumgenörgelt, es grenzte an ein Wunder. Dort stand meine ehemalige Sekretärin Mathilde zusammen mit ihrem zukünftigen Gatten. Sogar Audibert hatte sich herbemüht, was mich sehr freute und zugleich ein wenig überraschte. Er sagte zu mir: «Sie werden uns doch hoffentlich keine Konkurrenz machen!» Es war auch schön, Sophie Castelot wiederzusehen. Ich befragte sie mehrmals zu einem bestimmten Gast: «Was glaubst du, was der für sexuelle Probleme hat?» Sie war sehr lustig und kommentierte alles vom rein sexologischen Standpunkt aus. Auf meinem weiteren Weg traf ich auf die Zeugen meiner schwersten Stunden. Der mit Édouard befreundete Osteopath und der Psychoanalytiker, bei dem ich nur eine Sitzung gehabt hatte, waren ebenfalls zugegen. Und die Magnetfeldtherapeutin, der ja immerhin zu verdanken war, dass ich Pauline überhaupt kennengelernt hatte, durfte natürlich nicht fehlen. Ich hatte auch dem Arzt, der die Röntgenuntersuchung durchgeführt hatte, und dem, der die Kernspintomographie gemacht hatte, eine Einladung geschickt. Und so seltsam es klingen mag, sie waren tatsächlich gekommen.

Ich driftete vorüber, vorbei an all diesen Haupt- und Nebendarstellern meiner Existenz, die nur eines gemeinsam hatten: ihre Bedeutung für mein Leben.

EPILOG

Ich hatte Pauline eine Reise nach Berlin geschenkt. Wir flogen für eine Woche im Januar. Die Stadt wirkte wie ausgestorben, es war kalt, perfekt: Es gab keinen Grund, das Bett zu verlassen. Wenn man verliebt ist, kommt es nicht infrage, sich eine Stadt anzuschauen, so reizvoll sie auch sein mag. Pauline war mein Brandenburger Tor, mein Checkpoint Charlie, mein Reichstag, meine Siegessäule usw. Ich zähle die Sehenswürdigkeiten einer Stadt auf, die abgehakt ist.

Unser Hotelzimmer ist unser Kokon. Von draußen hört man nur das Plätschern des Regens. Pauline ist seit geraumer Zeit unter der Dusche (sie räkelt sich, als würde sie im Stehen baden). Durch die Scheibe hindurch versuche ich, ihr Zeichen zu geben, doch sie sieht mich nicht. Ich sammle ihre am Boden herumliegende Unterwäsche ein, die meine liegt übrigens genauso am Boden herum: Man könnte meinen, es handle sich um die Spuren einer wilden Sexszene, aber nein, wir sind einfach nur unordentlich. Ich nehme einen Slip von ihr in die Hand und beginne, wie ein Wahnsinniger, wie ein perverser Idiot daran zu schnuppern. Umgekehrt beobachtet auch sie mich durch die Scheibe, ohne dass ich es merke. Sanft wie eine Seife gleitet sie aus dem Bad und steht plötzlich vor mir. Ich hebe den Kopf und frage mich, ob ich nun ein Held bin oder mich schämen muss. Schließlich entscheidet sie:

«Du bist ein Psychopath.»

«Was?»

«Du hast schon richtig gehört. Du bist ein Psychopath.»

«Weil ich an deinen Slips schnuppere?»

«Nicht nur deswegen. Auch die Art, wie du mich beobachtest, wenn ich dusche.»

«Ich dachte, du siehst mich nicht.»

«Kennst du eine Frau, die nicht spürt, wenn man sie anschaut?»

Unzählige ähnliche Szenen ereigneten sich in dieser Woche. Wir spielten alle Möglichkeiten eines Liebesschauspiels durch. Die Zeit flog in bösartiger Schnelle dahin. Am Tag unserer Abreise verschliefen wir (fehlte noch ein Akt?). Wir bestellten ein Taxi und packten in Windeseile die Koffer. Am Flughafen rannten wir wie die Irren, um noch rechtzeitig unseren Schalter zu erreichen. Pauline vor mir, ihr offenes Haar wirbelte durch die Luft. Ein Chaos, dessen Anblick mich beruhigte (klingt vielleicht paradox). Wir rannten und rannten und rannten. Ich rannte und rannte und rannte. Wie lange war ich nicht mehr so gerannt. Die Schmerzen hatten vollkommen aufgehört. Was für eine unendliche, wahnsinnige Freude. Ich hatte Lust, allen Leuten davon zu erzählen.

David Foenkinos
Nathalie küsst
Roman
Aus dem Französischen von Christian Kolb
239 Seiten. München 2011

Nathalie und François sind ein Paar wie aus dem Märchen-
buch, mit Feingefühl und Geschmack. Doch eines Tages
kommt François nicht vom Joggen zurück, eine Blumenhändlerin überfährt ihn. Die schöne Nathalie muss fortan
allein durchs Leben gehen, sich der Neugier der Kollegen
und der Avancen ihres Chefs Charles in der schwedischen
Firma, in der sie als leitende Angestellte arbeitsbesessen über
der Akte 114 brütet, erwehren. Als der unscheinbare Quoten-
schwede Markus ihr Büro betritt, packt sie ihn unvermittelt
und küsst ihn. Markus, konsterniert, geht aufs Ganze, eine
Liebesgeschichte beginnt, wie sie purer, zärtlicher und
empfindsamer nicht sein kann. Während in der Firma die
Gerüchteküche brodelt und Charles zu brutalen Maßnahmen
greift, begeben sich Nathalie und Markus auf die Flucht in
den Garten der Großmutter, zurück zu den Ursprüngen
von Kindheit und der gemeinsamen Lieblingssüßigkeit
PEZ – und lassen sich von der Liebe überraschen.
Voller Anspielungen mit hohem Wiedererkennungswert für
alle Fans schreibt Foenkinos hier seine bisher schönste
Liebesgeschichte.

Verlag C.H.Beck

Literatur bei C.H.Beck

Hans Pleschinski
Königsallee. Roman
Aus dem Französischen von Christian Kolb
411 Seiten. München 2013

Matthias Göritz
Träumer und Sünder. Roman
238 Seiten. München 2013

Michael Stavarič
Königreich der Schatten. Roman
Mit zahlreichen Illustrationen von Mari Otberg
Etwa 304 Seiten. München 2013

Anousch Müller
Brandstatt. Roman
224 Seiten. München 2013

Jochen Schmidt
Schmythologie.
Wer nicht Griechisch kann, kann gar nichts
Mit Illustrationen von Line Hoven
Etwa 160 Seiten. München 2013

Verlag C.H.Beck

Michael Maar
Heute bedeckt und kühl.
Große Tagebücher von Pepys bis Sloterdijk
Etwa 240 Seiten. München 2013

Sigrid Löffler
Globale Literatur.
Die neue Weltliteratur und ihre großen Erzähler
Etwa 304 Seiten. München 2013

Manu Joseph
Das verbotene Glück der anderen. Roman
393 Seiten. München 2013

Lauren Groff
Arcadia. Roman
Aus dem Englischen von Judith Schwaab
Etwa 368 Seiten mit 17 Abbildungen. München 2013

Janet Frame
Auf dem Maniototo. Roman
Aus dem Englischen von Lilian Faschinger
Etwa 304 Seiten. München 2013

Verlag C.H.Beck